# 民國新聞專題史研究叢書

力遒專題

倪延年　主編

## 第 11 冊

## 民國時期的外國在華新聞業

鄧紹根、李興博、張文婷 編著

花木蘭文化事業有限公司

國家圖書館出版品預行編目資料

民國時期的外國在華新聞業／鄧紹根、李興博、張文婷 編著 ——
初版 —— 新北市：花木蘭文化事業有限公司，2020〔民 109〕
目 4+258 面；19×26 公分
（民國新聞專題史研究叢書；第 11 冊）
ISBN 978-986-518-128-4（精裝）
1. 新聞業 2. 民國史
890.9208                                    109010135

ISBN-978-986-518-128-4

9 789865 181284

# 民國新聞專題史研究叢書
## 第十一冊                     ISBN：978-986-518-128-4

# 民國時期的外國在華新聞業

| | |
|---|---|
| 編　　　著 | 鄧紹根、李興博、張文婷 |
| 叢書主編 | 倪延年 |
| 出　　　版 | 花木蘭文化事業有限公司 |
| 發 行 人 | 高小娟 |
| 總 編 輯 | 杜潔祥 |
| 副總編輯 | 楊嘉樂 |
| 編　　　輯 | 許郁翎、張雅淋　美術編輯　陳逸婷 |
| 聯絡地址 | 235 新北市中和區中安街七二號十三樓 |
| | 電話：02-2923-1455／傳真：02-2923-1452 |
| 網　　　址 | http://www.huamulan.tw 信箱 hml810518@gmail.com |
| 印　　　刷 | 普羅文化出版廣告事業 |
| 初　　　版 | 2020 年 9 月 |
| 全書字數 | 257638 字 |
| 定　　　價 | 共 12 冊（精裝）新台幣 36,000 元 |

# 民國時期的外國在華新聞業

鄧紹根、李興博、張文婷　編著

此項研究得到國家社會科學基金重大項目
「中華民國新聞史」（編號：13&ZD154）資助

# 《中華民國新聞史》學術顧問委員會

## 主任委員

方漢奇　中國人民大學榮譽一級教授，中國新聞史學會創會會長，中國人民大學新聞學院教授，博士研究生導師。

## 執行主任委員

趙玉明　中國傳媒大學教授，博士生導師，中國新聞史學會第二任會長，北京廣播學院原副院長。

## 副主任委員

朱曉進　南京師範大學教授，博士生導師，副校長，中國民主促進會江蘇省主委，政協江蘇省副主席。

程曼麗　北京大學教授，博士生導師，中國新聞史學會會長，北京大學華文傳媒研究中心主任。

## 委員（按姓氏漢語拼音為序）

顧理平　南京師範大學教授，博士生導師，南京師範大學新聞與傳播學院院長。

黃　瑚　復旦大學教授，博士研究生導師，復旦大學新聞學院常務副院長，中國新聞史學會副會長。

李　彬　清華大學教授，博士研究生導師，清華大學新聞與傳播學院學術委員會主任。

劉光牛　新華通訊社高級編輯，新華社新聞研究所副所長。

劉　昶　中國傳媒大學教授，博士研究生導師，中國傳媒大學新聞傳播學部新聞學院院長。

馬振犢　中國第二歷史檔案館副館長，研究員，中國近現代史史料學會副會長。

倪　寧　中國人民大學教授，博士研究生導師，中國人民大學新聞學院執行院長。

秦國榮　南京師範大學教授，博士研究生導師，南京師範大學社會科學學術委員會秘書長，南京師範大學社會科學處處長。

吳廷俊（常設）華中科技大學二級教授，博士生導師，中國新聞史學會副會長，中國新聞史學會新聞教育史分會會長。

二〇一四年三月

# 《中華民國新聞史》編纂委員會

## 主任委員

吳廷俊　華中科技大學二級教授，博士研究生導師，中國新聞史學會副會長暨新聞教育史分會會長。項目常設顧問。

## 執行主任委員

倪延年　南京師範大學教授，博士研究生導師，中國新聞史學會特邀理事，南京師範大學民國新聞史研究所所長。主編《中華民國新聞史》（第 1 卷），協助主任委員完成項目研究組織協調工作。

## 副主任委員

張曉鋒　南京師範大學教授，博士研究生導師，中國新聞史學會常務理事，中國新聞史學會臺灣與東南亞華文新聞傳播史研究會副會長，南京師範大學新聞與傳播學院執行院長。協助主任委員完成項目組織協調工作。

## 委員（以姓氏漢語拼音為序）

艾紅紅　中國傳媒大學教授，博士研究生導師，中國新聞史學會常務理事，主編《中華民國新聞史》（第 5 卷），負責全書「民國時期的新聞廣播業」特約專題稿和《民國新聞專題史研究叢書‧民國時期的新聞廣播業》分冊撰稿。

白潤生　中央民族大學教授，中國新聞史學會特邀理事，負責全書「民國時期的少數民族新聞業」特約專題稿和《民國新聞專題史研究叢書‧民國時期的少數民族新聞業》分冊撰稿。

鄧紹根　中國人民大學教授，博士生導師，中國新聞史學會副秘書長。負責全書「民國時期的外國在華新聞業」特約專題稿和《民國新聞專題史研究叢書‧民國時期的外國在華新聞業》分冊撰稿。

方曉紅　南京師範大學教授，博士研究生導師。負責全書「民國時期的新聞管理體制」特約專題稿和《民國新聞專題史研究叢書‧民國時期的新聞管理體制》分冊撰稿。

郭必強　中國第二歷史檔案館研究室主任，研究員，中國近現代史史料學會常務理事、副秘書長。負責協助有關史料的查閱和審核工作。

韓叢耀　南京大學教授，博士研究生導師。負責全書「民國時期的圖像新聞業」特約專題稿和《民國新聞專題史研究叢書·民國時期的圖像新聞業》分冊撰稿。

何　村　渤海大學教授。協助首席專家完成相關工作。

李建新　上海大學教授，博士研究生導師，中國新聞史學會常務理事。負責全書「民國時期的新聞教育」特約專題稿和《民國新聞專題史研究叢書·民國時期的新聞教育》分冊撰稿。

李秀雲　天津師範大學教授，博士生導師，新聞傳播學院副院長，中國新聞史學會常務理事。參加全書「民國時期的新聞學研究」特約專題稿和《民國新聞專題史研究叢書·民國時期的新聞學研究》分冊撰稿。

劉　亞　南京政治學院教授，博士研究生導師。主編《中華民國新聞史》（第 4 卷），負責全書「民國時期的軍隊新聞業」特約專題稿和《民國新聞專題史研究叢書·民國時期的軍隊新聞業》分冊撰稿。

劉繼忠　南京師範大學副教授，博士。南京師範大學民國新聞史研究所副所長。主編《中華民國新聞史》（第 3 卷）。

徐新平　湖南師範大學教授，博士研究生導師，中國新聞史學會常務理事。負責全書「民國時期的新聞學研究」特約專題稿和《民國新聞專題史研究叢書·民國時期的新聞學研究》分冊撰稿。

萬京華　新華通訊社新聞研究所研究員，新聞史論研究室主任，中國新聞史學會常務理事。負責全書「民國時期的新聞通訊業」特約專題稿和《民國新聞專題史研究叢書·民國時期的新聞通訊業》分冊撰稿。

王潤澤　中國人民大學教授，博士研究生導師，新聞學院副院長，中國新聞史學會副會長兼會刊《新聞春秋》主編。主編《中華民國新聞史》（第 2 卷）。

張立勤　華南師範大學副教授，博士。負責全書「民國時期的新聞業經營」特約專題稿和《民國新聞專題史研究叢書·民國時期的新聞業經營》分冊撰稿。

二〇一八年十二月

# 《民國新聞專題史研究叢書》序

倪延年

國家社會科學基金重大項目 2013 年度（第二批）「中華民國新聞史」自 2013 年 11 月立項以來，項目組全體同仁歷經五年奮力拼搏，終於如期完成了研究任務，交出了自己的答卷。項目最終成果可分兩個部分：即 5 卷本的《中華民國新聞史》和由 10 個專題 12 個分冊組成的《民國新聞專題史研究叢書》。本序主要就「民國新聞專題史」研究的歷史進程、研究對象、研究組織及研究原則等涉及全套《叢書》的相關問題作一個概括性介紹。

一

從孫中山領導在南京創立中華民國臨時政府（俗稱民國南京臨時政府）的 1912 年元旦，到我們撰寫定稿「民國新聞專題史」各分冊的現在（2018 年底），兩個時間點相距一百多年。回顧這一百多年「民國新聞專題史」研究的歷史進程，真是讓人感慨萬千。這一百多年的歷史進程，從大的方面可以劃分為中華民國時期（38 年左右）和中華人民共和國時期（建國已近 70 年）兩個階段；每一階段又可分成兩個小的階段——這兩個大的階段和四個小的階段，正好構成了「民國新聞專題史」研究發展的完整歷程。

一、「中華民國時期」的 38 年可以日本發動全面侵華戰爭而製造的北平盧溝橋「七・七事變」為節點劃分為兩個階段。

（一）從孫中山領導創建「中華民國」到「七・七事變」爆發是中華民國時期「民國新聞專題史研究」的第一個階段。

民國成立近十年後，中國共產黨正式誕生並迅速走上國內政治舞臺。由

於社會主義蘇聯的牽線搭橋，以馬克思主義爲指導思想的中國共產黨和孫中山重新解釋「三民主義」改組執行「聯俄、聯共、扶助農工」三大政策的中國國民黨，合作開展反帝反封建大革命運動，並一起發動了以打倒北洋軍閥、推翻北洋政府爲目標的「北伐戰爭」。就在國共兩黨合作的北伐戰爭勢如破竹推進，共產黨領導組織的上海工人第三次武裝起義成功之後，國民黨右派勢力代表蔣介石、汪精衛等從 1927 年 4 月起先後製造了上海「四‧一二政變」、「武漢七‧一五政變」，依仗軍隊血腥鎮壓曾經共同反對北洋軍閥的合作夥伴共產黨人。嚴峻的政治環境迫使共產黨人要麼是轉入地下狀態堅持反對國民黨反動派的鬥爭，要麼是到國民黨鞭長莫及的偏遠山區開展武裝鬥爭。儘管共產黨誓言要推翻國民黨政府，但共產黨領導的工農紅軍不但弱小，且處於被國民黨軍隊追擊「圍剿」狀態，難以造成對國民黨統治的直接威脅。以蔣介石國民黨集團主導的「中華民國」獲得了一個相對穩定的發展時期，經濟、文化、教育及科學技術等得到較快發展。

或許因爲人文社會科學研究需要一定時間積累，所以在 1937 年之前的中國學術界，傳統人文社會科學領域對當朝「中華民國」的研究似乎還沒有全面展開。但也有例外。中國學術界在 20 世紀 30 年代中期就出版了一批研究「中華民國」憲政、立法及政治生活等方面的專著。其中最早的是著名歷史學家和法學家吳宗慈所撰《中華民國憲法史》，該書對從 1913 年《天壇憲草》議定到 1923 年《中華民國憲法》正式公布的 10 年制憲歷程做了詳盡記錄，描繪了 1923 年《中華民國憲法》從起草到完成的全過程。後來又先後出版了潘樹藩的《中華民國憲法史》（上海商務印書館，1935 年版），謝振民編著、張知本校訂的《中華民國立法史》（正中書局 1937 年版），吳經熊、黃公覺的《中國制憲史》（上海商務印書館 1937 年版）及郭衛、林紀東的《中華民國憲法史料》等一些著作。儘管中國法史學界出版了多種中華民國「憲法史」或「立法史」著作，但筆者至今沒有發現當時新聞史學界出版名爲《中華民國新聞史》的學術專著或「民國新聞專題史」方面的系列研究著作。或許是因爲新聞史比憲法（立法）史距社會現實政治略遠了一些？或許是新聞史學界研究人才和學術積澱還沒具備出版《中華民國新聞史》的條件？或許是受「新聞無學」慣性思維影響，人們還沒關注到「民國新聞史」學術研究？或許是新聞學人關注點還是在新聞報刊採編發售等「實用」技術總結，而無暇關注相對「虛」一些的「民國新聞史」理論研究？或許是新聞史學界受數千

年「當代人不修當代史」文化傳統習慣制約和影響，認為不應撰寫當朝「民國新聞史」等，筆者不得而知。儘管沒有明確答案，但可以肯定的是由於上述一種或數種因素的綜合作用，才出現這一階段尚未撰寫出版《中華民國新聞史》或「民國新聞專題史」系列專著的實際結果。

（二）從中華民族全面抗日戰爭爆發，到蔣介石指揮的國民黨軍隊在抗日戰爭勝利後的國共內戰中被共產黨領導的人民解放軍打敗並播遷到臺灣諸島為中華民國時期的第二個階段。

日本軍隊在中國北平盧溝橋製造「七·七事變」，發動了對中國的全面武裝侵略。中華民族為救民族於危亡奮起抵抗，進入以國共合作為標誌的全民族抗日戰爭階段。歷經八年的全民族艱苦浴血奮戰，中國的抗日戰爭暨世界反法西斯戰爭取得了勝利。抗日戰爭勝利後的國共兩黨關於和平建國的談判因多種因素破裂，兩黨軍隊兵戎相見，最後是國民黨的「國民革命軍」被共產黨領導的「人民解放軍」徹底打敗，一路播遷到中國東南沿海的臺澎金馬諸島。這一階段仍然沒有發現《中華民國新聞史》及「民國新聞專題史」研究系列著作問世。

抗戰時期的「中華民國國民政府」是世界大多數國家承認的中國中央政府。國共合作抗日後，共產黨領導的中國工農紅軍陝北主力部隊改編為「國民革命軍第八路軍」，南方各省的紅軍游擊隊改編為「國民革命軍新編陸軍第四軍」。共產黨在江西瑞金創建的中華蘇維埃共和國臨時中央政府長征結束後落腳的「陝甘寧革命根據地」，此時也改稱中華民國「陝甘寧邊區」。由於中華民族在奪取抗日戰爭勝利的同時也為世界反法西斯戰爭勝利做出了重要貢獻，中國的國際地位得到明顯提高，國際影響力迅速增強。在第二次世界大戰結束前由美國、英國和中國等同盟國設計新的世界秩序並成立聯合國時，國民黨主導的中華民國成為聯合國的五個常任理事國之一。抗日戰爭勝利後，全國各民主黨派和民眾希望國共兩黨能夠實現孫中山先生「和平建國」遺願。但蔣介石國民黨集團及其主導的「中華民國」政府依仗在抗戰時期撤到大後方保存下來的軍隊和美國巨額軍事援助，在自認為各項戰爭準備到位之時，撕毀了國共兩黨簽署的《雙十停戰協定》，1946 年 6 月 26 日向中原地區的中共部隊發起進攻，拉開了國共兩黨軍隊公開內戰的序幕。這場內戰一打數年，直到「中華民國」首都南京被人民解放軍「佔領」，中華人民共和國中央人民政府在北京宣告成立，並於 1949 年 10 月 1 日舉行了開國大典。抗

日戰爭前期，日本侵略軍依仗軍事優勢迅速向中國腹地推進，在佔領中國城鄉廣大地區的同時進行滅絕性的文化、文物、文獻及文人的掠奪。爲了保存實力堅持長期抗戰，也爲了保存數千年的文化遺產，中華民國政府在艱苦和匆忙的情況下，組織了大規模的「南遷」（從北方遷向南方）和「內遷」（從沿海遷向內地）。日本帝國主義侵略戰爭造成的巨大破壞和日本軍國主義的有組織掠奪及大規模遷移對文化、文物造成了難以估量的損失。大批年輕有爲的學者作家投筆從戎與外敵血戰，大批學養深厚的專家學者失去了基本的研究條件，大批年輕學生因戰爭和逃難失去正常的求學機會，無數文獻史料由於搬遷損壞或被日本人搶掠不能爲國人研究所用，包括新聞史研究在內的學術活動被迫停滯或中斷。在這種動盪和動亂的社會環境下，沒有《中華民國新聞史》和「民國新聞專題史」學術著作問世似乎也在情理之中。

## 二、中華人民共和國建國後的 70 年可以中共決定實行改革開放政策的十一屆三中全會召開爲標誌劃分爲兩個階段。

### （一）從中華人民共和國中央人民政府在北京宣告成立到中共十一屆三中全會召開前的 30 年是中華人民共和國成立後的第一個階段。

在國共兩黨軍隊內戰中潰敗到臺灣的蔣介石國民黨集團，拒不承認「中華民國國民政府（總統府）」被共產黨領導的人民解放軍推翻（人民解放軍佔領了首都南京，解放了除臺澎金馬諸島以外的絕大部分國土）的現實，仍以「中華民國政府」的名義在臺澎金馬諸島施行統治。在聯合國大會 1971 年 10 月 25 日以壓倒多數通過阿爾及利亞等國提出的「關於恢復中華人民共和國在聯合國的一切合法權利，並立即將臺灣當局的代表從聯合國及其所屬機構中驅逐出去」的提案即「第 2758 號決議」前的相當長時間裏，國民黨臺灣當局在美國等西方國家的支持下用「中華民國」名義佔據中國在聯合國的常任理事國席位及合法權利。爲了鞏固在臺灣地區實行的「一黨統治」，蔣家父子及國民黨集團在臺灣實施了長達 38 年的「戒嚴體制」。一方面是臺灣地區的新聞史學研究者身處「中華民國」社會氛圍中，二是當局實施「威權體制」統制和禁錮人們的思想，加上傳統的「當朝人不修當朝史」的史學傳統，因而臺灣地區不可能出現斷代史性質的「中華民國新聞史」，當然也就不可能出版「民國新聞專題史」研究方面的系列著作。臺灣地區新聞史學者如曾虛白、賴光臨、李瞻等人所著（主編）的《中國新聞（傳播）（事業）史》中關於「中

華民國時期新聞史」的有關內容則是作爲「中國新聞史」的一個「時期」予以介紹，而不是作爲中國歷史的一個「朝代」予以敘述。

中華人民共和國成立剛滿周歲就被迫進行抗美援朝戰爭，國民黨潰敗前潛伏的大批特務和不法地主資本家趁機興風作浪，在臺灣的國民黨當局高調宣稱要「光復大陸」並不時派遣武裝特務騷擾沿海地區；美國在侵略朝鮮的同時把第七艦隊開進臺灣海峽阻擋大陸解放臺灣，不斷在中國邊境地區和周邊國家製造局部戰爭和政治事件，企圖把人民中國扼殺在搖籃中；蘇聯的大國沙文主義做法和蘇聯共產黨在黨際關係上以「老子黨」自居的傲慢態度，使剛剛建國的新中國領導人爲維護國家利益和民族尊嚴據理力爭，最後導致矛盾公開化和激烈化。共產黨領導的社會主義中國與美國等西方資本主義國家在意識形態方面勢不兩立，共產黨領導下實行社會主義制度的中國大陸與國民黨蔣介石（蔣經國）集團管治下實行資本主義制度的臺灣地區在軍事政治方面勢不兩立，社會主義陣營內部又因堅決反對蘇聯的霸權主義和蘇聯勢不兩立。階級敵人時刻虎視眈眈，新生政權時刻受到嚴重威脅。爲此，共產黨在創建人民共和國後，通過鎮壓反革命、土地改革、三反五反、公私合營、知識分子改造、高校院系調整及專業改造等一系列政治和行政舉措，淡化和消除蔣介石國民黨集團在大陸統治時期的影響和痕跡，以鞏固共產黨和人民政權的執政基礎。「繃緊階級鬥爭這根弦」使一些人片面認爲研究「中華民國時期」歷史是意在爲蔣介石國民黨「樹碑立傳」、「鼓吹復辟」或「招魂」。在「階級鬥爭年年講、月月講、天天講」的社會氛圍中，人們對研究「中華民國時期新聞史」唯恐避之不及，生怕引火燒身，實際形成諸多學術禁區。在這種社會環境裏，中國大陸地區沒有出版《中華民國新聞史》及「民國新聞專題史」方面研究的系列著作也在情理之中。

（二）從中共十一屆三中全會召開到當前（二十一世紀前二十年左右），可暫且視爲中華人民共和國成立後的第二個階段，這個階段還在繼續向前延伸。

中共十一屆三中全會後，中國大陸進入改革開放的「歷史新時期」，包括「民國新聞史研究」在內各方面的學術研究也隨之進入歷史新時期。由於數十年積壓下來的研究課題太多及思想解放的漸進性，直到 2007 年 8 月才在上海《新聞記者》（第 8 期）刊載的《研究民國新聞史的新資料——讀〈胡政之文集〉》（作者王詠梅）一文標題中出現「民國新聞史」這一名詞。儘管這僅

僅是一篇介紹《胡政之文集》的書評，但因其在文章標題中率先使用了「民國新聞史」這一學術概念，同時開始了民國新聞專題史研究（民國新聞史人物專題研究）的探索，因而在「民國新聞史」研究的歷程上具有特別的意義。2008 年 12 月，胡小平所著《民國新聞史》由青海人民出版社出版，這是 1949 年後大陸學者撰寫出版的學術著述中最早在書名中出現「民國新聞史」概念的專著。全書 27 萬字。包括「第一編　北洋時期新聞業的成長」、「第二編　國民政府時期的新聞業」、「第三編　抗戰時期的新聞業」、「第四編　內戰時期的新聞業」）等四編；每「編」設「章」。其中第一編 12 章，第二編 8 章，第三編 10 章，第四編 5 章。「章」下不分「節」，更沒「目」和「點」，全書正文除「章」標題外，以自然段方式一貫到底。附有「主要參考書目」，記載有 21 種圖書有關信息。2011 年 3 月 26 日在北京大學舉行「成舍我與民國新聞史」國際學術研討會是目前所知在中國大陸舉辦的第一個由中國大陸地區學術團體（中國新聞史學會）、臺灣地區學術團體（世新大學舍我紀念館）和美國相關學術團體（柏克萊加州大學東亞研究院）共同主辦，大陸地區高校新聞院系（北京大學新聞與傳播學院）和學術團體（北京大學新聞學研究會）協辦的民國時期重要新聞史人物「成舍我與民國新聞史」的專題學術活動，也是大陸新聞史學界舉辦的第一個由中外學術界人士參加的「民國新聞史」專題學術活動，是中國新聞史學會舉辦的以特定新聞史人物（成舍我）爲研究對象的專題學術活動，把「民國新聞專題史」研究向前推進了一大步。

自 2011 年 1 月 10 日《安徽大學學報：哲學社會科學版》第 1 期刊載《論民國新聞史研究的意義、體系和實施》（倪延年）一文後，大陸地區學術刊物不斷有研究「民國新聞史」的論文發表。儘管一些論文標題沒有出現「民國新聞史」，但研究對象、主題或內容都屬於「民國新聞史」研究，其中大部分屬於「民國新聞專題史研究」。2013 年 6 月 10 日，全國哲學社會科學規劃領導小組辦公室（簡稱全國社科規劃辦公室）宣布「中華民國新聞史研究」獲准立項爲當年度「重點項目」；同年 11 月全國社科規劃辦公室宣布由南京師範大學作爲責任單位，中國人民大學、中國傳媒大學和新華通訊社作爲合作單位，及全國 20 多個學術單位 40 多位專家學者組成團隊參加競標的「中華民國新聞史」中標立項爲 2013 年度國家社科基金重大項目（第二批）（編號 13&ZD154）。設計的項目成果包括由 10 個專題 12 個分冊組成的《民國新聞專題史研究叢書》，這似乎是大陸新聞史學界「民國新聞專題史」方面第一次

有計劃的系列研究。爲了增強學術界對「民國新聞專題史」研究的關注和重視，中國新聞史學會和南京師範大學聯合主辦，南京師範大學新聞與傳播學院和南京師範大學民國新聞史研究所承辦的「再現歷史探尋規律：首屆民國新聞史研究高層學術論壇」2014 年 5 月在南京師範大學順利舉行。會議籌辦方在所有應徵的論文中評審出 42 篇出版了會議論文集《民國新聞史研究 2014》，海峽對岸的新聞史學者跨過臺灣海峽來到南京參加這次學術盛會，並以大會報告向與會同行介紹研究成果；2015 年 11 月舉辦了第二屆民國新聞史高層論壇，評審出 48 篇出版了會議論文集《民國新聞史研究 2015》；2016 年 11 月舉辦了第三屆民國新聞史高層論壇，評審出 40 篇出版了會議論文集《民國新聞史研究 2016》；2018 年 11 月舉辦了第四屆民國新聞史高層論壇，評選出 42 位學者在論壇進行論文演講交流——其中絕大部分是進行「民國新聞專題（人物、事件、媒介）史」研究的論文。我們相信，隨著思想解放不斷深入和研究隊伍的不斷擴大，「民國新聞史」專題研究肯定會繼續發展，並且肯定會發展得更快更好。

## 二

國家社會科學基金重大項目「中華民國新聞史」研究的總體問題是對在特定國際和國內社會環境下，民國時期新聞事業孕育、產生、發展和變化的歷史進程及其內在規律和經驗教訓進行學科的研究、歷史的總結和科學的評價。主要是探討這一階段新聞業發展變化的社會背景，思考新聞業發展對社會環境改變的作用，考察新聞業和社會變革的互動關係，再現民國時期新聞業發展和變化的歷史圖景，盡可能涵蓋完整的民國時期新聞業，包括新聞報刊業、新聞通訊業、新聞廣播業、少數民族新聞業、軍隊新聞業、圖像新聞業、外國在華新聞業以及新聞管理體制、新聞業經營、新聞教育、新聞學研究等諸多側面。

爲充分發揮新聞史學界集中力量辦大事的優勢，提高研究成果的整體水平，項目組在設計了完成最終成果《中華民國新聞史》（5 卷本）研究撰稿任務的五個子課題的同時，設計了對「民國時期新聞史」進行專門研究 10 個特約專門課題即：「民國時期」的新聞廣播業、新聞通訊業、少數民族新聞業、軍隊新聞業、圖像新聞業、外國在華新聞業、新聞教育、新聞學研究、新聞管理體制和新聞業經營。之所以確定上述專題作爲「民國新聞史」的特約研

究專題，主要考慮以下幾方面因素：首先是這些「特約專題」在「民國時期新聞業」中有比較豐富的研究內容即「有內容可以研究」，它們的存在和發展對「民國新聞業」發揮社會功能具有獨特的作用；其次是這些「特約專題」的深入系統研究對構建完整豐滿的「民國新聞史」體系具有重要作用即「應當重點研究」。這些「特約專題」的深入系統研究可使這些民國時期新聞業中的重要領域得以更充分反映，展現更為客觀全面的民國新聞史體系；三是這些「特約專題」領域已出現具有較深厚學術積澱、豐富研究經驗、較高水平成果並得到學界公認的領頭人即「有人勝任研究」，既為深入全面研究這些「特約專題」提供了人才支撐，也使實施這一系列工程成為可能。鑒於中國大陸改革開放後已出版如《中國近代報刊史》和《中國現代報刊發展史》等專門研究民國時期新聞報刊的著作，且作為「民國時期的新聞報刊」在設計為 25 萬字左右的《民國新聞專題史研究叢書》分冊中難以充分展開；再如復旦大學黃瑚教授 1999 年 8 月就出版《中國近代新聞法制史論》，主體部分內容就是「民國時期的新聞法制」；2007 年 6 月馬光仁出版的《中國近代新聞法制史》也是主要研究「民國時期的新聞法制」，2007 年立項的國家社科基金重點項目「中國新聞法制通史研究」最終成果《中國新聞法制通史》（6 卷八冊）中設有「近代卷」，也是研究「民國時期的新聞法制」（且已在 2015 年出版）。因此本項目就沒有把民國時期的「新聞報刊業」和「新聞法制」設計為特約研究專題進行專門研究。

在國家社科基金重大項目「中華民國新聞史」設計的成果體系中，《中華民國新聞史》（5 卷本）是把「民國時期新聞業」放在當時特定的政治、經濟、軍事、科技、文化、教育等諸因素構成的社會環境背景下，探討其孕育、發生、發展、變化的歷史進程、內在規律及經驗教訓，從縱向對民國時期新聞業的發展歷程進行研究，以探討「民國時期新聞業」在不同歷史階段的發展變化及其主要特點，旨在體現新聞業與社會同進互動的思想。由 10 個專題 12 個分冊組成的《民國新聞專題史研究叢書》則是向新聞史學界集中展現民國時期新聞史中此前少有學者深入系統研究的若干側面的專門發展歷史。其研究成果首先是作為《中華民國新聞史》（5 卷本）的學術支撐，《民國新聞專題史研究叢書》的分冊課題都是「中華民國新聞史」項目的「特約研究課題」。課題負責人角色定位首先是「中華民國新聞史」項目「特約撰稿人」，其次是《民國新聞專題史研究叢書》分冊撰稿人。「特約研究課題」成果的內容精華

將以「特約專題稿」形式納入《中華民國新聞史》各卷，以提高《中華民國新聞史》（5 卷本）的整體水平。這些「特約研究課題」負責人都是在民國新聞史研究特定側面具有領先優勢的專家學者，他們在「中華民國新聞史」整體框架下對各自優勢領域進行深入的專題研究並撰成 20～25 萬字左右的獨立專著納入《民國新聞專題史研究叢書》統一出版，爲讀者深入系統瞭解民國新聞史的重要側面提供可資閱讀的文本。

《民國新聞專題史研究叢書》各分冊從中觀的橫向層面展現民國新聞史若干側面的發展進程，《中華民國新聞史》（5 卷本）則在宏觀的縱向層面展現中華民國時期新聞事業的起源產生以及在不同階段中發展、變化的歷史進程。《民國新聞專題史研究叢書》各分冊著作者在完成分冊書稿後，把該「特約研究專題」的研究成果撰成規定篇幅的「特約專題稿」，成爲 5 卷本《中華民國新聞史》內容的有機組成部分。之所以如此設計，目的是盡可能集中專家學者的集體智慧，提高國家社會科學基金重大項目成果《中華民國新聞史》（5 卷本）的整體水平，爲達到高起點、高標準、高水平、權威性的設計目標提供保障。

三

爲圓滿實現《民國新聞專題史研究叢書》的設計功能，項目組在全國新聞史學界範圍內選聘了一批具有深厚學術積澱、良好學術道德的專家學者，組成了《民國新聞專題史研究叢書》的強大著者團隊。他們（以姓名首字漢語拼音爲序）是：

艾紅紅（《民國時期的新聞廣播業》著者）。女，博士，中國傳媒大學新聞學院教授，博士生導師，中國人民大學新聞學院博士後，兼任中國新聞史學會常務理事。已出版《中國廣播電視史初論》、《新時期電視新聞改革研究》、《〈新聞聯播〉研究》《中國宗教廣播史》及《中國民營廣播史》等著作 5 部；與他人合著《中國廣播電視史教程》、《中國廣播電視圖史》（副主編）等著作 7 部；在《國際新聞界》、《山東社會科學》等發表《從黨派「營地」到民眾「喉舌」：民主黨派報刊屬性與功能之變遷（1928～1949）》、《民國時期基督教廣播特色初探》、《中國廣播電視的歷史發展及其動因考察》等論文數十篇。參與完成國家社科基金課題 2 項，其中之一《中國廣播電視通史》獲教育部科研成果二等獎、吳玉章獎一等獎。參與完成國家廣電總局重點課題 1 項、教

育部人文社科重點研究基地重大課題 1 項。主持完成教育部人文社科項目「中國宗教廣播史研究」，參與教育部馬克思主義理論研究和建設工程第二批重點教材《中國新聞傳播史》編寫。

白潤生（《民國時期的少數民族新聞業》著者）。中央民族大學教授，兼任中國新聞史學會特邀理事、少數民族新聞傳播史研究委員會名譽會長、中國報協民族地區報業分會顧問。曾任中國高等教育學會新聞學與傳播學專業委員會第五屆理事會理事，教育部新聞學學科教學指導委員會第二屆委員，國家民委少數民族語言文字出版、翻譯專業高級職稱評定委員會委員。主持國家「十五」社科基金項目「少數民族語文的新聞事業研究」和北京市高等教育精品教材《中國少數民族新聞傳播史》項目。獨著（或第一作者）出版著作 15 部，五次獲省部級獎。《中國少數民族文字報刊史綱》1996 年獲北京市第四屆哲學社會科學優秀成果二等獎、1998 年獲教育部普通高等學校第二屆人文社會科學研究成果二等獎；《中國少數民族新聞傳播通史》2010 年獲國家民委第二屆人文社會科學成果獎著作類二等獎；2011 年獲北京高等教育精品教材；《當代中國少數民族新聞事業調查報告》獲教育部第六屆普通高等學校科學研究（人文社會科學）優秀成果三等獎。另外，2014 年出版的《守護好我們的精神家園——白凱文少數民族文化文選》獲 2016 年中國新聞史學會「新聞傳播學會獎第二屆組委會特別獎」。參與編撰的著作 14 部，任副主編的 3 部（其中有一部負責通稿）、任編委的 3 部，任特約撰稿人的 1 部、任第二作者的 1 部。發表 140 餘篇學術論文。其中《承載民族夢想：中國少數民族文字報刊的百年回望》譯成英文發表在《中國民族》（英文版）2017 年第 4 期上，這是我國學者第一次面向國外介紹中國少數民族文字報刊的歷史概況。這既象徵著白潤生治學「三十年如一日」的辛勤耕耘，更代表了一位學者在少數民族新聞傳播研究領域所能達到的學術高峰。自 1995 年開始《中國青年報》、中央人民廣播電臺、《人民日報》及《中國民族報》、《中國文化報》、人民網等國家級媒體先後發表《鬧中取冷白潤生》、《使歷史成為「歷史」——訪韜奮園丁獎獲得者白潤生》、《薪火不斷溫自升——記少數民族新聞學學者白潤生》等專訪 10 餘篇，是中國少數民族新聞史研究的開創者和帶頭人。其生平被收入《中國新聞年鑑》（1997 年版）「中國新聞界名人」專欄及《中國新聞界人物》等 20 多部辭書。

鄧紹根（《民國時期的外國在華新聞業》主編及主要著者）。博士，中國

人民大學新聞學院教授，博士生導師、中國人民大學馬克思主義新聞觀研究中心主任、中國新聞史學會聯席秘書長，長期從事中國新聞傳播史論研究，主持國家及省部級課題 10 餘項，參與重大課題 3 項；先後在《新聞與傳播研究》《國際新聞界》《現代傳播》《新聞大學》等新聞傳播學術刊物發表論文 100 餘篇，其中論文《論民國新聞界對國際新聞自由運動的響應及其影響和結局》（《新聞與傳播研究》2013 年第 9 期）榮獲「2012～2013 年廣東省哲學人文社會科學優秀成果論文類一等獎」；參與的教改項目《馬克思主義新聞觀指導下新聞人才培養「六結合」模式的創建與實踐》先後獲得「2017 年廣東省教學成果獎一等獎」和「2018 年國家級教學成果獎二等獎」；出版有《新聞學在北大》（增訂本）、《中國新聞學的篳路藍縷：北京大學新聞學研究會》《美國在華早期新聞傳播史 1827～1872》等學術書籍八部，其中《中國新聞學的篳路藍縷：北京大學新聞學研究會》（清華大學出版社 2015 年）獲得「第七屆吳玉章人文社會科學青年獎」。

方曉紅（《民國時期的新聞管理體制》主編兼主要作者）。女，復旦大學新聞學院博士後，南京師範大學新聞與傳播學院教授、博士生導師，曾任南京師範大學新聞與傳播學院院長兼任中國新聞史學會常務理事、教育部高等學校新聞學學科教學指導委員會委員、中國新聞教育學會理事、武漢大學媒介發展中心研究員、鄭州大學新聞傳播研究中心研究員、江蘇省新聞傳播學重點學科帶頭人。主要從事中國新聞史、大眾傳媒與農村研究。出版有《中國新聞史》、《報刊·市場·小說》、《大眾傳媒與農村》、《農村傳播學研究方法初探》等，獲江蘇省哲學社會科學優秀成果二等獎 1 項、三等獎 2 項。在《新聞與傳播研究》、《新聞大學》、《江蘇社會科學》等發表《抗日戰爭與解放戰爭時期中國報刊事業的特點》、《論梁啟超的報刊理論與小說理論之關係》等數十篇。主持完成國家社科基金項目 2 項、江蘇省社科基金項目 2 項，目前主持國家社科基金項目和江蘇省高校社科基金重點項目各 1 項。

韓叢耀（《民國時期的圖像新聞業》主編兼主要著者）。南京大學新聞傳播學院／歷史學院教授，博士生導師；中華圖像文化研究所所長，法國歐亞印象交流協會（ISASES）顧問。長期從事圖像史學與視覺傳播領域的研究與教學工作，在國內外發表專業學術論文 100 多篇，出版學術專著 20 餘部。代表性成果有《新聞攝影學》、《圖像傳播學》、《中國近代圖像新聞史》（6 卷）和《中國現代圖像新聞史》（10 卷）、《中華圖像文化史》（40 卷，主編）。獨

立主持國家級科研項目 6 項，國際科研項目 2 項，省部級科研項目 10 項。主持完成國家社科基金項目 2 項：「中國近代（1840～1919）圖像新聞出版史研究」（07BXW007）和「中國現代（1919～1949）圖像新聞傳播史研究」（11BXW005）。國家社科基金重大招標項目「中國新聞傳播技術史」（14ZDB129）首席專家；以色列 SIP 研究項目首席專家；澳門「澳門視覺形象傳播譜系研究」首席專家。曾兩次獲得中國攝影金像獎；國家級教學成果二等獎。學術研究成果獲第四屆中華優秀出版物圖書獎、第七屆高等學校科學研究優秀成果獎（人文社會科學）二等獎。

**李建新**（《民國時期的新聞教育》著者）。上海大學新聞傳播系教授、博士生導師、上海大學國際新聞傳播教育研究中心主任、《棋友》雜誌社副總編、《中國新聞傳播教育年鑒》編委會副主任委員、長三角象棋聯誼會常務副主席兼秘書長、上海大學象棋協會會長。中國新聞史學會常務理事，中國新聞史學會新聞傳播教育史研究委員會副會長。工學學士、哲學碩士、教育學博士、新聞傳播學博士後，美國密蘇里大學新聞學院訪問學者。曾任太原理工大學學報編輯部主任、執行主編，兼任《中國改革報·新財富週刊》執行主編、《中國企業報·新聞週刊》副主編等職。在新聞史、新聞理論、新聞業務等新聞學三個主要學科領域有突破性、首創性研究成果，《人民日報》記者以「新聞學研究的全能專家」為題進行過報導。學術成績被《人民日報》、新華社、《中國社會科學報》、《中國新聞出版報》、《文匯報》、《新華每日電訊》、人民網、光明網、新浪網等進行過報導。長期研究國內外新聞傳播教育，三次入選教育部新聞傳播教育研究的課題組；在新聞與哲學、新聞與社會、國家形象的塑造與傳播、中華文化的對外傳播、突發事件報導、文體報導、人物專訪、媒介戰略、新聞評論、企業媒介應對、媒介融合教育、新媒體環境下的新聞實務等方面均有獨到的研究成果。承擔國家社科基金重大子項目、重點及省部級項目多項；完成其他橫向課題 30 多項；發表學術論文 150 餘篇；獨立出版新聞傳播學專著 10 部，合作出版相關專著 9 部，在《人民日報》、《聖路易新聞報》等發表各類新聞類作品 300 多篇。獲得哲學人文社會科學省部級獎、全國優秀圖書獎、全國徵文比賽一等獎等 30 餘項。

**李秀雲**（《民國時期的新聞學研究》主要作者），女，歷史學博士，天津師範大學新聞傳播學院院長、教授、博士生導師、天津地方新聞史研究所所長，中國新聞史學會常務理事、中國新聞史學會地方新聞史研究委員會副會

長。天津市「131」創新型人才培養工程第一層次人選、天津市宣傳文化「五個一批」人才、天津市高等學校學科領軍人才、天津市高等學校創新團隊帶頭人。長期從事中國新聞學術史、中國新聞思想史研究。主持國家社科基金項目《以學刊爲中心的新聞學術思想史研究》、《中國當代新聞學研究範式的轉換》，教育部基金項目《中國當代新聞學術史》，天津社科基金項目《民國新聞學刊與新聞學術》、《〈大公報〉專刊研究》等 12 項。出版《中國新聞學術史（1834～1949）》（2004）、《中國現代新聞思想史》（2007）、《〈大公報〉專刊研究（1927～1937）》（2007）、《留學生與中國新聞學》（2009）、《中國當代新聞學研究範式的轉換》（2015）等五本專著，在《新聞大學》、《國際新聞界》等期刊發表《黃天鵬對中國新聞學術研究的貢獻》、《梁啓超輿論觀之演變及其成因》等論文 60 餘篇。專著《中國新聞學術史》獲天津市社會科學優秀成果獎三等獎（2008）。

劉亞（《民國時期的軍隊新聞業》著者）。原解放軍南京政治學院軍事新聞傳播系教授，博士研究生導師。1975 年 7 月畢業於復旦大學新聞系。1984年 6 月參加軍隊新聞教育工作，致力於新聞史教學與研究。講授大專、本科、碩士和博士研究生不同學歷等級課程。作爲第四完成者的《深化軍事新聞教學改革，全面構建輿論戰課程教學體系》獲國家級教學成果二等獎、軍隊級教學成果一等獎。發表《中國軍事新聞事業的產生與發展》《新中國我軍新聞事業 50 年》《加強軍事新聞宣傳的發展戰略研究》《20 世紀中國軍事新聞學研究》等 30 多篇論文。出版與參與編撰 10 部論著與教材。參加 5 項國家社科基金課題研究，主持的國家「十一五」規劃課題《中國人民軍隊新聞史研究》以全優結項。

萬京華（《民國時期的新聞通訊業》主編兼主要作者），女，新華社新聞研究所新聞史研究室主任，高級編輯（研究員），中國新聞史學會常務理事，長期從事新聞史研究工作。參與《新華通訊社史》第一卷、《新華社 80 年輝煌歷程》、《新華社烈士傳》、《中國名記者》叢書等重點圖書編撰。在國內學術期刊發表《毛澤東與新中國的新聞事業》、《周恩來與新華社駐外記者》、《鄧小平與新聞工作》、《解放戰爭時期新華社軍隊分社的創建與發展》、《從紅中社到新華社》等論文 140 多篇。參與國家社科基金重大項目 1 項，國家出版基金重點項目 1 項，新華社國家高端智庫重大項目 1 項。《在敵後抗日根據地創建的新華分社及其歷史貢獻》獲中直工委紀念抗戰勝利 60 週年徵文二等

獎。參與編輯製作的十集電視紀錄片《新華社傳奇》獲第六屆「記錄‧中國」三等獎。參與研究的 3 項成果先後獲新華社社級好稿、新華社社長總編輯獎等。

徐新平（《民國時期的新聞學研究》主編兼主要作者）。湖南師範大學新聞與傳播學院教授，博士生導師，傳媒倫理與法制研究所所長，兼任中國新聞史學會常務理事。先後主持完成國家社科基金項目「中國新聞倫理思想的演進」、「晚清時期新聞思想研究」，湖南省社科基金項目「新聞倫理學研究」、「中國近代新聞思想史」和「中國現代民營報人新聞思想研究」等，參與教育部人文社科研究基地重大項目「中國共產黨新聞思想史」的研究，遴選爲教育部馬克思主義理論研究和建設工程第二批重點教材《中國新聞傳播史》骨幹成員。已出版《維新派新聞思想研究》、《新聞倫理學新論》、《中國新聞倫理思想的演進》等專著，在《新聞與傳播研究》《新聞大學》等學術刊物發表《晚清時期中國對外新聞傳播思想》、《論維新派新聞自由觀》、《中國新聞人才觀的變遷》等新聞學論文 70 餘篇。有關論文被中國人民大學複印報刊資料《新聞與傳播》全文轉載。專著《維新派新聞思想研究》獲湖南省第 11 屆哲學社會科學優秀成果三等獎，參著《中國共產黨新聞思想史》獲第五屆吳玉章社會科學成果優秀獎。

張立勤（《民國時期的新聞業經營》著者）。女，華南師範大學新聞傳播系副教授，碩士生導師。武漢大學文學士，復旦大學媒介管理學博士。美國北卡羅來納大學教堂山分校訪問學者，南京師範大學民國新聞史研究所特約研究員。有過近十年的新聞從業經歷，曾任《南風窗》雜誌社記者，先後出版 3 部新聞紀實作品，在《中國青年報》、《南風窗》、《南方週末》等媒體發表了數十篇深度報導。2006 年至今從事新聞傳播教學與研究，對媒介經營管理、新聞史等領域有著持久的學術興趣。主持國家社科一般項目 1 項、國家社科重大項目子課題 1 項、省部級課題 2 項，已出版學術專著 2 部，曾在《國際新聞界》、《新聞大學》等核心期刊發表二十餘篇學術論文。

上述專家學者來自北京、上海、廣州、天津、長沙、杭州和南京等地 10 多個教學研究單位，其中既有德高望重的學術界前輩帶頭人如中央民族大學白潤生教授，又有一批「70 後」的朝氣蓬勃「新生代」學者，團隊主體則是從事新聞史教學研究數十年既有豐富經驗又有豐碩成果的「50 後」學者專家；他們中間既有來自國內著名高等學院的教授，也有國家通訊社研究單位的學

者；既有擅長研究新聞廣播史、新聞通訊業史、新聞經營史、新聞學術史及新聞管理史的專家，更有擅長研究新聞教育史、少數民族新聞史、軍隊新聞史、圖像新聞史及外國在華新聞史等方面的專家，整個團隊專長互補、信息共享、精誠合作、攜手同進，為特約專題研究順利推進及「特約專題稿」如期高質量完成和《民國新聞專題史研究叢書》分冊撰稿提供了堅實的保障。

## 四

在特約專題研究和《民國新聞專題史研究叢書》分冊撰稿過程中，特約專題負責人（分冊撰稿者）認真貫徹實事求是的思想路線，堅持尊重歷史存在、尊重文化傳統、尊重不同學派的原則；遵循歷史唯物主義和辯證唯物主義原則和方法，既看到「民國新聞史上的確發生、存在過不少與現代文明和民主法制不合拍的歷史事實」，也看到「民國新聞業在科學技術普及、進步力量努力、世界民主潮流推動以及新聞事業規律的共同發力下有了長足的發展」的客觀存在；努力探尋「民國新聞業」有關側面在近四十年中的發展規律，以「新聞」、「新聞人」、「新聞媒介」「新聞活動」及「新聞事業」為中心，突出「民國新聞史」的階段和時代特點，努力再現中國新聞業在「中華民國時期」近四十年間的發展概貌。以嚴肅認真和對國家負責的態度，敬業踏實進行項目研究。

作為國家社科基金重大項目「中華民國新聞史」特約研究專題負責人、《民國新聞專題史研究叢書》分冊撰稿者及項目首席專家，我們當然希望這套《民國新聞專題史研究叢書》能反映 21 世紀 20 年代新聞史學界「民國新聞專題史」研究和認識的整體水平，基本能滿足新聞史學工作者、新聞業務工作者及對這一段新聞史感興趣的讀者瞭解叢書所涉及民國時期新聞史不同側面較詳細歷史情況的需要。毋庸諱言，這套《民國新聞專題史研究叢書》肯定還有諸多不足和遺憾之處：首先是首席專家設計「特約研究專題」時考慮未必十分妥當，可能使一些更重要的民國新聞史「側面」沒有列入「特約研究專題」研究以致留下缺憾；二是各分冊由不同專家學者分頭執筆，各人表述習慣和行文風格不盡一致，整套叢書各分冊在行文及語言風格上難以完全統一；三是因為各位執筆者的社會閱歷、學術積澱、人文素養及研究重點等不盡相同，在某些問題的認識全面性、分析科學性及表述嚴密性等難免參差不齊，甚至有些評價不一定全面正確，有些觀點不一定十分妥當；四是受各種

# 目次

# 第一章　民國創建前後外國在華新聞業演變

　　1912 年 1 月 1 日，各省代表齊聚南京，推舉孫中山爲臨時大總統，宣告了中華民國的成立。2 月 12 日，溥儀退位，統治中國 236 年的清朝就此終結。4 月 1 日，孫中山正式卸任臨時大總統職位。雖然從武昌起義爆發到孫中山解職只有五個月的時間，但這期間整個中國經歷的變革卻是空前的。兩千多年的君主專制宣告結束，經過了數十年的奮鬥，中國終究邁進了民主共和時代。早在民國成立前，外國在華新聞業隨著西力東漸、殖民擴張，從 1822 年《蜜蜂華報》創辦開始，經歷了一個較長的演變發展時期。

## 第一節　外國在華新聞業興起的歷史背景

　　外國在華新聞傳播業的誕生發展同時代環境緊密相連。那是一個世界日新月異、風雲激蕩的時代，一個西方殖民者開拓市場、追求商業利益的擴張時代，一個宗教勃興、9 海外傳教運動高漲的時代，一個西方近代新聞傳播興起並向中國移植擴張的時代。[1] 如此時代下，西方傳教士作爲先遣隊，之後外國商人跟進，將西方新聞傳播業引入中國，並生根發芽。

### 一、外國傳教士在近代中國的傳教活動

　　馬禮遜等新教傳教士進入中國之前，明朝來華的天主教傳教士傳教已有

---

1　鄧紹根：《美國在華早期新聞傳播史（1827～1872）》，世界知識出版社，2013 年版，第 11 頁。

兩個多世紀，雖然天主教在中國有過一段興盛時期，但隨著清政府宗教政策的調整，特別是雍正朝確立全面禁教政策後，天主教在華發展每況愈下。禁教的直接導火索是禮儀之爭，其核心是中國人的祭祖、祭孔是宗教還是習俗，以及造物主應該如何譯名，有傳教士主張譯名繼續沿用「上帝」「天」「天主」等，有的則主張應該用拉丁文直譯作徒斯（Deus）。經過多次爭論，1704 年 11 月 20 日，教宗克雷芒十一世下令嚴禁中國教徒信中國禮儀，1715 年 3 月 15 日又重申這一禁令，所有在華教徒必須服從。1721 年，康熙帝在取閱羅馬教廷特使嘉樂帶來的禁令後，親自在禁令上寫下朱批：「覽此條約，只可說得西洋等小人如何言得中國之大理。況西洋等人無一通漢書者，說言議論，令人可笑者多。今見來臣條約，竟與和尚道士異端小教相同。彼此亂言者，莫過如此。以後不必西洋人在中國行教，禁止可也，免得多事。欽此。」[1]自此清廷實行全面禁教的政策，此後雍正、乾隆、嘉慶、道光各朝沿襲該策，時間長達百餘年。在禁教期間，清廷多次在全國範圍內查禁天主教，特別是在嘉慶十年（1805）後，白蓮教被徹底撲滅，清廷開始加緊防範包括天主教在內的各類民間宗教和結社活動，並明確將天主教定位「邪教」。

馬禮遜初到澳門、廣州時面臨的就是清廷嚴厲禁教的態勢。1807 年，倫敦佈道會派遣馬禮遜繞道美國抵達澳門，隨即進入廣州，成為近代來華新教傳教士第一人。馬禮遜在華二十五年，做了許多開創性的工作，促進了中西文化的交流。馬禮遜堅持文字佈道，翻譯了聖經，編製了《英華字典》，為後來的傳教者提供了便利。1813 年，米憐夫婦抵達澳門，限於當時大陸傳教的不利局面，馬禮遜和米憐商議，由米憐帶領中國教師、印刷工前往馬六甲創辦書院和印刷所，作為傳教基地。1815 年，米憐等人前往馬六甲，建起了英華書院，教授歐洲人學習漢語；創辦印刷所，出版了第一種中文近代期刊《察世俗每月統記傳》，並印刷了大量傳教用的小冊子。

與英國相比，美國傳教士進入中國的時間較晚。1830 年，美國美部會派遣裨治文前往中國傳教，成為美國教會在中國傳教事業的開拓者。1830 年 2 月，裨治文抵達澳門，起初他跟隨馬禮遜學習漢語，之後逐步開展出版、教育、醫療等方面的活動。1832 年，裨治文創辦英文報紙《中國叢報》（*China Repository*），向西方介紹中國的風土人情、政治、歷史等情況。1833 年，美部會傳教士衛三畏來到中國，初到中國他就負責起美部會印刷所的業務，之

---

[1] 沈雲龍主編：《康熙與羅馬使節關係文書》，文海出版社，1974 年版，第 96 頁。

後接替裨治文負責印刷《中國叢報》，之後的 20 年中，編輯印刷《中國叢報》成為其主要工作。1834 年，美部會傳教士伯駕來到中國，開啓了醫療傳教的新方式。

第一次鴉片戰爭和第二次鴉片戰爭後，中國的國門被迫打開，清廷實行的禁教政策逐步放寬並最終瓦解，基督教在華傳教迎來了新局面。在不平等條約的保護下，基督教勢力在華迅速擴張。之前集中在廣州、上海、寧波等地的傳教事業開始向全國擴張，傳教士人數不斷增加。據統計，1844 年來華傳教士為 31 人，教徒僅 6 人。1860 年傳教士增至 100 餘人，教徒 5620 人。1877 年，有 470 多名傳教士分布在中國 91 個城市的 312 個傳教點，教徒 1.3 萬餘人。1877 年，在華基督教傳教士在上海舉辦了第一次在華傳教士代表大會，這標誌著傳教活動穩固地被確立了。[1]

## 二、外國勢力在近代中國的侵略擴張

外國在華新聞傳播事業的開展同外國勢力在中國的侵略擴張相伴相隨，各類不平等條約在保護各國在華商業利益的同時，為傳教士事業和新聞傳播事業的發展提供了前提條件；隨著外國在華商業活動的不斷拓展，各國在華僑民不斷增多，外國在華的外文、中文商業報刊業也得以產生。

馬噶爾尼使團訪華後，將大量在中國的所見所聞帶回英國，中國在英國人心中的形象急轉直下，落後、封閉、愚昧逐漸成為中國的代名詞。使團副使斯當東的兒子小斯當東後來成為推動 1840 年英國對華宣戰的關鍵人物。1842 年 8 月，中英簽訂《南京條約》，除了割地賠款、開放口岸外，英國還獲得了片面協定關稅權。1843 年，中英又簽訂了《五口通商章程》和《虎門條約》，作為《南京條約》的補充，英國通過這兩個條約獲得了領事裁判權、關稅自主權和片面最惠國待遇。根據條約規定，廣州、廈門、福州、寧波、上海這五處通商口岸加上後來又開放的天津、漢口等口岸，成為晚清外國列強在華活動的中心，同時也成為外國在華新聞傳播事業的中心。1845 年，上海道臺宮慕久同英國駐滬領事巴富爾商定《上海土地章程》，劃出部分土地供英國人建房居住，外國租界由此出現。至 1902 年奧匈帝國設立天津租界，中國前後共有租界 27 塊，其中 25 塊為單一國家專管租界，2 塊為共租界。這些租界不受清政府管轄，擁有獨立的司法、行政等權力，成為外國人在中國活動

---

1　鄧紹根：《美國在華早期新聞傳播史（1827～1872）》，世界知識出版社，2013 年版，第 174 頁。

的主要場所，外國在華新聞傳播事業的開展也大都集中在租界內。

《南京條約》簽訂後，美國和法國緊隨其後，逼迫清政府簽訂中美《望廈條約》和中法《黃埔條約》，根據利益均霑原則，英國所享有的一切特權，美法兩國一併享有。爲了進一步打開中國市場，英國和法國藉口亞羅號事件發動了第二次鴉片戰爭，最終攻入北京，咸豐帝北逃熱河。清政府與英、法、俄等國簽訂多個不平等條約，各國在華的特權進一步擴大，除了新增諸多通商口岸外，清政府允許外國人在中國內地通商、遊歷，外國船隻可在長江各口往來，准許天主教在中國自由傳教。此外，俄國趁機竊取中國大量領土，其勢力從北方開始滲入中國。第二次鴉片戰爭之後，中國又同英國簽訂了《煙臺條約》，同法國簽訂《中法新約》，外國人在中國的活動範圍進一步擴大。

1895 年，甲午中日戰爭中國戰敗，除割地賠款外，還允許日本在通商口岸設立工廠。從此日本後來居上，開始在中國大規模擴張其勢力。1901 年清政府同英、美、法、德等國簽訂《辛丑條約》，外國列強對中國的侵略達到了頂點，也爲清朝的滅亡埋下了根源。

## 三、西方近代新聞業的發展與近代化中文報刊的興起

在外國人進入中國創辦報紙之前，英美等國現代意義上的報刊已誕生多年，形成了成熟的辦報模式。19 世紀初的英國，正在經歷從黨報時期向商業報刊時期的過渡階段，《泰晤士報》逐漸成長爲有世界影響力的大報，面向大眾的便士報逐漸增多。報界在積極爭取新聞自由的同時，已經將報紙視作一項可以盈利的產業。此時的印刷機也早已不是古登堡時代的印刷機，而是採用澆築的鉛活字，以蒸汽爲動力，印刷效率大幅提高。印刷效率的提高有效降低了報紙的售價，使其成爲普通民眾可以購買的文化產品。美國新聞業的發展稍晚於英國，但美國較早確立了新聞自由制度，所以報業的發展速度並不落後於英國。19 世紀初的美國也在經歷著從政黨報刊時期向商業報刊時期的轉型，面向普羅大眾的報刊即將到來。西方報業的發展以及印刷技術的進步奠定了外人在華辦報的基礎，辦報模式的逐漸成熟也使得報紙能夠迅速被傳教士拿來用作傳播宗教和科學的工具，最早的近代中文報刊得以誕生。

以馬禮遜、米憐、麥都思等人爲首的英國倫敦會傳教士在東南亞的馬六甲等地創辦了數份報刊，近代中文報刊由此誕生。傳教士通過這些報刊在傳播宗教思想和西方科學文化知識的同時，逐漸形成了早期中文傳教士報刊的辦報模式，對早期外人在華所辦中文傳教士報刊有重要影響。1815 年馬禮遜

和米憐在馬六甲創辦的《察世俗每月統記傳》是近代中文報刊之始。《察世俗》停刊兩年後的 1823 年麥都思在巴達維亞創辦了《特選撮要每月紀傳》，該報基本延續《察世俗》的形式，內容上減少了宗教內容，增加了科學知識。1827 年傳教士紀德在馬六甲創辦《天下新聞》，該報在樣式上與前兩者有了一些改變，採用活字印刷，散張的形式，內容以歐洲和中國的新聞為主。但在此之後傳教士所辦的中文報刊中，《察世俗》使用的中文線裝書樣式得到了延續。

## 第二節　外國在華新聞業的發源與興起

外國在華新聞業是特指由外國人在中國土地上通過創建新聞媒體、運作新聞活動並採集、編輯、傳播新聞消息以實現其文化傳播、政治宣傳、經濟收益等目的的社會文化事業。「明」去「清」來的十七世紀中葉，西方在「文藝復興」後進入資本主義階段，新動力和機械的出現和應用，勞動生產效率大幅提高，商品冗餘，急需尋找新市場。中國作為一塊尚未開發的「樂土」引起西方關注，包括新聞人在內的各式人等通過各種方式和途徑來到中國。

### 一、外國在華新聞業的發源

從第一份外國人在華創辦的報紙《蜜蜂華報》（1822 年）算起，到鴉片戰爭爆發是外國在華新聞業的起源階段。這一階段中，包括葡萄牙、英國、美國在內的西方國家紛紛來華辦報，所辦報刊既有商業報刊也有傳教士報刊，報刊發行主要集中在澳門和廣州兩地。在鴉片戰爭前中國境內出版的報刊中，外文報刊的發展遠遠超過中文報刊。中文報刊連同時期在南洋出版的《察世俗》等在內，共 6 種，其中在中國境內出版的只 3 種。而外文報刊則達 17 種上下，且一般（主要指英文報刊）規模都較大，出版時間也較長，有的達十幾年或二十年之久。中文報刊出版時間最長的為 6 年，有 3 種報刊只出 1 年左右。[1]

儘管米憐受馬禮遜指使在馬六甲創辦的《察世俗每月統記傳》是第一種近代中文報刊（有新聞史著作稱之為「中國近代第一種中文雜誌」[2]，但該

---

1　方漢奇主編：《中國新聞事業通史（第一卷）》，中國人民大學出版社，1992 年版，第 271 頁。
2　劉家林：《中國新聞通史》（修訂版），武漢大學出版社，2005 年版，第 37 頁。

刊實際上並不是創辦於中國領土，所以不能認定是「外國在華新聞業」的起源。如細究外國在華新聞業的起源，似乎可把清宣宗道光二年（壬午年）農曆七月二十七日（公元 1822 年 9 月 12 日）在我國澳門創辦的葡文報紙 *A Abelha da China*（譯作《蜜蜂華報》或《中國的蜜蜂》），是「澳門有史以來的第一份報紙」，[1]實際上也是外國人在中國土地上創辦的第一份報紙，所以應當視為外國在華新聞業的開端。該報紙具備以下幾個條件：首先該報是在中國土地上創辦。雖然葡萄牙人在 1553 年藉口晾曬水濕貨物登上澳門海岸並進而搭建棚屋為臨時居所賴在了澳門，但直到 1887 年 12 月中國和葡萄牙兩國政府簽訂《中葡和好通商條例》後，葡萄牙人才在法理上獲得了「永居管理澳門」的全力。葡萄牙人 1822 年在澳門創辦《蜜蜂華報》時，澳門還在中國廣東地方政府管轄之下，是完完全全的中國領土；其次是《蜜蜂華報》的創辦人為土生葡人（即在澳門出生的葡萄牙人）巴波沙中校，具有葡萄牙國籍，並根據葡萄牙國王關於「土生葡人可以擔任市議員」的資產階級立憲派領袖，是一個完全的「外國人」，由他創辦的《蜜蜂華報》當然屬於「外國人在華新聞媒介」；再則是《蜜蜂華報》的內容包括了商貿信息、社會新聞、政府公文、政情信息、會議通告、記錄及政府與市民的往來信函等內容，具有了近代新聞媒介傳播滿足社會各界新聞信息需要內容的主要特徵。因此，可以認定 1822 年 9 月 12 日在澳門創刊的《蜜蜂華報》是「外國在華新聞業」的起源。在《蜜蜂華報》之後，葡萄牙人在澳門又發行過數種葡文報紙，其中較有影響力的是《澳門鈔報》（*A Chronica de Macao*）和《帝國澳門人》（*Macaista Imparcial*）。《澳門鈔報》創辦於 1834 年 10 月 12 日，主要刊登新聞和政治內容，開始為週刊，後改為雙週刊。《帝國澳門人》創刊於 1836 年 6 月 9 日，逢週一、四出刊，是作為《澳門鈔報》的競爭對手出版的。鴉片戰爭前澳門出版的葡文報紙還有《澳門郵報》（*O Corrcio Macaense*）、《商報》（*O Commercial*）、《真愛國者》（*O VerdadeiroPatriota*）等報。這些報紙主要關注葡萄牙及澳門本地事務，主要作為葡萄牙在華的僑報存在，同中國的聯繫不大。

　　隨著中西交流增加，外國勢力在中國不斷擴張，外國人在中國土地上創辦新聞媒體、傳播新聞消息的活動就絡繹不絕。隨著外國在華新聞媒介的迅速增加和創辦者追求的價值目標差異，外國在華新聞媒介出現明顯的分化。

---

1　程曼麗：《〈蜜蜂華報〉研究》，澳門基金會，1998 年版，第 40 頁。

外國在華新聞業的內在結構逐漸清晰地出現三個版塊：第一個版塊是一些宗教意志「篤定」的西方傳教士依託教會系統繼續創辦以宣傳宗教教義和教理（有時也兼帶宣傳一些科學知識）爲主要內容的教會刊物，主要在教會成員和信教者間傳播和流傳；第二個版塊是一部分具有商業頭腦的外國人把創辦新聞報刊視作投資發財的路徑。第三個版塊是一些西方傳教士從早期立足「傳教」向意在「傳學」，再從「傳學」轉向「從政」。

外國人在廣州創辦的第一份報紙是英文商業報紙《廣州紀錄報》（*Canton Register*）。該報 1827 年由美國商人威廉·伍德首先倡議，然後由他從三矼地臣借來手搖印刷機，與英國鴉片商馬地臣共同創辦。威廉·伍德任編輯，在編輯方面發揮了重要作用，撰寫了大部分文章。馬地臣是發行人和經理，實際控制該報。報紙出版三個月後，伍德因與馬地臣的意見分歧離去，改由馬地臣和馬禮遜任編輯。該報初爲雙週刊，後改爲週刊。1835 年 9 月 12 日另一份英國人所辦英文報紙《廣州週報》（*Canton Press*）創刊，該報被認爲是英商自由貿易派的報紙，是《廣州紀錄報》的主要對手。

繼英國之後，美國人開始在廣州出版報紙。1831 年 7 月 28 日，《中國差報和廣州鈔報》（*Chinese Courier and Canton Gazette*）在廣州外國商館區正式發行，發行人爲美國人普爾（T.Poole），主編威廉·伍德。該報每期四頁，設有欄目，分兩個基本欄，刊載文章。其主要內容包括以下幾方面：第一，密切關注中外貿易進展，開展自由貿易討論；第二，批評東印度公司；第三，介紹中國國情，詆毀中國人的形象；第四，討論解決中外貿易爭端的途徑，叫囂武力侵華。[1] 該報最終出版到 1833 年 9 月。

在商業報刊出現後，傳教士也開始行動起來。1830 年來華的美國傳教士裨治文在馬禮遜等人的幫助下創辦了《中國叢報》，1832 年 5 月 31 日正式開始發行。《中國叢報》每期在 50 頁左右，除了少數宗教新聞和有關宗教的文章外，主要刊登介紹中國政治制度、法律、商貿、文化、教育等方面的文章，體裁也多種多樣，包括遊記、書信、調查材料、書評等等。該報一直出版到 1851 年 12 月，出版長達近二十年的時間。該報不僅在中國發行，在東南亞諸國也有大量訂戶，而且遠銷英、美、德等國。

1833 年 8 月 1 日，普魯士傳教士郭士立在廣州創辦《東西洋考每月統記

---

1　鄧紹根：《美國在華早期新聞傳播史（1827～1872）》，世界知識出版社，2013 年版，第 51～56 頁。

傳》，該報成爲第一份在中國出版的中文報刊。《東西洋考每月統記傳》和最早的中文報刊《察世俗》在形式上保持了一致，也使用雕版印刷和線裝書的裝幀，採用了相似的封面設計，內容也以宗教、科學、倫理道德知識爲主。較之《察世俗》，《東西洋考》也有許多變化，在內容上，宗教內容居於次位，科學文化知識成爲刊物的主要內容；版面設置上，專設了新聞欄目，主要刊登國際新聞，也有少量廣州和澳門的新聞；寫作上強調通俗，文章篇幅較短，內容貼近社會現實生活，題材也多樣化。總之在業務上，《東西洋考》已在相當程度上具有近代報刊的基本特徵了。[1]繼《東西洋考》後，英國傳教士也開始在中國發行中文報刊，1838 年 10 月，倫敦會的傳教士麥都思在廣州創辦《各國消息》，麥都思的女婿英商奚禮爾爲助理編輯，理雅各也曾參加編輯。該刊每月初一，採用雕版印刷的同時也採用石印印刷，依然是中國線裝書式樣。該報主要刊登各國風土人情的介紹、航運消息和物價行情等。到 1839 年 5 月，因中英關係緊張，英國商人和傳教士都撤離了廣州，所以該刊最多出至 8 期，目前僅見前兩期。

## 二、外國在華新聞業的興起

鴉片戰爭前，外國商人和傳教士紛紛撤離中國，在廣州出版的報紙也都外遷。戰爭後，香港在英國人的統治下經濟發展迅速，不僅成爲中英貿易的基地，還是東南亞重要的交易中心，貨物、商船往來頻繁，聚集了大量外國商人、傳教士。在此種情況下，香港迅速成爲外國人在華辦報的基地，從 1841 年到 1850 年，香港先後出現九種報刊。鴉片戰爭後至 1860 年，全國先後出現英文報刊約 24 種，香港占約占 17 種。[2]該時段香港出版的報刊中，上文提到的三類報刊都繼續發行，其中商業報刊大量湧現，純粹宣揚宗教理念的傳教士報刊逐漸減少，「傳教」兼「傳學」成爲傳教士報刊的主流。

1841 年 5 月 1 日馬儒翰（馬禮遜長子）創辦的《香港公報》（*Hongkong Gazette*）是香港最早的報紙，該報最初在澳門創辦，之後才遷往香港。且在次年就併入了香港的商業報紙。真正最早在香港產生影響力的是以《中國之友》《香港紀錄報》爲代表的一批英文商業報刊。這些報刊主要由英國商人創

---

1　方漢奇主編：《中國新聞事業通史（第一卷）》，中國人民大學出版社，1992 年版，第 268 頁。

2　方漢奇主編：《中國新聞事業通史（第一卷）》，中國人民大學出版社，1992 年版，第 288 頁。

辦，第一份是 1842 年 3 月 17 日由英商奧斯維爾德（Richard Oswald）創辦的《中國之友》（*Friend of China*），該報同樣創辦於澳門，第二期時遷往香港。該報在 1843 年和 1850 年兩易其主。該報前期支持香港政府，1850 年臺仁特（*William Tarrant*）購得報紙並擔任主編後，該報持反對政府的態度。該報對太平天國做過系統報導，並同情太平天國，這在香港外報中較爲少見。臺仁特對香港政府的猛烈批評導致他在 1859 年被控誹謗罪入獄。1860 年臺仁特出獄後將報紙遷往廣州，1863 年又遷往上海，1869 年停刊。

第二份報紙《香港紀錄報》（*Hongkong Register*）前身是《廣州紀錄報》，1839 年遷往澳門，1843 年遷到香港。該報對香港政府也持反對態度，但主要是代表外國商人對香港政府在侵華策略上的不滿，認爲香港政府不能滿足他們擴大侵華範圍的要求。[1]該報遷往香港後產權變更數次，最終在 1863 年因經營困難停刊。

《德臣報》（*The China Mail*）1845 年 2 月創刊於香港，該報於 1974 年停刊，發行時間長達 129 年，在香港影響深遠。創辦人和主筆是英國出版商蕭銳德（Andrew Shortrede），其中文名稱則取自該報的第二任另一創辦人德臣（Andrew Dixon）。該報持支持政府的態度。發行之初爲週刊，1862 年 2 月 1 日改爲日報。孫中山在最初革命時，該報就曾予以支持。孫中山創立興中會，該報當時的主筆黎德參加起草興中會的英文對外宣言。第一次廣州起義時，該報曾發表支持革命的文章。

《孖剌報》（*Daily Press*，1861 年改名 *Hongkong Daily Press*）創辦於 1857 年，由美商茹達（George M.Ryder）和英商莫羅（Yorick Jones Murrow）共同創辦，兩人分別任發行人和編輯，次年莫羅買下了報紙的全部股份。在 1860 年以前，香港形成了《德臣報》《香港紀錄報》《中國之友》三足鼎立的局面，1860 年以後，《中國之友》內遷，《香港紀錄報》漸趨蕭條，便形成了《孖剌報》和《德臣報》兩家對峙的格局。[2]該報的主編莫羅同樣因批評政府在 1858 年被判入獄。該報在香港影響頗深，發行時間長達八十餘年，直到 1941 年日軍侵佔上海才被迫停刊。

商業報刊迅速發展的同時，傳教士也繼續以報刊作爲媒介，開展「傳道」和「傳學」工作。1843 年，馬禮遜和米憐創辦的英華書院遷到香港，印刷設

---

1　丁淦林等著：《中國新聞事業史新編》，四川人民出版社，2008 年版，第 40 頁。
2　丁淦林等著：《中國新聞事業史新編》，四川人民出版社，2008 年版，第 40 頁。

備也一併遷來。1835 年 1 月，爲紀念馬禮遜，廣州的外僑創辦了馬禮遜教育會。1842 年 11 月該會及其設在澳門的學校遷到香港。雖然香港在鴉片戰爭後成爲基督教的傳教基督，但遲遲未有新的傳教士報刊出現。直到 1849 年馬禮遜教育會旗下的學校停辦，馬禮遜教育會決定將一部分資金用來創辦一份中文報刊，這份中文報刊在麥都思的主持下得以出版。1853 年 9 月 3 日，由馬禮遜教育會主辦，英華書院印刷的《遐邇貫珍》（Chinese Serial）正式出版，麥都思任主編，麥都思前往上海之後編務工作由其女婿奚禮爾主持，1856 年又由英華書院院長理雅各擔任主編。因理雅各工作繁忙，該刊 1856 年 5 月宣告停刊。《遐邇貫珍》爲月刊，每月印刷 3000 份，在港澳地區、廣州、廈門、寧波、上海等地均有銷售。該刊仍採用中文線裝書的樣式，但已採用鉛活字印刷，內容上也以新聞、科學知識爲主，宗教內容占比較少。《遐邇貫珍》上消息、短訊、通訊、評論等近代新聞體裁都已初具雛形，也出現了連續報導。與之前的中文期刊相比，在新聞業務方面有了長足的進步。[1] 此外，創辦於 1877 年的《香港天主教紀錄報》（The Hongkong Catholic Regiotes）成爲是天主教組織在中國出版的第一份報刊。

　　除了英文商業報刊和傳教士所辦中文報刊外，中文商業報刊也在香港的商業環境中孕育出來。最早的幾份中文商業報刊都由英文報館創辦，可以看做英文商業報紙的衍生品。1858 年初孖剌報館創辦《香港船頭貨價紙》，該報以香港鋪戶爲發行對象，一張兩版，雙面印刷，內容以商情、船情和廣告爲主，每期有新聞兩三條，占整個篇幅的十分之一。1864 年更名爲《香港中外新報》，新聞進一步增多。該報發行至 1919 年停刊。

　　德臣報館在 1861 年 7 月 5 日出版《香港新聞》，該報以船期、物價爲主要內容，也曾刊登過太平天國的新聞，發行至第八卷停刊。1871 年 3 月 18 日，《德臣報》上專門開闢中文版取名《中外新聞七日報》。該報每逢週六刊發，雖然只有一版，但視野較爲開闊。新聞方面不僅有本地新聞，還分國內新聞和國際新聞，它曾對普法戰爭和巴黎公社作了連續報導，詳細程度超過了同期的其他中文報紙。1871 年 4 月 15 日後開始出現評論，這些評論除了宣傳傳統倫理觀念和懲惡勸善的說教外，還有一些關於中國如何富強的議論。1872 年 4 月 6 日，《中外新聞七日報》停刊，改出《香港華字日報》，每期四版，獨立發行。

---

1　丁淦林等著：《中國新聞事業史新編》，四川人民出版社，2008 年版，第 42 頁。

雖然仍由德臣報館印刷，但已是中國人獨立負責的報紙。[1]

# 第三節　外國在華新聞業的拓展

1860 年代後香港依舊有新的外人所辦報刊出現，但外人在華辦報的基地從香港轉移到上海。1860 年後中國的國門進一步打開的過程中，上海逐漸成為外國對華貿易以及外人在華活動的中心，傳教士也開始以上海為基地開展傳教活動。與此同時，外國人在中國的活動範圍逐步擴大，各通商口岸的商貿、傳教活動漸趨活躍。因此在 60 年代後，外國在華新聞業進一步拓展，形成了以上海為中心，並在全國點狀散佈的新聞事業。

## 一、近代報業中心從香港轉移到上海

1860 年代後，外國在華辦報的中心從香港轉移到上海，新增報刊數量大幅增加，迅速超過香港。據統計，1861 年至 1895 年，香港出版英文報紙 8 種，上海為 31 種，占全國英文報紙總數 55%以上。1861 年至 1894 年，香港新增中文報紙 3 種，上海新增 31 種。[2]而且就影響力而言，上海的諸多報紙在全國都有較大的影響力，這是香港報紙所不能比的。

上海最早的英文商業報刊是 1850 年 8 月 3 日創刊的《北華捷報》（*North China Herald*），由英國商人奚安門（Henry Shearman）創辦並任主編，之後由字林洋行經營。1864 年該報的副刊定名為《字林西報》（*North China Herald News*）改為日報，獨立出版，《北華捷報》改為該報的星期副刊繼續出版。該報在 1859 年被英國駐上海領事館指定為該領事館及商務公署的文告發表機關，並得到上海工部局的資助和優先刊載工部局公告的特權，因此在一定程度上該報被視為英政府在華的喉舌。

1860 年代開始，上海英文報刊進入快速發展期，截止到 1894 年先後出版英文報刊 30 種左右。這些商業報刊以行情、船期、廣告為主要內容，報與報之間競爭激烈，兼併之事時有發生，最終能長時間存在的只有數家。1861 年 9 月 15 日，英商威脫（Wynter）創辦《上海每日時報》（*Shanghai Daily Times*），聘請 J·M·史密斯做主筆，該報只出版一年就因經營困難停刊。1862

---

1 方漢奇主編：《中國新聞事業通史（第一卷）》，中國人民大學出版社，1992 年版，第 301～302 頁。
2 方漢奇主編：《中國新聞事業通史（第一卷）》，中國人民大學出版社，1992 年版，第 305 頁。

年，怡和洋行聘請香港《中國之友》的主編瓊斯（C.Treasure Jones）創辦《祺祥英字新報》（*The Shanghai Recorder*）。該報為日報，因其對時事報導詳細，《北華捷報》的副刊《每日船頭貨價紙》難以與之匹敵，不得不在 1864 年 6 月 1 日將其改為日報《字林西報》出版。在此之後上海出現的英文商業報紙還有《上海晚差報》（*The Shanghai Evening Express*，1867 年 10 月 1 日創刊，上海第一家晚報）、《上海晚郵報》（*The Shanghai Evening Courier*，1868 年 10 月 1 日創刊）、《益聞西報》（*Shanghai Budget and Weekly Courier*，1871 年 1 月 4 日創刊）、《晚報》（*Evening Gazette*，1873 年 6 月 2 日創刊）、《華洋通聞》（*The Celestial Empire*，1874 年創刊）、《文匯報》（*The Shanghai Mercury*，1879 年創刊），等等。這些報紙經過激烈的競爭、兼併，最終在 90 年代形成《字林西報》《華洋通聞》《文匯報》三足鼎立的局面。

上海商業報刊的發展規律同香港的相似之處在於，都是先出現英文商業報刊再出現中文商業報刊，且最早的中文商業報刊也是由外報報館創辦。1861 年 11 月，字林洋行出資創辦《上海新報》，初為週刊，1862 年 5 月起改為每週出版三次，1872 年 7 月改為日報。《上海新報》是一份標準的商業報刊，其主要內容都是商業信息，報紙上常見的欄目有關於船期及船隻停靠碼頭等航運業專欄；報告最近幾天的洋銀、銅錢兌換率的洋銀錢價專欄；提供各主要通商口岸貨物品種和貨價等信息的各地行情專欄。[1]該報刊載的新聞大都選自香港《近事編錄》《香港中外新報》等報紙，此外還有京報摘登和上海本地新聞。該報第一任主編是字林洋行的詹美生（R. Alexander Jamieson），之後華美德（M. F. Wood）、傅蘭雅、林樂知等歐美傳教士都擔任過主編。該報在創刊後的十年中是上海唯一的中文報紙。直到 1872 年《申報》出現後，《上海新報》迅速被打敗，最終在 1872 年 12 月 31 日停刊。

1872 年 4 月 30 日，《申報》在上海創刊，由英國商人美查和三位友人共同創辦。美查將《申報》當做一門生意，以營利為目的，通過靈活的經營手段迅速佔據了優勢，將《上海新報》擠出了報界。就報紙內容而言，《申報》在言論和新聞題材上都重視民生和社會新聞，通過繪聲繪色的細緻報導吸引了大量讀者，例如對楊乃武和小白菜案及楊月樓案的報導都曾轟動一時。《申報》重視文藝作品，大量刊載中國文人所寫竹枝詞，此塊內容逐漸改進，最終形成綜合性的副刊。由此《申報》確定了近代中文報紙由新聞、言論、副

---

1 馬光仁主編：《上海新聞史（1850～1949）》，復旦大學出版社，2014 年版，第 36 頁。

刊和廣告組成的模式。在經營上《申報》也有獨到之處，開創了諸多慣用經營手段的先河。《申報》將售價定在每份八文錢，並通過贈閱，招聘報販代銷、代買、上門勸訂等手段迅速打開市場，形成了以上海爲中心，囊括周邊數座城市的發行網。《申報》實現盈利後，美查還依託申報館創辦了其他刊物。1872 年 11 月 11 日，《瀛環瑣記》發行，內容以文學作品爲主，1876 年更名爲《環宇瑣記》。1876 年 3 月 26 日申報館發行通俗類報紙《民報》，每週出版三次，該報存世較短。同年 5 月，美查將西洋畫師繪製的海外風景畫匯訂成冊出售，之後這種畫報多次出版。申報館在 1878 年購置石印設備，並成立點石齋，起初主要印刷楹聯、中國傳統神話圖像等。1884 年 5 月 8 日開始發行《點石齋畫報》，內容多以時事爲主，受到市民的廣泛歡迎。

　　《申報》在上海暢銷十年後，《字林西報》的主筆巴爾福（F. H. Balfour）建議字林洋行將閒置已久的圈套中文活鉛字利用起來，這才有了《字林滬報》。1882 年 5 月 18 日，《滬報》創刊，出至 73 號後改名《字林滬報》，報紙每週出版六次，週日休刊。《字林滬報》吸收了十年前《上海新報》的教訓，在業務上做了許多改革。《字林滬報》仿傚《申報》，聘請戴譜笙、蔡爾康等華人任主筆，全面負責《字林滬報》的筆務工作。蔡爾康在《字林滬報》的八年時間了，爲該報擴大影響貢獻頗多。《字林滬報》也採用了中國本地產的毛邊紙，單面印刷，並定價爲每份八文，低於《申報》的每份十文。並做成《申報》樣式的「櫃檯報」，方便商店的夥計在櫃檯閱覽，適應了讀者長期養成的看報習慣。在內容上，《字林滬報》也注重言論，每期必有時評，蔡爾康在其譜第李平書的幫助下組成一個主筆班子，將報紙的評論辦得有聲有色。《字林滬報》對文藝內容也十分重視，後期報紙上不僅有詩詞歌賦，還出現了長篇小說連載。在 1897 年 11 月 24 日，新聞史上第一個副刊《消閒報》以《字林滬報》附張出版。蔡爾康 1891 年離開《字林滬報》，之後報紙被出售給中國人經營的商號，1900 年由日本東亞同文會購得，改名《同文滬報》。

　　1893 年 2 月 17 日，上海另一家重要的中文商業報《新聞報》創刊，上海的中文報壇由兩家對峙變爲三足鼎立。《新聞報》最初由中外商家合資創辦，英國商人丹福士（A. W. Danforth）擔任總董，斐禮士（F. F Ferris）擔任總理，之後丹福士購買了全部的報紙股權。在斐禮士的經營下，《新聞報》通過多樣的經營手段打開了市場，逐漸在《申報》和《字林滬報》佔據的上

海中文報界站穩了腳跟。《新聞報》最早報紙的主筆由蔡爾康擔任，蔡僅半年便因意見不合離去。之後又有袁祖志、孫玉聲等人擔任主筆。1899 年丹福士破產，報紙的產權售給了美國傳教士福開森（John C. Ferguson）。福開森接手報紙後，聘請汪漢溪擔任總理，銷量更增。

## 二、上海商業報刊外其他類型報刊的發展

傳教士報刊出現的時間並不晚於商業報刊。早在 1843 年麥都思就來到上海創辦了墨海書館，印刷傳教用的小冊子和書籍。1845 年，偉烈亞力以墨海書館監理的身份被倫敦佈道會派遣到上海，負責墨海書館的印刷工作。1857年 1 月，由偉烈亞力主編的《六合叢談》正式出版，成為上海第一份中文報刊。該刊每月發行一期，共發行十五期，1858 年 6 月停刊。其內容包羅萬象，從西方的歷史、地理、天文知識到基督教教義，從歐洲新聞到國內新聞，無所不含。《六合叢談》的發行量在前五期都保持在 5000 份以上，最少時也有2500 份。與之同期的，美國傳教士瑪高溫 1854 年 5 月在寧波創辦的《中外新報》，平均發行量只有 500 份。60 至 70 年代，新教傳教士在上海辦報開始活躍起來。所辦報刊中既有非宗教類的，諸如《中外雜誌》（1862 年）、《益智新錄》（1876 年）、《格致彙編》（1876 年）；也有宗教類的，諸如《中國教會新報》（1868 年）、《教務雜誌》（1871 年）、《聖書新報》（1871 年）、《福音新報》（1874 年）。《中國教會新報》在 1872 年 8 月 31 日改名《教會新報》，實現了由「宗教刊物」向「科技知識刊物」的轉變，又於 1874 年 9 月 5 日改名為《萬國公報》，實現了由「科技知識刊物」向「綜合性時事政治刊物」的轉變，1883年 7 月 28 日休刊。《萬國公報》於六年後的 1889 年 2 月復刊，卷數另計成為廣學會機關報，實現了從一般性「綜合性時事政治刊物」向英美在華基督教組織機關報的轉變《萬國公報》的轉變[1]。

在傳教士內部一直存在關於辦報方針的爭論，爭論的核心是是否應該在所辦報刊上傳播西方科學文化知識。例如偉烈亞力就堅持科學傳道的觀點，他認為科學與傳道就像車的兩個輪子一樣缺一不可[2]。他清楚地認識到當年「儀禮之爭」留下的問題並未得到解決，基督教的教義與中國人生活中的兩個重要元素存在絕對的矛盾——尊孔和祭祖，而且這些報刊的讀者大都是知

---

1　倪延年：《中國古代報刊發展史》，東南大學出版社，2001 年版，第 299～300 頁。
2　沈國威編著：《六合叢談：附解題・索引》，上海辭書出版社，2006 年版，第 34 頁。

識分子，這些人將尊孔和祭祖看得尤為重要，即使其思想開明，有意學習新知識，但要讓他們信仰唯一的神——耶穌，幾乎是不可能的。所以在中國辦報傳教只能先通過西方科學文化知識吸引中國人，伴之以宗教內容，使中國人慢慢接受基督教。但墨海書館的主持人慕維廉等人認為傳教士所辦報刊應該堅持宣傳宗教內容，保持宗教報刊的純潔性。1877 年 5 月 10 日在上海召開的在華基督教傳教士大會上，雙方就辦報方針進行了大量的爭論，最終雙方並未達成統一意見。但在事後純粹的宗教報刊進一步發展，「傳教」兼「傳學」的報刊在傳教士內容越來越得不到支持。

天主教報紙於 70 年代末也在上海逐漸發展起來。1879 年 3 月 16 日天主教在華最大教派耶穌會在徐家匯創辦《益聞錄》，主要刊載時事新聞，兼有宗教類的文章。該刊初為半月刊，後改為週刊，三年後改為週二刊。1887 年 7 月 21 日，《聖心報》在上海創刊，其內容以教務為主。該刊一直出版到 1949 年 5 月，但影響小於《益聞錄》。

在上海，報刊的類型也豐富起來，除了傳統商業報刊和傳教士報刊，還出現了學術期刊、公報等多種報刊。

早在 1858 年 6 月，外國人在上海組織的學術團體「上海文理學會」發行會刊 *Journal Of Shanghai Literary and Scientific Society*。同年 7 月 20 日，該學會併入英國皇家亞洲文會，並發行會刊 *The Journal of the North-China Branch of the Royal Asiatic Society*，該刊 1861 年因經濟拮据停刊。1867 年，偉烈亞力組織出版了季刊《遠東釋疑》（*Notes and Queries on the Far East*），該刊廣泛討論中國的歷史、宗教、語言等，1872 年易名 *China Review*，1920 年又更名為 *The New China Review*，1923 年更名為 *China Journal of Science and Art*，經常有精彩作品發表。[1]此外，由教會醫學界組織的中華博醫會出版過《博醫會報》（*China Medical Journal*）。

1864 年，英國人狄妥瑪（Thomas Dick）出任上海的江海關稅務司的職務後，辦起了公告性質的《海關中外貿易年刊》（*Annual Returns of Trude and Trade Reports*），1866 年 1 月，增出《江海關貿易月報》（*Monthly Reports on Trade*）和《江海關每日報告》（*Shanghai Customs Daily Returns*）。上海英租界的工部局也開始出版《上海英租界工部局年報》（*Shanghai Municipal*

---

1　馬光仁主編：《上海新聞史（1850～1949）》，復旦大學出版社，2014 年版，第 24 頁。

*Council Report*）。[1]法租界公董局於 1869 年開始出版《上海法租界公董局年報》（*Conseil D`Administration Municipale de la Concession Francaise, a Changhai, Compte-Rendu de la Gestion Ponr I`Exercocel et Budget*）。

## 三、外人在華報業在全國範圍內拓展

　　1860 年以後外國在華新聞業的發展雖以上海爲中心，但並非上海一家獨大，在其他通商口岸也都有外國人所辦報紙出現，在廣州外人辦報活動也有所恢復。第二次鴉片戰爭後，西方列強取得「外國公使常駐北京」的權利，禁教政策也被迫放開，外國在京津地區的活動逐漸增多，外人所辦報紙也隨之而來。

　　外國人在廣州的活動在鴉片戰爭後逐漸恢復，辦報活動也隨著恢復。據統計，1840 年以後至中日甲午戰爭前，外國人在廣州共出版了 9 種英文報刊和 5 種中文報刊，數字僅次於上海和香港。[2]在廣州首先出版的是《中國叢報》，1845 年 7 月報紙從香港遷回廣州，繼續由裨治文主編。之後裨雅各（S. W. Bridgman）、衛三畏（S. W. Williams）都曾主持報務。最終該報因銷量下減於 1851 年底停刊，前後共出版 20 年。1860 年 10 月 13 日在香港出版的《中國之友》遷到廣州，發行一年兩個月後又遷往上海。除以上兩報外，廣州還出現過數份英文商業報紙，內容以航運和廣告爲主，諸如《每日廣告報》（*Daily Advertiser*）、《廣州每日航運消息》（*Canton Daily Shipping News*）。這些報紙出版時間最長未超過三年。1865 年傳教士在廣州創辦了《中外新聞七日錄》和《廣州新報》兩份中文報刊。兩份報刊與之前傳教士所辦報刊在樣式上已有所區別，更接近於近代商業報紙的樣式，內容上以新聞、科學知識爲主，直接的宗教內容極少。

　　北京在第二次鴉片戰爭後被迫開放，外國公使進駐北京的同時，傳教士也開始在北京開展活動。新教各差會的傳教士紛紛北上傳教，他們在北京買地買房、修建教堂、醫院、學校等機構，並逐漸形成各自的勢力範圍。基督教在中國快速擴張的同時，與民間的糾紛也隨之增多，其中 1870 年天津發生的教案規模最大。鑒於此種情況，北京的傳教士積極行動，在 1872 年 2 月成立「在華實用知識傳播會」，用以傳播知識，消除民心，減少基督教在

---

1　馬光仁主編：《上海新聞史（1850～1949）》，復旦大學出版社，2014 年版，第 23 頁。
2　方漢奇主編：《中國新聞事業通史（第一卷）》，中國人民大學出版社，1992 年版，第 356 頁。

中國遇到的誤會和阻礙。辦報是其重要的手段。經過數月的籌備,「在華實用知識傳播會」在北京創辦月刊《中西聞見錄》。《中西聞見錄》爲月刊,前後共出版 3 年,發行 36 號,1875 年 8 月停刊。報紙每月發行一千份,大部分爲免費發放,除京津地區外,在九江、漢口、上海等地也有發行。單行本的《中西聞見錄選編》還曾流傳至日本。丁韙良是報紙的主要負責人和撰稿人,在所有署名作者中,丁韙良一人撰寫了 96 篇文章以及絕大多數的《各國近事》,占全部報紙內容的一半以上。[1]從內容上看,《中西聞見錄》也符合其報刊初衷,西方科技知識中,該報介紹了天文學、農學、醫學、地理學、數學、生物學等西方近代科學以及火車、汽車、輪船、電報、電話等技術發明;新聞報導中,該報較爲注重國際報導,涉及國家達 30 多個,報導題材十分廣泛,政治、經濟、科教文衛等都是其關注的內容,尤重科技新聞,《中西聞見錄選編》收錄的 370 則「各國近事」中,科技新聞數量 143 則,占 38.7%。[2]

　　天津作爲第二次鴉片戰爭後開放的通商口岸中地理位置最北的城市,是外國人在北方辦報的重鎮。天津最早出現的《北方郵報》(*Northern Post*)主要內容是海關貿易統計資料,發行時間較短,影響甚微。1886 年天津怡和洋行出自創辦的時報館先後發行中文《時報》和英文《中國時報》(*The Chinese Times*),天津報壇開始活躍。《時報》在 1886 年 8 月創刊,起初以本地新聞爲主。1890 年 7 月,李鴻章邀請英國傳教士李提摩太擔任報紙主筆,該報有了重大轉變。在此之前,李提摩太已在華傳教二十年,結實了一大批中國上層人士,經常發表變法變革的言論。在李提摩太的手中,《時報》成爲宣傳其改革主張的陣地。英文的《中國時報》爲週報,創刊於 1886 年 11 月,主編爲英國人宓吉(Alexander Michie)。此人 1853 年來華後一直從事商業活動,1883 年來到天津擔任《泰晤士報》駐華通訊員。主持《中國時報》後他表示此報不在於和上海的報紙競爭,而是要多花力氣刊登北方地區的新聞,形成自己的特色。[3]《中國時報》於 1891 年 3 月因銷量不佳停刊,6 月末李提摩太前往上海廣學會任職,《時報》也隨之停刊。1894 年,天津印字館創

1　鄧紹根:《美國在華早期新聞傳播史(1827～1872)》,世界知識出版社,2013 年版,第 238 頁。

2　張劍:《〈中西聞見錄〉述略──兼評其對西方科技的傳播》,《復旦學報(社會科學版)》,1995 年第 4 期,第 57～62 頁。

3　方漢奇主編:《中國新聞事業通史(第一卷)》,中國人民大學出版社,1992 年版,第 368 頁。

辦英文報紙《京津泰晤士報》（*Peking and Tientsin Times*），英國人貝林漢姆（W. Bellingham）擔任經理和主編。第二年貝林漢姆逝世後，史密斯（A. M. Vanghan Smith）繼任主編。該報起初爲週刊，1902 年改爲日報。該報眞正大放光彩是到了民國時期，在主編伍海德（Henry George Wandesforde Woodhead）手中。

　　寧波、福州等通商口岸中，最早出現外人所辦報紙的是寧波，早在 1854年美國傳教士瑪高溫創辦了中文報刊《中外新報》（*Sino-foreign News*），時間較上海第一份中文報刊《六合叢談》更早。寧波作爲最早的通商口岸之一，有充分辦報的條件。從 1843 年開始，在寧波活動的傳教士和商人逐漸增多，商業貿易和人員往來漸趨頻繁，寧波城區有居民 20 餘萬人，是東南較大的港口城市。此外，寧波還有美國長老會設立的印刷所華花聖經書房，該印刷所設備完善，經驗豐富。1854 年 5 月 11 日，在瑪高溫的主持下，《中外新報》創刊發行。報紙爲半月刊，每期四頁，售價十文。主要內容包括本地新聞、國內新聞和國際新聞，以及宗教內容和西學。該報最終在 1861 年 2 月停刊。1881 年 2 月英國傳教士闞斐迪邀請當地官員和知識分子合辦《甬報》，該刊每月發行，每冊八頁，內容包括京報摘登、議論、新聞、勸誡文、譯書和廣告。[1]

　　漢口從 1866 年至 1894 年間，外商出版英文報紙 1 種，中文報紙 4 種，傳教士出版英文期刊 1 種、中文期刊 6 種，共計出版報刊 11 種，數量居全國第四位。[2]1866 年 1 月 6 日創辦的《漢口時報》（*Hankou Times*）是漢口最早的近代化報刊，該報由美國商人湯普生（F. W. Thompson）主編，富瑞德（Fred）負責印刷，每日出對開一張，共四個版面，主要讀者爲漢口的外國僑民。該報在 1868 年 3 月 28 日停刊。中文報刊中最早的是 1872 年倫敦會傳教士楊格非創辦的《談道新編》，主編爲中國人沈子星、楊鑒堂，該刊最早爲手抄本月刊，每本 18 頁，後改爲木刻活字印刷，每年訂費一元。該刊在 1876年停刊。此後又有，1874 年英國人羅茲（P. Rhoed）創辦的《漢皋日報》，1875 年的中文報紙《開風報》，1880 年漢口基督教會創辦《昭文日報》，同年創辦的還有《新民報》。1883 年 5 月《武漢近事編》創刊，每週發行一次，

1　方漢奇主編：《中國新聞事業通史（第一卷）》，中國人民大學出版社，1992 年版，第 372 頁。
2　寧樹藩：《寧樹藩文集》，汕頭大學出版社，2003 年版，第 115 頁。

書本樣式，主編為 Nage Sian Mal。1887 年改良為《益文月報》出版，由漢口基督教會主辦，楊鑒堂主編。樣式仍是書本式，每期三十頁左右，內容包含科技知識、新聞和文學作品，已知發行有 53 期，停刊時間不詳。[1]此後還有 1888 年基督教文化書院出版的《中國傳教士》（*Chinese Churchman*），內容包括教會活動和有關中國的見聞等。1893 年 3 月，字林洋行在漢口出版的《字林漢報》是漢口最早的中文日報，不久報紙改名《漢報》。報紙最早的主筆是《字林滬報》的前主筆姚賦秋。該報是立足上海的字林洋行向長江流域擴張其報業之舉，標榜「博訪時事」「意取公平」「裨於人心世道」的報刊宗旨。[2]

在福州發行的外報數量僅次於廣州，到中日甲午戰爭前共有中英文報刊 10 種以上。最早在福州出現的是一批英文商業報刊，諸如《福州府差報》（*The Foochow Courier*）、《福州廣告報》（*Foochow Advertier*）、《福州每日廣告與航運報》（*Foochow Daily Advertiser and Shipping Gazette*）、《福州捷報》（*The Foochow Herald*）、《福州每日回聲報》（*The Foochow Daily Echo*）。這些報刊只有《福州每日回聲報》出版至民國建立，其他出版時間較短。1862 年 1 月，美國美以美會在寧波設立的印刷所美華印書局正式投入使用，印刷聖經、傳教小冊子和傳教士創辦的報刊。關於美以美會印刷的第一種刊物有《教會使者》和《美以美會第一號中文月刊》（*The Methodist Monthly Record*）兩種說法，現已無從考據。可以確定的是該會印刷的第二種報刊是《教務雜誌》（*The Mission Record*）。該刊 1867 年由美國傳教士裴來爾（Lucian Nathan Wheeler）創辦，1872 年 5 月中斷出版後於 1874 年 1 月在上海復刊，由偉烈亞力等人主編，上海美華書館出版。刊物改為雙月刊，內容包括科學、文化、文獻、宗教等內容，頗具學術價值。該刊一直出版到太平洋戰爭爆發才停刊，成為來華基督教會辦刊最長的英文刊物，代表了主流教會和傳教士的思想和見識，亦是當時最有影響力的基督教英文期刊。[3]

---

1 劉望齡：《黑血·金鼓——辛亥前後湖北報刊史事長編（1866～1911）》，湖北教育出版社，1991 年版，第 5 頁。
2 陽美燕：《英商在漢口創辦的〈字林漢報〉（1893）——外人在華內地發行的第一份中文日報》，《新聞與傳播研究》，2008 年第 1 期，第 15 頁。
3 鄧紹根：《美國在華早期新聞傳播史（1827～1872）》，世界知識出版社，2013 年版，第 202 頁。

## 四、民國創建前外國在華新聞業的基本格局

由於世界各國資本主義的發展有先有後，所以來華的外國新聞人也因其所在國家的發展階段不同而出現差異。第一波來到中國的是英國、美國、法國、德國以及葡萄牙等「先發」的西方資本主義國家的傳教士（一部分成為政治冒險家或新聞人），創辦報刊的高潮大致在 19 世紀中葉至 19 世紀末前後，此後即與日俱衰；第二波是作為「後起」資本主義列強的日本和沙皇俄國。據不完全統計，自日本人松野平三郎 1890 年 6 月 5 日在上海主編的《上海新報》（日文版）創刊，到作為日本領事館及日本僑民言論機關的《鐵嶺時報》創刊的 1911 年 9 月 1 日為止的 21 年兩個月內，日本人先後在中國的上海、福州、天津、大連、安東、奉天、漢口、營口、遼陽、長春、香港及鐵嶺等地創辦了 28 種日文報刊[1]，平均每年達 1.3 種，表現出既要插足全中國，又重點爭奪東三省的特點。沙皇俄國也不甘落後，根據重點經營「遠東地區」的策略，在我國東三省創辦了諸如《新邊疆報》（1899 年 8 月）、《哈爾濱公報》（1903 年 6 月）、《滿洲里》（1905 年 12 月）、《東方通訊》（1907 年 2 月）、《新生活報》（1907 年 11 月）、《亞細亞時報》（1909 年 7 月）及《哈爾濱商業通訊》（1910 年 3 月）等報刊，類型多樣，目標明確，咄咄逼人。

在清朝最後的十餘年中，英國人在華的辦報活動繼續開展，雖然仍有重要的報紙出現，但勢頭已不如當年。在上海，英國人克銀漢（Alfred Cunningham）於 1897 年創辦英文《益新報》（Shanghai Daily Press），該報數更其名，1905 年左右停刊。1903 年 4 月 1 日克銀漢又在香港創辦《南華早報》（South Chian Post），興中會會員謝纘泰任職編輯，11 月 6 日首份報紙出版，當時出紙一張，零售一角，日銷六百份。最初中文名稱為《南清早報》，到 1913 年改為《南華早報》。該報至今仍在出版。1901 年，英國人高文（John Cowan）創辦了北京第一份英文報紙《益聞西報》（China Times），次年該報在天津設立總社，在京津二地同時出版。天津總社又出版了《晚郵報》（Evening Express）。除此以外，英國人還在山東沿海城市創辦了一批地方報紙，主要有它們是《威海衛里拉報》（Wei-hai-wei Lyre）、《芝罘每日新聞》（Chefoo Daily News）、《煙臺晨郵報》（Chefoo Morning Post）和《膠州郵報》（Kiautschon Post）等。

---

1　倪延年：《中國古代報刊發展史》，東南大學出版社，2001 年版，第 292 頁。

　　美國在華的辦報活動穩定持續，新的報刊不斷出現的同時，已有的報刊也在努力經營。至民國時期，美國在華新聞業成爲外國在華新聞業中最重要的一支力量。在華的美國傳教士繼續出版報刊。例如英文月刊《中西教會報》（*Missionary Review*），1891 年 2 月在上海創刊，美國傳教士林樂知主編。出至第三十五冊停刊，1895 年 1 月復刊，冊次重起，先後由美國人衛理、英國人高葆眞、華立熙等主編。至 1912 年 1 月第二百三十四冊易名《教會公報》。1917 年停刊，共出二百九十四冊。基督教長老會在 1902 年 4 月主辦《通問報》，吳板橋主編，廣學會出版。商業報刊中，《上海泰晤士報》（*Shanghai Times*）是美國僑民布什（J. H. Bush）創辦的英文報紙，創刊於 1901 年 3 月，柯林（G. Collinwood）擔任主筆。1907 年，福開森購得該報。1910 年後報紙被日本人控制。該報在民國時期銷量較佳，僅次於《字林西報》和《大美晚報》。1899 年福開森接手《新聞報》，延用丹福士時期的孫玉聲任總主筆主持筆政，主要改變在經營方面，以南洋公學庶務汪漢溪爲總理。汪漢溪總理《新聞報》後，發行量不斷攀升，1900 年銷售量達 12000 份。[1]《新聞報》後於《申報》21 年創刊，卻能後來居上，長期銷數一直凌駕於《申報》之上，成爲舊中國發行最廣的大型報紙。主要得力於總理汪漢溪的善於經營。[2]

　　法國人在華所辦報紙在第二次鴉片戰爭後才出現，發展規模不大，影響力不及英國和美國。1870 年末到 1873 年在上海先後出現了三種法文報刊《上海新聞》（*Le Nouvelliste de Changhai*）、《進步》（*Le Progres*）、《上海差報》（*Le Courrier de Changhai*）。1870 年 12 月 5 日，在法租界公董局的支持下法國商人比爾（M. Beer）創辦《上海新聞》，公董局的會議記錄摘要和通告均在該報公布。1871 年 3 月 21 日，法文週刊《進步》出版，主編爲拉比薩（Emile Le`pissier），兩報互相持對立態度，競爭激烈，結果兩敗俱傷，都在 1872 年停刊。1873 年，原《上海新聞》的職工邁德瑞主持創辦《上海信使》（*Le Coarrier de Shanghai*），出版了三期宣告停刊。之後又出現過法文氣象月報之類的專業性報紙。1880 年又出現了《上海獨立報》，報紙主編爲格勒利耶（Grelier），該報有輕微的反教權和反法國政府的傾向。[3]1885 年，法國人薩拉培利（S. Salaballe）將日本所辦法文報紙的設備遷到上海創辦了《上海回聲報》。次年

1　胡道靜：《新聞報四十年史》，《報學雜誌》，1948 年第 1 卷第 2 期，第 10 頁。
2　徐鑄成：《徐鑄成回憶錄》，廣西人民出版社，2015 年版，第 251 頁。
3　〔法〕居伊・布羅索萊：《上海的法國人 1849～1949》，上海辭書出版社，2014 年版，第 245 頁。

又辦起了爲歐洲讀者服務的法文週刊《遠東信使》。1897 年 7 月 1 日，在天
主教三德堂的資金支持下《中法新彙報》（*L`Echo de China*）在上海創辦，行
政和人事由法國駐上海領事館負責，創刊時梯約（Marcel Tillot）主持報務，
傳教士雷莫爾（J. Emile Lemiere）主編，報紙支持法國官方，是法國在遠東
地區的重要宣傳喉舌。創刊時是 4 開 4 版，1898 年 7 月 14 日爲慶祝法國國
慶改爲 6 版，1905 年元旦增至 8 版。爲了讓法國僑民全面瞭解中國，該報在
1907 年後增設「譯文專欄」，翻譯中國官方文告和中外報刊文章。在北京，
1905 年出現法文報紙《北京回聲報》（*L`Echo de Pekin*），1910 年出現了《北
京新聞報》（*Le Journal de Pekin*），創辦者爲法國人馮勒培，該報出有 10 個
版，其中 2 版爲中文版。在天津，1903 年出現法文《天津信使報》（*Le Courier
de Tientsin*），由查維利爾和馬塞爾‧萊伯迪先後擔任主編，代表法國和比利
時在華利益，辛亥革命時仍在出版，但估計出版時間不長。1907 至 1910 年
間，該報還出版法文雙月刊《中國雜誌》，作爲其海外附刊，主要對歐洲發
行。[1]1909 年前後（另說 1905 年），又出現法文《天津回聲報》（*L`Echo de
Tientsin*），由天津法租界當局組織出版，反映官方立場。

德國人在中國所辦報紙最早出現在上海，1886 年 10 月 1 日德商科發藥房
出版德文日報《德文新報》（*Der Ostasiatische Iloyd*），創辦人和主編都爲納瓦
拉（Bruno R. A. Navarra）。

該報依附於《華洋通聞》報系，早期作爲《上海差報》的增刊出版，在
《文匯報》的印刷所內印刷。發行一年後改爲週刊，內容側重商業消息。1902
年報紙增出德文《遠東信史》，出版三年後停辦。1907 年該報增出專載上海地
方消息的德文《上海通訊》和《商業通訊》，《德文新報》本身逐步轉變爲偏
重國際新聞和言論的綜合性報紙，對象爲上海和遠東地區及歐洲的德語讀
者。1910 年 10 月 6 日，該報又增出中文週刊《協和報》，向中國讀者宣傳德
國。[2]在天津德國人創辦了多份中德文報刊，最早的是 1895 年 11 月 26 日德國
人漢納根創辦的中文《直報》，中國人楊萌庭主持編務。該報創刊伊始便連續
發表嚴復的五篇文章，嚴復名聲大震的同時，報紙的知名度也隨之提高。在
中日戰爭該報中支持中國一方，但戊戌變法開始後逐漸轉變態度，發表不少
反對變法的言論。1904 年該報因刊載袁世凱所屬部隊叛變的消息被袁查封。

---

1 劉志強、張利民主編：《天津史研究論文選輯（下）》，天津古籍出版社，2009 年版，
　 第 1334 頁。
2 賈樹枚主編：《上海新聞志》，上海社會科學院出版社，2000 年版，第 141 頁。

同年六月改爲《北洋商報》出版，八月又停刊。1902 年德國在天津的駐軍出版《德軍報》（*Deutsehe Brigade-Zeitung*），1906 年 3 月停辦。1904 年又有德文《北洋德華日報》（*Tageblatt fur Nordchina*）和中文《中外時報》出版。此外在北京、青島、煙臺等地也有德國人創辦的報紙出現。

葡萄牙在中國大陸出版報刊較少，且發行時間較短。1874 年創辦的《華洋通聞》最早的出資人就是葡萄牙商人陸芮羅（Pedro Loureior），但在年末他就將報紙的股份售予了主編巴爾福。1867～1868 年出版的《北方報》（*O Aqailao*）大多刊登文學和社會性的文章，因批評澳門當局被葡萄牙駐滬領事勒令停刊。此外 1888～1889 年還出版有《前進報》（*Oprogresso*）。

甲午中日戰爭後，日本人在華辦報活動迅速增多，成爲清末最後十餘年中外人在華新聞事業最重要的變化。1895 年以前，日本人在華所辦報刊只有四種，其中日文三種，中文一種。最早是 1890 年 6 月 5 日日人松野平三郎在英租界修文館創辦週刊《上海新報》，1892 年又有上海日本青年會創辦的《上海時報》。1894 年出現了日文《上海週報》和中文日報《佛門日報》。1895 年開始，日本人在華辦報數量迅速攀升，從北到長春、鐵嶺南到福州、上海，西到漢口的廣大地區都出現了日本人辦的報紙。具體來講，其辦報活動又可以日俄戰爭爲界分爲兩個階段。

日俄戰爭前（1895～1904 年），日本在中國大陸共創辦報刊七種，在上海出版的有《上海時事》《上海週報》和《上海新報》，另有《便覽報》疑似爲日報，在天津出版有《華北新報》《北清時報》和《北支那每日新聞》。[1] 此階段日本人在華經營的中文報刊則有十七種之多，包括直接創辦和收購再辦的。這些報紙遍布中國各地，以北京、天津、上海最多，其中 1898 年創辦的《亞東時報》，1900 年創辦的《同文滬報》，1901 創辦的《順天時報》在當時都有較大的影響力。日本在華報紙雖爲私營，但與日本官方聯繫密切，爲日本的國策鼓吹。此外從 1896 至 1904 年間，日本統治下的臺灣也有二十九種報刊出版。[2]

日俄戰爭後（1905～1911 年）日本在華辦報活動出現了一個高潮，據統計這一時期日本人在華創辦日文報紙十八種，另有四種採用多種語言。創辦日文雜誌二十七種，日、俄文並載的一種。[3]此外還有中文報紙九種，英文報

---

1　周佳榮：《近代日人在華報業活動》，嶽麓書社，2012 年版，第 24 頁。
2　周佳榮：《近代日人在華報業活動》，嶽麓書社，2012 年版，第 73 頁。
3　周佳榮：《近代日人在華報業活動》，嶽麓書社，2012 年版，第 83、91 頁。

紙兩種。日本人辦刊所在城市除了之前較為集中的幾處外，還出現了芝罘、鎮江等小城市，但為數不多。此階段創辦的報刊中絕大多數集中在東北地區。

　　沙俄在華辦報活動始於 19 世紀末，總的來講，至清朝結束俄國在華的辦報活動都不算活躍，只是到了民國時期才活躍起來。最早的一份報紙是 1899 年在旅順創刊的《新邊疆報》，該報 1905 年遷至哈爾濱後改為日報，1912 年 10 月停刊。1901 年 8 月 1 日，洛文斯基在哈爾濱創辦俄文報紙《哈爾濱每日電訊廣告報》，他是西伯利亞著名報人，後來成為俄國社會革命黨哈爾濱地區負責人。該報在次年 5 月被查封。1905 年復刊後，11 月又被勒令停刊。12 月改名《滿洲報》發行，僅 5 期就被查封。1906 年 2 月更名《青年俄羅斯報》繼續出版，同年 4 月洛文斯基被捕，報紙被徹底取締。[1] 1903 年 6 月 10 日，哈爾濱第一家官辦的俄文報紙《哈爾濱新聞》創刊，東省鐵路管理局商務處主任拉札列夫擔任第一任主編。初期內容以法令、文告和新聞為主，1906 年 2 月改版後成為綜合性日報。1907 年 2 月，切爾尼亞夫斯基集資創辦《東方通報》，同年 8 月 1 日克里奧林創辦《九級浪報》。由於辦報方向相近，兩報在 11 月 1 日合併為《新生活報》，1914 年改名為《生活新聞》。

　　沙俄在中國創辦的中文報刊主要出於與日本展開輿論鬥爭的需要開始創辦的。1904 年日俄戰爭爆發之際，沙俄政府利用「華俄道勝銀行」資金，在北京創辦中文《燕都報》，與日本的《順天時報》抗衡。不久因處境困難而停刊。同年，沙俄又在旅順出版《關東報》，在奉天出版《盛京報》。日俄戰爭結束後，沙俄重點經營哈爾濱，將其作為在遠東活動的重要據點。1906 年 3 月在哈爾濱創辦的《遠東報》，是沙俄在遠東進行宣傳活動的重要喉舌。俄國控制的「中東鐵路公司」每年撥 17 萬盧布的鉅款資助該報。把發行範圍擴大到新民、瀋陽和蒙古一帶。

## 第四節　民國南京臨時政府時期的外國在華新聞業

　　1911 年 10 月 10 日，武昌起義爆發，湖北宣布獨立。隨後兩個月內，湖南、廣東等省紛紛脫離清政府宣布獨立。從武昌起義爆發開始，許多外國在華報刊就持續關注革命的走向，進行了許多深入的報導。

---

1　趙永華：《俄蘇在華辦報追溯》，《國際新聞界》，2001 年第 1 期，第 75 頁。

## 一、外國在華報刊對武昌起義及其形勢的採訪報導

最早報導武昌起義的外國在華報紙是漢口租界內的英文報紙《漢口日報》，10 月 10 日開始逐日刊登革命最初三周（10 月 10 日到 28 日）的新聞，當天的新聞標題爲《俄租界大事件‧革命機關之暴露‧炸彈與革命宣傳品已被查獲》，「由於昨日下午俄租界一枚炸彈的爆發，破獲了此前未曾察覺的一個革命機關。下午 4 時，俄租界當局附近的巡捕爲強烈的爆炸聲所驚恐，響聲顯然來自德國屠宰場後面的土著民房。於是向鄰近地區猛衝過去，並且在一個弄堂的 14 號發現兩個華人向周圍潑汽油，顯然是準備放火燒掉房屋。」[1]

次日《革命運動‧武昌發現叛亂者‧匪首之處決》一文詳細報導了起義當天武昌的情形，「昨天一清早，武昌城門緊閉，禁止出入，異常的驚恐蔓延著。訪問之際得知夜間曾經突然搜捕革命黨人，結果捉得 28 個嫌疑犯，……下午七點四十五分，江邊的守衛者驚駭地看到城外數處起火。三處大火同時發作，幾乎立刻就被辨明，火最大的是東營房，那裡儲存著大量軍火。火焰從後者兩端同時升起，頃刻之間在漢口就可以清楚地聽見起火的聲音。他處火光似乎較小而且很快熄滅，但營房繼續光如白晝，其中儲藏品顯然劫數已定。晚上八點五十分，又一處大火在東南方升騰，後來蔓延到炮營，並且猛烈燃燒一小時以上。」[2]之後的《漢口日報》對武昌起義的後續發展進行持續報導。18 日，駐漢口的各國領事致函軍政府，宣布嚴守中立後，《漢口日報》也宣布自己的客觀立場，繼以「親眼證實的報導」「清軍方面的消息」「對鐵路沿線的採訪」等中性標題繼續報導。[3]

剛在上海成立不久的《大陸報》也迅速報導了此事。10 月 12 日，《大陸報》在頭版頭條的位置發表了武昌起義的消息，之後的很長時間裏，該報都持續報導武昌起義的後續新聞。該報在北京、東京、紐約等地均有分社和駐站記者，武昌起義爆發後，又聘請南京、九江、蘇州、杭州、鎮江、濰縣等地的英美僑民做特約記者，廣泛的稿件來源保證了《大陸報》能夠獲得國內外各種和武昌起義相關的信息，此外，《大陸報》大量轉載中外大報和通

1　《辛亥革命史叢刊》組：《辛亥革命史叢刊‧第三輯》，中華書局，1981 年版，第 192 頁。

2　《辛亥革命史叢刊》組：《辛亥革命史叢刊‧第三輯》，中華書局，1981 年版，第 192 頁。

3　張功臣：《外國記者與近代中國：1840～1949》，新華出版社，1999 年版，第 81 頁。

訊社的報導，其中刊載路透社的稿件尤多。武昌起義爆發時，《大陸報》的專欄記者丁格里就在武昌，除了爲《大陸報》發送一些短訊外，他還將其親臨戰場拍攝的「黎元洪與參謀在陣地指揮作戰」「革命軍炮擊清軍」「清炮兵行進」等轟動一時的照片給《大陸報》發表。[1]丁格理作爲「黎元洪的私人朋友」在起義發生後的 11 月 20 日獨家採訪了黎元洪，這些採訪的內容收錄於 China`s Revolution：1911～1912 A historical and Political Record of The Civil War 一書中，1912 年由上海商務印書館發行，該書同時在英國和美國發行。[2]

　　1911 年 12 月 25 日，孫中山抵達上海，各報記者紛紛採訪，《大陸報》主筆密勒向孫中山提了四個問題。第一，與日本關係。孫答：「吾輩將與各國政府皆關係。吾輩將建設新政府，豈不願修好於各國政府？」第二，是否任大總統問題，孫中山不置一詞。第三，「君帶有鉅款來滬供革命軍乎？」。答曰：「革命不在金錢，而全在熱心。吾此次回國，未帶金錢，所帶者精神而已。」第四，「革命軍中有否內訌？」答曰：「吾輩從無內訌之事。」[3]12 月 30 日孫中山當選臨時大總統後，《大陸報》立即派出記者克勞採訪了孫中山。孫中山說：「初十日南京選舉大總統，鄙人幾得全票。今已接受大總統職，日間將赴南京舉行接任式，並組織新政府。」然後記者問：「中國此後尚須幾時能恢復舊觀？」孫答曰：「只須數月而已。國會將必贊成民主，固不容疑。現在伍、唐兩君之會議，已非議和，蓋滿廷必須完全服從民軍也。全國商務即日可望恢復，尤以外國商務較爲神速。」當問道「新政府成立後，外國商務可望加增否？」，孫氏回答，「至少可望加增百倍。」[4]

　　1906 年 3 月 14 日創辦於哈爾濱的《遠東報》是沙俄政府支持的一份中文報刊，武昌起義發生後，《遠東報》迅速報導了此事。1911 年 10 月 18 日，該報刊載文章《論武昌兵變》，提出「成都變，武昌亦變。雖然成都之變，民變也，民變不足慮；武昌之變，兵變也，兵變則足慮矣。」之所以「兵變足慮」是因爲「昔日之兵變全出於亂兵，今之兵變並非全出於亂兵，因有革命軍指

1　胡寶芳：《簡析辛亥革命中的〈大陸報〉——1911 年 10 月 12～31 日》,《史林》，2002 年增刊，第 75～79 頁。
2　參見埃德溫・丁格爾：《辛亥革命目擊記：〈大陸報〉特派員的現場報導》，中國青年出版社，2002 年版。
3　中國社會科學院近代研究所：《孫中山全集（第一卷）》，1982 年版，第 572～573 頁。
4　陳夏紅編：《孫中山答記者問》，中國大百科全書出版社，2012 年版，第 30 頁。

揮，所以武昌一役，謂之兵變可謂之革命亦無不可，軍人而革命，則其國家大局之兇險，寧待問哉？試以歐洲之近事論之，葡萄牙之革命軍人爲之主動也；墨西哥之革命亦軍人爲之主動也。武昌此次之兵變亦何起事之若斯速乎？而又揭革命二字，以爲言其蘊亂之機，殆已伏之甚久也。故越兵變之足慮者」，鑒於「兵變足慮」，《遠東報》建議清政府嚴厲鎮壓武昌起義，「武昌爲長江南北各省之衛要，果有官軍四面圍攻，吾恐革黨雖有強兵利器，必不能釀成大患。以武昌雖爲形勝之區，然惜進而能攻退而不能堅守，故此次之暴亂，必不難於平定也。」[1]《遠東報》對待武昌起義的態度與沙俄政府一脈相承，對於沙俄而言，維持它在中國的利益是其首先考慮的問題，顯然一個由清政府統治的中國要比動盪的中國更符合其利益需求，所以反對中國的革命是沙俄的一貫態度。

潘陽的《盛京時報》由日本人中島眞雄創辦，在東北地區有較大的影響力，武昌起義爆發後，《盛京時報》就以「鄂亂別報」「革命大亂匯誌」「武昌亂事匯誌」「匯記武昌失陷後之情形」「追記鄂垣革黨肇亂前之實況」「各省革命亂事匯誌」「鄂亂匯誌」等爲標題對以及的經過進行了持續報導，至 11 月 9 日標題基本固定爲「革命大亂彙報」，並成爲一個固定欄目，次年 2 月 27 日該欄目改名爲「共和肇國記」，武昌起義一週年時更名爲「民國要聞」。[2]如果說《盛京時報》或明或暗地表達對辛亥革命的態度，那麼作爲滿洲鐵路株式會社機關報的《滿洲日日新聞》在對待辛亥革命的態度上則十分明確，並與日本政府高度一致。它將這場革命定義爲「叛亂」，視其爲「滿漢之爭」，對袁世凱的態度也由開始的支持轉向猛烈攻擊，這主要是因爲袁世凱同意與革命軍妥協，讓清帝退位。[3]與《滿洲日日新聞》相似的還有北京的《順天時報》，這份報紙在辛亥革命時一直秉持君主立憲的政治主張，站在維護清王朝統治的立場上，一直試圖消弭革命未曾動搖，直到清帝退位。[4]

除了外國人在華創所辦報刊的報導，還有一些外國新聞機構派往中國的

1 劉金福：《〈遠東報〉研究（1910～1921）》，吉林大學博士論文，2014 年，第 39～40 頁。

2 閻正禮：《〈盛京時報〉的輿論宣傳與辛亥革命》，吉林大學碩士論文，2007 年，第 20 頁。

3 谷勝軍：《〈滿洲日日新聞〉研究》，廈門大學出版社，2016 年版，第 176 頁。

4 趙海峰：《〈順天時報〉視野中的民初政局（1911～1916）》，華中師範大學碩士論文，2016 年，第 23 頁。

記者持續關注、報導辛亥革命。《泰晤士報》派往中國的記者莫理循革命爆發後立即南下[1]，爲《泰晤士報》提供了大量的新聞，僅在 10 月 11 日至 24日，他拍給《泰晤士報》的電文就近萬字，而得到的回文僅是「請適當減少來電」。[2]《紐約先驅報》的記者端納也積極報導辛亥革命，甚至還參與其中，作爲革命軍上海總部顧問協助對外聯絡工作。據不完全統計，當時在中國從事報導的外國記者還有《紐約先驅報》駐北京記者奧爾、倫敦《每日電訊報》駐中國特派員布特南‧威爾（Putnam Weale）、《泰晤士報》駐滬通訊員濮蘭德（H. P. Bland）和福來薩（D. Stewart. Fraser）[3]、大阪《每日新聞》記者酋崎觀一即等。

## 二、民國南京臨時政府時期外國在華記者的採訪活動

雖然南京臨時政府只存在了短短三個月的時間，但這三個月裏中國社會的變革是巨大的。孫中山在南京宣誓就職臨時大總統，亞洲第一個共和國就此出現。出於自身在華利益的考量，世界各國都在關注中國的辛亥革命以及後續的發展，各大報社和通訊社派駐中國的記者和通訊員將大量的報導源源不斷地發往世界各地，其中最爲活躍、影響最大的是莫理循和端納。

喬治‧厄內斯特‧莫理循（George Ernest Morrison）1862 年 2 月 4 日生於澳大利亞維多利亞州的季隆市（Geelong），其父親是蘇格蘭人，1858 年移居澳大利亞，1861 年在季隆創辦了季隆學院，莫理循 18 歲以前一直生活在那裡。莫理循從小便喜歡徒步旅行，1868 年莫理循 16 歲時便獨自徒步從季隆到昆斯克利夫往返 40 英里，1879 年 12 月 30 日到 1880 年 2 月 14 日，莫理循沿著海岸線徒步 652 英里，並寫下詳盡的日記。他還曾獨自乘坐獨木舟完成墨累河的漂流；歷時 123 天，徒步 2043 英里獨自穿越澳大利亞腹部；帶領一支探險隊考察澳大利亞北部的新幾內亞島，並被島上的土著人所傷。1894 年 2 月 11 日至 5 月 21 日，莫理循從上海出發，沿長江向西，一路經武昌、宜昌、重慶、宜賓、昭通等地到達昆明，後又南下進入緬甸，最終抵達

---

1　莫理循當時並未到達武漢，據《泰晤士報》1911 年 10 月 22 日莫理循的報導和社論載，莫理循和一名英國使館武官及一名俄國官員到達信陽時，蔭昌的部隊拒絕保護，使其無法南下。參見竇坤：《莫理循與清末民初的中國》，福建教育出版社，2005 年版，第 131 頁。

2　張功臣：《外國記者與近代中國：1840～1949》，新華出版社，1999 年版，第 85 頁。

3　張功臣：《外國記者與近代中國：1840～1949》，新華出版社，1999 年版，第 80 頁。

緬甸首都仰光。莫理循將自己的所見所聞記錄成文字，最後集結成書，1895年《一個澳大利亞人在中國》在倫敦出版，得到了一片好評。莫理循也因此受到《泰晤士報》的注意，並被聘為記者。

莫理循於 1895 年 11 月受聘於《泰晤士報》，起初被派往暹羅（今泰國），1897 年 2 月被指派到中國做記者。在辛亥革命爆發前，莫理循為《泰晤士報》採寫了大量的時事政治新聞，他的報導準確、及時，向歐美讀者提供了一架觀測遠東，特別是中國局勢的望遠鏡，使他們可以進一步瞭解列強在遠東，特別是在中國的動向與事態。莫理循注重社交，結識了大量上層人士，大量收集西文中關於中國的圖書，創辦的莫理循圖書館，並且注重實地調查，這些都為他獲得新聞來源提供了幫助。[1] 剛到中國時，他便開展社交活動，廣泛地和在京外國人士展開交往。在海關稅務總司赫德和英國駐華公使竇納樂的幫助下，莫理循很快認識了各國的外交官，這些人包括英國的甘伯樂、戈頒，俄國公使巴府羅富，德國公使海靖，美國公使田貝，以及日本的外交人員矢野文雄、林權助、林董等。同時他也注重和中國人的交往，他結交的中國人中包括了李鴻章、袁世凱、伍廷芳、曾廣銓等官員以及丁文江、伍連德等受過歐美高等教育的文化人士。[2] 莫理循在辛亥革命爆發之際能為《泰晤士報》持續提供重要的報導，相當程度上得益於他多年廣泛交友積攢下的資源。

莫理循在政治上明顯傾向於袁世凱，在發給《泰晤士報》的報導中他曾聲稱，「可以滿懷信心地相信，儘管有不同的意見，但南京臨時政府的領導人將認同皇帝以袁世凱為大總統的呼求，因為他們知道在中國的政治家中，只有袁世凱長於治國經驗，有眾多的滿人和漢人追隨他。他是帝國精銳軍隊的創建者，在國外贏得人信任和尊重。」[3] 此外，他還以實際行動支持袁世凱。他不僅去游說南方的革命黨支持袁世凱當總統，「我向他們指出，任命像孫中山或黎元洪這樣的領袖為民國的總統，決不能指望得到列強的早日承認。孫中山對中國的情況一無所知，而黎元洪則在外省毫無地位。我對他們說，只有袁世凱才能得到列強的信任，因為他已經顯示出他的治理國家的才能比中國當代的任何政治家為高。」[4] 他還去游說日本外交官改變君主立憲的立場，

---

1 竇坤：《莫理循與清末民初的中國》，福建教育出版社，2005 年版，第 49 頁。
2 竇坤：《莫理循與清末民初的中國》，福建教育出版社，2005 年版，第 51 頁。
3 竇坤：《〈泰晤士報〉駐華首席記者莫理循直擊辛亥革命》，福建教育出版社，2011 年版，第 158 頁。
4 駱惠敏編：《清末民初政情內幕》，知識出版社，1986 年版，第 818 頁。

並將英國和日本對袁世凱的施壓公諸報紙，間接促使日本放棄君主立憲的立場。

　　1912 年 2 月 15 日的《泰晤士報》在《滿人倒臺，遜位條件》一文中報導了外國人在上海的商會發給慶親王奕劻和攝政王載灃以及袁世凱的通電，該通電敦促清廷盡早下詔，宣布退位。令人詫異的是，莫理循不僅報導了此事，他還是這則通電最初的策劃者。1912 年 1 月 10 日，袁世凱的得力幹將蔡廷幹寫信給莫理循，希望他能動員上海商會進行請願，逼迫清帝退位。莫理循當即給上海工部局的卜祿士寫信，信中稱「有人提議，一個好辦法是使上海商會通過約翰·朱爾典爵士向慶親王和皇帝的父親提出請願書，理由是皇帝妨礙和平，而沒有和平是不可能恢復正常貿易的。這個建議來自袁世凱自己的人，我認爲可行。」[1] 同時他還跟熙禮爾商議此事，得到了熙禮爾的支持，因此上海、香港各商會都發出了通電。[2]

　　另一位在當時比較活躍的記者端納也是澳大利亞人，端納全名威廉·亨利·端納（William Henry Danald），1875 年出生於澳大利亞新南威爾士州的里斯峪，其父親是當地的建築包工商，曾任利思戈市市長，後被選爲新南威爾士州議會議員。1901 年，端納開始在悉尼的《每日電訊報》做記者，兩年後升任副主筆。一個偶然的機會，端納認識了英國人威爾遜，此人當時在日本神戶的《記事報》擔任記者，在威爾遜的鼓動下，端納產生了前往中國的想法。在威爾遜的推薦下，端納於 1903 年前往香港擔任《德臣報》的副主筆，同時還兼任一些外國報紙的通訊員。自此以後，端納成了「中國的端納」，再未踏上過澳大利亞的土地。

　　同莫理循一樣，端納也有較強的社交能力。剛到香港不久，他便去廣州見了當時的廣東巡撫張人駿，並被任命爲張人駿的顧問，就華南中國政府有關事務提供諮詢，在給張人駿的回信中，端納寫到，「得膺新命，銘感五中。閣下提到報酬一節，我願敬告臺端，我不領取任何報酬。我能爲閣下竭盡綿薄，於願已足。」[3] 1904 年 1 月下旬，端納看到路透社的電訊上說日本東鄉司令率領的艦隊正在開往旅順，便斷定戰爭即將發生，於是在 1 月 31 日北上。離開香港前，他給悉尼的《每日電訊報》、墨爾本的《年代報》、阿德萊德的

---

1　駱惠敏編：《清末民初政情內幕》，知識出版社，1986 年版，第 831 頁。
2　竇坤：《莫理循與清末民初的中國》，福建教育出版社，2005 年版，第 158 頁。
3　厄爾·艾伯特·澤勒：《端納傳》，新華出版社，1993 年版，第 17 頁。

《廣告報》、布里斯班《信使報》發了電報，說明戰爭即將到來，幾家報紙都任命他為通訊員。[1]端納經由上海前往神戶，到達神戶的第二天，俄國和日本就開戰了。但端納一直未能如願去到戰爭的第一線，所以 1905 年 3 月前回到了香港。

1908 年，他在香港認識了胡漢民、宋耀如等人，並成為革命黨人的支持者。武昌起義爆發後，端納在革命黨人設在上海的總部工作，幫助革命黨人聯繫英國總領事弗雷澤。在革命軍攻打南京的戰役中，端納還親自參與其中。當他得知林述慶和徐紹楨產生矛盾，便赴鎮江進行調節。因傳聞通往南京的鐵路埋藏了地雷，端納租用火車頭從鎮江開往南京，偵查鐵路沿線的情況，後又跟隨林述慶的部隊前往南京，當戰鬥還在繼續時，端納便在太平門外車站的電報局給澳大利亞《先驅報》寫出了兩千字的電訊。

1912 年 1 月 1 日，端納參加了孫中山的就職典禮，並對整個活動作了報導。第二天，端納便幫孫中山起草了南京臨時政府向全世界發表的宣言，《端納傳》一書中記載了端納寫作宣言的詳細經過，「端納坐在一架打字機前開始起草，但由於天氣太冷，他的手指很快就凍僵麻木了。溫（宗堯）和汪（精衛）來回跺腳，端納開始跺腳。伍（廷芳）博士不在家，他留下了一個冷的火爐，煤也沒有。端納只得停一會就回到打字機旁，打上幾行再去參與跺腳。這兩個中國人輪流從口袋中抽出手來，檢查並閱讀文件。從傍晚轉入晚間，漸漸地新政府的第一個公開宣言形成了。」[2]

在辛亥革命中表現出色的《大陸報》也持續關注南京臨時政府的動態。1 月 6 日，《大陸報》的記者就伍廷芳任法部總長一事社會上「頗滋群疑」採訪了孫中山，孫中山回答說：「內閣今已組織完善，各部大臣均一律受職，且昨日已開首次會議。除伍、王兩君在滬有要公外，全體閣臣皆到會。本政府派伍博士為法部總長，並非失察。伍君固以外交見重於外人，惟吾華人以伍君法律勝於外交。伍君上年曾編輯新法律，故於法律上大有心得，吾人擬仿照伍君所定之法律，施行於共和民國。夫外交本為一國最要重政策，第法律尚未編定，雖有俾斯麥、拿破崙之才，掌理外交，亦將無用。中華民國建設伊始，宜首重法律，本政府派伍博士任法部總長，職是故也。」[3]

1　厄爾·艾伯特·澤勒：《端納傳》，新華出版社，1993 年版，第 22 頁。
2　厄爾·艾伯特·澤勒：《端納傳》，新華出版社，1993 年版，第 114～115 頁。
3　陳夏紅編：《孫中山答記者問》，中國大百科全書出版社，2012 年版，第 33 頁。

　　南北進入和談的時候，《大陸報》一直關注談判的動向，雖然當時的《大陸報》成立不過數月，但其報導質量頗高，所以其他報紙大量轉載。如 2 月 2 日，《申報》就以《大陸報之大局觀》爲題轉載了四則新聞，「大陸報云：停戰期限於星期一日滿期，之後並未續展。兩軍前敵相逼甚近，然皆整兵不動，未聞有激烈之戰事。漢口一方面兩軍紮營之地相離咫尺，如欲開戰，則星期一日下午，即可交兵矣。⊙煙臺及其餘各處均同一情形。惟津浦鐵路沿線一帶，曾有戰事，然亦僅哨兵小戰耳。⊙滿清遜位諸事，聞確已議決。其所以遲遲不發表者，蓋恐遜位之頒，北京不免騷亂，故不得不設策豫防也。聞袁世凱連日調兵入京，即爲此故。⊙伍廷芳博士及唐紹怡君，昨日均未有所宣布。惟唐君仍謂和平解決頗有希望，且伍唐諸君均有泰然之色，足徵外間所傳北京反正即將宣布之說，不盡誣也。」[1] 2 月 15 日，袁世凱就任臨時大總統後，《大陸報》仍對孫中山進行了持續的關注和報導。

　　後來創辦燕京大學的司徒雷登在當時也是兼職記者。武昌起義爆發時，他便向國內發回了大量的報導，他密切關注南京的局勢變化，隨時把南京的所見所聞傳回國內。例如在 1911 年 11 月 6 日，他在報導中說，大約有 60% 的居民逃離了這座城市（南京），有不少人在混亂中趁火打劫，當地的官員幾乎放棄了所有使城市恢復秩序的企圖。司徒雷登對這場革命持完全支持的態度，在報導中，他稱這場革命是中國的「獨立戰爭」，希望美國人能像看待美國「獨立日」那樣看待辛亥革命。他寫道，我們國家的誕生，特別是我們進行革命的經歷、所確立的制度和我們的華盛頓，都已成爲今天中國革命要實現的理想。[2]

　　鑒於司徒雷登關於中國政局的高質量報導，從 1912 年開始美聯社聘請他擔任該社的戰地通訊記者，負責報導中國政局的發展態勢。司徒雷登欣然答應了這一聘任，他意識到這個工作除了將爲他的傳教士生活增添許多意想不到的色彩外，還可以擴大他的社交圈子，爲他創造和新政府領導人接觸的機會。在南京，司徒雷登以美聯社記者的身份頻繁出席政府的各種社交活動，不僅經常見到孫中山，還結識不少政要。那時約見共和政府成員，瞭解他們的執政方略是司徒雷登的主要工作。當他瞭解到新政府的成員中相當一部分人是基督徒，或至少接受過西方教育時，感到非常自豪。[3]

1　《大陸報之大局觀》，《申報》，1912 年 2 月 2 日。
2　郝平：《無奈的結局：司徒雷登與中國》，北京大學出版社，2011 年版，第 29 頁。
3　郝平：《無奈的結局：司徒雷登與中國》，北京大學出版社，2011 年版，第 31 頁。

　　1912 年 4 月 1 日，孫中山召開臨時民國議會，並在會上發表辭職演說，正式辭去臨時大總統職務。司徒雷登作爲唯一的一位外國記者出席了這次會議，有幸成爲這一歷史事件的見證者。這是他第一次出席民國政府最高級別的會議，因此留下了深刻的印象，數十年後回憶此事，他依然記憶猶新：「在 1912 年召開的臨時國會上，我是到場的唯一外國人。孫中山博士在會議上發表了那個著名的演說，表示自己很長時間都沒有在國內，並不適合擔任總統一職。以同樣的理由，他邀請說服清帝退位的袁世凱擔任總統，前提是要保證新政府的共和政體。對於這個決定，很多孫中山的年輕追隨者持強烈的反對意見，跟隨他很久的一些老同志也對此提出質疑，但最後大家都勉強接受了這個主張。」[1]

　　擔任美聯社記者的半年時間裏，司徒雷登撰寫了大量中國時政的文章，其中影響較大的幾篇有，《南京的局勢》（*Conditions in Nanking*）、《親歷南京的戰爭》（*War Experiences at Nanking*）、《革命後的南京與中國》（*At Nanking, China, After the Revolution*）、《中國的國民大會》（*Meeting of National Assembly of China*）、《爲中國總統和內閣舉行的酒會》（*A Reception to the President of China and the Cabinet*）。[2]

---

1　〔美〕司徒雷登：《在華五十年》，譯林出版社，2015 年版，第 83～84 頁。
2　郝平：《無奈的結局：司徒雷登與中國》，北京大學出版社，2011 年版，第 33 頁。

# 第二章　民國北京政府時期的外國在華新聞業

## 第一節　北京政府時期外國在華新聞業的新態勢

　　進入民國後，外國在華的新聞業繼續發展。外國記者源源不斷地進入中國，除了完成本職工作外，一些記者還被聘為各種顧問，深入參與到中國的政治生活中。這段時間外國在華報刊發展最快的當屬日本，從東北到華北再到華南都出現了大量日本人所辦的報刊。這段時間日本在華的通訊社也發展迅速，由日本外務省支持的東方通訊社在短短幾年內就在中國搭建起一個通訊網絡。

### 一、外國在華新聞記者的採訪活動

　　辛亥革命後中國的走向受到了世界各國的關注，歐美及日本的各大報紙源源不斷地將記者派往中國，他們還聘請在華的傳教士、外交官、商人等擔任通訊員。這些人共同構成了一個龐雜的外國在華記者群體，他們將關於中國的各類新聞通過跨洋的電報線發往全世界，成為當時中外溝通的重要途徑。1913 年，據《申報》統計，常駐上海的外國記者有：《紐約新報》阿爾、《芝加哥時報》安徒生、《美國聯合報》柯克、《倫敦泰晤士報》佛米斯、《倫敦五月報》卜斯、倫敦《每日電訊報》辛博森、《柏林日報》薩次曼、《德文新報》柯理爾、《每日新聞》半島、《朝日新聞》神田正雄、《新支那報》安藤等。[1]另外根據，1916 年日本人西原龜三的日記回憶，當時他在華設宴招

---

1　《申報》，1913 年 3 月 9 日。

待日本在華記者，到場的有龜井陸郎、小川節、安東、舍崎觀一、神田正雄、新橋等記者，對於進入中國報導短短數年的日本媒體來說，其發展速度已經有趕超英美之勢了。[1]這些外國在華記者各自發揮個人才能，廣泛而深入地報導發生在中國土地上的各種時事，有些人還參與其中，影響了某些重大事件的進程。

莫理循積極幫助袁世凱爭取臨時大總統的職位，受到了袁世凱的賞識。在袁世凱當選臨時大總統後，莫理循被聘爲中華民國政府的政治顧問，由此完成了人生中一次重要的轉型。1912 年 8 月 1 日，莫理循與中華民國政府簽訂了五年的合約，民國政府在各方面都給了莫理循優厚的待遇，並且在所有顧問中位列第一。

接替莫理循出任《泰晤士報》首席駐華記者的是福來薩（David. Stewart. Fraser）福來薩出生於 1869 年，早年在新西蘭和印度從事銀行業。1900 年在南非參加過布爾戰爭。後成爲《泰晤士報》的遠東通訊員，前往威海衛設立無線電接收站。1904 年日俄戰爭爆發後便被《泰晤士報》派往日本擔任隨軍記者，在遼東半島等地目睹了日俄爲爭奪中國土地的租借權展開的激烈海戰，其報導以《現代戰役》爲名集結出版後曾轟動一時，被譽爲解釋和報導現代戰爭的開山之作。辛亥革命爆發時，福來薩爲《泰晤士報》寫了大量的報導，其質量不輸莫理循。他還別出心裁地從南京金陵關稅務司盧力飛（R. Luca）那裡得到一張「中華民國軍政府鄂軍都督黎布告」發給《泰晤士報》，並呼籲將這份「非常有趣」的歷史性文件刊登出來。[2]

雖然同爲《泰晤士報》駐華記者，福來薩和莫理循在對待中國政局的態度上差異明顯。莫理循不僅旗幟鮮明地支持袁世凱，還在袁世凱爭奪臨時大總統時出謀劃策，而福來薩則與南方的革命黨人交往甚密。當袁世凱已經當選臨時大總統後，便策劃兵變，拒絕南下就任時，莫理循在寫給福來薩的信中爲袁世凱辯解道：「怎能設想，還有比認爲袁世凱爲了抵制南京之行而陰謀策動北京兵變的看法更荒謬的事情呢？……這次兵變正巧發生在袁提出辭職之後，是他一生中所遭到的最沉重的打擊。我個人認爲，他正由於整個事件而心灰意懶，沒準會欣然隱退。」而福來薩則在報導中提出了自己的質疑，「這

---

1　張功臣：《東方夢尋：舊中國的洋記者》，福建人民出版社，1999 年版，第 76 頁。
2　張功臣：《外國記者與近代中國：1840～1949》，新華出版社，1999 年版，第 87～88 頁。

裡存在兩種觀點。一種認為，是反動分子挑起的兵變；另一種則認為，是袁世凱親手策劃的，但他未能控制局勢。無論哪一種推理正確，也無論這件事是否僅作為一個賠償問題……存疑的是，袁世凱與下屬的接觸，並不足以瞭解事情內幕。兵變開始的時候，他無力進行阻止。對兵變的姑息，也是一個不容忽視的軟弱跡象。」[1]此後，福來薩一直在中國擔任記者，1914 年兼任《字林西報》駐京特派員，也曾兼職上海《英商公會月刊》的通訊員，多次報導重大事件。最終在 1928 年回到英國。

倫敦《每日電訊報》的辛博森也是當時一位比較活躍的記者。辛博森（Bertram Lenox Simpson）生於寧波，其父是中國海關稅務司辛盛之。他早年留學瑞士，能夠熟練地使用英語、法語、德語和漢語。回到中國後在中國海關稅務司署工作，擔任總稅務司赫德手下的總司錄司事。1902 年，辛博森辭去海關的工作，進入新聞業，擔任英國報紙駐北京的通訊員，1911 年辛亥革命後出任倫敦《每日電訊報》的記者。

1912 年 8 月，辛博森更多地出於個人目的，向《每日電訊報》發了一條標題為「中國的未來，莫理循博士的任命」的電文，文中講到：「總統秘書廳的中國顧問和領導人集體謁見總統並正式抗議任命莫理循博士為政府的政治顧問。他們堅持認為政府各部雖然自己可用專家，但國家是不容許任何外國人掌握有關國家大政的一切知識的。」這是他參與京城政治鬥爭的開始，這則電訊也引起了莫理循的憎恨，因而稱之為「一個蓄意製造的謊言」。[2]

除了給報紙寫新聞稿外，辛博森著述頗豐，寫過許多關於遠東問題的書籍，主要有《遠東的新調整》《滿人與俄國》《來自北京的有欠審慎的信函》《東方的休戰及其後果》《中日兩國真相》《帝國的夢魘——東方的袁世凱》《來自太平洋的一則欠審慎的記事》《為什麼中國看中了赤色》《消逝了的帝國》《張作霖反對共產主義威脅的鬥爭》《中國的苦難》等書。這些書中，他都以「帕特南·威爾（Putnam Weale）」的筆名署名，一些書出版後在西方引起了強烈的反響。比如 1918 年在倫敦出版的《帝國的夢魘——東方的袁世凱》一書，當時辛博森正擔任黎元洪的總統顧問，加上書中記載的這段歷史正是他在中國政壇和報界最活躍的幾年，是這段歷史的親歷者，在當時信息不透明的情

---

1　《辛亥革命史叢刊》組：《辛亥革命史叢刊·第八輯》，中華書局，1991 年版，第242 頁。
2　張功臣：《東方夢尋：舊中國的洋記者》，福建人民出版社，1999 年版，第 78 頁。

況下，此書幾乎就是一份內幕報告。[1]

辛博森一直活躍於中國政壇和報界，1922～1925 年擔任了張作霖的顧問，同時在北京創辦了英文報紙《東方時報》（*The Far Eastern Times*）。1930年協助閻錫山收回天津海關，引起列強的強烈不滿。同年 9 月，閻錫山反蔣失敗，辛博森交出海關。11 月便遇刺身亡。

當時外國在華記者中引起最大轟動的當屬端納將「二十一條」的內容曝光在報紙上。1912 年 3 月，應美國出版人李亞（George Bronson Rea）的邀請，端納到上海擔任《遠東評論》（*Far East Review Monthly*）的主編，同時寫作孫中山的傳記。1913 年，端納移居北京，接替奧爾（J. K. Ohl）出任《紐約先驅報》的駐京記者。這期間他的政治立場發生了變化，從一開始全力支持革命黨轉向批評革命黨，他批評孫中山「沒有頭腦，拿不出任何解決問題的方法，是別人手中的工具」。到北京後，端納身兼數職，除了《紐約先驅報》的駐華記者外，他還是《遠東評論》的主編，《泰晤士報》和《曼徹斯特衛報》等報紙的撰稿人。利用自己的多重身份，端納很快就和政界的一些要員熟識起來，其中與當時的交通部總長周自齊的關係最緊密。關於「二十一條」的事情最早也是周自齊透漏給端納的。

1915 年 1 月 18 日，日本趁第一次世界大戰歐洲各國無暇東顧之際，日本駐華公使日置益向袁世凱提交了二十一條的文書，並要求中方不能走漏消息。以袁世凱為首的北洋政府對待此事上既不敢得罪日本，也不敢不顧國家主權，全然接受條約，所以在拖延時間的同時，將條約內容洩露出來。一月下旬，在上海的端納接到周自齊的電報，要求他速回北京。見到周自齊後，端納用一種特殊的方式得知了條約的大致內容。他將日本可能對中國提出的要求都寫下來，然後讓周自齊將其中不對的劃掉，並提示哪些還沒有寫上。隨後的幾天，端納拜訪了各部的總長，用同樣的辦法最終得到了一份日本要求的清單。然後便給《泰晤士報》發去電報，但這件事並未能引起《泰晤士報》的注意。後來端納又向美聯社的記者摩爾透漏了消息，但美聯社社長斯通以消息來源不明確拒絕發稿，並解聘了摩爾，讓史密斯（C. S. Smith）頂替了他的位置。隨後，端納將自己紀錄的日本提出要求的要點給了芝加哥《每日新聞》的記者威廉·翟理斯，《每日新聞》一字不漏地刊登了這些要求。但

---

1 〔英〕帕特南·威爾：《帝國的夢魘——亂世袁世凱·前言》，中央編譯局，2006 年版，第 2 頁。

這還不能引起歐美各國的轟動，畢竟這份要求清單只是端納通過特殊方式獲得的，而且端納要求翟理斯不能洩露消息來源。這時端納找到了莫理循，在辦公室中，莫理循心領神會地讓端納「偷」走了二十一條的全文譯本。就這樣，《芝加哥日報》《泰晤士報》等報紙陸續披露了二十一條的詳細內容，並引起了各國政府的關注。

## 二、外國在華報刊的新變化

《遠東評論》（*Far Eastern Review, monthly*）1904 年創辦於馬尼拉，1912 年遷至上海出版，由端納任主編。該刊的內容主要是評論遠東的工程、金融、商業和船運，旨在促進遠東國家的工業發展、貿易進步和良好的國際關係。儘管這家雜誌主要刊登遠東地區的話題，卻在世界範圍內發行，在紐約、倫敦、巴黎、柏林和東京都有辦事處。其每月的全球發行量達到 6000 份。《遠東評論》是親日報刊，立場鮮明。根據趙敏恒 1931 年的統計，「最近幾期刊物進行分析的結果顯示：在這份雜誌上刊登廣告的總共 100 家公司中，有 40 多家是日本公司，只有 9 家是中國公司。它的編輯政策是反對過早地廢除外國在中國享有的治外法權，並敦促美國和日本在東方事務上進一步合作。」[1]

晚清時期日本人在華創辦的報刊多達一百餘種，從 1912 年到 1916 年，日本在華報刊的發展勢頭繼續延續，在東北、華北、華中等地都得到了充分的發展，其中不僅有日文、中文報，甚至出現了英文、俄文報。下面以表格的形式統計日本在華所辦報刊。

## 表 1　東北地區的日系報刊[2]

| 創辦日期 | 報刊名稱 | 形式 | 語言 | 出版地 | 創辦者 | 停刊日期 | 備　註 |
|---|---|---|---|---|---|---|---|
| 1912.2.11 | 開原新報 | 日報 | 日文 | 開原 | 山田民五郎 | 1939 年尚存 | 有記載稱為《開原新報》 |
| 1912.3.29 | 東報 | 日報 | 俄文 | 哈爾濱 | 布施騰治 | 不久停刊 | 從《北滿洲》的俄語欄獨立出來 |
| 1912.3 | 滿洲淨土宗教 | 月刊 | 日文 | 遼陽 | 福田單明 | | |

---

1　趙敏恒：《外人在華新聞事業》，暨南大學出版社，2011 年版，第 68～69 頁。
2　周佳榮編著：《近代日人在華報業活動》，三聯書店（香港），2007 年版，第 109～110 頁。

| 1912 | 協和 | 半月刊 | 日文 | 大連 | 滿鐵會社社員城所英一 | | |
| 1912 | 吉林時報 | 週刊 | 日文 | 永吉 | | | |
| 1913.3.12 | 滿洲野 | 每月發行六次 | 日文 | 鐵嶺 | 迫田採之助 | | |
| 1913.3 | 大陸 | 月刊 | 日文 | 大連 | 森宣次郎 | 1936 尚存 | |
| 1913.4.3 | 安豐新聞 | 日報 | 日文 | 本溪湖 | 岡完起 | | |
| 1913.7.28 | 滿洲重要物產商況日報 | 日報 | 日文 | 大連 | 照井長次郎 | 1916 | |
| 1914.7 | 北滿洲 | 週報 | 日文 | 哈爾濱 | 水野清一郎 | | 同時發行同名中文半週刊，1922.1 併入《哈爾濱新聞》 |
| 1914.8.31 | 滿洲通信 | 每日兩次 | 日文 | 奉天 | 武內忠二郎 | 中日戰爭時期 | |
| 1915.6 | 大連商工月報 | 月刊 | 日文 | 大連 | 大連商工會議所 | 1936 尚存 | |
| 1915 | 長春商業時報 | 日報 | 日文 | 長春 | 伊月利平 | 1923 | |
| 1916.8 | 滿蒙 | 月刊 | 日文 | 大連 | 中日文化協會 | 1931 尚存 | |

## 表 2　華北地區的日系報刊[1]

| 創辦日期 | 報刊名稱 | 形式 | 語言 | 出版地 | 創辦者 | 停刊日期 | 備　註 |
|---|---|---|---|---|---|---|---|
| 1912.3.1 | 新支那 | 週刊 | 日文 | 北京 | 藤原鎌兄 | 1945 年日本投降前 | 1931.9 增出日報 |
| 1912.11 | 日華公論 | 週刊 | 日文 | 天津 | 森川照太 | | |
| 1913.9.1 | 新支那 | 日報 | 日文 | 北京 | 安藤萬吉 | 1945 年日本投降前 | |
| 1914.8 | 交涉資料 | 不定期 | 日文 | | 滿鐵會社調查課 | 1917 | |

---

1　周佳榮編著：《近代日人在華報業活動》，三聯書店（香港），2007 年版，第 120～121 頁。

| 1914.10.11 | 公聞報<br>China<br>Advertiser | 週刊 /<br>日刊 | 英文 | 天津 | 松村利男 | 1923.5 | 1918.3.31 至<br>1919.2.27 一<br>度停刊，復刊<br>後改爲日報 |
|---|---|---|---|---|---|---|---|
| 1915.1.15 | 青島新報 | 日報 | 日文 | 青島 | 鬼頭玉汝 | | 1943 與《山東<br>每日新聞》合<br>併，改稱《青島<br>興亞新報》。 |
| 1915.8 | 齊魯時報 | 隔日刊 | 日文 | 濟南 | 岡伊太郎 | 1916 | 《濟南經濟報》<br>創辦時停刊 |
| 1916.6.7 | 山東新聞<br>/ 山東每<br>日新聞 | 日報 | 日文 | 青島 | 川村倫道 | | 後改名《山東<br>每日新聞》，<br>1943 與《青島<br>新報》合併。 |
| 1916.6.10 | 青島新報<br>/ 大青島<br>報 | 日報 | 中文 | 青島 | 鬼頭玉<br>汝、小谷<br>節夫 | | 1925 年改名爲<br>《大青島報》 |
| 1916.7 | 濟南經濟<br>報 / 膠濟<br>時事新報 | 日報 | 日文 | 濟南 | 岡伊太郎 | | 1923 改名文<br>《膠濟時事新<br>報》 |
| 1916.8 | 濟南日報<br>/ 山東新<br>民報 | 日報 | 中文 | 濟南 | 中西正樹 | | 曾易名《山東<br>新民報》，後<br>一度停刊至<br>1937.12.28 |
| 1916 | 天津日本<br>商業會議<br>所時報 | 週刊 | 日文 | 天津 | 小林陽之<br>助 | 1929 尚存 | |

## 表 3　華中地區的日系報刊[1]

| 創辦日期 | 報刊名稱 | 形式 | 語言 | 出版地 | 創辦者 | 停刊日期 | 備註 |
|---|---|---|---|---|---|---|---|
| 1912.1 | 上海日本<br>商業會議<br>所週報 | 週刊 | 日文 | 上海 | 上海日本<br>商業會議<br>所 | | |
| 1913.2.11 | 週報上海<br>/ 上海週<br>報 / 上海<br>半月刊雜<br>誌 | 週刊 /<br>半月刊 | 日文 | 上海 | 春申社 | | 1928 年後先<br>後改名《上海<br>週報》《上海半<br>月刊雜誌》 |

---

1　周佳榮編著：《近代日人在華報業活動》，三聯書店（香港），2007 年版，第 128 頁。

| 1913.11 | 醫藥新報 | 月刊 | 日文 | 上海 | 渡邊久作 | | 共出兩期 |
| 1914.10.1 | 東方通信 | 通信 | 日文 | 上海 | 東方通信社 | | 1920.8.1 移至東京 |
| 1914.10.1 | 上海日日新聞 | 日報 | 日文 | 上海 | 宮地貫道 | 1937.12 | 曾停刊，1937.10.1 合併爲《上海合同新聞》 |
| 1915.12 | 華報 | 日報 | 中文 | 上海 | 宮地貫道 | 1923 | |
| 1916.10.31 | 東亞日報 | 日報 | 中文 | 上海 | 井手三郎 | | 1917 年與《亞洲日報》合併 |

表4　華南及臺灣地區日系報刊[1]

| 創辦日期 | 報刊名稱 | 形式 | 語言 | 出版地 | 創辦者 | 停刊日期 | 備　註 |
|---|---|---|---|---|---|---|---|
| 1914.10.1 | 臺灣日日 | 晚報 | 日文 | 臺北 | | 1915.1.31 | |
| 1915.7.1 | 臺灣通信 | 日刊（週刊？） | 日文 | 臺北 | | | |
| 1915.11 | 臺灣公會報 | | 日文？ | 廈門 | 臺灣人曾原坤 | | |
| 1916.7.1 | 南日本新報 | 週刊 | 日文 | 臺北 | | | |
| 1916.7.3 | 新高新報 | 週刊 | 日文 | 臺北 | | | |
| 1916.7.8 | 臺灣商事報 | 週刊 | 日文 | 臺北 | | | 1918.2 改爲《臺灣經世新報》 |
| 1916.11 | 南國報 | 日報 | 中文 | 廣東 | 來原廣助 | 1917 | |
| 1916 | 東臺灣新聞 | 晚報 | 日文 | 花蓮 | 梅野清太 | 1944.3 | 1944.5 併入《臺灣新報》 |

## 三、外國在華通訊社業務的新發展

　　1870 年 1 月 17 日，路透通訊社、哈瓦斯通訊社和沃爾夫通訊社簽訂了「三社協定」，也稱「連環同盟」（Ring Combination）協定，該協定規定了各社採訪和發布新聞的範圍，並規定互換採集到的新聞，其中中國在內的遠東屬於路透社的業務範圍。1872 年，路透社派遣亨利·科林茲（Henry W. Collins）在上海創辦路透社遠東分社，自此路透社長期壟斷了向世界各國報

1　周佳榮編著：《近代日人在華報業活動》，三聯書店（香港），2007 年版，第 133 頁。

紙發布中國新聞的權力。此外，路透社遠東分社還和字林洋行合作，只向《字林西報》提供國際新聞的稿件，《字林西報》刊載路透社的電訊時，都要加上「專供字林西報」的字樣，直到 1900 年，路透社才同意擴大供稿範圍，《益新西報》《捷報》《文匯報》三家英文報紙也獲得了供稿權。[1] 當時三家報紙爲了爭取路透社的供稿權頗費周章，爲了打破《字林西報》的壟斷，《文匯報》在未經授權的情況下將《字林西報》上的路透社稿件刊登在自己的報紙上，《字林西報》將其起訴，雖然《文匯報》最終輸了這場官司，但它的董事長 J. D. Clark 藉此事向倫敦路透總社的經理交涉，最終路透總社取消了《字林西報》的獨家供稿權。但《字林西報》仍然保留了一項特權，每當英國及其殖民地的消息「於英僑特別感興味者」便專門供給《字林西報》，每當出現這種稿件，《字林西報》總會在其標題下印上 Special to the N. C. D. N.的字樣。[2]

辛亥革命發生後，路透社派遣在印度工作的科克司（M. J. Cox）前往上海擔任遠東分社主筆，到滬後科克司便改變經營思路。從 1912 年秋開始，路透社遠東分社開始向中文報紙發行新聞譯稿，當時共有 18 家報社訂購了路透社的新聞稿。爲爭奪獨家新聞，他還在北京等地聘請數名通訊員，後來發生宋教仁被刺一案，就是通過澳大利亞記者，路透社駐北京通訊員懷恩（A. E. Wearne）率先發出的。[3]

路透社在華的壟斷隨著一戰的爆發逐漸被打破，其他通訊社在這段時間內逐步進入中國。1914 年 10 月，宗方小太郎在上海成立東方通訊社，對於該社的由來，日本駐滬總領事有吉明 1915 年 10 月給外務大臣石井菊次郎關於對華新聞政策的電函中有所說明，「東方通訊社由有吉總領事發起，宗方小太郎經營。」關於成立的目的，有吉表示當時有關日本的新聞都是由路透社提供給中國的報紙，「有鑒於此，我方也應從事此種通訊事業，盡可能介紹我眞實情況，或者傳遞對我有益的報導。」在 1917 年 12 月的報告中，有吉說的更明確：「1. 將我方實情提供給中國報紙，防止誤解，乃至供操縱之用。2. 通過以上措施，與漢字報紙等聯絡接近，漸漸得操縱漢字報紙之便。3. 充分靈活利用配置在此的駐在人員，同時，以通訊社爲中心在民間活動，

---

1　萬京華：《中國近代新聞業的歷史起源》，《現代傳播》，2018 年第 3 期，第 41～45 頁。
2　胡道靜：《新聞史上的新時代》，世界書局，1946 年版，第 50～51 頁。
3　張功臣：《外國記者與近代中國：1840～1949》，新華出版社，1999 年版，第 80 頁。

以便培養能夠接近中國再也有志之士的賢能人物。」[1]

東方通訊社的社長宗方小太郎 1884 年作爲《紫溟新報》的通訊員來到中國，後又參加荒尾精組織的情報活動，在甲午戰爭時期爲日軍提供情報。1896年在漢口創辦《漢報》，1897 年參與創辦《閩報》，1907 年參與《時報》事務，1911 年在上海創辦「支那探究所」，曾調查過上海報業的發展狀況，各報紙及相關人員的歷史、政治背景、對日本的態度，最後形成報告送給上海總領事有吉。

東方通訊社成立之初規模很小，上海總社只有宗方和博多博兩人，在東京、北京、濟南各有一名通訊員，上海總社將這些電訊翻譯成漢文和英文，以中、英、日三種文字提供給報社。爲擴大稿件來源，東方通訊社與上海兩家日文報紙《上海日報》《上海日日新聞》交換電訊，將其作爲通訊社的電訊供給中國報紙，1916 年又和奉天的《盛京時報》以及北京的《順天時報》互動電訊，並在漢口成立分社，向南京派駐通訊員。這些舉動大大擴展了稿件來源。在上海，1915 年底有《申報》《新聞報》《時報》《時事新報》、《神州日報》《亞細亞日報》《愛國報》《商務報》《中華新報》九家中文報紙採用其電訊，日本人經營《泰晤士報》《文匯報》更是大量使用。到 1916 年，數量增加至 15 家，其中中文報紙 11 家。1917 年底，宗方的報告中稱，上海 9 家中文報紙，2 家日文報紙，3 家英文報紙（《泰晤士報》《文匯報》《大陸報》）採用其電訊，且《大陸報》是未經允許轉載。宗方在報告中提出，東方通訊社「作爲在上海具有不可動搖基礎的通訊社，已經得到確認，與路透社、《德文新報》形成鼎立之勢。」[2]漢口分社方面，《漢口新聞報》《國民新報》《漢口中西報》《天聲報》《民報》這 5 家中文報紙採用分社的電訊。北京方面，到 1917 年底，共有 14 家中外報紙採用東方通訊社的電訊，其中中文報紙有《北京日報》《中華新報》《公言報》《大中報》《晨鐘報》《國民公報》。

東方通訊社雖然打著民營的幌子，實際上是日本駐上海總領事有吉發起，它的經營和發展完全受上海總領事館和日本外務省的領導，最初的經費來源於上海總領事館的「機密費」，後由外務省承擔。1915 年，「二十一

---

1 許金生：《近代日本在華宣傳與諜報機構東方通信社研究》，《史林》，2014 年第 5 期，第 103～110 頁。
2 許金生：《近代日本在華宣傳與諜報機構東方通信社研究》，《史林》，2014 年第 5 期，第 103～110 頁。

條」被曝光後，中國「排日」的呼聲日益高漲，在輿論形勢不利的情況下，日本外務省召集在華的日本新聞機構開會，商討如何針對當下的輿論情況進行針對性的宣傳。有關東方通訊社，外務省決定擴大其在華規模，增加東京發送的電訊，由東方向北京、廣東、漢口、濟南等地提供電稿，這些地方也向東方提供當地的新聞。業務擴展後的東方通訊社一年的運營費用達到兩萬多日元，全部由外務省提供。[1]東方通訊社的快速發展離不開日本外務省的全力支持，東方通訊社也予以充分地回報，它和很多日本在華報刊一樣，充當日本在華的宣傳機構，盡其所能美化日本的形象。所以說，東方通訊社並不是純粹的新聞機構，它實際上是在民營幌子下為日本政府服務的宣傳機構。

除了東方通訊社外，1915 年，美國聯合通訊社（Associated Press of America）在上海成立分社，但根據路透社的協定，這時的美聯社只收集消息，不發送新聞稿。

## 第二節　美國在華新聞業的全面興起

美國在華新聞業雖然出現時間較晚，但卻是後來居上，在民國時期對中國的新聞事業和新聞教育影響深遠。與英國在華新聞業明顯不同的是，美國在華的新聞業發展的更全面，除了美國記者報人來華創辦報刊、開展報導外，美國人創辦的教會大學上海聖約翰大學創辦了中國第一個報學系，中國成體系的新聞教育由此開始；美國人 E. G. 奧斯邦（E. G. Osborn）在上海創辦起中國無線電公司（Radio Corporation of China），揭開了中國廣播事業的歷史；美國的通訊社諸如美聯社、合眾社也加強了在華的業務。

密蘇里大學新聞學院院長威廉博士第一次訪華之後又於 1919、1921、1927 和 1928 年四次訪華，每次到華都跟中國新聞界進行友好的交流，介紹美國的新聞事業和新聞教育情況，推動了美國新聞職業和新聞教育理念在中國的傳播。此外，在威廉博士的介紹或感召下，許多密蘇里新聞學院的畢業生來華工作，逐漸形成了一個相當規模的群體，被稱為「密蘇里幫」，他們為中國的新聞事業和新聞教育事業做出了卓越的貢獻。

---

1　許金生：《近代日本在華宣傳與諜報機構東方通信社研究》，《史林》，2014 年第 5 期，第 103～110 頁。

## 一、密勒、鮑威爾與《密勒氏評論報》

托馬斯・密勒（Thomas Franklin Fair Fax Millard），出生在密蘇里州費爾普斯縣。1878 到 1882 年，在密蘇里礦冶學院（Missouri school of Mines and Metallurgy，今為密蘇里科技大學）學習。1884 年進入密蘇里大學，1888 年畢業。

1895 年，他開始了自己的記者生涯，在《聖路易斯共和報》（St Louis Republic）擔任記者。兩年後，他固執地拒絕報導一次火災事故，因此被報社解職。1897 年，他進入貝內特的《紐約先驅報》（New York Herald），負責撰寫戲劇評論，後又轉行做戰地記者。他的戰地記者生涯是成功的，從 1897 年開始，他先後報導了希土戰爭（1897）、美西戰爭（1898）、第二次布爾戰爭（1898～1900）。

1899 年，菲律賓反抗美國人的起義爆發。密勒作為《紐約先驅報》的記者前往報導。中國義和團運動爆發後，密勒又被派往中國。在為《紐約先驅報》報導新聞的同時，密勒也為一些美國報紙撰寫關於中國的文章，比如《義和團：他們進攻和防禦的方法》（With the Boer Army：Their Methods of Attack and Defence）、《中國的懲罰和報復》（Punishment and Revenge in China）、《中國軍隊的比較》（A Comparison of the Armies in China）、《在中國定居》（The Settlement in China）等。在《中國的懲罰和報復》一文中，密勒在表揚美國軍人克制的同時，譴責英、法、俄、日、德、意等國的士兵槍殺毫無防禦的中國人，「八國聯軍這種肆無忌憚的報復破壞了世界和平。九月到十一月間發生的事情將中國的這場戰爭帶回到黑暗時代，並將會在新的世紀中留下道德的污點。」[1]

1904 年，日俄戰爭爆發，密勒赴滿洲報導，他在滿洲跟隨俄軍採訪，深入前線，為紐約《紐約先驅報》和《巴黎先驅報》等世界報刊提供了關於戰爭最準確的見解。密勒同時為美國國內雜誌撰稿，如《戰爭新特徵》（New Features of War: As Illustrated in the East）、《戰地記者和他的未來》（A War Correspondent and His Future）、《新中國》（The New China）等。1905 年，密勒前往朝鮮，採訪了日本佔領朝鮮的情況。

日俄戰爭的結果改變了密勒對日本的看法，他認為日本單個國家不能對美國構成威脅，但如果日本主導了中國，那將成為美國的心腹大患。因此密

---

[1]　Millard（1901）. Punishment and Revenge in China, *Scribner's Magazine*, 29, 187-194.

勒很早就主張美國引領中國阻止這一進程。密勒認為，東亞國家的文明具有同質性，且影響力逐漸擴大，所以美國和整個西方不得不認真對待「遠東問題」，不管願意與否，美國都得參與解決這個問題。1906 年，他的第一本關於遠東政策的著作《新遠東：日本新地位以及他對遠東問題解決的新觀察》（*The New Far East：An Examination into the New Position of Japan and Her Influence upon the Solution of the Far Eastern Question*）問世，這本書的主題是中美日三國在遠東地區的命運和責任。這本書是密勒人生的轉折點，自此以後，中國成了密勒的人生重心。他開始將中美兩國的命運聯繫起來，不斷提醒兩國政府和人民日本帝國主義的危險。同時，密勒基於對職業前景的分析，確認了自己的目標，即通過自己的職業記者生涯，去促進美國在中國扮演更加積極的角色，因為中美兩國的命運和日本的圖謀都需要有人向兩國民眾發出呼聲和警告。[1]

1909 年，美國塔夫脫總統委任新的駐華公使柯蘭（Charles R. Crane），密勒與他是老相識，並一同來華。密勒積極配合他推行美國反對日本控制中國東北的鐵路和礦藏的遠東政策，大肆宣揚柯蘭強硬主張。他發表了一系列反日文章，如《日本移民韓國》（*Japanese Immigration Into Korea*）等，並撰寫著作《美國和遠東問題》（*American and The Far Eastern Question*），認為美國的理想要比其他列強立足點更高，應保證中國有權自主決定自己的未來，「正如門羅主義阻止了列強插足中美洲和南美洲的野心一樣，美國還應制定一個強有力的在太平洋地區的政策，幫助中國保全主權和領土完整……不能再漠視和猶豫不決了！是該向中國伸出援助之手，幫助和指導它走上艱難的復興道路的時候了！」[2]

在遠東問題上，密勒積極為美國政府獻言獻策，儼然成為遠東問題的專家。西奧多・羅斯福曾寫信給密勒說：「那些發自特蘭西瓦爾（Transvaal）或中國的報導，沒有誰比你寫得更有趣了。」後來，老羅斯福邀請密勒到牡蠣灣（Oyster Bay）一起徹夜長談中國局勢。他此後也一直將密勒看作中國局勢的主要消息來源，並深受密勒對華政治觀點的影響。[3]他撰寫了大量關於美國

1　鄭保國：《戰地記者・職業報人・政府顧問：「美國在華新聞業之父」密勒研究》，《現代傳播》，2013 年第 11 期，第 45～49 頁。

2　鄧紹根：《論民國時期美國東方報人領袖托馬斯・密勒的在華新聞業績》，載於倪延年：《民國新聞史究》，南京師範大學出版社，2014 年版，第 74 頁。

3　鄭保國：《戰地記者・職業報人・政府顧問：「美國在華新聞業之父」密勒研究》，《現

遠東政策的著作，如《美國和遠東問題》（*America and the Far Eastern*，*1909*）、
《我們的東方問題》（*Our Eastern Question*，*1916*）、《民主政治和遠東問題》
（*Demoracy and the Eastern Queation*，*1919*）、《在華盛頓會議上的山東問題》
（*The Shantung Case at the Conference*）、《在亞州政策的衝突》（*Conflict of
Policies in Asia*，*1924*）、《中國：今日問題的核心所在，爲什麼在何方，爲什
麼？》（*China –Where It Is Today and Why*，*1928*）、《在華治外法權的結束》（*The
End of Extraterriality in China*，*1931*）等。

　　密勒作爲報人在中國眞正大放異彩是從創辦《大陸報》開始的。一方面
是爲了破除英國報紙在上海英文報紙市場的壟斷，「在此之前，上海的新聞業
主要由一份英國殖民報紙所控制，即《字林西報》……，在英國人和其他在
亞洲的西方人中，擁有很高的閱讀率。由於它幾乎從不刊登美國新聞，於是，
密勒決定創辦一份美國報紙。」[1] 一方面出於擴張美國在華利益的考慮，密勒
決定自己創辦一份報紙。1910 年 3 月，駐美公使伍廷芳回國後，稱病寓居於
上海。密勒與他是舊相識，1906 年至 1908 年初間，密勒分別於北京和上海四
次拜會伍廷芳。密勒認爲，伍廷芳是「中國最有意思、有很大影響力」的人
物，他對新聞與輿論的關係有較早的認知，深感人民智慧閉塞、見識狹隘，
有志從事蘇醒中國靈魂的工作，並教正外人的錯誤觀念。而且，美國任職經
歷也使伍廷芳對報紙作用有了一種全新的認識，所以兩人決定在中國創辦一
份遵循美國報紙傳統的英文日報。[2]

　　爲創辦一份美國式的報紙，密勒開始招攬人才。他先是向密蘇里新聞學
院的威廉院長求助，威廉院長向他推薦了他以前在《哥倫比亞－密蘇里先驅
報》（*Columbia-Missouri Herald*）的同事卡爾·克勞（Carl Crow），收到威廉
與密勒的電報和威廉的推薦信後，欣然答應。1911 年 6 月初，克勞啓程前往
上海，並於 7 月到達。此後，密勒又邀請了在日本經營《日本廣告報》（*The
Japan Advertiser*）的費萊煦（B. W. Fleisher）加盟。

　　在多方支持下，密勒開始著手籌辦報紙。美國駐華公使柯蘭是芝加哥商
業領袖和慈善家，他出資幫密勒購置了字模和印刷機，並認購 200 股份。至

---

　　代傳播》，2013 年第 11 期，第 45～49 頁。
1　John B. Powell. Missouri Authors and Journalists in the Orient. *Missouri Historial
　　Review*. Vol.41, 1946. p46.
2　沈薈：《歷史記錄中的想像與眞實——第一份駐華美式報紙〈大陸報〉緣起探究》，
　　《新聞與傳播研究》，2014 年第 2 期，第 112～125 頁。

7 月 30 日，在已有被認購的 590 股中，美國人佔了 340 股，中國人如伍廷芳及滬寧鐵路總辦鍾文耀等認購了 150 股。8 月 23 日，《大陸報》出版樣報，29 日正式發行。柯蘭擔任社長，密勒爲報紙主筆，費萊煦爲經理，克勞出任本市新聞副主編和廣告部主任，負責招攬外國人來中國旅行的宣傳廣告。《大陸報》的發行，立刻引起了上海新聞界的關注，8 月 25 日，《申報》報導了此事，「英文大陸報樣報昨日出版，內容豐富，將來當可於上海西字報中高樹一幟。該報宗旨專注國之進步，茲因機器尚須署，故須於本月初六日始能按日出報。」[1]

《大陸報》創辦不久，長江就發生了嚴重的水災，同城辦報的《字林西報》未能充分報導此事，密勒抓住這次機會，派出克勞前往災區，帶回了大量詳實的報導。這次報導活動使得《大陸報》的知名度迅速提升。武昌起義爆發後，《大陸報》投入大量人力、物力，對其進行持續地、高強度地報導。總之，《大陸報》抓住了時機，在幾年內成爲可以和老牌報紙《字林西報》比肩的外國在華報紙。

《大陸報》快速發展的同時，受到了《字林西報》的排擠。《字林西報》不僅阻礙中國人購買《大陸報》的股份，還鼓動英國的廣告商和訂戶抵制該報。最終，密勒因爲利潤下滑，同時厭倦了和《字林西報》的爭鬥，於 1915 年 8 月辭去總編的職務，並出售了個人持有的股份。[2]

然而，密勒並未喪失自己的新聞理想，兩年後捲土重來，創辦了《密勒氏評論報》（Millard's Review of the Far East）。密勒再次向密蘇里新聞學院的威廉院長求助，希望他推薦一位新聞學院的畢業生，威廉向他推薦了當時正在學院任教的約翰・鮑威爾。

鮑威爾（John Benjamin Powell，1886-1947）1886 年 4 月 18 日出生於密蘇里州東北部的馬里恩郡漢尼巴爾（Hannibal，Marion county，Missouri）農場，幼時就讀於當地的鄉村學堂，然後在學堂教書，後來靠著送報紙賺來的錢去伊利諾斯州的昆西城讀完高中和商學院。畢業後，在《昆西自由報》（Quiney Whig）做實習記者，爲他去密蘇里大學讀書賺取學費。1908 年，鮑威爾進入剛剛成立的密蘇里新聞學院，成爲該學院首批新聞學生。因爲以

---

1　《大陸報頭角已露》，《申報》，1911 年 8 月 25 日。

2　John Maxwell Hamilton. The Missouri News Monopoly and American Altruism in China: Thomas F.F. Millard, J. B. Powell, and Edgar Snow. *Pacific Historical Review.* 1986, p34.

前在商學院的學習經歷，所以鮑威爾兩年就獲得了學位，1910 年成爲新聞學院第二屆五名畢業生之一。

畢業後，鮑威爾回到家鄉漢尼巴爾《信使報》（*Courier-Post*）工作，先後任該報發行部經理、廣告部經理和報紙市政專欄編輯。[1] 1912 年 9 月，鮑威爾回到密大新聞學院，擔任廣告學講師。他在新聞學院開設了全美首個「鄉村新聞學」課程，並擔任了美國新聞界廣告兄弟會的首任主席，以及密大新聞學院新聞學協會的第一任副主席。[2]

鮑威爾看到密勒發給威廉院長的電報猶豫不決，因爲當時有另外兩個工作供他選擇，一個是衣阿華州首府德梅因（Des Moines）的一家經貿雜誌邀他做發行人，另一個是佐治亞州亞特蘭大市的一個報社發行人邀他做助理。和妻子以及同事商量之後，鮑威爾下定決心前往「著實具有誘惑力」的中國，並著手結束大學裏的工作。[3]

1917 年 2 月，鮑威爾輾轉從日本來到上海，並開始著手準備創辦刊物。在鮑威爾來華之前，密勒已經購買了一些字模和白報紙，但其他事情都留待鮑威爾去做，創建一份美式新報紙的責任全部落在他身上。他們先是租了幾間房子作爲報社的辦公室，然後和法國耶穌會的一家印刷廠簽訂協議，由該印刷廠代印報紙。之後鮑威爾開始做客戶調查和發行推廣的工作。根據他的調查，當時在上海的英國人和美國人共計 8000～10000 人，其中商人、傳教士各一半。此外，還有數千法國人、德國人、俄國人、猶太人等。這些人都是潛在的讀者，但鮑威爾發現最大的讀者群是年輕一代的中國知識分子，這些人就讀於中國學校或教會學校，對外部世界有著濃厚的興趣，非常想瞭解美國對待一戰的態度，以及其他一些國際事務。出上述幾個群體外，鮑威爾還發現，生活在內地的外國人也是非常重要的讀者群，這些人身份多樣，有傳教士，沿海進出口公司的土特產收購員，外國煙草公司和石油公司在內地小城市的代理商，還有一些軍人，這些人生活的地方交通不便，很難看到英文報紙。[4]

《密勒氏評論報》在風格上模仿了美國的《新共和》（*New Republic*），這

---

1　鮑威爾：《鮑威爾對華回憶錄》，知識出版社，1994 年版，第 4 頁。
2　鄭保國：《〈密勒氏評論報〉：美國來華專業報人的進與退》，《國際新聞界》，2015 年第 8 期，第 86～104 頁。
3　鮑威爾：《鮑威爾對華回憶錄》，知識出版社，1994 年版，第 4 頁。
4　鮑威爾：《鮑威爾對華回憶錄》，知識出版社，1994 年版，第 15～16 頁。

份時事政治類雜誌創辦於 1914 年，創辦者是克羅利（Herbert Croly）和李普曼（Walter Lippmann）。《密》在排版上基本仿照《新共和》，對此《密》在創刊號中這樣解釋，「大約兩年前，《新共和》雜誌在紐約創刊。報刊排版專家當即認定它的排版和尺寸最能體現發行人的理念。這本精美的雜誌的成功很大程度上得益於其與眾不同的外觀。《新共和》的讀者或許看到《密》在排版和其他格式上幾乎拷貝了《新共和》雜誌。我們感謝新共和雜誌的編輯們慷慨地為我們提供了他們刊物的細節和說明。」[1]

1917 年 6 月 9 日，《密勒氏評論報》正式在上海創刊發行，密勒擔任編輯，鮑威爾擔任助理編輯。創刊伊始，《密》就圍繞著「財經和政治」做文章。創刊號主要的內容包括，「社論」（Editorial Paragraphs）和「特別稿件」（General Articles）、專欄和廣告，這種版面設置延續了很長時間。「短社評」位於刊物的頭幾頁，主要是對當下時事的簡短評論，「特別稿件」緊隨其後，專欄包括：「一周要聞」（News Summary of the Week）、「遠東報刊言論」（Far East Press Opinion）、時人時事（Men and Events）、「婦女工作」（Women's Work）、「劇評」（The Theatres）等。

早期的欄目設置奠定了《密》的總體風格，此後鮑威爾父子擔任主編也基本延續了當初的欄目設置。《密》在不同時期設立過不同的評論類欄目、新聞類欄目和經濟信息類欄目，通過這些欄目的設置，《密》向讀者提供了豐富的信息，並凸顯了《密》是一份以「政治和財經」為中心話題的英文評論性雜誌。[2]

雖然密勒用自己的名字命名了這份刊物，但絕大多數工作是由鮑威爾完成的，密勒的主要貢獻是在刊物上寫「社論」和「劇評」，但這並沒有維持太長的時間。隨著第六期「劇評」的消失，署名「密勒」的文章只剩下「社論」。1917 年 9 月 1 日，密勒離開中國前往俄羅斯考察，從第二卷第二期開始，「社論」改由鮑威爾撰寫。密勒完成俄羅斯的考察後，直接返回了紐約，並長住下來。《密》的工作長期由鮑威爾主持，直到 1922 年密勒將自己的股份賣給了鮑威爾，自此密勒同刊物的最後一點聯繫也斷絕了。完全接手刊物

---

1　鄭保國：《〈密勒氏評論報〉：美國來華專業報人的進與退》，《國際新聞界》，2015年，37 第 8 期，第 86～104 頁。

2　鄭保國：《〈密勒氏評論報〉：美國來華專業報人的進與退》，《國際新聞界》，2015年，37 第 8 期，第 86～104 頁。

後，鮑威爾對刊物進行了改造，首先刪掉了英文名稱中密勒的名字，之後刊物的英文名稱更改過數次，最終於 1923 年 6 月 23 日確定爲 *The China Weekly Review*，但刊物的中文名稱得以繼續沿用。[1]

鮑威爾經營下的《密勒氏評論報》開始大量招攬密蘇里新聞學院的學生。1918 年，鮑威爾聘請他在密大時教過的學生董顯光擔任刊物的駐北京辦事處代表，後又任命他爲助理編輯。1919 年 7 月 26 日，柏德遜從舊金山出發前往上海，他也是密大新聞學院的畢業生，同樣是受威廉院長的推薦。8 月底到達上海後，出任《密》的財經編輯和經營部經理。同年 11 月，《密》的廣州辦事處成立，鮑威爾聘請曾經在新聞學院的同學黃憲昭擔任代表。

## 二、密蘇里新聞學院威廉院長五次訪問中國

沃爾特·威廉（Walter Williams），美國密蘇里大學新聞學院首任院長。在中國新聞教育萌芽起步階段中，威廉院長五次訪華，每次都深入走訪中國的新聞界和新聞教育界，宣講他的密蘇里模式，鼓勵並引導中國開展新聞教育。[2]威廉院長爲推動中國新聞事業對外交流和中國新聞教育事業做出了卓越的貢獻。

1864 年 7 月 2 日，威廉出生於美國密蘇里州的布恩維爾鎮。他從事的第一份和新聞業有關的工作是他 15 歲時在當地的一家報紙擔任印刷工。1889 年，25 歲的威廉擔任《布恩維爾報導者報》（*Boonville Advertiser*）的主編，並成爲密蘇里出版協會的主席。1895 年，威廉當選美國全國編輯協會會長，並出席在維也納召開的世界報業公會成立大會。1908 年被聘爲美國密蘇里大學新聞學院首任院長。1912 年當選世界報業公會會長。

早在訪華之前的數年，他就開始關心中國的新聞教育事業。1909 年 7 月30 日，他寫信給廣州、香港、上海的中國領事館，詢問中國是否有學校開設了新聞課程。[3]1914 年，他先後訪問歐洲、亞洲、美洲、非洲，該年 3 月 27日抵達北京，開始了他的第一次訪華之旅。3 月 28 日，北京報界同志會[4]舉行

---

1 鄭保國：《〈密勒氏評論報〉：美國來華專業報人的進與退》，《國際新聞界》，2015 年，37 第 8 期，第 86～104 頁。

2 林牧茵：《移植與流變——密蘇里大學新聞教育模式在中國（1921～1952）》，復旦大學博士論文，2012 年，第 129 頁。

3 李金銓主編：《文人論政：知識分子與報刊》，廣西師範大學出版社，2008 年版，第 293 頁。

4 北京報界同志會成立於 1913 年 3 月 16，是共和黨、民主黨、統一黨的各報館記者

宴會歡迎威廉院長的到來，美國《紐約先驅報》駐北京記者端納陪同參加，
在歡迎宴會上威廉發表致辭。

　　　　今日有此機會與貴國新聞界代表諸君會晤，並聽端納先生極有
　　興味之演説，實為一大幸福。鄙人有為諸君賀者，諸君當此千載難逢
　　之機會而為新聞記者極為難得。鄙人從美國起身環遊全球考察各國報
　　界情況，深信各國報界中，以中國報界之機會為最佳。蓋已經富強之
　　國，須於報界者，比較的為少，而中國現尚貧弱，正在欲由貧弱而進
　　與富強之時代，所須於報界者至大且重。鄙人在美國開辦新聞大學
　　校，有二中國人入學，已經畢業，鄙人即勸之回國，盡其天職。中國
　　此刻報界欲盡其天職，須認定以公眾之利益為其目的。……鄙人深望
　　諸君於報紙上日日著一有價值之論説，專為實業問題之研究，風聲所
　　樹於實業，前途裨益甚大。數年之後可見富強之新中國。報界值此難
　　得之機會，負此重大之責任，鄙人且美且妒。……[1]

在這次歡迎會上，威廉邀請中國記者出席翌年召開的世界報業大會，「彼
謂將於明年組一世界新聞大會於巴拿馬三藥，恐思可彼被推為委員長，望諸
君屆時推代表赴會。」[2]中國新聞界應邀，並如約出席了 1915 年的世界報業大
會。29 日中午，《新中國報》汪怡安、《京津時報》汪建齊、《國權報》李炯齊、
《天民報》畢冰公、《北京日報》劉哲民、《醒華報》王芷唐、《國華報》烏澤
聲和鄭天章、《民視報》康士鐸、《民報》余燮梅、《黃鐘日報》周泰森、《民
憲日報》常秋史、《上海時報》駐京記者濮阿嚴等，在陝西巷醉瓊林飯莊宴請
威廉和端納。宴會上，威廉又發表致辭。

　　　　「鄙人環遊地球，各國與新聞記者無不接洽。而此次到北京，
　　尤為生平快意之事。蒙北京報界異常優待，不勝感激。今並代表端
　　納君深致謝忱。中國報紙開始最早，報界有經驗，自在意中。鄙人
　　與端納君在美國報界有年，亦屬有經驗而出。惟主持報界之事，僅

---

為對抗國民黨新聞團專門成立。成員有《民視報》《北京時報》《京津時報》《國維
報》《新中國報》《北京日報》《燕京時報》《黃鐘日報》《國民公報》《大自由報》《國
華報》《天聲報》等十幾家非國民黨系統的報館。後來《天聲報》《國權報》《國報》
《神州報》《庸言報》相繼加入，其影響日漸擴大，成為北京報界一個新的聚集中
心。見趙建國《民初北京報界同志會略論》，《鄖陽師範高等專科學校學報》，2006
年第 2 期。

1　《北京報界歡迎美國新聞家紀事》，《申報》，1914 年 4 月 1 日。
2　《北京專電》，《申報》，1914 年 3 月 29 日。

憑經驗尚恐有不能圓滿之處。故鄙人在米利沙辦一新聞大學,共有
學生二百人。就其籍貫論之,有美國二十州,世界七國之入學者。
鄙人並在該處出版一報,未受地方政府之補助。所用費用全出之於
銷售報紙,登載廣告,爲獨立之性質。該處尚有二種報紙與鄙報競
爭,所可恃者,鄙報頗爲發達,不受競爭之影響。紐約亦有一新聞
大學富翁卜勒生君捐入三百萬金元作爲學款。該校辦理亦有成效。
鄙人深願中國報界注意此點,於經驗外並設法辦理此項學校以造就
由學問出之。報界人才與經驗相輔而行,就鄙人觀之,目下中國報
界氣象頗好,不難辦到。鄙人謹代表美利堅全國向諸君深致期望之
意。」[1]

對於威廉關於中國開展新聞教育的建議,北京報界同志會代表汪怡安回
應到,「中國報界現均爲幼稚,新聞學校之舉辦尤屬當務之急。今承友邦同業
良友威廉博士之諄諄誨導,同人欽佩,無似感何可言。同人雖駑鈍不敢不各
盡綿薄,努力進行,以答雅意也。」當晚端納在六國飯店宴請威廉,並邀請
各國新聞記者作陪,宴上威廉又發表演說,他表示「凡爲新聞家者,當具偉
大之才識,公正之道德,有此美質自可造福於人」,對此董顯光回應到「吾國
新聞界近況如是,倘威廉氏三五年後能重來華土,得見進步,實所希望」[2]。

威廉結束北京的行程後,乘船前往上海繼續訪問。按原計劃完成亞洲的
訪問後,他還會前往阿根廷和巴西,因爲需要及時趕回密蘇里大學主持 5 月
18 日至 22 日召開的「新聞周」(Journalism Week)活動,所以在訪問完日本
後,威廉便直接返回美國。

威廉回國後,將這次環球考察的經歷撰寫成報告,1915 年 2 月該報告以
《世界新聞事業》(*The world's journalism*)爲題,作爲密蘇里大學新聞叢書
第九種出版。這本書主要記載了威廉從 1913 年 6 月到 1915 年 5 月間,在全
球十數個國家考察近兩千種報紙的所見所聞。關於中國書中提到,「中國的
新聞業相當程度上受到了法律的束縛,日本在言論自由方面已經取得很大進
步,中國也在進步中。在這兩個國家中,尤其是日本,許多出版物看起來像
西方的那樣瑣碎、粗俗、惡俗。中國的京報是世界上最古老的報紙,它是一
種有著數百年歷史的官方出版物。」[3]在講到外國新聞事業對中國的影響時,

1 《太平洋東西岸之新聞家大歡宴》,《申報》,1914 年 4 月 3 日。
2 《太平洋東西岸之新聞家大歡宴》,《申報》,1914 年 4 月 3 日。
3 Walter Williams. The World's Journalism, *The University of Missouri Bulletin, Journalism*

威廉提出，「世界上沒有一個地方像上海這樣，存在著兩種國家類型的報紙。一家英國報紙是北華捷報，一家美國報紙是大陸報，兩家報紙並行存在。北華捷報是典型的英國報紙，大陸報由密蘇里大學的畢業生托馬斯・密勒主持，明顯地是美國報紙。在版面、內容、觀點、新聞處理和解釋上，兩家報紙恰好代表了英美兩個國家。它們在上海街頭由相同的報童發售。」[1]威廉特別強調美國對中國新聞事業的影響，「美國對新型中國新聞事業的影響很大。來自美國大學的學生和在美國報紙鍛鍊過的人員前往東方做駐外記者。通過他們和美國的中國留學生及其他途徑，中國和日本以及其他遠東地區的新聞事業反映了美國新型的新聞事業。廣東的黃憲昭，一位密蘇里新聞學院畢業生，是第一位英國新聞機構路透社的在華代表。董顯光，一位密蘇里新聞學院學生，是世界上連續存在時間最古老的北京日報的英文編輯，羅伯特・端納是澳大利亞記者，是《紐約先驅報》在北京的長期代表。」[2]在威廉選出的世界上一百種代表報刊中，中國有四種，分別是它們是上海《大陸報》（*The China Press*）、上海《新聞報》（*Sin Wan Pao*）、《北京新聞》（*News*）、《京報》（*Gazette*）。

　　威廉院長訪華受到了報界的廣泛關注，許多報紙報導了他的行程，並刊登他發表的演說。除《申報》進行連續報導外，1914 年 4 月 1～4 日，《大公報》在「演說」欄中以《美人端納氏在北京報界同志會演說詞》為題進行了連載，《神州日報》則全文刊登了威廉關於世界新聞事業的演說。

　　1918 年 11 月，威廉院長開啓了第二次遠東之旅，這次考察的國家包括中國、俄羅斯和日本。此次訪華，威廉肩負著雙重使命，首先是邀請中國新聞界參加第二次世界報界大會，再就是向中國傳遞美國政府的友好和平信息。

　　2 月 8 日，威廉院長和《日本廣告報》（*The Japan Advertiser*）經理費萊煦以及美國《慕世哈報》經理亞斯華一起抵達上海。在 9 日舉行的上海日報公會歡迎會上，威廉向上海報界發出參加世界報界大會的邀請。2 月 10 日下午 5 時半，威廉、費萊煦、亞斯華三人在史量才的陪同下參觀了申報館，「先至營業部參觀，威君曰布置極似美國之紐約日報。次至機器房，威氏曰此機

Series 9, 1915. p19～20.

1　Walter Williams. The World's Journalism, *The University of Missouri Bulletin, Journalism Series 9*, 1915. p29～31.

2　Walter Williams. The World's Journalism, *The University of Missouri Bulletin, Journalism Series 9*, 1915. p31.

每小時能印四萬八千張，不獨可稱中國第一大報，即在世界大報中亦佔一位
置矣。」之後，一行人又參觀了照相銅板部、排字室等地，在看到藏書樓所
收全國千餘部縣志後，威廉稱讚到，「就此一端，即世界各大報亦不易觀。」
參觀完後，威廉表示「甚望中國政府及全國國民均能受本報之指導，不久即
成爲富強之國」。[1]

2月11日，威廉乘車赴京。2月15日下午2時，北京報界聯合會在中央
公園來今雨軒召開歡迎會，接待威廉院長一行，與會者30餘人。北京報界聯
合會副會長、益世報杜竹宣主持了會議並致詞，略謂：「敝會同人得有成功之
心，不讓歐美報界今日幸得與瓦特博士交換意見，深望以此旨介紹諸萬國報
界聯合會，則此一、二小時短時間之敍會，實足爲將來永遠之紀念也。」隨
後，威廉院長發表演說，他再次邀請中國報界參加第二次世界報界大會，「盼
望貴國新聞界推舉代表到會，想諸君必一致贊成」，然後又宣傳威爾遜的十四
條主張，「美國總統宣布之十四條將由理論而歸實踐，所謂鋤強扶弱主義，必
使全球風行，但恐鄉僻地方容有未喻，故深望報界加以解釋。須知美總統之
實力地位與其言論之自由，不但及於美洲，並能推到東方，中美爲兩大共和
國邦交向來密切，故必始終協助貫徹其唯一之主張，然仍攸賴輿論爲後盾。
吾人今後之責任非常重大，不可不加以特別注意。」[2]招待會至四時結束，攝
影留念之後，盡歡而散。

2月18日，威廉院長還專程前往國務院拜見了北洋政府總理錢能訓，並
會談了半個小時[3]。當晚八點半，威廉院長搭乘通車出京，取道京奉經由朝鮮、
日本回美。

1921年10月11日，第二屆世界報界大會在檀香山召開，來自13個國
家的130多名代表參加了會議，中國報界如期派代表參加。中國的六位代表
中，董顯光、王伯衡、許建屏、黃憲昭分別在大會上發言，《申報》代表王
伯衡在大會上作了《中國與報紙》的發言，介紹了中國報業發展的歷史與報
業。[4]大會閉幕後，威廉率美國新聞代表團赴遠東考察，在考察完日本後，
取道朝鮮進入東北，於12月1日抵達北京，開始了他的第三次訪華之旅。

1　《世界新聞協會長參觀本報記》，《申報》，1919年2月11日。
2　《中央公園之歡迎會》，《晨報》，1919年2月16日。
3　《威廉士昨回國》，《晨報》，1919年2月19日。
4　鄧紹根：《密蘇里新聞學院首任院長威廉訪問北大史實考》，《國際新聞界》，2008
　　年第10期，第81～86頁。

　　12 月 2 日，北京大學就派出代表，接洽他來校訪問事宜，他欣然接受邀請。12 月 4 日下午 2 時，北京大學師生齊集第三院大禮堂，威廉博士如約而來，訪問北京大學並發表了「世界的新聞學」演講。蔡元培校長親自到場，會場由胡適主持並口譯，李世璋、陳小瀾等負責記錄。胡適做嘉賓介紹後，威廉院長作了長篇演講。威廉分別介紹了當下世界新聞事業的狀況、辦報的五個要素和新聞工作者必備的三個條件。演講最後，向北大師生表達了由衷的敬意，他稱讚蔡元培校長，「大學的領袖，諸君模範」，並代表美國人民及密蘇里大學新聞學院向北大師生發出了留學美國邀請。演講結束後，威廉博士拿出了一封密蘇里大學新聞學院致北大同志公開邀請信，交給北大校方。[1]

　　下午 4 時，威廉院長在北大演講結束後，出席了全國報界協會舉辦的歡迎茶話會，與會者 50 人有餘。茶話會由路透社駐華記者文爾主持，《京津時報》記者汪健齊致歡迎詞，威廉院長發表了演說。12 月 8 日下午 4 時，全國報界聯合會在中央公園來今雨軒舉行茶話會，歡迎威廉一行，由於威廉嗓子不適，未作演講，改由世界報界大會副會長、美國報界聯合會會長加拉士（*Grass*）演說。

　　12 月 10 日晚，威廉院長一行人到達上海，在《密勒氏評論報》主筆柏德遜安排下，入住禮查飯店。12 月 12 日上午 10 時半，申報館張竹平、謝介子、汪英賓前往密勒氏評論報館拜訪威廉院長。中午 12 時，柏德遜在聯華總會宴請威廉會長並邀請史量才、汪漢溪等人作陪。宴會後，威廉博士進行了演說，大致內容為：「裴德生君係余之愛徒，刻能在中國報界任職，又能在聖約翰大學創辦新聞學科，殊覺榮幸。……密蘇里新聞學院之學生，包括世界各國，每年畢業後，徧散全球，此次余若能詳知中國優點，亦可以之徧散諸生，將來各生歸至本國時，其能助進中國者，必有大觀云。」[2]

　　下午，在參觀完上海總商會的商品陳列所後，威廉一行人去到聖約翰大學，校長卜舫濟親自迎接。400 餘師生出席歡迎會，威廉院長發表演講，他主要向同學們介紹了新聞專業學習的五個要點。下午 5 時，威廉院長又到申報館參觀，史量才邀請許多報界同行前去，共同參加茶話會。

　　13 日中午，聯太平洋會與美國大學俱樂部宴請威廉。下午 3 時半，威廉

---

1　鄧紹根：《密蘇里新聞學院首任院長威廉訪問北大史實考》，《國際新聞界》，2008 年第 10 期，第 81～86 頁。

2　《聯華總會之宴會》，《申報》，1921 年 12 月 13 日。

出席新聞報館的茶話會，各報館共 20 餘人參加，會上威廉提出「新聞事業之主旨，乃爲人類謀幸福。余願犧牲畢生精神，從事此業。茲有要義三端，貢獻諸君：一、紀事務求確實，二、持論務求公正，三、精神務求獨立。倘能依此而行，則國家社會，均能感受新聞界之利益。」[1] 4 時半，威廉去到青年會出席上海新聞記者聯歡會，威廉在演講時，對新聞記者的採訪提出三點要求：一是「新聞要求其眞確」，二是「新聞應有興趣」，三是「新聞須眞正有益於社會」。[2] 該晚在上海日報公會舉辦的宴會上，威廉又強調新聞的責任，「新聞之責任，至爲重大，但當以謀人民之幸福爲第一要件，鄙人在美即曾於密蘇里大學新聞學院門前刻石銘之，此後願與中國報界人士共勉之。」[3]

除此之外，威廉在上海期間還參觀了厚生紗廠、滬江大學、商務印書館、時報館、商報兩館等地。12 月 14 日一早，威廉乘今邦號郵輪赴日，由日本返回美國。

1927 年 8 月，威廉院長開啓了他的第四次遠東之旅，此次考察的目的主要是「爲邀請各國新聞界人士派遣代表赴明年舉行之太平洋記者大會」[4]。8 月 4 日，他先是抵達日本，在日本開展了爲期半個月的訪問。然後乘船前往上海，21 日下午 4 時，威廉院長抵達上海碼頭，前往碼頭迎接威廉院長的人士眾多，上海報界人士如申報汪英賓、新聞報汪伯奇、密勒氏評論報鮑威爾、泰晤士報駐華記者密司爾威斯、美聯合通訊社赫立斯等都到場歡迎。

在下榻的禮查飯店，威廉同眾人進行了座談，他先是回憶了 1921 年第二屆世界報業大會的盛況，然後介紹了將於 1928 年 7 月在火奴魯魯（檀香山）召開的太平洋記者大會，「明年盛舉，一切預備將尤勝往年。該會所擬議程有報紙自由、萬國郵電價額減少及各國記者聯合，以求世界和平爲宗旨。」同時，他希望中國報界能派人參見。[5] 座談結束後，鮑威爾做東，爲威廉接風洗塵。

次日晚間，申報、新聞報、時事新聞報、時報、公論日報及上海市教育局、中國攝影學會等中外報界團體 60 餘人，在一品香新廳公宴威廉院長。9 點半，威廉開始演說，他講話的主旨是希望新聞記者應具有「正確，同情，

---

1　《威廉博士參觀本館記》，《新聞報》，1921 年 12 月 14 日。
2　《上海新聞記者聯歡會之茶會》，《申報》，1921 年 12 月 14 日。
3　《上海日報公會之宴會》，《申報》，1921 年 12 月 14 日。
4　《威廉博士昨日到滬》，《申報》，1927 年 8 月 22 日。
5　《威廉博士昨日到滬》，《申報》，1927 年 8 月 22 日。

自由」三種主義。[1]然後，鮑威爾、汪英賓先後講話，至 11 點半散宴。

23 日下午，原定是借用青年會集會所請威廉博士講『報人信條』，「茲因博士恐過於勞苦，乃取消前議」[2]。下午 4 時半，他應交涉公署的邀請，前去赴會。上海各界人士與威廉院長秘書佛羅拉薩博士、謝福生和各報記者在舉行香港路銀行公會五樓舉行茶話會，佛羅拉薩博士作演講。8 月 24 日中午 12 時，密蘇里大學在華校友在大華飯店開上海同學會歡迎威廉院長。下午 2 時半，威廉院長參觀了申報館和新聞報館。8 月 25 日下午 3 時，威廉院長在新關碼頭坐船，鮑威爾、汪伯奇等 10 餘人送行。後又在吳淞口乘坐日本郵輪天洋丸號返回美國，結束了第四次中國之行。[3]

威廉院長第五次訪華是在 1928 年 8 月份，8 月 2 日下午 2 時，威廉院長偕同新婚的夫人洛克伍德乘坐「林肯總統」號由香港抵達上海，開始了為期五天的訪華之旅。威廉院長的到來再次受到了上海各界人士的熱烈歡迎，各界代表紛紛前往碼頭迎接，如上海總商會代表馮少山、閘北商會徐可陞、銀行公會代表林康侯等，報界人士中，鮑威爾、汪伯奇、汪英賓等也都悉數到場。[4]

8 月 3 日，威廉接受大陸報記者的採訪，表達了對中國新聞記者以輿論指導國民的期待，「在中國新聞記者中，宜有廣大之訓練運動。其目的在使若輩協同工作，不復散播宣傳，但求廣布思想令公眾對於武力外，有鑒別他物價值之意識。若此種共同努力，鑄造輿論，在他國固常見之者，其所用方法，亦復不一。惟在中國究宜用何種方策？則猶未易確定。」[5]

8 月 4 日中午，威廉出席由上海總商會、縣商會等六個團體共同舉行的宴請，到宴者有 70 餘人。上海總商會代表馮少山首先致歡迎詞，在致辭中他稱讚威廉「為吾中華國民之良友，其一生偉大事業，中外同欽，毋庸贅詞」，「博士者美國新聞事業之泰斗也」。之後，威廉演講，他再次邀請中國參加「報界聯合會」，「現聞檀香山將於明年舉行報界聯合會，集太平洋沿岸各國新聞界，聚合討論新聞事業發展的方案。此會規模宏大，亦可以名之為國際新聞聯盟會，希望貴國新聞界多推代表參加建議或討論也。」[6]

1　《威廉博士到後之酬酢》，《申報》，1927 年 8 月 23 日。
2　《威廉博士昨日到滬》，《申報》，1927 年 8 月 22 日
3　《威廉博士昨日離滬返美》，《申報》，1927 年 8 月 26 日。
4　《威廉博士昨日抵滬》，《申報》，1928 年 8 月 3 日。
5　《六團體今午歡宴威廉博士》，《申報》，1928 年 8 月 5 日。
6　《六團體昨午歡宴威廉博士》，《民國日報》，1928 年 8 月 5 日。

　　8 月 6 日上午，威廉夫婦在汪英賓等陪同下參觀滬江大學。滬大校長劉湛恩和新聞學系主任梁士純接待了威廉一行人。威廉在對學生的演講中提出，「致身新聞事業者有六要點：第一，在具有獨立之精神，不畏彊禦，不倚傍金錢與勢力；第二，在勤懇做事，不計辛苦，而其酬報即其事業之完成；第三，須有興奮力，觸機而動，不藉他人之指揮；第四須有設想之能力，能舉一反三，思想環生；第五，須具有同情，不剛愎自用，而能與世推移胞與為懷；第六，須有興趣，凡事無興趣即不能成功，而興趣即為獻身新聞事業者最高之報酬。」[1]由於滬江大學新聞學系女生人數多，校方特請威廉夫人對女生演說。

　　8 月 7 日上午 9 時，威廉夫婦乘坐日本郵輪長崎丸號，前赴日本考察，後由日本返回美國。總商會代表馮君少山、徐可陞、銀行公會代表林康侯，以及國民通信社張繼英女士、新聞報館蓋繼榀、申報館王英賓、美國聯合通信社哈立斯、密勒氏評論報鮑威爾等數十人為威廉夫婦送行。

　　威廉院長回國後，將這次遠東之旅的考察成果撰寫成冊，起名為《新遠東新聞業的新發展》（*A New Journalism in a New Far East*），作為新聞學院叢書第 52 種出版。其中專門一節討論了中國的新聞業，他借鑒了柏德遜和汪英賓對中國新聞業的歷史分期的觀點，將中國的新聞業分為四個時期：第一是官報（Official gazette）時期，第二是外報時期（Foreign influence），第三是本土報刊興起（The rise of native press），第四是現代本土報刊（Modern native press）時期。然後對每個階段的具體情況作了詳細分析。最後威廉表達了自己對中國新聞業的信心，「中國處在發展階段的新式新聞業是新中國建設的重要因素。這個偉大國家的未來掌握在那些受過良好教育、勇敢的、高尚的年輕記者手中。」[2]

## 三、美國在華新聞教育事業的開端

　　民國時期中國新聞教育的誕生離不開美國的幫助，大量的密蘇里大學新聞學院的畢業生來到中國，他們不僅深刻影響了中國的新聞業，還將美式的新聞教育引入中國。雖然中國最早的新聞研究和教學團體是 1918 年創辦的北

---

1　《昨午在滬江大學演說》，《申報》，1928 年 8 月 7 日。

2　Walter William. *A New Journalism in a New Far East,* The University of Missouri Bullitin Journalism Series, No.52, 1928. p9～17.

京大學新聞學研究會，但該會在 1920 年就停止了活動。第一個眞正的新聞系則是聖約翰大學報學系。

聖約翰大學是西方傳教士在中國創辦的第一所教會大學，由美國聖公會創辦。1877 年，聖公會中國區主教施約瑟在撰文呼籲美國社會捐款資助在華創辦大學。1878 年，他將原聖公會屬下培雅書院與度恩書院合併，作爲新書院的基礎，同時在梵王渡購得 84 畝土地作爲校址，1879 年 4 月 14 日學校舉行了奠基儀式，校名暫定爲聖約翰書院。9 月 1 日，書院舉行了開學典禮，第一屆共有 39 名學生入學，這些學生大多來自教民家庭，全部免費入學。1888 年 6 月，聖公會的年輕教士卜舫濟擔任書院監督，此後他主持校務長達 52 年，幾乎爲學校的發展奉獻了自己的一生。

卜舫濟（Francis Lister Hawks）1864 年 2 月 22 日出生在美國紐約的一個基督教家庭裏，其父是紐約著名的《聖經》出版商和書商，長期擔任聖公會紐約區司庫。1883 年卜舫濟從哥倫比亞學院文學院畢業後，進入聖公會紐約總神學院學習，並在此時確立了日後從事教職的志向。1885 年剛一畢業，卜舫濟便前往上海傳教，雖然一開始並不喜歡被安排在書院任教，但沒過多久他便認識到教育的重要性，並全身心投入到教育事業中。[1]

1888 年卜舫濟擔任校長後對學校進行了一系列的改革，擴充了校舍，將英語教學列爲各科之首。1896 年卜舫濟以美國募得的 15000 美元以及中國所捐 4000 兩白銀建成大學校舍一所，聘請顧斐德爲理科主任教授，此後學校的圖書館、運動場等逐漸完成，初具大學規模。1905 年聖約翰依照哥倫比亞大學條例改組爲大學，並於次年在華盛頓註冊，聖約翰大學設置文、理、醫、神四科，各科畢業生「得授予美國大學畢業同等之學位」。[2]

1921 年 9 月，聖約翰大學的報學系創立，設在普通文科下面，首任系主任是《密勒氏評論報》的柏德遜。作爲中國第一個報學系，國內自然沒有經驗可循，柏德遜便仿照密蘇里大學新聞學院的課程，爲報學系設計了一套美式的新聞學課程。[3]柏德遜創系之初的情形現已無從查詢，但從《約大週刊》這一校內刊物可以窺測柏德遜對於實踐教學的重視。在創系不久後，柏德遜

---

1　熊月之、周武主編：《聖約翰大學史》，上海人民出版社，2007 年版，第 14～17 頁。
2　熊月之、周武主編：《聖約翰大學史》，上海人民出版社，2007 年版，前言。
3　羅文輝：《密蘇里大學新聞學院對中華民國新聞教育及新聞事業的影響》，《新聞學研究》，1989 年版，第 201～210 頁。

就指導新聞系學生創辦了新聞實踐平臺英文《約大週刊》（*St. John's Dial*）。
該刊宗旨有二：一、記載校內情形及同門會近事；二、使讀新聞學之學生有
所實習。登載校中每週動態，也有讀者論壇、建議、回顧和各方面的信息，
並設有讀者信箱。所有採訪稿件、編輯、廣告及刊物發行，全部由學生完成。
每期銷量能達千份[1]

　　作爲中國第一個新聞系，聖約翰大學報學系在社會上引起了廣泛關注，
聲名甚至傳到了美國。1921 年 12 月，密大新聞學院院長威廉博士第三次訪問
中國期間，在柏德遜的陪同下，訪問了聖約翰大學，並作了「學習新聞的五
種方法」的演說。美國著名的新聞期刊《編輯和發行人》（*Editor & Publisher*）
在 1922 年 7 月 17 日的一篇文章裏這樣介紹聖約翰報學系：「聖約翰大學是「東
方的耶魯大學」，約大報學系不僅是中國第一個新聞系，也是亞洲第一個新聞
系。該系的三十五位中國高年級學生在柏德遜領導下，已經成功完成第一年
的學業，同時也學到了美國人辦報的精神與方法。」[2]

　　柏德遜擔任系主任的時間並不長，1924 年他返回密大新聞學院擔任廣告
學助理教授，同爲密大校友的武道（Maurice Votaw）接替他出任系主任一職。
武道是密大新聞學院培養的第一位碩士，而且是世界上第一位新聞學碩士。
他的實踐經驗豐富，曾在奧克拉荷馬首都新聞報做記者，也曾在阿肯色大學、
羅拉多大學教授新聞學課程。在他的領導下，聖約翰報學系有了進一步發展。
他不僅擴充了課程，其中包括新聞學、新聞採訪、編輯和特寫寫作等，還微
仿密大《密蘇里人報》，充分利用系刊《約大週刊》加強實踐教學，將該刊交
給學習新聞採訪和編輯的同學負責。在他的不懈努力下，報學系的人數增至
平均每年五十位。[3]

　　在美國在華新聞教育事業中，堪稱典範的當屬燕京大學新聞學系。燕大
新聞學系創辦於 1924 年，中間曾一度停辦，1929 年恢復，1952 年院系調整
時併入北京大學。雖然只存在了 23 年，燕大新聞學系卻以它對中國新聞教育
事業的開拓和新聞人才的培養卓有建樹而享有盛譽。[4]

1　熊月之、周武主編：《聖約翰大學史》，上海人民出版社，2007 年版，第 327 頁。
2　羅文輝：《密蘇里大學新聞學院對中華民國新聞教育及新聞事業的影響》，《新聞學
　　研究》，1989 年版，第 201～210 頁。
3　羅文輝：《密蘇里大學新聞學院對中華民國新聞教育及新聞事業的影響》，《新聞學
　　研究》，1989 年版，第 201～210 頁。
4　燕京大學校友校史編寫委員會：《燕京大學史稿》，人民中國出版社，1999 年版，

　　燕大新聞學系是在司徒雷登校長的支持下建立的。1918 年討論建校事宜的時候，他就提出：「大學不僅應有文學院、神學院及醫預，並應努力建教育學院、商學系、新聞學院、農業及林業系。」他上任不久就向託事部提出組建新聞系，此議最後雖然通過，但籌建經費只能自籌。[1]1921 年 6 月，燕大在報紙上刊登消息，「新聞事業掌握全世界活動之樞紐，爲傳達思想文化之機具。燕京大學有鑒於此，特設此科。又承英美及國內新聞之贊助，本年秋季，即可開辦。……」但未能付諸實踐。

　　1922 年，燕大首度把新聞系列入學科建設日程，這年的燕大檔案記載：「2 月，請貝思（C. D. Bess）來新聞系教學三年。」貝思當時是美國合眾社駐北平記者，此事最終未能達成。同年，司徒雷登兩度赴美，一是爲燕京大學籌款，再就是向密蘇里大學新聞學院求助，請其幫忙創建新聞學系。

　　兩年後，在司徒雷登多次努力下，籌得了足夠的款項，並聘請了白瑞華和聶士芬前來任教，新聞學系正式開辦。白瑞華（Roswell Sessoms Britton），1897 年出生於上海，父母都是美國浸禮會的傳教士。他先後就讀於馬瑞斯希爾學院（Mars Hill College）、維克森林學院（Wake Forest College）和哥倫比亞新聞學院（Colunbia UniversityShool of Journalism）[2]。1924 年，接到燕京大學校方邀請後，前往北京，幫助建立燕京大學新聞學系。聶士芬（Vernon Nash）1913 年畢業於中央大學（Central College），後又在密大新聞學院取得新聞學學士學位。曾在多家報紙任職。1924 年，經密大新聞學院推薦，前往燕大任教。

　　新聞學系成立後，白瑞華擔任系主任，聶士芬擔任講師。根據計劃學生在四年內修完十六門專業課：報學原理、比較新聞、報紙採訪、編輯、社論、特寫、通訊、英文寫作、報業管理、廣告、發行、印刷與出版[3]，但實際開設的課程遠不及此。第一學期有九名本科生和兩名研究生選修了新聞學的課程。1925～1926 學年，新聞學系在原有新聞報導、報紙研究和新聞史三門課程的基礎上，新增參考資料和剪報、廣告學、新聞社、特寫、圖片新聞五門

第 114 頁。

1　燕京大學校友校史編寫委員會：《燕京大學史稿》，人民中國出版社，1999 年版，第 115 頁。

2　David Shavit. *The Unite State in Asia: a Historical Dictionary,* New York: Greenwood Press, 1990. p60.

3　燕京大學校友校史編寫委員會：《燕京大學史稿》，人民中國出版社，1999 年版，第 116 頁。

課程。其中聶士芬獨立負責參考資料和剪報、廣告學、新聞社，共同負責新聞報導和新聞史課程。[1]

1926 年 5 月，燕大搬到了海淀校區，此時的新聞學系卻面臨著危機。白瑞華在 1926 年 10 月因病回國，聶士芬接替系主任職務，獨自一人撐起全部教學任務。到了 1927 年上半年，本就勢單力薄的新聞學系因為經費緊張更加難以為繼了。為了籌措經費，聶士芬不得不在學期還未結束時前往美國。該年 4 月，聶士芬赴紐約中國大學同盟會（The China Union University），出任燕京大學駐美辦事處執行秘書，負責為燕大新聞學系籌款。[2]此後，聶士芬申請進入密大新聞學院攻讀碩士學位，白瑞華也未能返校，燕大新聞學系的工作陷入停滯。

## 四、美國在華廣播事業的興起

作為一種新技術，廣播傳入中國的時間並不算晚。在世界上第一個廣播電臺，美國匹茲堡的 KDKA 電臺開播以前，中國就有雜誌介紹了這項技術。1920 年 8 月 10 號的《東方雜誌》上，《用無線電傳達音樂及新聞》一文首次向國人介紹這一新技術，「最近美國 Bureau of Standards 發明一種特別受音器，名曰 Portaphone。其外表於蓄音器相似，裝有一匣，極便攜帶，無論何地，均可放置。此器能接受中央無線電發音機所發之聲浪，而擴大之，使其聲自喇叭中傳出，以布於全室。因有此種發明，故將來可有許多之新用途。例如晚間八時半，為人民音樂跳舞之時間，此後可由中央無線電局於此時自無線電傳出音樂，則跳舞之家……不必雇音樂班矣。」[3]

1922 年 12 月，美國人 E. G. 奧斯邦（E. G. Osborn）將一套無線電廣播發送設備從美國運至上海，創辦起中國無線電公司（Radio Corporation of China），並與《大陸報》館合作，在廣東路 3 號大來洋行屋頂架起設備，發射功率為 50 瓦，頻率 1500 千赫，呼號 XRO。1923 年 1 月 23 日晚首次播音。

在開始播音前，《大陸報》便做了大量報導。根據《大陸報》的報導，1 月 20 日，奧斯邦在禮查飯店進行了一次實驗，「發射臺傳出的樂聲竟如此之

---

1 鄧紹根：《中美新聞教育交流的歷史友誼——密蘇里新聞學院支持燕大新聞學系建設的過程和措施探析》，《國際新聞界》，2012 年第 6 期，第 57～65 頁。

2 鄧紹根：《中美新聞教育交流的歷史友誼——密蘇里新聞學院支持燕大新聞學系建設的過程和措施探析》，《國際新聞界》，2012 年第 6 期，第 57～65 頁。

3 《用無線電傳達音樂及新聞》，《東方雜誌》，1920 年 8 月 10 日。

響亮，令人欣喜起舞。」「上海附近的船隻上的無線電呼話和從北京、蘇州、南京和其他城市（甚至遠到瀋陽）拍來的電報都報告說，上海電臺傳來的聲音和音樂清晰可聞。」「電臺的技術已作安排，使廣播不致干擾政府電臺和船舶電臺的空中正常通訊業務。爲此，已將發射波長降至 200 米，並準確校對了那個特殊的波段。」[1] 此外，《大陸報》提前兩天預告了首次播音的節目，「經《大陸報》與中國無線電公司籌備，廣播服務設施將於星期二晚開始播送新聞簡報、音樂、演說和其他特別娛樂節目。」「特別節目中有賈羅斯拉·科西恩（Jaroslav Kocian）和金門四重唱、市場和氣象報導，無線電訊和本埠新聞簡報、演播者名單和收聽廣播時間請看當天的《大陸報》」「上海附近 500 個無線電臺和接收機有機會收聽廣播。預料幾星期之內，數千人將享受《大陸報》每晚廣播的新聞服務和音樂節目」。[2]

　　1 月 23 日的《大陸報》又刊登了詳細的節目單，並提醒民眾「欲知明晚的節目，請讀明早的《大陸報》——今後每天如此」。[3] 第二天的《大陸報》報導了奧斯邦電臺首次播音的情況，對其評價甚高，「首次無線電節目昨晚廣播大獲成功。禮查爵士樂隊、卡爾登的金門四重唱、著名小提琴家科西恩、首席薩克官手喬治·霍爾演出均獲轟動。數百人聆聽了時代的奇蹟。」[4]

　　奧斯邦電臺成功開播，也引起了其他報紙的關注，當時的《申報》和《新申報》都報導了此事。《新申報》於 1 月 22 日轉載了《大陸報》的相關新聞，《申報》則連續數日報導電臺的相關事宜，在 1 月 25 日的報導中這樣講到：「美商中國無線電公司（Radio Corporation of China）奧斯邦（E. G. Osborn）與《大陸報》協同辦理之空中傳聲法，已於前日晚八時起開始運用。其收發音之總站在大來洋行。現在天津與本埠中西人士所置之收音機，共有五百座。昨晚八時，仍由總站發布禮查飯店之歌舞聲及《大陸報》今日之小新聞等。凡置此種收音機者，皆可聽其眞確清晰之聲音云。」[5]

---

1　上海市檔案館等編：《上海檔案史料叢編：舊中國的上海廣播事業》，檔案出版社，1985 年版，第 3 頁。

2　上海市檔案館等編：《上海檔案史料叢編：舊中國的上海廣播事業》，檔案出版社，1985 年版，第 2 頁。

3　上海市檔案館等編：《上海檔案史料叢編：舊中國的上海廣播事業》，檔案出版社，1985 年版，第 4 頁。

4　上海市檔案館等編：《上海檔案史料叢編：舊中國的上海廣播事業》，檔案出版社，1985 年版，第 7 頁。

5　上海市檔案館等編：《上海檔案史料叢編：舊中國的上海廣播事業》，檔案出版社，1985 年版，第 12 頁。

奧斯邦電臺是私自架設的電臺，並未經當局批准，觸犯了北洋政府的有關法令。3 月 14 日，交通部通過外交部飭知江蘇特派交涉員，取締奧斯邦電臺。在幾經交涉後，奧斯邦電臺在 4 月停播。其實，早在電臺停播前奧斯邦本人就已離開公司。3 月下旬，中國無線電公司管理層發生人事變動，奧斯邦突然離職，公司事務由一位姓張的中國人和美國工程師迪頓負責。奧斯邦離開的原因，據說是奧斯邦曾因款項不清，交代爲難，嗣後信用大失，不知所終。[1]

奧斯邦離開中國無線電公司後，又創辦了全國無線電公司（National Radio Administration, Ltd）。他租用了南京路永安公司屋頂花園倚天閣，安置設備，其中一臺用 14 個眞空管特製而成的接收機還可以收到美國的廣播信號。但這個電臺仍然未經當局批准，最終在北洋政府交通部與英美駐滬領事及上海總商會反覆交涉數月之後，全國無線電公司廣播電臺未能如期開播。7 月 31 日，倚雲閣上的天線被拆卸下來，奧斯邦東山再起的復興計劃化作泡影。[2]

美國人在中國創辦的第二家電臺是新孚洋行（Electric Equipment Co.）的老闆戴維斯（Davis）創辦的，這是一個實驗性質的電臺，功率爲 50 瓦，1923 年 5 月 30 日首次播音。據《大陸報》報導，這座電臺「將用於實驗和向顧客示範該公司經售的收音機及其零件」，「這個電臺將不時播出節目，其預告將在報上登載。公司還想把電臺的用途擴展到那些希望隨時廣播自己的節目或廣告的組織和團體。」[3]到 8 月初，因爲經費短缺，該電臺停止了播音。

美國人在華創辦的第三家電臺是開洛公司（Kellogg Switchboard And Supply Co.）所辦電臺，開洛公司租下了奧斯邦電臺的全部設備，將發射機架設在福開森路的一處草地上，播音室設在江西路 62 號開洛公司內。電臺呼號 KRC，發射功率 100 瓦，頻率 822 千赫。開洛公司爲了打開收音機產品的銷路，免費給報社提供播送設備，使其成爲開洛電臺分站。1924 年 4 月 23 日，開洛廣播電臺《大晚報》館分站開始播音。5 月 15 日，《申報》館分站開始播音。12 月，《大陸報》館分站開始播音。

---

1　張姚俊：《1920 世紀 20 年代上海的外商電臺及其影響》，載於孫遜主編：《城市史與城市社會學》，三聯書店，2013 年版，第 292 頁。

2　張姚俊：《1920 世紀 20 年代上海的外商電臺及其影響》，載於孫遜主編：《城市史與城市社會學》，三聯書店，2013 年版，第 292 頁。

3　上海市檔案館等編：《上海檔案史料叢編：舊中國的上海廣播事業》，檔案出版社，1985 年版，第 15 頁。

相較於前兩個電臺，開洛電臺的經營更爲成功。首先，開洛電臺更加注重與本地聽眾的接合，大量播送中國音樂節目，「本公司現在每天播送五小時的音樂，內中十分之七是中國音樂，而每逢星期三有西樂大會，星期六有京劇大會及名人演講。」[1]其次，開洛電臺充分發揮報館分站的自主性，各分站不僅使用不同的語言進行播報，申報分站使用上海話，大晚報分站使用英語，而且播放的內容也由各分站自行決定。這樣的做法在節省了廣告費用的同時，也豐富了節目的形式和內容。

雖然開洛電臺的節目辦得有聲有色，但這並不能直接轉化爲利潤。開洛電臺的主要收入是發行行情密碼單，開洛公司將各交易所、外匯的行情編寫成密碼，每月發行一次，然後將行情信息在電臺裏以密碼的方式播送，若想知道具體內容，就得購買密碼單。雖然開洛電臺拓展出如此獨特的生財之道，但這仍不能維持電臺的運營，電臺每年僅播送一項就耗銀 2 萬兩。1929 年 10 月底，開洛電臺在開辦五年之後終因經費不足停播了。

## 五、美國在華報刊新發展

這一階段美國在華創辦的報刊中，《大陸報》和《密勒氏評論報》的聲名流傳的最廣，還有一些報刊雖然知名程度不如上兩種，但也取得了不錯的成績。

《華北明星報》（*North China Star*）創辦於 1918 年 8 月，由美國記者律師法克斯（Charles James Fox）和埃文思在天津共同創辦，地址位於法租界巴斯德路 78 號，日發行量約 3000 份。該報實行低價政策，當別的報紙一年的訂閱費達到二三十元，《華北明星報》只需 10 元一年，且全年發行。該報歸天津美國總領事館註冊的一家美國公司所有，股本資金 60000 美元，其中五分之三由法克斯持有。[2]法克斯（Charles James Fox）是天津的著名律師，曾在北洋大學做過政治學教授，1877 年生於馬薩諸塞州波士頓，兒童時代居住在英國，早年在新澤西和華盛頓接受教育，後來去歐洲求學，在巴黎索邦大學和海德堡大學學習，1901 年在海德堡大學獲哲學博士學位。他曾在紐約與華盛頓的報社工作十多年，在哥倫比亞特區的國民衛隊服役八年，任野炮連上尉五年，後來在總參謀部擔任少校訓令主任。1913 年來到北洋大學工作，並於

---

1　《開洛公司廣告》，《申報》，1925 年 10 月 20 日。
2　趙敏恒：《外人在華新聞事業》，暨南大學出版社，2011 年版，第 64 頁。

1908 年創辦了《華北明星報》。[1]

　　美國人候雅信曾擔任過該報的副編輯。候雅信（Josef Washington Hall）於 1916 年來華，起初在濟南基督復臨安息日會任職，1918 年後在天津、北京等地從事新聞工作，除在《華北明星報》工作外，候雅信還擔任過北京中美通訊社的經理和《北京導報》的主筆，此外，他還給《密勒氏評論報》《大陸報》《京津泰晤士報》和《遠東時報》撰寫評論。候雅信不僅活躍於報界，還跟政界有著密切的聯繫，他在直皖戰爭時充當了吳佩孚的新聞代理人，期間接辦了《北京導報》和《益世報》，他用這些報紙公開支持吳佩孚，如他自己所講，他的報紙正和吳追逐敵人的行動，步調一致地馳聘在勝利的頂峰。[2]候雅信於 1922 年返回美國，任華盛頓州立大學講師，並以「中國問題專家」的身份去各地演講。1928 年後，每年夏天都帶領美國學生旅行團到中國觀光。他的個人著作主要有《在彌勒之鄉：一個美國夷在華歷險記》（1924）、《中國現代史大綱》（合著）、《傑出的亞洲人》（1929）、《亞洲的反抗》、《挑戰：在日本外觀的背後》。[3]

　　1928 年，國民黨中央宣傳部規定《華北明星報》不得使用中國郵政。其中緣由是該報刊登了一篇合眾社北平通訊員貝斯（D. C. Bess）採寫的文章。貝斯在文中預測，1929 年春天，北方軍閥和南京政府不可避免會有戰爭。後來，法克斯和合眾社向南京外事辦公室發去官方文件，為發表這篇文章和合眾社北平通訊員將這篇文章發給報社的行為致歉。至此，當局才解除郵政禁令。[4]1926 法克斯回國後埃文斯（R. T. Evans）接手報紙。1939 年 6 月該報停刊。

　　《北京導報》（*The Peking Leader*）1920 年由一家中國集團企業創辦，1925 年重組後，美國新聞記者柯樂文被選為該報主編和總裁。由於華北地區外國勢力較小，再加上北平軍事動亂導致的商業蕭條，這份報紙一直處在財政困難當中。1927 年他堅決反對美國貸款發展南滿鐵路。事實上，由於柯樂文拒絕改變其文章的立場，很多日本公司都撤銷了與柯樂文報紙的廣告合

---

1　雷穆森：《天津租界史》，天津人民出版社，2009 年版，第 227 頁。
2　章伯鋒、李宗一編：《北洋軍閥：1912～1928（第四卷）》，上海人民出版社，1990 年版，第 763～764 頁。
3　邱沛篁等主編：《新聞傳播百科全書》，四川人民出版社，1998 年版，第 1926～1927 頁。
4　趙敏恒：《外人在華新聞事業》，暨南大學出版社，2011 年版，第 65 頁。

同。他的社論總是聰明機智、充滿活力，其自由的風格使得他成爲在東交民巷使館區所謂的「不受歡迎的人物」。1928 年，當國民黨軍隊從南方逼近舊都時，東交民巷盛傳「南方的共產主義者」會重演 1900 年義和團之暴行的消息。各國政府都派士兵護送在北平的本國公民聚集到某個地點。各使館還建議派海軍陸戰隊到外國商鋪和居民點以提供「足夠的保護」。柯樂文直言不諱地告訴美國使館，他不需要來自美方的保護，在中國法律的保護下他就能過得很好。即使與中國公司發生法律糾紛時，《北京導報》也會選擇在中國的法庭，而不是依靠治外法權來處理案件。中國首都由北平遷往南京，《北京導報》無法繼續維繫。柯樂文來到南京，與中國領導人協商，由後者收購這家報紙。此後，這家報紙一直歸中國人所有。[1]

　　《中國雜誌》（*China Journal*）是中國科學藝術協會的官方機構，但兩者並沒有財政上的聯繫，這個協會甚至比雜誌創辦的還要晚些。該雜誌主要紀錄東方國家在科學、藝術、旅行、勘探、體育和教育方面的文章，在英國和美國的科學家、地理學家和博物學家圈子裏十分有名。起初雜誌爲雙月刊，1926 年起改爲月刊。雜誌的編輯蘇柯仁（Arthur de Carl Sowerby）在科學界和勘探界享有盛名。同時這份雜誌的成功也離不開他的夫人克拉麗絲·莫依斯·索爾比，是中國科學藝術協會的名譽司庫，1922 年秋開始擔任雜誌的業務經理在她的高效管理下，這份刊物得以在中國艱難的商業環境中維繫下來。[2]

　　《中國文摘》（*China Digest*）1925 年創辦於北平，1926 年遷到天津，同年又搬到上海，此後一直留在上海。該雜誌爲週刊，刊登廣告，每週發行量將近 3000 份。該報的創辦者兼主編卡羅爾·朗特（Carroll Lunt）談到創辦雜誌的初衷時這樣說到：「我當時創辦這份報紙，是因爲我感到中國沒有一家期刊做得像美國的《文學文摘》那樣好。換句話說，對待任何一個爭論，都要向公眾提供兩方面的觀點，讓讀者得出自己的結論。儘管本報的編輯政策是始終如一的，但自本報創立之初，對待任何一個重要的話題，我們都會忠實地提出兩方面的觀點。這份報紙是獨立的，我們的座右銘就是『提供另外一種觀點』。」[3]

　　在漢口，美國人施瓦茨（Bruno Schwartz）於 1923 年創辦了英文報紙《自

---

1　趙敏恒：《外人在華新聞事業》，暨南大學出版社，2011 年版，第 65～66 頁。
2　趙敏恒：《外人在華新聞事業》，暨南大學出版社，2011 年版，第 67～68 頁。
3　趙敏恒：《外人在華新聞事業》，暨南大學出版社，2011 年版，第 70 頁。

由西報》（*Hankow Herald*），林芳伯（Wilfred Ling）人主筆，中國人周培德曾幫助進行籌辦工作。該報是美國人在華中地區主要的輿論機關。1932 年該報由南京國民政府購得。[1]

除上述這些報刊外，還有一份特殊的報紙是《哨兵報》，這份報紙由美軍駐紮在中國的第十五步兵團創辦。第十五步兵團創建於 1861 年 5 月 4 日，首次來華是義和團運動期間。《辛丑條約》後外國列強取得在華駐兵權，第十五步兵團被派駐到天津，負責保護天津到北京鐵路線，後又撤回美國。1911 年，第十五步兵團再次駐紮到天津及北京到瀋陽的鐵路沿線，一直到 1938 年才撤回。

《哨兵報》創立於 1919 年，由天津的英文報紙《京津泰晤士報》的出版商天津印字館發行。版式爲寬 9 英寸，長 12 英寸，跟雜誌相似，但版面和編輯還是和報紙一樣採用普通新聞紙印刷，封皮裝訂半光面紙，封面多用漫畫、素描或照片。每期平均 28 頁，每份零售價爲 5 美分，月訂閱費爲 20 美分，年訂閱費爲 2 美元。每週發行量約爲 1450 份，其中 500 份寄往美國，「就像是寄給家中親朋好友的書信，他們牽掛著我們這些遠在異鄉中國的傢伙」。[2]《哨兵報》由十五步兵團的軍官管理。1921 年初，主編 R. D. 貝爾上尉手下的工作人員有六名軍官和三名士兵。報紙在所有連隊和部門都設有通訊員，並有一名專職的攝影師。1921 年 5 月 20 日，奧維·E·費希爾牧師接手該報，出任主編和商業經理。[3]在這之後，報紙的主編又更換過多次。

《哨兵報》內容豐富，既有關於各連隊的專題報導，也有影評、爵士樂、麻將、各種比賽和辯論等內容。報紙還積極鼓勵士兵投稿，結果收到了大量的打油詩。該報也曾刊登過士兵寫的短篇和中篇小說。《哨兵報》非常注重和中國相關的內容，除了對中國時事政治的報導外，諸如體育、風土人情、文學、戲曲也都是其關注的內容。

《哨兵報》靠報刊訂閱和廣告獲利，其盈利足以用來資助每週星期日晚上在軍營禮堂免費放映電影。報紙的收入還用來爲軍營圖書館和醫院購買雜

1  方漢奇主編：《中國新聞事業通史（第二卷）》，中國人民出版社，1996 年版，第 221 頁。

2  阿爾弗雷德·考尼比斯，考尼比斯，劉悅譯：《扛龍旗的美國大兵：美國第十五步兵團在中國 1912～1938》，作家出版社，2011 年版，第 117～118 頁。

3  阿爾弗雷德·考尼比斯，考尼比斯，劉悅譯：《扛龍旗的美國大兵：美國第十五步兵團在中國 1912～1938》，作家出版社，2011 年版，第 118 頁。

誌期刊，為射擊比賽提供獎金和獎品，多年來還建造並維護一座滑冰場供軍人和外國人社區使用。[1]但 1932 年 11 月美國戰爭部的一項法令規定任何軍隊報刊不得接受與政府有商業往來的公司的廣告贊助[2]，因此，《哨兵報》上的廣告大幅減少。

總的來講，十五步兵圖創辦《哨兵報》是為了服務這支部隊的，它的發行事實上旨在關注第十五步兵團的存在，反映其生活現狀，描述其服役環境。該團駐紮在遠離祖國半個地球以外的地方為國效力，《哨兵報》記載了這個小型「軍隊之家」的希望、恐懼和焦慮。[3]

## 六、美國通訊機構在華新聞傳播活動的開展

根據 1870 年《通訊社條約》（*Agency Treaties*）的規定，路透社的勢力範圍包括大英帝國下屬的國家以及東亞地區，哈瓦斯社的勢力範圍是西班牙、法國、意大利和葡萄牙帝國所屬地區，沃爾夫社掌控奧地利、德國、斯堪的納維亞半島和俄國。美國的紐約聯合新聞社也參與了此項條約，但被規定不能插手美國以外的事務。1893 年，由紐約聯合新聞社改組而來的伊利諾伊聯合新聞社與三大通訊社簽訂了獨家交換新聞的合同，為期十年，到期後自行延續十年。根據規定，伊利諾伊聯合新聞社的業務依然不能涉及美國以外的地區。

一戰後，《通訊社條約》體系逐漸消亡，原屬於沃爾夫社勢力範圍的俄國在十月革命後成為社會主義國家，不再受其制約。隨著美國整體實力的提高，美國的通訊事業發展迅速，1907 年美國合眾社成立，1909 年，赫斯特又創立了國際新聞社（International News Service），這兩個通訊社不受條約的限制，大範圍向三大社所屬的勢力範圍進軍。《通訊社條約》體系崩潰的另一重要原因是技術的進步，該體系能夠成立的基礎是當時的通訊需要依靠跨洋的海底電纜，各通訊社對勢力範圍的控制實際上就是對海底電纜的控制，一戰後無線電通訊迅速取代有線電報，各通訊社所謂的勢力範圍也就自然消解了。

---

1　阿爾弗雷德·考尼比斯，考尼比斯，劉悅譯：《扛龍旗的美國大兵：美國第十五步兵團在中國 1912～1938》，作家出版社，2011 年版，第 119 頁。

2　阿爾弗雷德·考尼比斯，考尼比斯，劉悅譯：《扛龍旗的美國大兵：美國第十五步兵團在中國 1912～1938》，作家出版社，2011 年版，第 124 頁。

3　阿爾弗雷德·考尼比斯，考尼比斯，劉悅譯：《扛龍旗的美國大兵：美國第十五步兵團在中國 1912～1938》，作家出版社，2011 年版，第 117 頁。

　　美國的通訊社中，最早進入中國的是美聯社，1915 年美聯社就在上海成立了分社。1922 年美聯社社長諾彝斯（Frank. B. Noyes）訪問中國，受到了報界的熱烈歡迎。11 月 10 日，諾彝斯在北京召開記者招待會，會上諾彝斯詢問中國需要美國何種新聞，「意在擴充營業於華」。[1]11 月 25 日，諾彝斯攜夫人從南京抵達上海，「報界歡迎者甚眾」，在申報謝福生和路透社經理唐納等人的陪同下入住南京路的匯中旅社。26 日晚參加了上海新聞記者聯歡會組織的歡迎會，美國駐上海總領事和滬西報主筆陪同參加。[2]

　　27 日中午，路透社上海分社經理唐納在卡爾登宴請諾彝斯，《申報》《新聞報》《大陸報》《密勒氏評論報》等報的記者共二十餘人參加了宴會。宴會開始首先由唐納介紹諾彝斯，「諾君係美國聯合報社社長，其營業之發達及一切情形，諒諸位已早洞悉。此次諾氏自美到遠東，逍經日本及北京等處，均受各界歡迎。諾氏富有報界經驗，……諾君所言社中經驗，與吾報界均有裨益，諒亦諸君所願聞也。」然後諾彝斯就同行所提問題作答，其中詳細介紹了美聯社的情況，「該社非商業企圖，其宗旨不求社友之獲利，亦不事分紅，收支如有盈餘，悉供擴充社務之用。初辦時社友不過一百三十家，此皆美國報紙知有均攤經費供給丹迪新聞以合租通訊機關之重要者也。社中新聞，除發生地之各報外，編送各埠社友，其於各社友所送新聞之汰擇，限制尤嚴，絲毫不容外界□聞。不論其勢力若何，即美國政府國務院亦不容其干涉。」然後諾彝斯又介紹了美聯社和其他通訊社互相供稿的協定，及美聯社取得的成就。[3]

　　28 日中午，上海美國商會和美國大學俱樂部在卡爾登宴請諾彝斯，社會各界共 140 多人參加。諾彝斯在致辭中提出，「現任中國新聞事業頗發達，惟吾人須有以輔助之。又希望美國之消息能直接供給中國新聞界，俾不致失實。但消息藉無線電傳達者，非二三百字必不能所云。」[4]下午，諾彝斯參觀了申報館，並拍照留念。當晚又參加了申報館組織的晚宴，鮑威爾、史量才、陳冷、張竹平等人作陪。

　　諾彝斯訪問中國，雖未能同中國報界達成實質性的合作，但他將美聯社的創辦理念和經驗介紹到國內，這對國內的新聞界而言是寶貴的經驗。雖然

1　《申報》，1922 年 11 月 10 日。
2　《美國新聞家諾彝斯君昨日抵滬》，《申報》，1922 年 11 月 26 日。
3　《路透社歡宴諾彝斯紀》，《申報》，1922 年 11 月 28 日。
4　《美團體在卡爾登宴諾彝斯紀》，《申報》，1922 年 11 月 29 日。

在此之前包括美聯社在內的各大通訊社都有駐華記者或通訊員，但諾彝斯作為一社之長在通訊社的管理、運作等方面顯然比普通記者更有經驗，這些正是當時中國報界所需要的經驗。

雖然美聯社進入中國的時間較早，但因為跟路透社的相關協定，到了1931 年它才開始向中國發稿。與之相比，美國合眾社（United Press Associations of America）在中國更加活躍。1922 年合眾社派記者來華，先後在北平、上海、天津、廣州等地採訪，除向總部發稿外，也供給當地報紙。1925 年 10 月 8 日，合眾社總部的代表霍華德在大陸報記者的陪同下到申報館參觀，並與汪英賓討論了中國的新聞業。他此次來華一是調查五卅事件，再就是希望拓展合眾社在華的業務。對於美國通訊社收費昂貴的疑問，霍華德認為「準確消息之發布，當以商辦通訊社所供給這為最公正。通信事業，既為營業，則通信社之對報館，猶製造家對於顧客，其供給材料，一有作用，顧客即可停止購用，如此通信既成營業。對於宣傳新聞之電報方面，必化鉅資，決不能與政府設立之通信社相較。因政府所立之通信社，可以免費也。」[1]然後，霍華德對比了南美洲與中國的新聞事業，他稱十年前去南美時，各報社所用稿件都來自歐洲的通訊社，但這些稿件「多為歐洲政府各機關之事件，稿費固廉，然往往發生滯礙。如各種緊急新聞，付之缺如，而不僅要新聞，反多作用。」[2]許多報社改用合眾社的稿件後，這種情況大為改善。霍華德還表示，希望以後以無線電來傳遞新聞，「將來或可達每字一角之代價，如此聯合通信社對於中國報紙供給新聞之費用，可以減省。」[3]

同年 12 月 2 日，合眾社遠東分社代表參觀申報館時表示「該社現已設有訪員，採訪中國等處消息，隨時報告，而供給於世界各處之用。該社通信者，刻正力謀擴充，冀可遍設分社於遠東各地。上海為中華全國商業及經濟中心，亦將為採集及散佈新聞之樞紐。」[4]1929 年 3 月在上海成立分社。不久後原設於東京的遠東分社遷至上海，英文稿件自己發送，中文稿件由上海國民新聞社代發。[5]

---

1　《美國新聞家霍華德之談話》，《申報》，1925 年 10 月 9 日。
2　《美國新聞家霍華德之談話》，《申報》，1925 年 10 月 9 日。
3　《美國新聞家霍華德之談話》，《申報》，1925 年 10 月 9 日。
4　《美國聯合通信社代表參觀本報》，《申報》，1925 年 12 月 3 日。
5　馬光仁：《馬光仁文集》，上海社會科學院出版社，2013 年版，第 480 頁。

# 第三節　俄國在華新聞業的新變化

在中國近代新聞事業發展史上，在華俄文報刊從出現到消失大致經歷了半個多世紀的發展過程，其種類之多，性質、內容之複雜是其他在華外文報刊無法比擬的。1917 年十月革命爆發前後，大批白俄湧入哈爾濱和上海兩地，在華俄文報刊盛行，日寇侵佔東北後，蘇聯在華新聞活動漸趨沈寂。1922 年俄僑人數增至 155402 人，占哈爾濱當時總人口的一半。這裡成了俄國各派政治力量在遠東角逐的中心，僅在 1920～1923 年間，他們就在哈爾濱一地新辦俄文報刊達 110 多家。[1]

沙俄新聞業體現出了濃鬱的殖民主義色彩，在俄國人的文化活動中，大國沙文主義作風得以貫徹。十月革命後的俄國新聞業表現出了不同階級文化的對抗，「紅白」兩黨之間的報刊論戰傳達著各方的言論與觀點。此外，這個時期的蘇聯報刊有著里程碑式的作用，在 1925 年的五卅慘案中就能發現和認識中國共產黨，但對西方世界來說，這只是漫長認識過程的一個開端。

## 一、帝俄報刊在中國的終結

正是沙俄報刊結束了我國東北無報刊的歷史，沙俄在華辦報對我國東北報業的發展有著深遠的影響。從 19 世紀下半葉起，隨著清政府的衰落，沙俄不斷侵略中國。沙俄的侵華目標很實際，主要是通過一系列不平等條約攫取中國的大片領土和通商貿易權。到 19 世紀末 20 世紀初，沙俄逐漸意識到精神文化侵略的重要性，遂創辦中文報刊以期影響中國社會輿論。[2]哈爾濱自 1898 年興建中東鐵路起，即有俄文刊物出現。《燕都報》（北京）、《關東報》（旅順）、《盛京報》（瀋陽）、《遠東報》（哈爾濱），四報創辦的時間都在 1904～1906 年之際。它們都是沙皇俄國的御用輿論工具，其言論無不維護其在華的各項利益，始終服務於其侵略目的。它們創辦的目的是爲了更直接地在中國人民當中進行欺騙性和麻醉性的宣傳，以消滅中國人民的愛國心和革命性。[3]

日俄戰爭前後，沙俄勢力在上海中文報界沒有什麼立足之地；在天津、

---

1　方漢奇、史媛媛主編：《中國新聞事業圖史》，福建人民出版社，2006 年版，第 193 頁。

2　趙永華：《19 世紀末 20 世紀初沙俄官方和民間在華出版報刊的歷史考察與簡要評析》，《俄羅斯研究》，2010 年第 6 期，第 109 頁。

3　方漢奇：《中國近代報刊史（上）》，山西人民出版社，1981 年版，第 39 頁。

漢口雖然有俄租界，沙俄官方也沒有創辦任何報紙。1904 年日俄戰爭爆發，爲了爭取中國政府和人民，沙俄政府首先利用「華俄道勝銀行」的資金，在北京創辦了中文《燕都報》。這是俄國在華出版的第一家報紙。該報創刊後，即與日本人在北京辦的《順天時報》展開宣傳戰。《燕都報》竭力爲沙俄政府的遠東政策鼓吹，並且誇大俄軍在日俄戰爭中的戰果。《燕都報》在宣傳戰爭中處於劣勢，不久因處境困難而停刊。同年，沙俄在東北軍事重鎮旅順出版了中文《關東報》，在東北政治中心奉天出版了中文《盛京報》。《關東報》和《盛京報》的出版時間都很短，日俄戰爭後，隨著俄國勢力退出南滿而終刊。[1]

中東鐵路管理局 1906 年 3 月 14 日在哈爾濱創辦的日俄戰爭結束後，俄國把哈爾濱作爲侵華活動和向遠東擴張的據點。中東鐵路管理局於 1906 年 3 月 14 日在哈爾濱創辦了中文《遠東報》，作爲經略遠東的宣傳陣地。中文《遠東報》爲中東鐵路管理局所辦，實質上是俄國官方的政府機關報，受到中東鐵路的大力資助。俄國控制的中東鐵路公司每年撥款 17 萬盧布給該報，在如此豐厚的資助下《遠東報》無須爲報社的財務問題分神，一心專注於報紙的編務。[2]爲了抵制俄國十月革命對中國的影響，《遠東報》經常刊載言論，詭稱中國爲千年古國，社會主義不合國情；但《遠東報》編採人員因受十月革命的影響，熱情讚揚「五四」愛國學生運動。[3]。1919 年 5 月 9 日起，該報連續正面報導運動實況。首篇以《北京學生之愛國潮》爲題，詳細記述了學生遊行示威的全過程。11 日發表社論《淪北京學生之大活動》，歡呼「此誠痛快人心之事」，抨擊北洋政府鎮壓學生的罪行，接連報導全國各地和哈爾濱支持運動的群眾活動。[4]《遠東報》於 1921 年終刊。

1899 年 8 月在旅順創辦的《新邊疆報》（Новый Край）是在華的第一份俄文報紙。《新邊疆報》是沙俄在華利益的積極代表者，其創辦與俄國侵華的歷史密切相關，還履行著文化傳播的職能。1905 年，日俄戰爭結束，戰敗的

---

1　方漢奇主編：《中國新聞事業通史（第一卷）》，中國人民大學出版社，1992 年版，第 813 頁。

2　趙永華：《19 世紀末 20 世紀初沙俄官方和民間在華出版報刊的歷史考察與簡要評析》，《俄羅斯研究》，2010 年第 6 期，第 110 頁。

3　黑龍江省地方志編纂委員會編：《黑龍江省志・第 50 卷・報業志》，黑龍江人民出版社，1993 年版，第 21 頁。

4　馬學斌：《中文鐵路報紙濫觴──〈遠東報〉》，《鐵道知識》，2014 年 6 期，第 55 頁。

俄國把旅順、大連及南滿鐵路轉讓給日本。《新邊疆報》於 1905 年 11 月遷到哈爾濱出版，改爲日報。1912 年 10 月，《新邊疆報》終刊。

　　1914 年是沙俄在華俄文報刊的一個轉折點。第一次世界大戰爆發後，沙俄作爲協約國主要成員參戰，駐守在中東鐵路的軍隊和普通俄國居民被不斷地調往歐洲前線。沙俄政府無暇東顧，對遠東的控制有所放鬆，此後，在華新聞事業不但沒有擴大發展，反而萎縮了。[1]1920 年起，中國開始回收中東鐵路主權，國際列強干涉西伯利亞的軍事行動不久也失敗撤軍，在哈的沙俄殘餘勢力日趨衰落。1921 年 3 月 1 日，隨著沙俄在哈爾濱殘餘勢力的衰落，出版 15 年之久的《遠東報》，奉中東鐵路公司令終刊，從而結束了沙俄辦報的歷史。

　　1917 年沙皇統治被推翻後，隨著俄國國內局勢的變化以及沙俄在華勢力的衰退，沙俄官方在華出版的報刊相繼停辦，其對在華民辦報刊的檢查與影響也逐漸減弱。一些民辦報刊得以維持生存下來，日後成爲「在華俄僑」辦報活動的一部分。民辦俄文報刊不同於沙俄官方媒體，它們不是俄國政府的傳聲筒，不以國家利益爲準則，只服務於個人或某團體的利益，反映他們自己的觀點和意見。[2]所以，當沙俄在華的殖民機構分崩離析之時，俄文報刊卻大量出現，形成更加繁榮的景象。

## 二、白俄報刊在哈爾濱出現

　　除了帝俄時期原辦的一些報紙如《哈爾濱新聞》《生活新聞報》繼續刊行外，俄僑還新辦了大量俄文報刊。根據《東省文物研究會匯志》之《東省出版物源流考》（卷一）（《1927 年前哈埠發行的俄語和其他歐洲語言的定期和非定期出版物目錄》）的統計，1927 年前在哈爾濱出版發行 3102 種俄文雜誌，其中有日報 58 種，週報 12 種，其他不定期報紙 32 種；雜誌 141 種，其中週刊有 36 種，半月刊 21 種，月刊 23 種，其他不定期刊物 57 種。[3]

　　那些反蘇反共的俄國人通常被稱爲「白俄」，俄國僑民之所以反對蘇聯，是因爲他們覺得是布爾什維克逼得他們背井離鄉逃亡國外。後來，隨著時間

---

1　趙永華：《沙俄在華辦報史研究》，《新聞學論集》，2010 年第 25 輯，第 280 頁。
2　趙永華：《19 世紀末 20 世紀初沙俄官方和民間在華出版報刊的歷史考察與簡要評析》，《俄羅斯研究》，2010 年第 6 期，第 111 頁。
3　榮潔等著：《俄僑與黑龍江文化俄羅斯僑民對哈爾濱的影響》，黑龍江大學出版社，2011 年版，第 120 頁。

的推移，當他們看到推翻蘇維埃政權已經不再可能的時候，這種仇恨才逐漸淡化，報刊上的反蘇言論才逐漸減少。[1]白俄來到哈爾濱，爲了謀生，主要從事經商，手工業，少數人從事藝術與教育，開辦學校、劇院、舞場等，還有一些人從事報業，其創辦的媒體，逐漸成爲哈爾濱開埠以來最活躍的出版與發行機構。白俄在哈所辦的報刊最集中的是 1920～1923 的三年間。白俄用俄文出版的報刊，發行量很大，凡涉及到中國問題時，一般是站在極其反動的帝國主義和中國反動派一邊。[2]。

中東鐵路俄文機關報《哈爾濱新聞》1917 年 12 月更名爲《鐵路員工報》，1918 年 1 月 1 日再度更名爲《滿洲新聞》，成爲在哈爾濱以霍爾瓦特爲首的白俄分子的機關報。該報頑固地反對布爾什維克，極力呼籲國際列強出兵干涉蘇維埃俄國。[3]

**表 1　民國北京政府時期在哈爾濱的主要白俄報刊[4]**

| 名　　稱 | 創刊時間 | 終刊時間 | 主　辦　者 | 刊期 |
|---|---|---|---|---|
| 滿洲新聞 | 1918.1.1 | 1920.3.11 | 霍爾瓦特 | 日報 |
| 光明報 | 1919.3.5 | 1924.10.3 | 謝苗諾夫、薩托夫斯基－勒熱夫斯基 | 日報 |
| 霞光報 | 1920.4.15 | 1945.8 | 連比奇 | 日報 |
| 俄聲報 | 1920.7.1 | 1926.1.31 | 沃斯特羅金 | 日報 |
| 傳聞報（喉舌報、魯波爾報） | 1921.10.10 | 1938.2.10 | 考夫曼 | 晚報 |
| 東方報 | 1925.3.17 | 1925.11.3 | 奧卡瓦拉 | 日報 |
| 俄語報 | 1926.1.31 | 1935.9.23 | 斯巴斯基、科羅多夫 | 日報 |

白俄頭子謝苗諾夫的機關報《光明報》於 1919 年 3 月 5 日在哈爾濱創刊，該報是第一家公開反對布爾什維克的白俄報紙，其口號是「全力支持謝

---

1　趙永華：《試析中國近代史上的俄文新聞傳播活動》，《中州學刊》，2006 年第 6 期，第 245 頁。

2　漢斯・希伯：《論帝國主義殖民統治者及其在華報刊的思想意識》。載於：漢斯・希伯研究會編：《戰鬥在中華大地——漢斯・希伯在中國》，山東人民出版社，第 353～364 頁。

3　趙永華：《在華俄文新聞傳播活動史（1898～1956）》，中國人民大學出版社，2006 年版，第 72 頁。

4　根據《哈爾濱俄僑史》，《在華俄文新聞傳播活動史（1898～1956）》等整理。

苗諾夫的事業」。[1]1924 年 10 月 2 日，哈爾濱舉行了中東鐵路接管儀式。10 月 3 日，頑固反蘇的《光明報》作爲一份不合時宜的白俄報紙停止出版。

在反對布爾什維克的陣營中，僅排在《光明報》之後的就是《俄聲報》（也譯作《俄國之聲報》），該報於 1920 年 7 月 1 日創辦，戈公振在《中國報業史》評價爲「屬於皇室一派，但無勢力」。它是中東鐵路機關報《滿洲新聞》的後身，由俄國國民民主黨保守派主辦，得到中東鐵路管理局的暗中支持。人們稱它是「霍爾瓦特」機關報。該報親日、反蘇反共，夢想依靠日本等帝國主義強國爲俄國復辟。[2]該報還時常以原來沙俄殖民者姿態，勿視中國主權和官府，引起哈爾濱官民的不滿。[3]中東鐵路實行中蘇共管後，由於財路斷絕於 1926 年 1 月 31 日停止發刊。

《俄語報》（亦譯作《俄國言論報》）1926 年 1 月 31 日創刊。總編輯斯巴斯基等編採人員均爲《俄聲報》原班人馬。該報繼承了《俄聲》的衣缽，堅持親日反蘇反共，夢想依靠日本復辟。該報大量刊載眷戀沙俄時期的回憶，以及惡毒攻擊和誹謗蘇聯黨和政府的言論。哈爾濱淪陷後，該報更加死心踏地投靠日本侵略者。

在俄僑中影響最大的報紙是由俄國報人連比奇於 1920 年 4 月 15 日創辦的俄文日報《霞光報》。在創辦初期它只是一家小報，但它發展很快，對哈爾濱俄文報界產生了深刻影響。該報「昔在哈爾濱最占勢力，在上海亦設有分館。以其消息靈通，議論精闢，爲俄人所愛讀」。主編布什科夫是無黨派人士，卻反對十月革命，辦報時竭力標榜爲民主中立派，暗地接受俄將軍謝苗若夫的津帖。該報另堅持反蘇親日方針，但它以普通市民爲對象，內容通俗、消息迅速、淡化政治色彩，所以仍爲人們喜歡，1925 年期發數達 9500 多份，居哈爾濱俄文報之首。[4]

---

1　方漢奇、史媛媛主編：《中國新聞事業圖史》，福建人民出版社，2006 年版，第 193 頁。

2　段光達、李成彬：《「九一八」事變前俄國人在哈爾濱文化活動的回顧與思考》，載於韓瑞常等主編《東北亞史與阿爾泰學論文集》，黑龍江教育出版社，1996 年版，第 78 頁。

3　黑龍江省地方志編纂委員會編：《黑龍江省志・第 50 卷・報業志》，黑龍江人民出版社，1993 年版，第 259 頁。

4　段光達、李成彬：《「九一八」事變前俄國人在哈爾濱文化活動的回顧與思考》，載於韓瑞常等主編《東北亞史與阿爾泰學論文集》，黑龍江教育出版社，1996 年版，第 77 頁。

20 世紀 20 年代，除了綜合性日報、晚報外，白俄在哈爾濱創辦的報刊中還有雙日刊、週二刊、五日刊、週刊、旬刊、半月刊、月刊、季刊等。報刊內容更是五花八門，既有政治機關報，也有不少通俗的「戈比報」（一戈比一份的小報），還有大量的專業性報刊，如《滿洲經濟通報》（後改名《滿洲通報》）《滿洲經濟生活》《北滿農業》《東省文物研究會通報》《婦女報》《婚姻報》《現代婦女》《家庭之友》《青年之友》《體育運動》《養馬與運動》《美容與健康》《中學生之友六《大學生生活》《科學院生活》《軍事生活》《殘廢人報》等。[1]這些反對十月社會主義和蘇維埃政府的白俄報刊，在哈爾濱的言論較少受到限制，得到了哈爾濱地方當局的偏袒和日本勢力的支持，這三方在反蘇反共上的利益是共同的。由白俄創辦的報刊，因其辦刊人身份的特殊性，故能比較客觀地反映哈爾濱市開埠初期眞實面貌，比較忠實地記錄當時國內外重大事件；其中一些報刊是研究中俄關係的重要依據和研究僑民文化與歷史的重要參考。[2]

## 三、蘇共報刊在哈爾濱興起

哈爾濱以其得天獨厚的地緣優勢，成爲較早接觸馬克思主義的地方。由於俄國布爾什維克的積極活動和其所進行的宣傳，馬克思主義通過多種渠道、多種途徑傳到了哈爾濱，並對當地革命活動產生了深遠的影響。以中東鐵路沿線俄國布爾什維克黨組織和哈爾濱工兵代表蘇維埃爲代表，擁護蘇維埃政權，與「白」相對，他們被稱爲「紅俄」或「赤俄」。十月革命後，由於哈爾濱俄國工兵蘇維埃和職工聯合會的成立，布爾什維克和俄國工人在哈爾濱和中東鐵路沿線相繼創辦了各種革命報刊，宣傳馬克思主義和蘇俄革命的勝利經過。「勞工神聖」「蘇維埃」「社會主義」「無產階級革命」等思想開始爲進步人士所接受。20 世紀 20 年代，「紅」「白」之爭構成了哈爾濱俄人報刊的突出特色。紅黨報刊由於東北當局的嚴加限制，其總數少於白俄報刊，且出版時間都不長。

1920 年 2 月，中東鐵路俄國工人總聯合會成立。1920 年 3 月 1 日，中東鐵路俄國職工聯合會創辦了機關報俄文《前進報》，這是在俄國布爾什維克領

---

1　趙永華：《在華俄文新聞傳播活動史（1898～1956）》，中國人民大學出版社，2006年版，第 81 頁。

2　吳冰：《東省文物研究會與哈爾濱白俄的俄文老檔》，《黑龍江史志》，2014 年總第323 期，第 59 頁。

導下，在華出版的第一張報紙。1921 年 4 月 18 日，東省特別區警察總管理處以「宣傳過激主義」的罪名，逮捕主編海特，《前進報》於 1921 年 6 月 5 日被迫停刊。工人聯合會改出《俄羅斯報》，遭查封後又改出《論壇報》。1925 年 4 月 26 日，特警處以「破壞登載條例」的理由，強令《論壇報》停刊。8 天後，又有《愛和報》創刊，最終於 1926 年 12 月 10 日因「宣傳赤化」的罪名被特警處取消了出版資格。其間，紅黨報紙《愛和報》《新生活報》《風聞報》《戈比報》曾邀請《哈爾濱晨光》《國際協報》《東陲商報》等同人報，舉行了中俄新聞記者聯歡會。

**表 2　部分紅黨報刊一覽表[1]**

| 報刊名 | 創辦時間 | 類　型 | 停刊時間 | 創辦方 | 社長／主編 |
|---|---|---|---|---|---|
| 新生活報（1914 年改為生活新聞報） | 1907.11.1 | 日報 | 1929.6.18 | 切爾尼亞夫斯基、布羅克米勒 | |
| 勞動之聲 | 1917.5.1 前夕 | 俄文日報 | 1917.12.13 | 哈爾濱俄國工兵代表蘇維埃 | |
| 前進報 | 1920.2.14 | 俄文日報 | 1921.6.5 | 中東鐵路俄國職工聯合會 | 戈爾恰科夫斯基 |
| 俄羅斯報 | 1921.6.14 | 俄文日報 | 1922.7.5 | 中東鐵路俄國職工聯合會 | 斯米爾諾夫 |
| 山溢報 | 1921.8 | | | 中東鐵路共青團 | |
| 南方社會主義革命者報 | 1922.3.12 | 日報 | 1922.4.19 | 蘇俄西伯利亞青年社會主義者哈爾濱委員會 | |
| 俄羅斯眞理報 | 1922.4.24（第 10 期） | 日報 | | 中東鐵路共青團 | 布達科夫 |
| 通報 | 1922.6.7 | | | 中東路工人聯合會 | |
| 論壇報 | 1922.8.16 | 俄文日報 | 1925.4.26 | 中東鐵路俄國職工聯合會 | 切秋林 |
| 風聞報（莫爾瓦報） | 1924.8.11 | 週報，1925 起改為日報 | 1929.1.5 | 涅奇金 | |

1　根據《哈爾濱俄僑史》《哈爾濱與紅色之路》等整理。

| 戈比報 | 1923.3.27 | 晚報 | 1923.12.31 | | 札盧德斯基 |
| 工人通報 | 1925.4 | | 1926.11.11 | 中東鐵路俄國職工聯合會 | |
| 回聲報（愛和報） | 1925.5.6 | 晚報，第10期起改為日報 | 1926.12.10 | 利特曼、馬利茨基 | |

　　《論壇報》於1922年8月16日創刊，由中東鐵路俄國職工聯合會辦，總編輯先後為A·切秋林、多姆布羅夫斯基、拉夫巴赫和費得洛夫。該報的最高發量曾達到7000多份，是當時哈爾濱俄文報中「銷行極暢旺的報紙」，訂閱者為蘇聯僑民，其中多數是中東路職工。蘇聯駐哈爾濱總領事格蘭得稱該報是「代表蘇聯人民民意及力謀中蘇兩國親善之報館」，而日本滿鐵情報機關則認為它是「極端的左翼報紙，反日色彩鮮明」。哈爾濱當局曾多次羅織罪名懲罰該報，1925年4月27日，東省特警處司法科長瞿紹伊以該報「破壞登載條例」，宣布「自明日起不應再行出版」。

　　《回聲報》（音譯《愛和報》），於1925年5月6日在哈爾濱創刊。開始是晚報，從第10期改為日報。主編里特曼，每天8版，期發6000多份。戈公振著《中國報學史》稱：該報「屬於紅黨。為俄政府在東三省之機關報。注意俄人在東三省之生活。宣傳共產，不遺餘力。凡中東路職員之隸白黨者，一律送閱不取費，以期轉移其意志」。該報在宣傳馬列主義時，還注重聯繫中國革命的實際。9月11日第99號報紙刊載《中國民眾的真正敵人是誰？》，文章明確指出是帝國主義列強和地主、軍閥與資本家。東省特警處馬上傳訊里特曼，謂此種論文只能在蘇聯國內報紙刊載，不能在中國境內刊載，罰洋50元，以示懲戒。1926年9月，里特曼回國，由馬力茨基接辦。11月初，因載文紀念十月革命9週年，特警處勒令停刊兩周。12月10日，特警處以「宣傳赤化」「違犯報例」為罪名，取消其出版資格。

　　《風聞報》於1924年8月11日在哈爾濱創刊，總編輯涅奇金曾在論壇報任職。該報是《回聲報》被封後「紅黨」在北滿唯一有力的報紙。被特警處視為禁物，1928年11月1日曾勒令其停刊。12月該報不顧禁令繼續出版，評擊白俄蔑視華人的行為。白俄的《霞光》《傳聞》一齊攻擊《風聞報》。在這次「紅、白」之爭中，哈爾濱當局再次偏袒白俄，於1929年1月5日特警處再次查封《風聞報》。不久即發生中東路事件，此後「紅」黨報紙在哈爾濱市很難公開發行。

在這場旗幟鮮明的「紅、白」鬥爭中，《新生活報》是一個很值得注意的報紙。該報於 1907 年 11 月 1 日創刊於哈爾濱，是由《東方通訊》《九級浪》兩報合併出版的。它是唯一一家原屬「白黨」後轉爲「紅黨」的報紙。1914 年 7 月 1 日更名《生活新聞》報，俄國十月革命勝利後，該報開始逐漸改變原來的政治立場。1929 年 5 月 27 日，特警處奉命搜查蘇聯駐哈爾濱總領事館，並逮捕 39 人。《生活新聞》報於 6 月 18 日被迫停刊。

蘇維埃政府在華所辦報紙的發源和生存之地都在哈爾濱，但是好景不長。1927 年 4 月，北洋軍閥政府搜查蘇聯大使館、大使住宅及中東鐵路辦事處，捕去蘇聯外交人員和著名共產黨人李大釗等 60 餘人，致使兩國交惡，邊境武裝衝突不斷，蘇聯在哈爾濱出版的幾家報紙也被悉數封禁。蘇聯政府和布爾什維克黨，在中國出版的報刊雖然很少，但它切合中國革命的需要，功不可沒。

## 四、俄文報刊由北向南擴展

20 世紀 20 年代初，俄文報紙在上海發展到幾家，這些報紙清一色爲白俄所辦，多數在政治上極端反蘇。1924 年 5 月中蘇兩國正式建交，9 月蘇聯又與東北地方當局簽訂《奉俄協定》，蘇聯在瀋陽和哈爾濱相繼設立總領事館。許多不願意加入蘇聯國籍的白俄，一批批南下天津、上海等地。[1]20 年代末，在上海居住的俄國人已達 2 萬餘人，上海白俄數量和俄文報刊大幅度增加。

上海的俄文期刊最早出現於十月革命後的 1919 年。謝麥施科 1919 年 6 月在上海後創辦俄文日報《上海新聞》。該報以進步姿態出現，申明要「爲在上海和中國其他地方的俄國僑民提供一份高質量的獨立、進步、民主和報導公正的綜合性報紙」。

《上海新聞》停刊後，謝麥施科又創辦了俄文報紙《上海俄文生活報》，並向上海有關當局正式註冊。《上海俄文生活報》受到蘇俄政府和共產國際的資助與雙重領導，發揮過十分特殊的宣傳和組織作用。《上海俄文生活報》自1920 年 2 月被蘇俄政府收購後，便成爲布爾什維克在中國和整個遠東的重要喉舌。有了這樣一個立腳點，在蘇俄未同中國建立正式外交關係和不能向中國合法派駐人員的情況下，布爾什維克就比較容易派遣一些從事革命工作的

---

1　趙永華：《在華俄文新聞傳播活動史（1898～1956）》，中國人民大學出版社，2006
　　年版，第 103 頁。

人以公開的記者或編輯身份前往中國內地，這些人於是也就有了合法的目的地和落腳之處。[1]

　　影響較大的是連比奇 1925 年 10 月 25 日在上海創辦的俄文日報《霞報》（Shanghai Zaria，又稱《上海柴拉報》），日出 8 頁至 16 頁，由白俄著名報人、漢學家阿諾爾多夫（L. B. Arnoldoff）負責。1927 年「柴拉」報系在天津創辦俄文日報《俄文霞光》（《天津柴拉報》）。至此，連比奇在中國建成了同時擁有三大俄文報社的遠東俄僑報業托拉斯，幾乎壟斷了中國境內的俄文報刊市場。[2]

表　民國北京政府時期上海地區的部分俄人報紙[3]

| 名　　稱 | 時　　間 | 類　　型 | 創辦者 |
|---|---|---|---|
| 上海生活日報（1922.11.1 改名上海新生活日報） | 1919.10～1926.9.24 | 日報 | 札安 |
| 露西亞回聲報 | 1920.7 | 日報（1922.7.1 改週報） | 索洛維約夫 |
| 自由的俄國思潮 | 1920 | 日報 | |
| 上海新時報 | 1921～1930 | 晚報 | |
| 大學生報 | 1923 | | 瓦爾 |
| 新言論報 | 1923 | | 瓦爾 |
| 羅亞俄文滬報 | 1924 | 日報 | 科列斯尼科夫 |
| 上海柴拉報（霞報） | 1925.10.25 | | 連比奇 |

　　《羅亞俄文滬報》創辦於 1924 年，出版人兼主編為科列斯尼科夫。1923 年在哈爾濱創刊的《考畢克報》，1932 年底前後遷至上海發行。1923 年在哈爾濱創刊的另一家報紙《俄文日報》，也遷到上海。上海還有一份「白派」報紙是《上海言論報》（Shanghai Slovo）。[4]

## 五、蘇聯在華新聞通訊社的建立及其活動

　　共產國際於 1920 年 3 月決定派遣代表前往中國，與中國的革命組織建立

1　李丹陽：《〈上海俄文生活報〉與布爾什維克早期在華活動》，《近代史研究》，2003 年第 2 期，第 20 頁。
2　趙永華：《俄蘇在華辦報追溯》，《國際新聞界》，2001 年第 1 期，第 76 頁。
3　根據《中國少數民族新聞傳播通史》《上海俄僑史》等整理。
4　趙敏恒：《外人在華新聞事業》，暨南大學出版社，2011 年版，第 88～89 頁。

聯繫。由維經斯基及夫人庫茲涅佐娃、馬馬耶夫、俄籍華人楊明齋組成的代表團於 1920 年 4 月抵達北京。到北京後經李大釗介紹去上海會見了陳獨秀。從此，蘇俄同中國革命的關係漸漸發展，日趨密切。維經斯基等人全都以俄文報紙《生活報》記者的名義進行活動。為了便於公開活動，聯繫群眾，他們決定創辦華俄通訊社。通訊社由共產國際代表團翻譯楊明齋負責，地址設在上海霞飛路（今淮海中路）漁陽里 6 號。

華俄通訊社於 1920 年 7 月 1 日正式發稿，所發的第一篇稿件是《遠東俄國合作社的情形》，次日為上海《民國日報》刊用。《申報》從 1921 年 1 月至 1922 年 1 月，粗略統計，共採用華俄通訊社各類稿件近 70 篇，這些稿件來自莫斯科、赤塔、海參崴等地。華俄通訊社也把中國的重要消息譯成俄文發往俄國莫斯科等地。[1]

羅斯塔（POCTA）是俄國電訊社的簡稱，它是蘇俄政府在接管彼得格勒電訊社的基礎上於 1918 年 9 月成立的中央新聞通訊機構，為塔斯社前身。達爾塔為遠東電訊社的縮寫，是西伯利亞遠東共和國於 1920 年 4 月成立後在其首都赤塔設立的電訊社。這兩個看似不同的電訊社在中國的機構是完全重合的，即一個機構、兩塊招牌。其正式稱呼是羅斯塔－達爾塔北京分社或北京羅斯塔－達爾塔的某地分社，但有時亦單稱某地羅斯塔社或達爾塔社。[2]羅斯塔－達爾塔分社是蘇俄與共產國際早期在中國進行宣傳與情報活動的一個重要機構，在宣傳上起到了其他組織所無法替代的重要作用。

霍·多洛夫以羅斯塔-達爾塔駐華總代表身份領導的設在北京的電訊社，實際上是羅斯塔-達爾塔在中國各分支機構的總部，在業務上領導在華其他分社。廣州分社是斯托楊諾維奇（K. A. Stoyanovich）和佩爾林（L. A. Perlin）於 1920 年初秋設立的，哈爾濱分社亦稱北滿通訊社。各分社的任務側重不同：北京是中國中央政府所在地，同時又是各國外交使團的駐地，故北京分社著重於外交政策的宣傳，發稿多為蘇俄和遠東共和國的官方文件和新聞稿，主要收集中國政局和中國與各國關係方面的情報；而上海和廣州分社則主要向中國報刊提供蘇俄建設和世界各國革命運動的消息、報導以及宣傳布爾什維主義的文稿，同時向蘇俄、共產國際發通訊稿報導中國各地革命運動

---

1 趙永華：《在華俄文新聞傳播活動史（1898～1956）》，中國人民大學出版社，2006年版，第 108 頁。
2 李丹陽、劉建一：《霍·多洛夫與蘇俄在華最早設立的電訊社》，《民國檔案》，2001年第 3 期，第 53 頁。

的情況。[1]通訊社人員在指導與協助建立中國共產主義的初期組織方面也作出了一定的努力。

　　1925 年 7 月 10 日，根據蘇聯中央執行委員會和蘇聯人民委員會的決定，正式成立塔斯社（Telegrafnoye Agentstvo Sovetskovo Soyuza-TASS，全名縮寫的俄文音譯）。塔斯社在上海、北京、廣州、漢口派駐記者，1925 年 5 月 1 日在哈爾濱設分社。同年 8 月 3 日，蘇聯新聞記者團一行 11 人抵達哈爾濱，然後南下京滬等地採訪「五卅」運動。塔斯社哈爾濱分社每日向訂戶發行謄寫複印稿。稿件一般是從蘇聯發來的消息。哈爾濱的一些較有影響的報紙曾刊用過該社的消息。他們發往蘇俄的新聞，除普通電報消息外，還有照片、通訊、商業快訊等。當時，這些電訊都是通過大北電報公司架設的從上海到西伯利亞的陸地電線傳送至莫斯科的。

　　蔣介石發動「四一二」政變後，革命形勢急轉直下，塔斯社的駐華記者也只剩下兩個，一是在上海的羅維爾，再一個就是常駐北平的斯列帕克。國民黨宣布禁止布爾什維克在中國的一切活動後，這兩名塔斯社記者的採訪和發稿都遇到了困難，如在上海的羅維爾不得不僑居於租界內，才能順利地向莫斯科寄發電訊，每月達四五千字；而斯列帕克則居住在北平的公使館區，通過差役給當地各報館秘密分發消息，他每月送往莫斯科的稿件，只有千字左右。

## 六、《眞理報》等蘇聯記者在華新聞活動

　　《眞理報》1912 年 5 月 5 日在列寧主持下創刊於彼得堡，是俄國社會民主工黨（布爾什維克）作爲獨立的黨公開出版的大型群眾性工人日報。它主要有兩個內容，即宣傳馬克思主義基本理論與布爾什維克黨的路線、方針，以及對工人階級的處境和他們所發動的鬥爭進行廣泛報導。它依靠工人們的捐款得以出版，大量刊登工人通訊，介紹工人生活、工作情況以及各個企業罷工的消息，讀者範圍之廣、影響面之大，當時俄國的其他報紙無法比擬。

　　共產國際於莫斯科正式成立之後，即於 1921 年派代表馬林前來中國，與革命組織建立聯繫。從此，蘇俄同中國革命的關係漸漸發展，日趨密切，俄聯共（布）機關報《眞理報》也派出了首批來華記者。從 20 年代開始，

---

1　李丹陽、劉建一：《霍‧多洛夫與蘇俄在華最早設立的電訊社》，《民國檔案》，2001年第 3 期，第 55 頁。

該報陸續刊登了一系列蘇聯領導人、學者和記者有關中國的署名文章與通訊報導。他們的身份帶有早期《眞理報》編輯方針的一個突出特點，即它的編輯、記者以及報刊活動家中有一大部分同時也是黨務工作者。

最先在《眞理報》上報導中共活動情況的是共產國際先後派往中國的兩名代表魏金斯基與馬林。1922 年初，馬林經過長途跋涉到達孫中山領導的南方政府的後方根據地桂林。在那裡，他會見了一些國民黨將領並研究了中國錯綜複雜的政治經濟關係，回俄後不久在《眞理報》上發表了《訪問中國南方的革命者》一文，詳細報告了國民黨的發展和活動情況；在文末，他首次提到中國共產黨，只有短短一句：「在中國南方工會革命運動的基礎上，共產黨無疑地將成長壯大。」稍後，曾來中國考察過的另一位共產國際代表魏金斯基在分析中國工人運動的一篇評論中明確提到：「年輕的中國共產黨從革命知識分子的一個馬克思主義派別，成長爲中國無產階級的政黨而登上中國政治生活的舞臺……」

科仁同志是蘇聯眞理報派駐中國的記者，與他一起工作並擔任翻譯職務的黃炳鈞，對其工作作風和工作方法進行了介紹。「他經常說，黨報工作者本身就是黨的工作者，所以他把我們省委和縣委的一些負責同志稱爲『同行』。在他的採訪活動中，經常以黨的領導，黨的工作方法，黨員的模範作用作爲他的報導中心。他曾經專門採訪過一個縣委會的具體工作，有一次，他花了四個整天的時間採訪了天津動力機械廠的基層黨組織的工作，從黨委書記、車間黨支書、黨小組長，一直談到普通黨員。」[1]

記者斯列帕克顯示了他作爲黨報記者應有的政治敏感以及驚人的預見，在《眞理報》發表的《中國的政治局勢》一文，文章分「內閣」「議政府」和「吳佩孚的軍事勝利」四部分，介紹和評價了當時中國各派政治力量的鬥爭。[2]《眞理報》名記者特列季亞科夫是蘇聯駐華大使館的文化專家，劇作家兼詩人，北京大學教授俄語的伊文接替他的工作，於 1926 年起爲《眞理報》撰寫《中國書簡》。北伐戰爭開始後，伊文主要精力放在跟蹤報導國民軍對各路軍閥的征伐上，如《關於國民軍第一軍的撤退》（1926 年 8 月 20 日）、《國民軍的處境》（1926 年 8 月 25 日）等，著重談論的是北伐軍的前進路線、戰爭進程以及雙方力量的對比。伊文的報導活動另有一點天然的缺陷，即他寫作的

---

1　黃炳鈞：《和眞理報記者科仁同志在一起》，《新聞戰線》，1958 年第 8 期，第 44～45 頁。

2　張功臣：《外國記者與近代中國（1840～1949）》，新華出版社，1999 年版，第 116 頁。

素材完全是依靠塔斯社的電訊和外國報紙的消息，這與「書簡」這一新聞文體所要求的親歷、親訪、親見、親聞等原則相去尚遠，而只充當一個轉述者與研究者的角色。[1]以上這些人物，構成了 1927 年前後報導和評價中國革命風雲的主要作者隊伍。[2]

蘇聯國內的主要媒介對於中國事務的報導和評價一刻也未停止過；尤其在中國革命的每一重要時期，塔斯社、《真理報》等都發表了一系列政論、述評及各種署名文章，積極地跟蹤和評論中國社會所發生的種種變化，並給予許多理解和支持，這是其他各國的中國報導所不及的。

# 第四節　日本在華新聞業的大發展

晚清時期日人在華創辦的報刊多達一百種以上，1912 年中華民國成立後，仍然繼續刊行的有三十餘種，約占總數的三分之一。[3]1912 年至 1931 年間新辦的日系報刊共有五十種，數量遠遠超過其他國家。[4]1928 年北京政府的垮臺標誌著日本在華新聞壟斷的結束。

## 一、東北地區的日本報刊及其言論

20 世紀初，伴隨著日本對中國東北地區的軍事入侵，日本人的報刊也帶著宣傳和侵略的目的進入了中國東北。東北是民國時期日系報刊最盛行的地區，連同清末以來已出版的報刊，日本幾乎壟斷了東北地區的報業。

日本人創辦的報刊不僅種類繁多而且發行量較大，1921 年，日本人創辦的「《遼東新報》日銷量為 37000 餘份，《盛京時報》為 25000 餘份，《泰東日報》為 8700 餘份，《滿洲日日新聞》為 25800 餘份，幾乎全部佔領了東北地區的新聞陣地。」[5]

張瑞在其博士論文中總結日本殖民文化的侵入及其對東北報業早期滲

---

1　張功臣：《外國記者與近代中國（1840～1949）》，新華出版社，1999 年版，第 146～147 頁。
2　張功臣：《外國記者與近代中國（1840～1949）》，新華出版社，1999 年版，第 135 頁。
3　周佳榮：《近代日人在華報業活動》，嶽麓書社，2012 年版，第 105～106 頁。
4　方漢奇主編：《中國新聞事業通史（第二卷）》，中國人民大學出版社，1996 年版，第 223 頁。
5　郭君陳潮：《試論日本帝國主義對偽滿新聞報業的壟斷》，載於《東北淪陷十四年史研究（第 1 輯）》，吉林人民出版社，1988 年版，第 195 頁。

透的特點：一是報刊業規模龐大，至 1920 年代初期，日本人在東北創辦的報刊業，從數量、發行量乃至影響力均超過俄人報刊與國人報刊。二是報刊集中於南滿地區，影響範圍廣泛。至 1922 年，日本新聞人創辦報刊的腳步已經遍及整個東北地區，不僅在南滿的主要城市奉天、大連、營口、安東及東北中部及北部的重要城市，長春、吉林、哈爾濱等地發行了日本人創辦的報刊，即使是在工商業貿易並不發達、文化氛圍較差的小城市如開原、永吉、撫順等地，日本人也相繼創辦了一系列報刊。三是報刊業使用語言豐富。在 20 世紀初的 20 年間，日本人在東北創辦的眾多報刊中，以日文報刊占絕對多數，其次是中文報刊和雙語報刊，另外，日本人還創辦了少量的蒙文、俄文、英文報刊。[1]

表 1　民國北京政府時期日人新發行的報刊（1912～1928）[2]

| 發行地 | 時間 | 名稱 | 形式 | 語言 | 創刊或接辦者 |
|---|---|---|---|---|---|
| 安東 | 1928.1.1 | 國境每日新聞 | 日報 | 日文 | 吉永成一 |
| 本溪湖 | 1913.4.3 | 安奉新聞 | 日報 | 日文 | 岡完起 |
| | 1926 | 安奉每日新聞 | 日報 | 日文 | 野村一郎 |
| 大連 | 1912 | 協和 | 半月刊 | 日文 | 滿鐵會社社員城所英一 |
| | 1913.3 | 大陸 | 月刊 | 日文 | 森宣次郎 |
| | 1913.7.28 | 滿洲重要物產商況日報 | 日報 | 日文 | 照井長次郎 |
| | 1915.6 | 大連商工月刊 | 月刊 | 日文 | 大連商工會議所 |
| | 1916.8 | 滿蒙 | 月刊 | 日文 | 中日文化協會 |
| | 1917.12.4 | 大連經濟新報/滿洲商業新報 | 日報 | 日文 | 山口忠三 |
| | 1919.11 | 關東報 | 日報 | 中文 | 都甲文雄 |
| | 1920.5.5 | 大連新聞 | 日報 | 日文 | 立川雲平 |
| | 1920.11.8 | 埠頭日報 | 日報 | 日文 | 富田喜代三 |
| | 1921.4.29 | 夕泰來旬報 | 旬報 | 日文 | 藤田溫二 |
| | 1921.7.24 | 滿洲報 | 日報 | 中文 | 西片朝三 |
| | 1922.3 | 大同文化 | 月刊 | 中文 | 大連中日文化協會 |

---

1　張瑞：《〈大北新報〉與偽滿洲國殖民統治》，吉林大學博士學位論文，2014 年，第 25～35 頁。

2　周佳榮：《近代日本在華報業活動》，嶽麓書社，2012 年版，第 106～109 頁。

| | | | | | |
|---|---|---|---|---|---|
| 奉天 | 1914.8.31 | 滿洲通信 | 每日兩次 | 日文 | 武內忠二郎 |
| | 1917.9.1 | 奉天新聞 | 日報 | 日文 | 佐藤雄善 |
| | 1917 | 支那研究資料 | 月刊 | 日文 | 橘樸、田原天南 |
| | 1918.7.1 | 奉天每日新聞 | 日報 | 日文 | 松宮幹雄 |
| | 1918 | 蒙文報 | 週刊 | 蒙古文 | 中島眞雄 |
| | 1920 | 奉天新報 | | | |
| | 1922 | 奉天每日新報 | | | |
| | 1922 | 奉天工商週刊 | 週刊 | 日文 | |
| | 1923 | 滿蒙經濟新聞 | 半月刊 | 日文 | |
| | 1923 | 大陸日日新聞 | | | |
| 撫順 | 1921.2.14 | 撫順新報 | 日報 | 日文 | ？本格、窪田利平 |
| 哈爾濱 | 1912.3.29 | 東報（ウオストーク） | 日報 | 俄文 | 布施勝治 |
| | 1914.7 | 北滿洲 | 週報 | 日文 | 水野清一郎 |
| | 1918.11.1 | 極東新報 | 日報 | 中文 | 齋藤竹藏 |
| | 1922.1.12 | 哈爾濱日日新聞 | 日報 | 日文 | 大澤隼 |
| | 1922.9.22 | 大北新報 | 日報 | 中文 | 中島眞雄、染谷保藏、山本久次（或作山本久治） |
| | 1923.5 | 哈爾濱資料 | | 日文 | 滿鐵會社 |
| | 1926.5 | 哈爾濱調查時報 | | 日文 | 滿鐵會社 |
| | 1918.12.1 | 西伯利亞新聞 | 日報 | 日文 | 小島七郎 |
| | 1919.1.21 | 哈爾濱新聞 | 日報 | 日文 | 近藤義晴 |
| 吉林 | 1923 | 松江新聞 | | | |
| 間島 | 1921.7.1 | 間島新報 | 日報 | 日文 | 安東貞元 |
| 開原 | 1912.2.11 | 開原新報 | 日報 | 日文 | 山田民五郎 |
| 遼陽 | 1912.3 | 滿洲淨土宗教 | 月刊 | 日文 | 福田闡明 |
| 牡丹江 | 1926.1.1 | 東滿日日新聞 | 日報 | 日文 | 須佐美芳男 |
| 四平街 | 1920.10.10 | 四洮新聞 | 日報 | 日文 | 泉本章太郎 |
| 鐵嶺 | 1913.3.12 | 滿洲野 | 每月發行六次 | 日本 | 迫田採之助 |
| | 1917.11.3 | 鐵嶺每日新聞 | 日報 | 日、中文 | 迫田採之助 |
| 營口 | 1921 | 營口經濟日報 | 日報 | 日文 | |
| | 1922 | 營口經濟新報 | | | |

| 永吉 | 1912 | 吉林時報 | 週刊 | 日文 | |
| 長春 | 1915 | 長春商業時報 | 日報 | 日本 | 伊月利平 |
| | 1920.12.15 | 長春實業新聞／新京日日新聞 | 日報 | 日文 | 染谷保藏 |

### （一）奉天的《盛京時報》及其言論

1906 年由日本人中島眞雄創辦的《盛京時報》，發行範圍曾涵蓋整個東北三省，是東三省社會影響最大的一家中文報紙。該報於 1926 年改組爲股份有限公司，由佐原篤介接辦；《盛京時報》的銷行數量，最高達每日一萬六千份。[1]是一份具有鮮明政治意圖的日辦中文報紙，它的讀者對象是以東三省爲主的中國民眾。作爲一份外國人創辦的報紙，面臨的首要問題就是怎樣掩蓋起自己的政治意圖，得到所在國國民的接受和支持。事實證明，「九一八」事變前的《盛》，成功地騙取了中國百姓和官方的支持和信任，在我國東北站穩了腳跟。該報與南滿鐵路株式會社及日本關東軍有著密切關係，這些因素決定了《盛京時報》偏袒日方的輿論導向。

1916 年，《盛京時報》創刊十週年慶典，中島眞雄懷著「威儡滿洲人」的決心，將慶典辦得十分風光，全面壓過了其對手俄國《遠東報》的十週年慶典。該報十週年紀念文中自詡發行數已達五萬份。[2]

20 世紀一二十年代，中國深受軍閥割據困累而在與日本的對陣中漸趨下風，日本在華勢力卻不斷增強，《盛京時報》無需再僞裝了，於是言論風向丕變。對中國統治者的態度亦逐步由「多方保全」轉變爲「直接執正義」並「示以極端之糾正」。至 20 年代，隨著日本在華勢力的進一步膨脹，圍繞著東北問題，日本與中國官方和民間的矛盾更加尖銳。此時的《盛京時報》，依恃治外法權的護祐，肆無忌憚地評議中國內政。比如，日本政府爲保持在滿蒙的特殊地位，希望張作霖「保境安民」，充實東三省之內政軍備，安心做個東北王，不要插手關內事務。[3]

滿族作家穆儒丐在《盛京時報》「論說」欄目上發表評論文章的時間主要集中在 1918～1926 年，這幾年他發表的論說文章粗略統計近 300 篇，內容涉

---

1 周佳榮：《近代日人在華報業活動》，嶽麓書社，2012 年版，第 106 頁。
2 詳見《政協瀋陽市委員會文史資料研究委員會》，《瀋陽文史資料》，1987 年第 13 期，第 131 頁。
3 程麗紅、葉彤：《日本侵華新聞事業的先鋒分子——〈盛京時報〉主筆菊池貞二初探》，《東北史地》，2011 年第 3 期，第 69 頁。

及國際時事、國內政治、市政建設、醫療衛生、日常生活等，其中對軍閥統治的不滿與抨擊的文章數量最多。從穆儒丐的論說文章看，他到《盛京時報》工作之初就表現出對日本人的親近感，主要體現爲對「中日親善」論的肯定與支持。「中日親善」是《盛京時報》1919 年前後倡導的主要言論主張，目的在於麻痹、迷惑中國人民，美化日本對中國東北的殖民統治，打著「中日親善」的旗號爲其殖民行爲進行合理化解釋。[1]

### （二）哈爾濱的《大北新報》及其言論

至 1920 年代初，日本人對中國東北的新聞侵略網絡已經初步形成。在此過程中，日本人深感其在北滿地區新聞言傳網絡的薄弱。於是，日本著名的新聞人中島眞雄於 1922 年 10 月在哈爾濱創辦了著名的中文報刊《大北新報》，爲日本人在東北的新聞事業發展爭取更多的空間，並爲其進一步實施新聞侵略創造條件，也爲日本最終壟斷東北報刊業奠定基礎。

《大北新報》創辦過程得到了日本政界和商界的支持。創刊初期，《大北新報》幾乎每期都在頭版刊登社論，該報的社論基本以評論或言論爲欄目，內容則以評論中國思內政治、經濟、文化教育等方面有較大影響的事件或者現象爲主。該報經常通過各種不實報導及不公正的評論，渲染蘇共侵略者的形象，大肆鼓吹蘇共威脅論。在反蘇反共的同時，報刊業不忘極力宣傳日本與中國自古以來的唇齒之誼，樹立日本的友好形象，掩蓋日本對東北的侵略野心，以此麻痹東北民衆，爲日本人在東北的新聞事業發展爭取更多的空間，並爲其進一步實施新聞侵略創造條件。

《大北新報》利用東北地區傳統宗教開展的殖民宣傳，表現在對於僞滿境內各種宗教慶典活動、宗教組織發展情況的極力鼓吹和詳細介紹，還通過報導帶有宗教性質的慈善機構宣傳宗教理念。除了通過日常的新聞報導宣傳宗教思想，該報文藝副刊版面刊載的詩詞歌賦也成爲向民衆滲透各種宗教觀念的重要途徑，詩歌中還明確提出了「親日」觀點。[2]

《大北新報》創辦後立即執行其侵略宗旨，迅速成爲日本在北滿地區宣傳其殖民思想、殖民文化的橋頭堡，對哈爾濱乃至整個長春以北地區的新聞

---

1 王曉恒：《在文學與政治之間：〈盛京時報〉時期的穆儒丐》，《中國現代文學研究叢刊》，2016 年第 3 期，第 131 頁。

2 張瑞：《〈大北新報〉與僞滿時期日本對中國傳統宗教的利用與宣傳》，《蘭州教育學院學報》，2015 年 12 月第 31 卷第 12 期，第 13～14 頁。

界形成了巨大的影吭，同時也使哈爾濱新生的華人報刊面臨巨大挑戰，進一步加劇了北滿地區新聞界的殖民色彩。[1]

### （三）大連的日系報刊及言論

大連過去有三份日文日報，分別是《滿洲日報》《遼東新報》和《大連新聞》。南滿鐵路公司在中國北部的重要港口大連出版日報是意料之中的事。大連報紙《滿洲日報》的日發行量達 30000 份。顯然，這是最大和最有影響力的在華日文報紙。

《遼東新報》屬於個體公司所有，創辦於 1906 年 10 月 25 日。該報創辦之初即在大連報業獨佔鰲頭，在東北的發行量頗具規模，被日本殖民者譽爲「時代的寵兒」。1920 年 4 月該報增發晚刊，1926 年該報早刊八版，晚刊四版，發行量已經達到 45108 份，至 1927 年被滿鐵收購之時該報仍保持著不錯的經營形勢。該報的編輯策略之一就是揭露南滿鐵路公司的醜聞和不端行徑，並如願以償地給南滿鐵路公司帶來了麻煩，所以鐵路當局被迫以高價將它買下。據報導，購買價格在 20 萬-30 萬美元之間。隨著《遼東新報》被《滿洲日報》並購，大連就有了創建競爭報刊的空間。

《大連新聞》於 1920 年 5 月 5 日創刊，1921 年 2 月 11 日起發行晨報、晚報各 4 版。這份發行量小又幾乎沒有財力支持的報紙躍居顯著地位，接替《遼東新報》成爲南滿鐵路公司的「揭醜者」。

《滿洲日日新聞》是由滿鐵出資，於 1907 年創辦的日文報紙。該報創辦之初資金雄厚、設備完善，並設有英文及中文專欄。在滿鐵資金的支持下，該報發行量一直居高不下。正是由於《遼東新報》與《滿洲日日新聞》驚人的發行量，因此被當時中國人稱之爲「敵人自己陣營裏，兩支有利的號角。」1927 年，《遼東新報》合併《滿州日日新聞》，改名爲新的《滿洲日報》。

1908 年 11 月 3 日，日本人金子平吉在大連創辦了中文《泰東日報》。該報比《盛京時報》創辦晚兩年，在日本的中文報紙裏也獨具特色。其主編一度聘請中國人傳立魚擔任。在反映社會現實的同時，《泰東日報》以「不問其爲日人或華人，不問其爲華人或日人」的新聞態度，直面不平等的殖民地民族歧視政策。作爲對抗殖民地文化侵略的重鎮，《泰東日報》在極困難的情況

---

1 劉會軍、張瑞：《〈大北新報〉的創辦與日本對中國東北的新聞侵略》，《溥儀研究》，2013 年第 3 期，第 55 頁。

下，依然扛起凝聚本鄉本土民族精神的大旗，在殖民地文化不斷割裂傳統民族聯繫的挑戰面前，努力在殖民地人民與祖國之間構築起堅不可摧的紐帶。[1]在傅立魚的主導下，《泰東日報》發表了一定數量的愛國言論，抨擊日人惡行，後終因其愛國立場而被日本當局注意並驅逐出大連。

## 二、華北地區的日本報刊及其言論

日本人在華出版的報紙不僅有日文、中文，為了向西方社會表達對於中國事務的觀點，他們還創辦了數家英文報紙，以加重與各國對在華利益方面的競爭。總的來說，1912～1930 年間，在華北地區出版的日系報刊共有 29 種，絕大多數是日文報刊，占 24 種；另有中文報刊 3 種，英文報刊 2 種。[2]半數以上為日報，其他形式還有週刊、隔日刊，發行頻率較高；發行地有北京、天津、青島和濟南。

### （一）北京的《順天時報》及其言論

日本人在中國辦的時間最長、影響最大的中文日報是《順天時報》。1901年 10 月在北京創刊，原為國人創辦，但未久即由日人中島真雄主持。該報原名《燕京時報》，由日本財閥及外務省支持，代表日本政府發言，一貫干涉中國內政，是日本在華之半官方機關報，也是日本帝國主義侵華的重要工具。

> 「民國以後，軍閥跋扈，對新聞界之迫害，不遺餘力，致本國報界，言論記載，動輒得咎。而《順天時報》因不受官廳干涉，故遇有重大事故，可言所欲言，盡情披露，因此銷數甚大，反成為華北第一大報。惟日本乃利用其特殊地位，進而任意造謠，顛倒是非，挑撥離間，阻礙我國統一。此種政策，以在大隈、寺內及田中三內閣時期為尤甚。」[3]

《順天時報》大膽揭露北京政府的陰謀，獨家報導戰爭消息，其受歡迎的程度令北平的其他日本報紙乃至當地報紙望塵莫及。袁世凱企圖稱帝期間，該報創下了日發行量 12000 份的紀錄。報紙通過評論欄目和揭露該事件的新聞快訊抨擊了袁世凱復辟帝制的陰謀。鑒於該報的巨大影響力，袁世凱

---

1 張曉剛：《金子雪齋與傅立魚合作時期的〈泰東日報〉》，《日本研究》，2012 年第 4 期，第 83～87 頁。

2 周佳榮：《近代日人在華報業活動》，嶽麓書社，2012 年版，第 120～122 頁。

3 曾虛白：《中國新聞史》，三民書局，1966 年版，第 156 頁。

的支持者竟然不惜花費 30000 美元，讓報社印製一份刊有擁護袁世凱當皇帝的倡議書的假報紙。袁世凱看了這份假報紙後還真以為自己的野心獲得了全國民眾的支持。[1]

「有一個時期，華北的人都讀日本人所辦的報紙。當時遼寧的盛京時報，每日銷行有一萬六千份。辦盛京時報的公司同時在北平也辦有順天時報，銷數有一萬二千份。順天時報在北平風行一時，因為當時只有該報敢於反對袁世凱做皇帝。日本報紙可以發表任何言論不受政府的挾制。但自一九二八年北京政府倒臺，南京建設有力的中央政府之後，因種種原因，中國各報登載日本通訊社的新聞，都逐漸減少，而且日人在國內所辦的許多重要報紙都次第停刊，日本壟斷中國新聞界的勢力也就隨之而崩潰了。」[2]

隨著北京落入國民軍隊之手，日本人很多在華的重要報紙都停辦了。1930 年 3 月 26 日，《順天時報》由於受到北京郵電工人和報販的抵制而不得不停刊。

### （二）北京的《華北正報》及其言論

日本人在華發行的第一家英文報紙是《北華正報》（或譯為《華北正報》，*North China Standard*），早在 1919 年由記者出身的鷲澤吉創刊於北京。日本方面覺得再第一次世界大戰期間，日本在中國的活動受到歐美的供給，而中國人的牌日之風又盛行，因此有印行英文報刊的必要。至北洋軍閥時代後期，該報聘請了親日的英國報人戈爾曼任主筆，目的在於同美國人所辦的《北京導報》爭奪讀者市場，積極為日本帝國主義的侵華政策辯護。這兩家報紙的讀者都是駐在東交民巷各公使館的外交人員及商人，它們之間的競爭不止在廣告和銷量方面，在輿論上的爭論更為激烈。

《北華正報》銷行於旅京外國僑民和各國使館官員之中，有時則免費分送，內容主要是宣揚日本的對華政策和日本官方對中國時局的意見，態度比《順天時報》更為露骨。[3]《北華正報》的反華觀點很快在所謂的東交民巷使館區和頑固的外商中間深受歡迎。在幣原喜重郎任外相時期，奉行「與歐美協調」「不干涉中國內政」的外交方針，避免對中國採取直接軍事行動，《華

---

1 趙敏恒：《外人在華新聞事業》，暨南大學出版社，2011 年版，第 23 頁。
2 《日本新聞事業在華勢力之盛衰》，《報學季刊》，1934 年創刊號，第 168 頁。
3 黃河：《北京報刊史話》，文化藝術出版社，1992 年版，第 78 頁。

北正報》的社論在說明日方立場、爲日方辯護、製造對日方有利的輿論方面發揮了有效作用，在一定程度上起到了緩和中日緊張關係的作用。[1]

1928 年 5 月，日本帝國主義爲阻止國民黨新軍閥的「北伐」，調大批軍隊往山東，並轟炸濟南，製造了中外震驚的「濟南慘案」後，兩報出自本國的在華利益，曾在各自的頭版上連續發表評論，展開針鋒相對的爭辯，引起了一場眾人注目的新聞官司，以至於北平全體的報販拒絕發《華北正報》，以示對日本的抗議。北洋政府垮臺後，由於中國政治中心南移，該報的銷行亦日益困難，遂於 1930 年 3 月 26 日停刊。

### （三）天津的日系報刊及其言論

在天津的日本人中存在兩個截然不同的群體。一個群體完全是本土化性格並且沒有任何政治背景，其成員往往在天津有自己的商業。相反，另一群體的成員則由日本派遣到天津，作爲日本國內某些公司的代理。

天津原是日本人在北方的辦報據點，民國時期的情況已經不如之前。中文報紙有由《咸報》改組而成的《天津日日新聞》，日文報紙有《天津日報》。北洋政府統治時期日本人在天津共創辦 5 家報紙，其中四份日文報刊有《日華公論》（1912～1920）、《天津日本商業會議所時報》（1916～？）、《京津日日新聞》（1918～1945）、《天津經濟新報》（1920～？），一份英文報是 *China Advertiser*。這一時期的報紙出現了兩份專門報導經濟消息的報紙，即《天津日本商業會議所時報》和《天津經濟新報》。這說明天津作爲華北的貿易中心，是實現日本在華經濟利益的戰略要地。其他三份報紙都受到日本政府或軍部的資助。[2]

## 三、華東地區的日本報刊及其言論

日本報業在中國的另一發源地是在當時經濟最發達的城市上海，日俄戰爭之後，雖然日本在華辦報的重點北移，原來的中文報刊相繼停刊，但也有一些新辦的報刊出現。民國北京政府時期，華中地區新創的中文日報僅有兩家：一是 1915 年 12 月創刊的《華報》，著眼於中日兩國貿易，致力於中日關係的親善；二是 1916 年 10 月 31 日創刊的《東亞日報》，是東亞同文會的機

---

1　馮悅：《〈華北正報〉服務日本外交的分析》，《當代傳播》，2007 年第 6 期，第 86 頁。
2　孫曉萌：《淺論近代日本人在天津的報業活動》，《中國新聞史學會 2009 年年會暨新聞傳播專題史研究學術研討會論文集》，2009 年版，第 413 頁。

關報。[1]

日文報紙方面，民國北京政府時期在上海出版的有《上海日日新聞》
（1914）、《上海經濟日報》（1918，後改名《上海每日新聞》）、《江南晚報》
（1927）。民國北京政府時期新創辦的日文刊物有《上海日本商業會議所週報》
（1912）、《週報上海》（1913）、《醫藥新報》（1913）、《東方通信》（1914）、《滬
友》（1917）、《上海時論》（1926）、《經濟月報》（1927 年 1 月）、《上海滿鐵調
查資料》（1927 年 9 月）等。[2]

除了直接創辦，日本爲了與英美等西方國家的輿論抗衡，還以其他方式
試圖控制在華的英文報紙，主要是以私人或日資公司或銀行的名義進行暗地
資助。如 1917 年佐原篤介以私人名義投資五萬一千餘兩而獲得上海《文匯
報》（*The Shanghai Mercury*）的大部分股票。其他接受過資助的還有《上海
泰晤士報》（*The Shanghai Times*）、《英文北京日報》（*The Peking Daily News*）、
《華北日報》（*The North China Daily Mail*）等等。《遠東時報》1912 年遷至
上海，澳大利亞人端納爲主筆，其記敍遠東事務的文字頗受讀者歡迎，其後
日本勢力進入該報，端納不甘受日人收買而辭職，至此，《遠東時報》遂淪
爲日本人的宣傳物。[3]許多英文報紙不管是哪國勢力所創辦，都在不同時期
接受過日資，因而在某一階段爲其執言。尤其是在上海，外人勢力集中、英
文輿論環境複雜，日本人雖然辦有日文、中文報紙，卻鮮有在滬直接辦英文
報，而多是通過間接資助，影響其言論傾向。以這種方式發表親日的言論，
甚至不爲一般讀者所察覺，頗有隱秘的效果。[4]

此外，華中地區的漢口方面，也有少量的日文報刊，如《漢口日報》（1907
～1927）、《漢口日日新聞》（1918）、《漢口公論》（1922？）、《湖廣新報》（1918）。

## 四、華南及臺灣地區的日本報刊及其言論

民國北京政府時期，華南地區的日系中文報刊，有福州的《閩報》
（1897），廈門的《全閩新日報》（1907）、《中和報》（1917）、《南報》（1917），

---

1　周佳榮：《近代日人在華報業活動》，嶽麓書社，2012 年版，第 123 頁。
2　周佳榮：《近代日本人在上海的辦報活動（1882～1945）》，《社會科學》，2008 年第
　　6 期，第 138～143 頁。
3　周佳榮：《近代日人在華報業活動》，嶽麓書社，2012 年版，第 127 頁。
4　馮悅：《日本在華官方報：英文〈華北正報〉（1919～1930）研究》，新華出版社，
　　2008 年版，第 16 頁。

廣東的《南國報》（1916）等。日文報刊方面，新辦的有《福州時報》（1918）、《南支那》（1922）、《南支那新報》（1921）、《廣州日報》（1923）等。

《閩報》於 1898 年元月在福州發行，由日人宗方小太郎及中會根武創辦。原爲二日刊，民國四年十月改爲日報，直至民國廿六年上海「八一三」戰役後始自動停刊。[1]由於《閩報》的許多消息由日本駐福州領事館提供，該報又常在報上揭露福建各級官吏之醜，披露一些被地方當局封鎖的新聞，因此發行量一度達到三四千份，這在當時是很高的。「五四」運動中，福建民眾一面掀起抵制日貨運動，一面揭露《閩報》的帝國主義立場，其發行量跌至四五百份。[2]儘管《閩報》知名度很高，但是公信力和美譽度卻很低，這是因爲「日本人在福建所辦的報紙，內容是滿幅捕風捉影，造謠中傷，惟恐中國不亂的記載，中間夾以宣傳日本的僞善以及主張中日親善等的文字，以迷惑中國人」。[3]

《全閩新日報》於 1907 年 8 月 10 日在廈門創辦，在臺灣總督府實施所謂「華南南洋政策」方面扮演著特殊的角色，自創刊以來就置於日本駐廈領事館和臺灣總督府的雙重監護之下。雖然是臺籍人士創辦的民營報紙，但利益取向與日本政府一致，報紙的編輯方針是「用戶日本的利益，圖臺灣人之便益」。1914 年 11 月，日本外務省介入報社的經營，1919 年善鄰協會購買了報社的經營權，成爲臺灣總督府的宣傳機關和情報機構，以「宣揚日華親善，闡明帝國國是，介紹日本文化」爲使命。[4]

日本統治下的臺灣，其報刊與中國內地的直接聯繫是較少的，但臺灣殖民當局亦注重海峽對岸的情況，因此與廈門等地的關係亦頗密切。民國時期臺灣的報紙，以臺北的《臺灣日日新報》（1898）爲主，加上臺南的《臺南新報》、臺中的《臺灣新聞》、花蓮的《東臺灣新聞》，自成體系。主要的報刊在甲午戰爭後的十年間已出現，民國時期創辦的報刊僅最後一種而已。[5]

世界大戰期間，由於時局不安，新出現的報紙很少，與日本據臺初期報

1　曾虛白：《中國新聞史》，三民書局，1966 年版，第 155 頁。

2　毛章清：《日本在華報紙〈閩報〉（1897～1945）考略》，《福建論壇·人文社會科學版》，2010 年第 2 期，第 126 頁。

3　林雲谷：《日本帝國主義侵略下之福建》，《民族雜誌》第三卷六期，1935 年版。

4　毛章清：《從〈全閩新日報〉（1907～1945）看近代日在華南報業的性質》，《國際新聞界》，2010 年 9 期，第 110～114 頁。

5　周佳榮：《近代日人在華報業活動》，嶽麓書社，2012 年版，第 131 頁。

紙大量湧現的景象有天壤之別。1914 年 10 月 1 日在臺北創辦的《臺灣日日新報》（晚報），翌年 1 月 31 日宣布停刊。1915 年 7 月 1 日在臺北創刊的《臺灣通信》，一說爲日刊，一說爲週刊。1916 年有三種週刊在臺北創辦，成爲一時的特色：其一是 7 月 1 日創刊的《南日本新報》，其二是 7 月 3 日創刊的《新高新報》，其三是 7 月 8 日創刊的《臺灣商事報》（1918 年 2 月改爲《臺灣經世新報》）。臺灣總督府警察本署所設的臺灣警察協會於 1917 年 6 月 21 日創辦《臺灣警察協會雜誌》（月刊），內容包括論說、研究資料、法令、任免升遷和協會報導等，由於當時警權勢力甚大，該雜誌自爲各界所注目。[1]

## 五、日本新聞通訊社在中國的新聞活動

日本在北洋軍閥期間先後成立東方通訊社、聯合通訊社和電報通訊社，這三個通訊社在中國各大城市設有分社，並作爲先鋒控制新聞來源、爭奪消息市場。

### （一）東方通訊社與新聞聯合社

東方通訊社是日本在華設立的第一個新聞社，1914 年在上海成立，由創辦人宋方小太郎任社長。當多戶 1920 年受命來華組織政府通訊社時，東方通訊社在中國的發展已經初具規模。東方通訊社與北京的《順天時報》、奉天的《盛京時報》、漢口的《漢口日報》、福州的《閩報》締結交換通信協約，在北平、廣州、漢口、遼寧等地設有分社或通信員。宗方小太郎和多戶在合作方面一拍即合，改組後的東方通訊社開始以日本外務省在華正式的通訊機構開展業務，它不僅享受政府的按期津貼，而且其電訊的發布範圍也擴大至日本各報紙。在 1923 年宗方小太郎去世之前，東方通訊社在中國報導方面已頗有建樹，成爲中日各方面信息傳播與交流的重要渠道之一。1919 年以後成爲日本在華官方通訊社，正式向各報社發稿。

到了 1926 年 5 月 1 日，東方通訊社因經費困難，以「Toho News Agency」的新英文名與日本國內的國際通信社合併，成立了日本新聞聯合社（Rengo News Agency，後來改名爲新聞聯合社），以改善日本的對外新聞服務。總社設在東京，並有《朝日新聞》《東京日日新聞》《大阪每日新聞》《時事新報》等國內十多家大報加入，在世界各重要城市設有分社，一躍成爲日本首屈一

---

1　王天濱：《臺灣新聞傳播史》，亞太圖書出版社，2002 年版，第 93、119 頁。

指的國家通訊社。聯合社向日本聯合起來的若干報社提供關於中國的新聞，有關日本的情況則由東方社提供給中國各地。因此在中國發稿仍然採用東方通訊社的名義，將在華各支社搜集的消息用日、英、中文發給各新聞社及單個讀者。1926 年底，東方通訊社發行的日文通信達 60 份，中文通信 30 份，英文通信 10 份。直到 1929 年 7 月 31 日，在華的東方通訊社才被改組為「日本新聞聯合社分社」（「日聯分社」），以「Rengo」的名義發稿。

### （二）電報通訊社

日本在華影響較大的民營通訊社是 1900 年在日本政黨政友會支持下創辦的日本電報通訊社，是日本最大的通訊社，由一個叫三越中的商人開辦於日本國內。20 年代初，電報通訊社制訂向國外拓展的計劃，第一個目標是中國。1923 年 5 月，在北京東單牌樓三條胡同 10 號設立分社，發行有關中日之間時事問題的中英文通信。幾年之內，該社向中國各大城市派出的分社或特派記者已達到了聯合通訊社同樣的規模。它的分支機構遍布大連、奉天、北平、漢口、天津和上海，並在南京、青島、廣州、濟南、重慶和哈爾濱等地派駐特別報導組，其常規新聞和商業信息服務分布在大連、遼寧、北平、漢口、天津和上海。由於提供有關北京的中英文通信而受到北京的中英文報紙的歡迎，1926 年底，中英文通信合計發行約 30 份。曾經擔任《華北正報》新聞編輯的布施知足也成為該分社的記者之一。

電報通訊社由於其民營性質，每每限於財力，在發稿上以普通電訊和商業消息為主，在社會政治新聞方面則因為多次製造聳人聽聞的消息，受到中國政府的制裁，這對它在中國的地位和繼續擴大採訪活動範圍的計劃，都有很大的影響。聯合社背後有外務省的支持，而電報通訊社的後臺是陸軍。為了統一對外報導的口徑，1936 年，電報通訊社被迫與日本聯合新聞社合併為同盟社。

### （三）其　他

日本在華較早的通訊社還有 1916 年 1 月成立的共同通訊社（Kyodo News Agency），社長野滿四郎，主筆小口五郎。提供中國時事和中日各地的通信。除了給北京的日本人購買閱讀，還向青島和奉天發稿，但以日文通信為主，1926 年發行約 30 份。《華北正報》偶爾會翻譯其消息刊登。

日本為進一步加強自身對中國輿論的影響，陸軍便產生了創辦自己通訊社的計劃。天津編譯社由陸軍出資 29000 日元創辦於 1920 年 5 月。其後，

天津駐屯軍司令部每月爲編譯社提供各種費用約 569 美元。主要工作內容就是向親日的中國報紙提供新聞材料、評論、日本新聞譯稿等，供稿的對象包括《大公報》《益世報》《天津日日新聞》《時聞報》《民強報》《通俗白話報》《白話新民報》《濟南日報》等中文報紙，以及中一通信、北方通信等通信社。[1]

日本聯合通訊社和日本電報通訊社的在華新政策集中於從中國的各中心城市採集新聞，爲日本國內報紙服務，在華新聞發布工作則處於相對次要的地位。可以說，日文報紙在當時租界及日本在中國擁有政治和商業勢力的各主要城市，爲其貿易公司、個體商人、公使館及僑民傳達信息，並提供各種服務。漢口、天津、山東、福州、廣州等地的日系報紙雖然很少有派出記者，但它們依賴日本民族特有的團隊精神，依然形成了一個巨大的網絡，定期與駐在北平的日本公使館聯絡，溝通情報，制訂編輯方針；在稿源方面，除了本地新聞外，大部分政治和商業消息由聯合通訊社與電報通訊社兩家供給。

# 第五節　英國在華新聞業的繼續發展

雖然這個時期英國在華新聞業已經被美國超越，但作爲最早進入中國的外國新聞勢力，英國在華新聞業依舊有深厚的根基。在最早的通訊社勢力劃分中，包括中國在內的遠東地區被劃分爲路透社的勢力範圍，雖然一戰後路透社在華的壟斷地位被打破，但經過長時間的經營，路透社依然是最重要的外國在華通訊社之一。與之長時間保持合作的《字林西報》，這時依然是上海最重要的報紙之一，作爲工部局喉舌，《字林西報》處處維護工部局和英國的利益。北方的《京津泰晤士報》在主編伍海德的帶領下也有了新的發展。

## 一、路透社在中國新聞業務的擴展與改進

1871 年，路透社在上海成立遠東分社，其管轄範圍不僅是中國，還包括了西伯利亞、朝鮮半島、日本、中南半島、馬來西亞等地區，上海成爲路透社在遠東的信息樞紐。除上海外，路透社還在北平、南京、天津、哈爾濱、漢口等地建立了分社，其中天津分社成立於 1920 年，地址位於英租界中街，

---

1　郭循春：《日本陸軍對華新聞輿論操縱工作研究（1919～1928）》，《民國檔案》，2017年第 4 期，第 67～68 頁。

當時的經理是門地，編輯潘俄爾，另有工人九名，該分社每日銷售電訊五十餘份，每天出版一份四五頁的小冊子，平均每月收入一千四百餘元，支出一千餘元。[1]

1923 年 11 月路透社總經理瓊斯爵士（Roderick Jones）訪問中國。他這次訪問是其全球旅行的一部分，目的是察視路透社在世界各地的分社。《申報》刊登了他訪華的經過，還記述了路透社的歷史大略和瓊斯爵士的個人略歷。根據申報的記載，瓊斯爵士 1902 年進入路透社，開始在南非擔任記者，後調回倫敦任南非部編輯，1905 年又調回南非擔任南非分社的經理，路透本人退休時，瓊斯被推為總經理。一戰時，瓊斯曾任協約國及中立國宣傳機關的主管，因而獲得過許多國家的勳章。[2]

11 月 20 日，路透社遠東分社經理唐納邀請在滬中外各報代表在新卡爾登餐廳同瓊斯爵士會晤，在滬的中外主流報紙都派代表參加了宴會。《字林西報》的代表葛林首先發言，他表示「路透社啓軔於傳書鴿，經營四十年，遂占今日新世界上卓越之地位。路透電之價值，一言以蔽之曰，事實而已。各報與公眾所需者，厥為事實。路透社於世界重大事端，傳之不厭其詳。當歐戰時，字林報週刊曾有副刊專載路透電，英國訂閱週刊者，每以此副刊遺落為憾。蓋訂閱者雖已逐日由英國各報閱知戰事之詳情，而皆願一讀路透社所傳之戰情事略也。」隨後瓊斯爵士發言，主要講了無線電的相關問題，「無線電機關於傳達電報外，且供給並售賣新聞與各報，實為違反公共政策與報館暨通訊社之利益。馬可尼公司於歐洲停戰後，即承認彼等唯當以代通訊社與報館傳達新聞為職務，而不從事於新聞事業。其行為誠屬正當。」然後瓊斯介紹了英國現在就相關問題談判的結果以及實施的辦法，之後又解釋「今之所以贅言及此者，因遠東無線電事務行將大見發達，此間各報館將處如路透社暨各報館在英國所處之地位。他日遠東各報館解決此問題，當亦能完全勝利無疑。」最後瓊斯又講了「無線電宣傳之無益，各報館與公眾現皆受其害。此種行動，不適用與承平之時，當早廢止。」[3]

20 日晚八時，日本總領事矢田設宴歡迎瓊斯，日本副領事和多名記者陪同。21 日晚六時，申報館、日報公會新聞記者聯歡會、國聞通訊社等中國新

---

1　《天津外籍報館及通訊社調查表》，《天津市政府公告》，1933 年第 59 期。
2　《路透社總董今晚抵滬》，《申報》，1923 年 11 月 18 日。
3　《路透電總經理來滬記》，《申報》，1923 年 11 月 21 日。

聞機構共同在西藏路一品香宴請了瓊斯爵士，並邀請瓊斯做演講。[1]在演講中，瓊斯爵士表示：「余來華後，所受最深之感觸，厥為今日中國新聞界，其責任至重大，其前程尤至浩遠。……余知中國四萬萬人民中，能讀報者僅佔極小部分。顧廣觀中國，目下教育之推進，思潮之澎湃，以及工商業之發展，則不久讀報者必將日增而月盛，至大多數人民，均能手誦報章。其時吾在座諸新聞記者之責任，其重大又為何如。傳處新聞之要點，在能將事實與議論，完全劃分為二，毋相混雜。」隨後爵士又介紹了路透社的工作情況，「惟吾社全力，則注在第一步優先搜集最真確之消息，然後屏除成見，用冷靜公正之態度，以傳佈之。蓋本社為完全供給新聞資料之機關，置於評□論斷，則為主持筆政、編輯保障及讀者之事。非吾社所當顧問也。」最後表達了與中國新聞界合作的意向和自己的祝願，「余默察中國社會上之進化，其濟力極遠，工商業之發展，亦無限量。故余認為中國新聞界與路透社合作之機會，醞釀已熟，此後必愈進於親睦之地位。余敢謂發展中國計，則國人允宜擇取泰西文化中之優點，與本國固有之文化，冶於一爐而融會之，則將來所獲，必能超出目前東西之文化，此余所深望也。」[2]

## 二、上海《字林西報》的發展與言論

《字林西報》的報館最早設於新開河，1864 年 7 月 1 日搬到了三馬路（今漢口路），1901 年搬到了外灘 17 號。因為業務的拓展，原有的房屋面積嚴重不足，《字林西報》便在外灘 17 號重新建樓，由德和洋行設計，茂生洋行施工，1923 年 6 月竣工。新樓前部為 8 層，後部為 9 層，建築面積 9043 平方米，鋼筋混凝土框架結構，這座大樓成為當年外灘的最高建築。[3]

1924 年 2 月 16 日上午，《字林西報》舉行了大樓落成典禮，到場者有四百餘人。儀式在大樓的大廳中舉辦，英國駐華大使和駐上海總領事巴爾敦以及英駐華海軍司令安特生少將皆到場，此外，法、意、美、日等國駐上海總領事，租界工部局總董等在滬各界要人也參加了典禮。報社董事長莫里斯·戈登出迎招待，並由他將大門之槍交給英國大使舉行開門儀式。報社社長等人均有致辭，其中英使在致辭中回顧了上海通商和《字林西報》辦報的歷史，

---

1　《瓊斯氏抵滬後之酬酢》，《申報》，1923 年 11 月 21 日。
2　《新聞界歡宴瓊斯氏紀》，《申報》，1923 年 11 月 22 日。
3　婁承浩、薛順生：《老上海經典建築》，同濟大學出版社，2002 年版，第 88 頁。

並評析了外人在華的作用：「該報服務社會已達七十四年，進茲新屋落成，美輪美奐，俱可慶賀。上海以一八四二年八月二十九日南京條約開放，爲西人互市之場。一八五二年始建築海關，而字林週刊則於前兩年以一八五零年之八月三日誕生滬□。更十四年而發行日刊，名爲字林西報。而週刊仍按週出版至今。故該報不難云興。上海商埠同其年歲。」然後英使例舉了《字林西報》的主人和編輯以及中外著名記者，然後復述外國人在華的地位以及對中國政事的影響，「以爲中國之不靖與分裂，外人與有責任，外人首使中國拋棄閉關政策，繼乃輸入西方之思想，與政治學說。卒使少年中國效法歐美。因有一九一一年之革命，今日中國乃受政治社會驟行改革之影響。然苟一念其歷史民情制度禮教等，中國必能由亂入治。字林西報刊行六十年，久爲上海重要英僑輿論之代表，首務之急，當以中正與同情之精神記載華事，如前不懈。云云。」[1]

下午七時，字林西報館還舉辦了盛大的歡迎宴會，在大東酒樓的大廳邀請了各界人士五百餘位，報社主筆格里主席致歡迎詞，「今日爲本報新屋落成慶祝宴會，承諸君光臨，實深榮幸。本報創立於滬上，與世人以文字相見者，垂七十餘年。館中辦事人員，多得中國人之盡力，於此足□中英國民感情上之敦睦，合作互助之精神，□足以促進中英交際上之進步。此當爲中英國民所同□讚美者。」然後報社的華人編輯陳漢民致詞，「華人供役於字林西報者甚多，對於英人感情上□甚融洽，辦事精神都能使英人之美滿。今日聚首一堂，暢飲敘□，是中英邦交上之敦睦，可見一斑。」[2]

作爲工部局的喉舌，《字林西報》的言論長期以來根據英國政策行事，聽命於工部局的指揮。《字林西報》編輯部與工部局經常互通信息，工部局的文件或重要消息，都是由該報發表的，所以人們把《字林西報》視爲英國在華的半官方報紙。[3]很多時候《字林西報》公開爲工部局辯護，表現最突出的是在印刷附律事件、五四運動和五卅運動中。

印刷附律在租界由來已久，但一直是一個懸而未決的問題。1845 年英國和上海道臺簽訂公租界《土地章程》，後又有多國加入該章程，並經過數次修改，總的來講這份章程是列強在公租界行使權力的基礎。1903 年蘇報案發生

---

1　《字林西報新屋之落成禮》，《申報》，1924 年 2 月 16 日。
2　《字林西報新屋落成宴客記》，《申報》，1924 年 2 月 18 日。
3　馬光仁：《上海新聞史》，復旦大學出版社，1996 年版，第 795 頁。

後，租界工部局開始醞釀在《土地章程》的附律中增加管理印刷品的條款，因此稱爲「印刷附律」。這項提議最後未獲外國公使團的通過也就不了了之。此後，在 1913、1915、1916 年中工部局又多次提起此項議案，但均未通過。

1919 年 6 月初，工部局議長在致北京公使團領袖薛德福的信中，要求給工部局授以權力加強對租界內報刊等印刷品的管理，並附上「印刷附律」議案草本。6 月 12 日，公使團在回信中依然沒有同意工部局的要求。與此同時，6 月 26 日的工部局公報上刊出了「印刷附律」的議案原文。此文一經發布，立即遭到上海各界人士的反對，上海書業報界聯合會、上海報紙印刷所聯合會紛紛發表公開信，上海的各大報紙也發表社論反對此項議案。就連《大陸報》也提出「言論自由，出版自由爲自由人之正宗權力」，而「此附律一經成爲法律，即爲工部局一種權力之源泉，可以隨時取締報紙，停止其出版」，「本報則宣言於此，對於此種鉗制言論自由之舉動，必盡力抵抗」。[1] 這次的議案最終在納稅人會議上以 269 票贊成，195 票反對獲得通過，但在提交公使團批准時，未能通過。

1925 年 4 月的納稅人年會上，工部局再次提議「印刷附律」，又因法定人數不足遭挫。工部局並未罷休，一方面聯絡了 76 位納稅人上訴公租界當局建議召開特別會議，討論議案，另一方面將原議案稍加修改以爭取更多納稅人的支持。[2] 對此，《字林西報》在社評中爲工部局辯護，「蓋謂印刷品須源源送入工部局，請核准其出現也，其□此附律並不作如是解，苟作此解，則工部局不得不羅致特別辦事員，不作他事，但專門考檢印刷品矣。茲爲釋疑起見，吾人奉工部局總董之囑，特聲明華人此項誤會，絕對無據。所欲者，無非使印刷所將其地址及其負責人之姓名填注於冊而已。既已如此註冊，即可自由營業。……或出版物先須呈請審定之問題，此附律在事實上，不遇爲易於辨識之作用，與西方諸國所行者，固相同也。」[3]

相較於「印刷附律」的問題，《字林西報》在五四運動和五卅運動中的表現才眞正體現出它作爲工部局喉舌並極力維護英國人利益的定位。五四運動發生後，針對上海的「三罷」活動，《字林西報》於 1919 年 6 月 10 日發

---

1 馬光仁：《上海人民反對印刷附律的鬥爭》，《新聞與傳播研究》，1989 年第 2 期，第 104～116 頁。
2 馬光仁：《上海人民反對印刷附律的鬥爭》，《新聞與傳播研究》，1989 年第 2 期，第 104～116 頁。
3 《字林報解釋印刷品附律提案之社評》，《申報》，1925 年 4 月 7 日。

表社評《上海在無法無天中》，文中指責學生「在錯誤的道路上繼續前進，因而學生運動已經成為公租界一種嚴重的威脅」，「不論學生們抱有什麼看法，他們絕對沒有權利跑到公共租界裏來，對於租界裏的居民，行使一種暴虐的統治」。[1]五卅運動期間，《字林西報》連發數篇社評，完全站在英商和工部局的立場，斥責工人和學生的運動為暴動，為工部局的暴行辯護。在《無條件投降》這篇評論中，《字林西報》以傲慢的口吻說到：「據本報駐北京記者報告，外交部正準備向各國提出交涉。關於這一點，我們認為如果要提出什麼交涉的話，應該是列強向中國外交部提出交涉，抗議中國學生的目無法紀的行徑：他們曾圍攻捕房、繼續千方百計煽動群眾暴動，並且向本埠和全國人撒下關於星期六衝突事件的彌天大謊，說什麼學生在和平集會時遭到巡捕的襲擊，無情地槍殺了他們的人。」[2]在另一篇名為《誰付這個代價？》一文中，《字林西報》稱「學生和他們的布爾什維克朋友所造成的損害之大有如發生了一次地震，他們所造成困苦之深猶如發生了一次災荒，他們所造成的破壞的徹底猶如發生了一次洪水。」[3]

## 三、天津《京津泰晤士報》的新變化

《京津泰晤士報》曾被美國的一位駐華記者譽為外國人在華北生活的「聖經」，這份報紙創辦於 1894 年 3 月，起初是週刊，1902 年 10 月 1 日改為日報，由天津印字館出版，這家出版公司在當時具有很高的知名度，是天津最早擁有鉛字印刷設備的公司，英國在津各機關、學校、教會的文件、表冊、聖經、書籍等都在這個公司印製[4]，同時它還是路透社在天津的分社。該報的創辦者和第一任主編是英國人貝林漢姆（W. Bellingham）。

《京津泰晤士報》真正大放光彩是在伍海德手中。伍海德（Henry George Wandesforde Woodhead）出生於德文波特（Devonport），曾就讀於布萊頓學

---

1　上海社會科學院歷史研究所編：《五四運動在上海史料選輯》，上海人民出版社，1960年版，第 771〜773 頁。

2　上海社會科學院歷史研究所編：《五卅運動史料（第 3 卷）》，上海人民出版社，2005年版，第 750 頁。

3　上海社會科學院歷史研究所編：《五卅運動史料（第 3 卷）》，上海人民出版社，2005年版，第 761 頁。

4　涂培元：《熊少豪與〈京津泰晤士報〉》，載於中國人民政治協商會議天津市委員會文史資料委員會編：《天津文史資料選輯・第 75 輯》，天津人民出版社，1997 年版，第 247 頁。

院（Brighton College）。1902 年來華任《字林西報》的助理速記員，1911 年 5 月進入路透社北京分社工作，同年 11 月進入《京津泰晤士報》擔任助理編輯，由於當時主編一職空缺，初到報社的伍海德便當上了代理主編。1912 年 7 月，他辭掉《京津泰晤士報》的職務後前往北京專心修改他編纂的《中國年鑒》。之後又加盟過《晨報》《北京日報》《京報》。1914 年當他被《京報》解雇之後，《京津泰晤士報》邀請他重回該報擔任主編，並保證「只要保持英國的高貴路線，董事會保證不會干涉報紙的政策」[1]，1914 年 12 月 1 日，伍海德正式履職。

伍海德在中外時事的新聞編輯中採取一種充滿活力的政策，他主張保留編輯原有的話語和主張，[2]同時也得益於伍海德精彩的社論，以及他的助手辛勤的工作，《京津泰晤士報》在政界和商界都具有相當的影響力。[3]對於報紙的編輯方針，伍海德的助手彭內爾（Wilfred V. Pennll）評價到，「外國的新聞出版，尤其是英國，應經在中國形成了一種來自西方的強大力量。這種力量承擔了引領中國現代化和將中國帶入世界政治經濟秩序的任務。……報刊處理每天的新聞報導必須從爭議的角度而非歷史的精神出發，但儘管如此，報刊文章始終有意無意地響應了現代化的最終要求。報上的批評儘管一如既往地激起眾多義憤，卻頗具價值。……自始至終，外國新聞出版在廣義上的任務就是西學東漸的媒介，並且借西方的評判標準來深化社會改革。直至今日，外文報紙仍發揮著這種作用，儘管現在這種自由的行使可能比過去要謹慎得多，但比起中國出版物，它任然擁有一種更加強勢且有力的話語方式。」[4]

彭內爾對《京津泰晤士報》編輯方針的評價是準確的，在許多重要的事件中，該報都堅持了自己一貫的理念，其中主要有：強烈反對「二十一條」；刊載題爲「中國之改造」的系列長文，希望引導中國以平等的身份步入現代國家的行列；支持中國收回山東；反對鴉片貿易，1919 年刊登在中國北方從事鴉片貿易的黑名單，引起國家震動；刊載一系列文章，強烈要求廢除英日聯盟；反對武器走私，反對侵犯人權和尊嚴並在許多事件中維護中國人的人權和尊嚴，反對軍閥統治和割據，反對以武力作爲解決中國國內問題的唯一

1　伍海德：《我在中國的記者生涯》，線裝書局，2013 年版，第 40 頁。
2　趙敏恒：《外人在華新聞事業》，暨南大學出版社，2011 年版，第 50 頁。
3　雷穆森：《天津租界史》，天津人民出版社，2009 年版，第 226 頁。
4　趙敏恒：《外人在華新聞事業》，暨南大學出版社，2011 年版，第 51 頁。

途徑，認為武力是自殺式分裂行為和極端主義的溫床。[1]

為了與在中國的德國報紙抗衡，1917 年 10 月，《京津泰晤士報》開始出版中文增刊。開始只占一個小版面，主要翻譯一些路透社和英國官方的電報，以及伍海德撰寫的評論和歐洲一些郵件新聞。根據伍海德的說法，為了能夠植入更多的廣告，這份增刊很快就擴展到四個版面，但董事會不想為出版一份中文報紙去籌集資金或承擔風險，所以「決定放棄該項風險計劃」，就在此時熊少豪找到了伍海德，希望能夠接收增刊，將其做成一份中文報紙。而且，伍海德稱，熊少豪接手刊物後，將其更名為《漢文京津泰晤士報》，並且每日都發布公告澄清該報不屬於英國報紙，也不受其控制，但「為了協約國的利益」，伍海德仍將自己寫的社論和「一些中國報紙通過一般途徑無法取得的一些有趣味的文章」給該報。[2]但根據曾擔任過報紙主編的涂培元講，當時伍海德之所以出手這份增刊是因為該刊的新聞、言論都代表英國的利益，不受國人歡迎，日銷量僅幾百份，創刊九個月就賠本兩萬元左右，所以無意繼續出版。報紙之所以保留《京津泰晤士報》的名字，是伍海德提出的轉讓條件，同時他要求該報經常轉載《京津泰晤士報》的社論，並譯載路透社的英文稿，熊少豪答應了這些條件，但要求該報遷出路透社，另找印刷所獨立經營。而且根據涂培元的回憶，熊少豪接手刊物的時間是 1917 年 9 月底，正式出版是 10 月 10 日。[3]不管哪種說法正確，可以確認的是，雖然《漢文京津泰晤士報》大致保留了原來的刊名，但是由英籍華人熊少豪擁有，獨立於《京津泰晤士報》運作。

熊少豪祖籍廣東新會，1890 年出生於香港，中學畢業後加入英國國籍，他的父親在香港經營古董生意。起初他在路透社香港分社擔任記者和翻譯，經香港著名紳士何東介紹來到天津任該社記者[4]。根據涂培元的回憶，當時的熊少豪已經和世興洋行買辦梁仲雲的次女梁玉芝結婚，梁仲雲有資金幾十萬，可以當他的靠山。他接辦該報的動機是，其一，該報已有初步基礎，廣告收入僅英商惠羅公司、福利公司及其他幾家洋行的大廣告就很可觀；其二，該報原屬英商經營，在英國政府註冊，他本人是英國國籍，受英國政府保護，在言論、新聞各方面不受中國官方控制；其三，辦好報紙，可作為政治活動

1　趙敏恒：《外人在華新聞事業》，暨南大學出版社，2011 年版，第 51～52 頁。
2　伍海德：《我在中國的記者生涯》，線裝書局，2013 年版，第 52 頁。
3　涂培元：《熊少豪與〈京津泰晤士報〉》，第 247～248 頁。
4　葛培林、韓玉霞：《老天津金融街》，天津人民出版社，2010 年版，第 292 頁。

的資本。[1] 接手後，他自任總經理兼總編輯，除按要求刊登《京津泰晤士報》的社論和路透社的英文稿外，熊少豪有時還自己動手撰寫社論，並編輯要聞版和地方新聞版，吳子通擔任副編輯，負責副刊「快哉亭」，胡稼秋兼發行、廣告、會計、庶務的工作，報紙有北洋官報局代印，並由該局撥出兩間房作為報社辦公室。

　　在熊少豪經營下的《漢文京津泰晤士報》相當成功，創辦不久便有了盈利。為了和《益世報》競爭，1918 年秋報紙改為日出三大張，並擴充了經營人員，請來順直省議會議員張寺晨任名譽襄理。版面擴充後，廣告收入隨之增加，每月除去開支外可獲利 500 左右，1920 年下半年開始還逐年遞增。[2] 雖然《漢文京津泰晤士報》是獨立運作，但因為跟伍海德有協議在先，所以仍受其牽制，據涂培元回憶說，他任編輯的時候，經常看見熊少豪與伍海德就稿件問題產生爭執。[3] 另外根據《申報》的報導，直奉戰爭時期漢文版的報紙曾停止刊登英文版的稿件，並斷絕關係，到 1923 年 4 月 10 日又恢復了聯繫。[4]

　　熊少豪借助《漢文京津泰晤士報》這個平臺向政界活動，從 1919 年開始，他先後接觸了徐樹錚、吳佩孚，但均未果。1922 年 6 月，黎元洪復任大總統後，經黎的秘書長饒漢祥幫忙，熊少豪獲得了秘書的名義職務。但隨著 1923 年 6 月黎元洪敗走天津，熊少豪也丟失了這個名義職務。1924 年，熊少豪通過直隸督辦李景林的關係當上了外交部特派天津交涉員，因為他是英國國籍，為了當中國的官員，便在英方的默許下在報上刊登脫離英國國籍的假聲明，並宣稱脫離《漢文京津泰晤士報》。1925 年，因辦事不力辭職下臺。[5] 辭職後的熊少豪重回本行，當起了報人，他請來管翼賢擔任總編輯，黃文卿擔任英文翻譯，陳覺生為日文翻譯，郝夢侯為編輯，但此時的《漢文京津泰晤士報》銷量已經嚴重下滑，1928 年，閻錫山打算在天津辦一份報紙，於是由管翼賢居間介紹，熊少豪以 6 萬元將報社賣給了閻錫山，管翼賢分得 3000 元。[6]

1　涂培元：《熊少豪與〈京津泰晤士報〉》，第 248 頁。
2　涂培元：《熊少豪與〈京津泰晤士報〉》，第 249 頁。
3　涂培元：《熊少豪與〈京津泰晤士報〉》，第 250 頁。
4　《國內專電》，《申報》，1923 年 4 月 12 日。
5　《國內專電》，《申報》，1923 年 4 月 12 日。
6　《國內專電》，《申報》，1923 年 4 月 12 日。

## 四、英國在華新報刊的創立及其言論

這段時期英國人在華創辦報刊的數量並不多，且影響力遠不如之前創辦的報紙。因爲相關史料已難以尋覓，所以只能對報刊的基本情況作簡要介紹。1916 年 10 月，英國僑民主辦的《誠報》半月刊在上海創辦。該刊以報導歐戰消息爲主，一戰結束後，改爲報導中英兩國商務爲主。同年在華英商主辦的《上海英商會報》（*British Chamber of Commerce Journal*）也在上海創辦。1923 年 8 月，英國記者辛博森在北京創辦中英文合刊的《遠東時報》（*Far Eastern Times*）。當時辛博森正擔任張作霖的外國顧問，這份報紙也由奉天督軍署提供經費。五卅運動時該報遭到中國工人抵制，辛博森辭職。

值得一提的是，在煙臺出現了一份英國洋行創辦的英文商業報刊《煙臺英文日報》（*Chefoo Daily News*）。雖然煙臺沒有租界區，但煙臺是北方較早開放的通商口岸之一，雲集了大量的外國領事館和洋行。《煙臺英文日報》正是由英國仁德洋行於 1917 年 2 月 16 日創辦的。據現在僅存的 1922 年 12 月 13 日的《煙臺英文日報》影印件可以得知，該報共 10 版，其中前八版爲英文版，後兩版爲中文版。頭版主要刊登中國新聞和評論，3 版爲副刊，4 版爲路透社專電，5 到 7 版爲國際新聞，2 和 8 兩版爲廣告。有趣的是，該報夏季出 16 版，冬季出 10 版。這主要是因爲夏季在煙臺避暑的外僑較多，而訂閱該報的也以外僑爲主，所以針對該報針對客戶群體在夏季會擴充版面。該報的發行量約爲 2000 份，按月徵訂爲每月大洋 2 元，由洋行中懂英文的中國職員負責派訂。[1]

該報一直由仁德洋行負責發行，現知的主筆有莫瑞（D. T. Murray）、韋維廉・康沃爾（W. Cornwall）也主持過該報數月。營業部主任爲克拉克，發行部設在東海岸開門洋行內，印刷部的中國經理是奕禮亭（棲霞人）。報紙最初爲活字印刷，「九一八事變」前後開始用進口的打字鑄字機進行鑄版印刷。[2]

由該報僅存的一份影印件可以窺探報紙所持立場。當天該報的英文版上的國內新聞以「青島事件」爲主。1922 年 12 月 10 日，根據中日協定，中國從日本手中收回青島的主權，但這只是形式上的收回，就在收回的當天，日本領事館還在青島多地設立警察局，公開執行警務。對此，《煙臺英文日報》

---

1　潘煜：《煙臺近代報業研究（1894～1919）》，山東大學碩士論文，2012 年，第 14～16 頁。

2　潘煜：《煙臺近代報業研究（1894～1919）》，山東大學碩士論文，2012 年，第 16 頁。

在頭版刊登了四則報導。報導中，該報稱日本人為「強盜」，「日本人所犯下的罪行不可原諒，並負有不可推卸的責任。日本警察強盜般的自由居住在租界地已兩個月之久，並在過去的兩周內公然露面」。與此同時，該報也批評中國政府，而是稱「中國人是典型的笨蛋。他們沒有採取充分的預防措施」。除此之外，該報還報導了青島的外國人社區的相關消息；上海方面對該事的反應；中國政府向青島派駐軍隊的情況。比較有意思的是，該報的中文版內沒有直接涉及「青島事件」的報導。由此可見該報的中文版並非對英文版的複製，二者相對獨立。除報導外，該報還刊有一篇評論，批評中國政府的軟弱。[1]

從上述報導和評論可以看出，該報在中日爭端的問題上，一面譴責日本的流氓行徑，一面批評中國政府的軟弱無能，但這並不能說明該報持客觀中立的立場。因為「青島事件」涉及到英國的利益，而中國統治下的青島顯然要比日本統治下的青島更利於英國人在青島經商，當時青島的混亂局面也正是由日本人造成的，該報在講到青島的外國人社區相關情況時也講到：「令人擔憂的傳聞在飛速的傳播，最新的一條是由 200 個日本人組成的盜竊團夥打算洗劫外國人。外國人社區今晚召開會議討論最近的情況，他們希望英國和美國的軍艦可以開到這裡，他們的到來將恢覆信心。」[2]所以說該報譴責日本是情理之中的事情。

國際新聞方面，該報大量刊登路透社的電文。該報的主編任仁德洋行總經理時也兼任路透社駐煙臺記者，仁德洋行還擁有電臺，所以該報能便捷地獲取到路透社的電稿。

## 第六節　法德等國在華新聞業的發展

法德等國家的報刊出版和新聞活動雖然沒有英美那麼多，但在民國北京政府時期，其在華新聞業也有所發展，也表現了一些特點。

### 一、法國在華新聞業的新變化

在其他國家中，辦報較多的是法國，始於 1870 年，歷史頗久。至五四

---

1　潘煜：《煙臺近代報業研究（1894～1919)》，山東大學碩士論文，2012 年，第 17～10，23 頁。

2　潘煜：《煙臺近代報業研究（1894～1919)》，山東大學碩士論文，2012 年，第 19 頁。

前夕，報紙數目累計有十多家，集中於上海、北京、天津三地。但大多相繼停刊。法國人用法文出版的報刊，只是其他帝國主義報刊的從屬物，沒有自己的特點，發行量很小。[1]

五四以後的上海地區，法國在華出版的主要報紙是《中法新彙報》（L'Echo de China），1897 年在上海法租界創辦，由雷墨爾（J. Emile Lemiere）主編，其內容有進出口船期、郵政消息、匯率表、氣象報告及本地新聞等。該報為法國資產階級利益辯護，攻擊中國的革命運動，也曾對英及其在華報紙進行批評。1922 年起增為 10 版，以旅居中國和日本的法國僑民為主要讀者對象。[2]該報發行了 30 年，於 1927 年 2 月 10 日停刊，5 個月後更名《上海法文日報》繼續刊行。上海法商會出版了兩種法文雜誌：一是月刊《上海法商會報》（Bulletin de la Chambre de Commerce），是旅華法國商務總會機關雜誌，1915 年創刊時名《遠東商務報》（Bulletin Commercial Extreme Orient），後改今名，主筆是商會總幹事佛雷德（Monsieur Fredet）。[3]另一為《上海新聞》，上海法商會 1927 年創辦。上海法租界工部局、上海法國總領事館和北京法國公使館分別給予津貼，主筆原為哈瓦斯社駐英斯記者黃德樂（Jean Fontenoy）。[4]

在北京，法國人馮勒培在 1911 年創辦法文白報《北京新聞》（Le Journal de Peking）。該報 1916 年轉為亞爾培·那巴所有，那巴並任主筆，直至 1933 年停刊。法文雜誌《北京政聞報》（La Pditique de Pekin）初為週刊，後改月刊，主筆為孟烈士特（A·Monestier）。

在天津，亞爾培·那巴於 1921 年創辦法文《天津人報》（Le Tientsinois）。名義上在天津出版，實際上在北京印刷，內容和《北京新聞》完全相同，每天兩報只是換報頭而已。[5]兩報銷量都不大，訂戶主要為法僑、法國和意大利傳教士、法國駐京津的士兵。30 年代初期，天津一度還出現過《天津迴聲報》（Echo de Tientsin），但未久停刊。

以上法文報刊中，政治時事宣傳最為活躍的是《中法新彙報》和《北京

1　漢斯·希伯：《論帝國主義殖民統治者及其在華報刊的思想意識》，載於：漢斯·希伯研究會編，《戰鬥在中華大地——漢斯·希伯在中國》，山東人民出版社，第 353～364 頁。
2　邱沛篁等主編：《新聞傳播百科全書》，四川人民出版社，1998 年版，第 345 頁。
3　胡道靜：《上海的定期刊物》，上海市通志館，1935 年版，第 71 頁。
4　方漢奇主編：《中國新聞事業通史（第二卷）》，中國人民大學出版社，1996 年版，第 229 頁。
5　王文彬：《中國現代報史資料匯輯》，重慶出版社，1996 年版，第 877 頁。

政聞報》，對中國務重要政治問題都作反映，兩報均重視言論。這些報刊，其總的傾向對中國持反對態度，對中共活動尤多批判。不過，當時的社會影響不是很大。

此外，19 世紀末直至 20 世紀上半葉，傳教士報刊仍然在繼續出版，而且持續時間都很長。如由法國天主教傳教士古洛東（CouDon）與雷龍山（Lonis）共同創辦的《崇實報》（1905～1933），是川東教地區的機關報。袁世凱稱帝時，《崇實報》站在維護帝制一邊，攻擊袁先鋒蔡鍔。[1]其內容大致分為政論、新聞、宗教三大類，辛亥革命以後逐漸增加新聞報導和評論，在開通內地人民智識，傳遞新聞信息方面起了不可忽視的作用。[2]

民國 5 年（1916 年），法國政府在上海顧家宅（今復興公園）設立無線電臺，這是上海的第一座國際無線電臺。後來，法國政府投資加大了這座電臺的功率，可接收 6000 英里外美國和法國的電訊。當時正值歐戰期間，戰事消息均可當夜到達上海，因此上海各報特闢「法國無線電」一欄刊登戰事消息，很受歡迎。[3]法國通訊社的在華活動大致是五四以後開始，首先來華的是法國安南政府的機關通訊社「太平洋安南無線電報社」（簡稱「太平洋社」）。該社在北京、上海、哈爾濱和香港派有記者。這些記者將消息發往西貢總社，再轉發給巴黎哈瓦斯社，然後由哈瓦斯社發向世界各地。[4]1927 年，法國哈瓦斯通訊社開始在上海活動，將駐莫斯科記者黃德樂調到上海，用電報將稿件發回巴黎總社。

## 二、德國在華新聞業的新發展

1871 年剛剛完成統一的德國人進入中國較晚，政治影響力微弱。但是，這個後起的歐洲強國在經濟上的表現卻不遜色於老牌的資本主義強國。1914 年世界大戰之前，德國在中國的影響僅僅次於英美兩國，其在中國的經濟投資對老牌工業強國英國構成了極大挑戰。德國在華新聞業在 19 世紀末拉開了序幕，前後創辦了德文報刊《德文新報》（1887 年）、《遠東報》（1902 年）、《商

---

1 重慶市地方志編纂委員會編纂：《重慶市志》（第 10 卷），西南師範大學出版社，2005 年版，第 929 頁。
2 四川省地方志編纂委員會編：《四川省志·大事紀述》，四川科學技術出版社，1999 年版，第 170 頁。
3 貫樹枚主編：《上海新聞志》，上海社會科學院出版社，2000 年版，第 382 頁。
4 許正林：《中國新聞史》，上海交通大學出版社，2008 年版，第 255 頁。

業通訊》（1907 年）、《上海通訊》（1907 年）、《東亞教師報》（1911 年）等。

在中國出版的第一家德文報刊是《德文新報》週刊（德文刊名 Der Ostasiatische Lloyd，直譯爲「東亞勞埃德」），由德國人納瓦拉（Brouno R. A. Nawarra）1886 年 1 月創刊於上海公共租界內。《德文新報》是在華出版時間最長、規模最大的德文報刊，也是德國在華新聞業的代表，在德國對華貿易以及後來的大戰宣傳中起了重要作用。該報在報頭處明確表明立場：在遠東的德國人利益之音。1914 年之後，歐洲大戰打響，遠在中國的《德文新報》也處於動盪不安之中，報頭信息中顯示編輯部地址在這一時期頻繁更換，編輯部規模也在不斷縮小。

德國在東亞地區的報業規模與數量均無法與英美國家相比，其出刊規模也是以小開本報刊爲主。1917 年《宣戰前德國在華之勢力》一文對德國在華新聞業情況進行了概括，其報刊在上海、北京、天津等地發行，語言類型有德文、英文和中文。

> 「《德意志欺哀》《查伊姆格》《反而》《欺那》，爲德文新聞，經營者爲東亞路德，發行地爲上海，以排斥聯合軍爲主義。《瑞》《鳥哇阿》爲英文新聞，經營者亦爲東亞路德，發行地爲上海，時以登載德國戰勝消息爲主。《哇司脫茄欺須哀》《洛伊特》爲德文新聞，經營者亦爲東亞路德，發行地爲上海，銷數約一千，爲最有力之德國機關紙也。《北京》《薄司脫》發行地北京，經辦者雖爲中國人，然暗中實爲路德所辦，通訊員科魯蓋爾，純粹之德國機關報也。《他蓋勃拉脫》《甫油兒》《諾爾獨欺爾》爲德文，發行地天津，經辦者飛爾代霍弗阿，銷數不過二三百，爲該地在留德人之機關紙也。《欺姆新謨》《遜代》《茄那爾》爲英文，發行地天津，經辦者洛欺哀爾，銷數二三百。他如東亞路德在上海所辦者，獨有《協和報》（漢文）及《屋和鳥哇和》（德文）二種，但爲德國之機關報。」[1]

主編過《德文新報》的芬克（C. Fink）於 1910 年 10 月 6 日在上海創辦中文週刊《協和報》，是德國在華言論機關，主編是費希禮。設置有時論、軍事、工業、商業、農業、學術、中外新聞等欄目。以敦促中德友誼、宣傳西方的科技文化爲宗旨；它美化德國侵華行徑，揭露其他列強侵華的野心和伎

---

1　《宣戰前德國在華之勢力》，《東方雜誌》，1917 年第 14 卷第 10 期，第 162～163 頁。

倆，極力製造其他列強之間的矛盾，以此來遏制其他帝國主義國家侵華，從而爲德國擴大在華權益創造有利的環境。[1]「一戰」期間，它高度關注戰況，刊登了有關文章數百篇之多，詳細而深刻地分析了戰爭的原因，對戰爭進程和重大戰役跟蹤報導，詳解參戰雙方的戰略戰術，介紹戰爭中出現的新武器裝備，並與協約國進行了輿論宣傳戰。它極力阻止中德斷交和中國對德宣戰，助長了中國民眾的反戰情緒。《協和報》是當時國人瞭解「一戰」的重要窗口。[2]《協和報》於 1917 年停刊。

1917 年 8 月 14 日，中國對德國正式宣戰。根據上海公共租界工部局董事會的會議錄的記載來看，自宣戰之日起，中國政府便對德國在公共租界內的報刊實施了封禁。1917 年 8 月 17 日《申報》刊發外交部關於「處置敵國僑民條規」，第八條規定：「凡敵國人民所出書報，無論何國文字，該館地方官縣認爲必要時得禁止發行。」兩天之後，在《申報》的版面上這樣記錄：「南京路 B 字三十三號之德文新報及德文電社前晚七時均由工部局派捕會同交涉公署委員會封閉」。[3]因此，《德文新報》的歷史在 1917 年 8 月 17 日畫上了句號，這份德文刊物出版至第 31 年 33 期停刊，沒有任何告別致辭。

20 世紀 20 年代，德國人在上海辦有 2 種報刊。一種是德國人李希德（G. W. Richter）於 1922 年 9 月 18 日創辦的《德華新聞週刊》（*Deutsche China Nachrichten Weekly*），此刊內容以商務爲主，並以德、華、英三種文字並列。另一種是 1925 年新特洛奇（G. Straus）創辦的《衡橋週刊》（*Die Brucke Weekly*）。[4]內容以轉載歐洲新聞，及譯述中文報之消息言論爲主，亦有廣告，銷數僅 200 份。[5]這家報紙沒有明確的編輯方針，它唯一的興趣似乎就是保障足夠的廣告收入以維持生計。儘管上海總共有 1600～1800 名德國人，這家報紙在他們當中的發行量卻不大。[6]

---

1 張士偉：《談德國〈協和報〉在華宣傳策略》，《臨沂大學學報》，2012 年第 4 期，第 115 頁。

2 張士偉：《談德國在華〈協和報〉與第一次世界大戰》，《臨沂大學學報》，2016 年第 4 期，第 61 頁。

3 牛海坤：《〈德文新報〉研究（1886～1917）》，上海交通大學出版社，2012 年版，第 65～66 頁。

4 陳昌文：《都市化進程中的上海出版業（1843～1949）》，上海人民出版，2012 年版，第 200 頁。

5 倪波、穆緯銘主編：《江蘇報刊編輯史》，江蘇人民出版社，1993 年版，第 229 頁。

6 趙敏恒：《外人在華新聞事業》，暨南大學出版社，2011 年版。

　　德國人將專業性報刊辦到中國的土地上，這卻是其他各國所難以企及
的。據 1914 年 1 月 9 日《德文新報》報導，「中德工程師聯合會出版的《技
術經濟報》月刊的創刊標誌著德國在遠東地區利益又上了新臺階。該刊編輯
M. Th. Strewe 先生以生動活潑的《我們何所求》爲題，爲該刊作創刊詞，在本
期《德文新報》的商業消息部分，我們轉發了該文章。……我們希望這份經
熟練編輯並快速出版的刊物，能夠獲得廣泛的認同，並希望我們這一創新的
工作能得到各界的支持。」[1]德人創辦的報紙最主要的特點是廣告所佔比重最
大，種類多樣，新聞則不是很受重視。如 1914 年的一份《青島新報》，在其
擁有的 16 個版面中，只廣告就佔了 12 個版面。而與此相反的是在這一時期
國人創辦的報紙，這一時期的報紙登載廣告數量反而有限，刊登的廣告也主
要以洋行廣告爲主，新聞刊登數量上升，並且不再侷限於政治新聞。

　　通訊社方面，德國於 1915 年初成立海通社（*Transocean*），該社每天廣播
數小時，內容有德國公報與各種新聞，由駐在中立國之德國大使館，公使館
及領事館按時收抄電訊，然後分送當地報社。[2]德國海通社 1921 年在平成立分
社，初成立時僅以中國消息傳達本國，1928 年移至上海後，開始發稿。[3]

1　牛海坤：《〈德文新報〉研究（1886～1917）》，上海交通大學出版社，2012 年版，
　　第 216 頁。
2　李瞻：《世界新聞史》，商務印書館，1966 年版，第 393 頁。
3　《各國通訊社在華活動的起源》，《上海記者》，1942 年第 1 卷第 2 期，第 3 頁。

# 第三章　民國南京政府前期的
外國在華新聞業

## 第一節　外國在華報刊的新發展

　　南京國民政府執政後，開始加強外國在華新聞機構的管理，前後通過了數個法令，主要是針對報紙、記者的等級註冊制度，以及對外國記者拍發電報的管理，並配合禁郵等制裁手段，在制約外國在華新聞業上起到了一定的效果。20 年代末到 30 年代的外國在華報業，佔據主流地位的是老牌的英國和後來居上的美國，其中美國報紙大都傾向於支持南京國民政府，而英商的《字林西報》等則以維護英國利益為原則。但不管哪國報紙，在日本侵華一事上，都不斷揭露日軍的暴行，並予以譴責。一觸即發的抗日戰爭引起了蘇聯的重視，蘇聯政府表現出與中國的抗戰休戚相關、安危與共的態度，支持中國抗戰的立場更加明朗。為聲援中國抗日，蘇聯中央報刊《眞理報》《消息報》等，連續發表大量消息、評論和文章，譴責日本的侵略，揭露日軍暴行。受到中國革命的召喚，以斯諾、史沫特萊、斯特朗為首的一批外國記者來到中國，向全世界報導中國人民英勇抵禦外敵的壯舉，其中許多關於中國共產黨和邊區的報導、書籍，讓全世界逐漸認識了這個在當時還頗為神秘的組織。

### 一、南京國民政府對外國在華新聞機構的管理

　　晚清時期，清政府對外國在華報刊的管理幾乎為零，靠著治外法權的庇

護，外國在華報刊暢行無阻。也正是靠著治外法權，無論是改良派還是革命派都打著外報的旗號在上海租界創辦報刊。爲了維持租界的穩定，作爲上海共租界管理機構的工部局也試圖加強對租界內報刊的管理，並嘗試與清政府進行一定的合作，蘇報案正是在這種情況下發生的。蘇報案後，工部局開始嘗試制定報紙的管理辦法，雖然多次提請納稅人會議審議，但結果或者未能通過，或者被外國在華公使團否定，整個過程長達二十餘年。

　　民國北京政府時期，北洋政府開始嘗試管理外國在華的報刊。1912 年 4 月 14 日，北京內城巡警總廳就法國人范來克等人在北京甘雨胡同開設報館，發行法文報紙《北京新聞》一事致信內務部稱：「查報律第二條所載，發行、編輯、印刷等人均以本國人爲斷，已顯與報律不合。」雖然巡警廳已經交涉多次，但其「始終不肯就我範圍」，所以請內務部「咨行外交部查商辦法，以維報律」。[1] 最後此事不了了之。從目前發現的史料看，北洋政府對外國在華報刊的管理還是有一定的成效。在北洋政府內務部的檔案中如下的記載，《英文京報不遵報律案並登攻擊日本言論被勒令停業》《禁止日人違約在京開設衛生新報館》《禁限美國公司收買益世報》《商阻日人香月梅外在長沙創設華瀛覺報》等，[2] 由這些檔案所載事項可見，北洋政府對外報的管理並非一事無成，在一些具體的事件中還是取得了一定的成效。

　　眞正通過法律法規對外國在華報刊進行約束，實行有效的管理是在民國南京政府時期實現的。1929 年 3 月召開的國民黨第三次全國代表大會通過了《確立新聞政策案》，其中專門規定「取締外國報紙及通訊社之反動宣傳」的條款。1929 年 9 月 5 日，國民黨第三屆中央執委會第 33 次常務會議通過了《日報登記辦法》，同年 9 月 23 日第 37 次常務會議修正。根據該辦法的規定，「在出版法未頒發以前，各種日報均須遵照本辦法辦理登記」，「日報經登記合格後，如發見有反動之言論，經當地黨部之檢舉，上級黨部宣傳部之審查確實，中央宣傳部之核准者，得撤銷其登記資格，禁止出版」，「凡登記不合格或不履行登記之日報，得由當地高級黨部呈准中央宣傳部，禁止出版。」[3]

---

1　王繼先：《中國新聞法制通史·第 2 卷·近代卷》，南京師範大學出版社，2015 年版，第 118 頁。
2　王繼先：《中國新聞法制通史·第 2 卷·近代卷》，南京師範大學出版社，2015 年版，第 119 頁。
3　劉哲民編：《近現代出版新聞法規彙編》，學林出版社，1992 年版，第 443～444 頁。

　　該登記辦法並未對日報的種類範圍作明確的界定，所以在頒發後，各地主管部門紛紛提出疑問，對此中央宣傳部解釋到：「通訊社性質與日報相同，應一同履行登記，畫報之逐日刊行者，亦同樣辦理，週刊等定期刊物，暫行緩辦。」[1]這樣需要登記的報紙類型擴大到日報、晚報、畫報等所有每日刊行的報紙。但這個界定依舊沒有明確外國人在華所辦報刊是否在登記範圍內。

　　針對外國在華報紙和通訊社應否登記一事，國民黨曾決議「俟《出版法》頒布後再行核辦在案」。之後，鑒於「外人在我國創辦之日報遍布於通商巨埠，大抵造謠侮辱，盡其煽惑之能事，亟應加以適當之限制，以減少反動宣傳保持國家主權」[2]，國民黨中宣部在 1930 年 2 月與外交部協商，擬定外報登記辦法十條作為管理外報的標準。該辦法經國民黨中央第 72 次常會決議，交國民政府轉飭外交部辦理。但筆者查閱相關史料後，並未找到《外報登記辦法十條》的具體條文，也未見相關文件提到這則條例的施行。可以推斷這則條例並未真正施行，具體原因不得而知。

　　1930 年 12 月 16 日，國民政府正式公布施行《出版法》，其中對新聞紙和雜誌規定，「為新聞紙或雜誌發行之前，應於首次發行期十五日前，以書面陳明下列各款事項，呈由發行所所在地所屬省政府或隸屬於行政院之市政府，轉內政部聲明登記」，「新聞紙或雜誌應記載發行人及編輯人之姓名、發行年月日、發行所印刷所之名稱及所在地」。[3]這樣國民政府就以正式的法律開始推行註冊登記制度。

　　從《日報登記辦法》到《出版法》都明確規定了實行註冊登記制度，但從實際情況看效果並不理想。從 1929 年 9 月《日報登記辦法》頒布到 1931年 8 月近兩年的時間裏，上海申請登記的報紙、雜誌、通訊社共計 52 家，都是小報和晚報，沒有一家大報。針對這種情況，相關部門一再催促。1931年 3 月初，上海市政府發出第 227 號通令：「所有在本市內新聞紙或雜誌之發行者，應一律遵照該項規定，於相當期內開具聲請書，呈由本政府轉內政部登記。」5 月，上海市教育局在解釋《出版法》通知中，再次催促為履行登記的報紙、雜誌、通訊社盡快辦理手續。1932 年 9 月 23 日，內政部再次通令，催促上海新聞單位登記，通令稱：「本部第五九二號咨請貴市政府轉

1　《電各省市黨部宣傳部通訊社與逐日刊行之畫報應與日報一同履行登記週刊等定期刊物緩辦由》，《中央黨務月刊》，1929 年第 16 期，第 116 頁。

2　《外報登記辦法》，《中央黨務月刊》，1929 年第 7 期，第 294 頁。

3　劉哲民編：《近現代出版新聞法規彙編》，學林出版社，1992 年版，第 105～106 頁。

飭各未經登記的新聞紙、雜誌、通訊社一體遵照在案，迄今為日已久，各新聞紙、雜誌社、通訊社依法聲請登記者，固為數甚多，而意存觀望，因循延宕者仍復不少。」對於未登記者，則取消在郵局「立券掛號之特權」，即取消郵寄報刊的優惠政策。

到了 1934 年，內政部更是會同交通部頒布條令，嚴格規定「無論中外任何新聞紙類如不呈驗登記證不予掛號立券」，該條令稱：「關於外人在中國境內發行之新聞紙類，依法向我國政府機關申請登記者，尚係少數，殊屬藐玩我國法令。本部（內政部）爰於本月十七日下午召集各關係機關開會商討。當經決議，有本部咨請貴部（交通部）轉飭郵政總局，以後對於無論中外任何新聞紙類，如不呈驗內政部發給之登記證，即不予以掛號立券，享受優惠寄遞之特權。」同時還規定，「於郵政章程內，酌加新聞紙類呈請掛號立券須呈驗內政部頒發之登記證之條文，以資依據等語，記錄在案。」[1] 雖然該規定聲稱針對所有在中國出版的報紙，但從具體的措辭中可以看出，該規定主要針對的是外國人在中國所辦報刊。從中也可看出，註冊登記制度雖然已經施行數年，但按規定登記的外報「尚係少數」，由此可見該制度不僅受到國人所辦報紙的抵制，施行於國外人所辦報紙也是困難重重。

雖然外人在華所辦報刊對註冊登記制度並不買賬，但這並不影響國民黨用法律規定之外的手段制裁這些報刊。從相關部門發布的法令看，對於不登記者主要的制裁手段是取消郵寄優惠政策，但在實際操縱中手段更加多樣。針對外國在華報刊，南京國民政府最常用的辦法有禁郵、加強審查、停止進出口和限制發行區域（限制在租界內）。

1928 年，國民黨中央宣傳部規定《華北明星報》不得使用中國郵政。其中緣由是該報刊登了一篇合眾社北平通訊員貝斯（D. C. Bess）採寫的文章。貝斯在文中預測，1929 年春天，北方軍閥和南京政府不可避免會有戰爭。後來，法克斯和合眾社向南京外事辦公室發去官方文件，為發表這篇文章以及合眾社北平通訊員將這篇文章發給報社的行為致歉。至此，當局才解除郵政禁令。[2]1929 年 2 月 5 日，該報的一名編輯收到了中國郵政局的通知，該報再次被禁郵。這次的緣由是該報轉載新聞出版社寄發的報紙，雖然該新聞早已被上海的數家外國報紙轉載。[3]1930 年該報又被禁郵，原因據說是因為該

---

1 劉哲民編：《近現代出版新聞法規彙編》，學林出版社，1992 年版，第 477 頁。
2 趙敏恒：《外人在華新聞事業》，暨南大學出版社，2011 年版，第 65 頁。
3 伍海德：《我在中國的記者生涯：1902～1933》，線裝書局，2013 年版，第 161 頁。

報在 1929 年 12 月 7 日刊登了合眾社的稿子，其中涉及了國民黨某位高層人士，而停止郵寄的命令直接來自於國民黨中央執行委員會，連外交部也不知情。該事最終在國民政府外交部、天津特別市黨部以及美國駐天津總領事高斯（Clarence E. Gauss）的斡旋下，《華北明星報》刊登道歉啓事才得以了結。[1]

1930 年，《京津泰晤士報》被制裁。據該報當時的主編伍海德稱，對《京津泰晤士報》的禁令不同於其他報紙，是他故意挑起的事端。1930 年 2 月在天津爆發了一場贊成取消治外法權的遊行，伍海德認爲當時國民黨天津黨部的宣傳部主任陸同平在其中發揮了很重要作用，因此在《一次卑鄙的誹謗》一文中，伍海德對其進行了抨擊。陸同平則在郵局沒收了《京津泰晤士報》。伍海德向英國總領事提出抗議，最後經過英國公使和中國政府的交涉此事得以解決。[2]

除此之外，1929 年 6 月，北京《順天時報》、天津《華北日報》（North China Daily Mail）、上海《字林西報》、哈爾濱《俄文報》相繼被禁止發行。8 月法文報紙《北京新聞》（Journal de Pekin）被禁郵。英文報紙《北京英文導報》（Peking Leader）被國民政府內政部要求檢查。[3]12 月，青島當局禁止用鐵路運送日本報紙，並沒收了所有的日文報紙。1931 年 10 月，日人在上海所辦《上海日日新聞》《每日新聞》因刊載具有挑釁性質的謠言被淞滬警備司令部下令禁止郵遞。[4]

除了針對報社的管理外，外交部於 1933 年 3 月 16 日發布了針對外國來華新聞記者的管理規定，根據這則名爲《頒發外籍記者註冊證規則》規定，「凡外籍新聞記者如欲在中國境內執行記者職務，應呈本部情報司發給註冊證」，「本部情報司對於請求發給註冊證者，如查有違反我國出版法令行爲或對我國有惡意宣傳之行爲時，應予拒絕。其已領之註冊證，應予註銷」，「領有註冊證者，得逕向交通部請領新聞電報憑照」，「本規則對於非外籍而係代表外國新聞報社之記者，除第二條關於身份證明之規定外，亦一律適用之」。[5]

1 王繼先：《中國新聞法制通史·第 2 卷，近代卷》，南京師範大學出版社，2015 年版，第 220 頁。
2 伍海德：《我在中國的記者生涯：1902～1933》，線裝書局，2013 年版，第 162 頁。
3 王繼先：《中國新聞法制通史·第 2 卷·近代卷》，南京師範大學出版社，2015 年版，第 221 頁。
4 胡道靜：《上海新聞事業之中的發展》，上海通志館，1935 年版，第 70 頁。
5 劉哲民編：《近現代出版新聞法規彙編》，學林出版社，1992 年版，第 515 頁。

或許是因爲國民政府看到了針對新聞機構的註冊等級制度在實施的時候效果欠佳，所以出臺了針對外籍記者的註冊登記制度。值得注意的是，該規則針對的人群是「在中國境內執行記者職務」的外籍記者，並沒有明確記者所屬的機構是中國境內的還是境外的，這樣模糊的界定有利於國民政府對外國在華新聞機構實施管理。

除了註冊登記外，針對外籍記者最嚴厲的手段是驅逐出境。1929 年前後，因爲發表了不利於宋美齡的新聞稿，美國《紐約時報》駐北平特派記者阿本德（Hallett Abend）被中國政府驅逐出境，同年美籍記者麥可斯基也被驅逐。[1]

1934 年 5 月 21 日，交通部頒發《新聞電報規則》又試圖從新聞電報的收發上對報界進行管理，該規則規定，「新聞記者發寄新聞電報，須經交通部核准，並發給新聞電報憑照，方可照發」，針對外籍記者及「外國新聞機關之本國新聞記者」則規定「請領憑照時，應先向外交部領取註冊證書，連同前條申請書，一併呈送交通部核辦」，[2]此條規定與上文記載外籍記者註冊制度呼應，是南京國民政府管理外籍記者的主要手段。

針對外國在華私自架設的電臺，南京國民政府一般予以取締。例如 1930 年 3 月至 4 月，國民黨中宣部就日人在青島主辦之報社和日本領事館皆設有無線電臺，擅自接發電訊，傳播失實消息一事，轉函國民政府令飭外交、交通兩部「設法取締，以除反動」。國民政府外交部認爲此事「不惟助長反動勢力，且侵害中國電政主權」，遂「請日本代理公使轉飭查明，嚴重取締」；交通部則「密飭青島電臺就近設法擾亂日臺通訊」。1930 年前後，國民政府對上海法僑在法租界設立無線電臺收發國際電訊一案也下令取締。[3]

## 二、歐美在華報刊的繼續發展

在我國近代報刊史上，上海的地位非常特殊，外國在華報刊數量最多，始終處於新聞中心和輿論中心的地位。到 1933 年，上海仍有英文雜誌 45 種。這些英文報刊的創辦人國籍比較複雜，除英國人外，還有美國人、猶太人、中國人、法國人、葡萄牙人、德國人等。

---

1　王繼先：《中國新聞法制通史・第 2 卷・近代卷》，南京師範大學出版社，2015 年版，第 220 頁。

2　劉哲民編：《近現代出版新聞法規彙編》，學林出版社，1992 年版，第 471 頁。

3　劉哲民編：《近現代出版新聞法規彙編》，學林出版社，1992 年版，第 471 頁。

　　這個時期法國在華報刊方面的代表是《中法新彙報》《法文上海日報》等。《法文上海日報》（*Le Journal de Shanghai*）由法國哈瓦斯通訊社特派員黃德樂（Jean Fontenoy）創刊於 1927 年，連續出版 18 年，於二戰結束前停刊，是瞭解南京國民政府時期和抗戰時期的中國和上海一份不可或缺的珍貴資料。「一個中國人的筆記」（Note d'un Chinois）是《法文上海日報》僅次於社論的重點內容，作為瞭解中國政治的第二個途徑，它可被看作為對社論的一種補充。該欄目誕生於 1928 年 2 月 14 日，前身為 2 月 7 日首次出現的「一個中國人的觀點」（Opinion d'un Chinois），該欄目作者並不署名，內容多涉及中國內政內情。[1]《法文上海日報》的主要讀者最初自然是法國僑民，但逐漸擴展到了懂法語的流亡俄僑和其他國家的僑民，以及中國、日本和越南等亞洲各國的知識階層。其報導對象不僅僅侷限於西方或當地的法國僑民社會，對中國、日本、印度支那半島和其他亞洲各國也非常關注。[2]

　　德國在華報刊在上海、天津、哈爾濱等地蓬勃發展。（1）東北地區：1929年 11 月 1 日，德文《德國滿洲新聞》報在哈爾濱創刊，每日 4 版，無黨派日報，主編 r‧克拉伊，它是哈爾濱出版的第一家德文日報，1930 年 7 月 23 日終刊，共計 149 期。[3]1935 年 6 月 1 日，在哈爾濱還出版過一家德文《德國公報》，其中刊載「有關滿洲和德國間經濟聯繫的德文與英文資料」。[4]（2）華東地區：30 年代以後上海的德文報刊有 3 種，即 1932 年 9 月 27 日創辦的《德文上海日報》、1932 年 10 月 1 日創辦的半週刊《德文協和報》（*China Dienest*）和二戰期間創刊的《德文新聞報》。[5]這些在上海的德文報刊除《德文新聞報》外，都以刊登商業信息、商業廣告為主。（3）華北地區：1930 年，德國人巴特爾在德租界創辦《德華日報》，編輯克萊，德華印字館承印。社址初設哈爾濱，因東北德國人少，無發展前途，不久即遷天津出版，由巴德斯主持。該報是天津德國領事館的喉舌，為德僑服務，經常向天津、北京、上海等地德

---

1　李君益：《黃德樂時期的〈法文上海日報〉（1927～1929）》，上海師範大學碩士論文，2014 年，第 52 頁。
2　周武主編：《上海學‧第 2 輯》，上海人民出版社，2015 年版，第 106 頁。
3　哈爾濱市政協文史和學習委員會編寫：《哈爾濱文史資料‧第二十四輯‧外國人在哈爾濱》，2002 年版，第 234 頁。
4　黑龍江省地方志編纂委員會編：《黑龍江省志‧第 50 卷‧報業志》，黑龍江人民出版社，1993 年版，第 277 頁。
5　陳昌文：《都市化進程中的上海出版業 1843～1949》，上海人民出版社，2012 年版，第 200 頁。

國商人提供市場信息，廣告佔了一定比重，發行約 2000 份。[1]有附刊《德華畫報》，多外國圖片，編印尙屬美觀。納粹黨上臺後，改由納粹黨天津支部長魏策爾任經理，讀者對象爲德僑及其他各國僑民。[2]第二次世界大戰後，該報隨納粹的垮臺而停刊。

「九一八事變」之後，日本軍國主義雖懷有進一步侵略中國的野心，但懼於中國的反擊和外國輿論，採取的是擴大一步侵略、觀望一下反應的策略。但西方列強出於各自的政治經濟利益，有的要利用日本的軍事侵略，擴展對中國的分割態勢；有的則要扶植日本，以壓制英國勢力在遠東的增長。各國政府的對華政策影響著本國記者對華報導的傾向，也不斷拓展著充當殖民「喉舌」的外文報刊的發展態勢。

此時歐美在華報刊中，最主流的依舊是英國人和美國人主持的數份報刊。雖然美國人後來居上，但英國作爲最早打開中國大門的國家，英國人創辦的報紙在中國依舊有一定的影響力。其中最重要的《字林西報》一直是上海租界工部局的喉舌，處處維護英國在華利益，1930 年後態度有所轉變。與英國報紙不同，美國的報刊諸如《大美晚報》《密勒氏評論報》大都支持南京國民政府，相信這個政府可以帶領中國走向富強。

《大美晚報》（Shanghai Evening Post）始辦於 1918 年，由國民政府外交部長陳友仁在武漢創辦，起初名爲《上海公報》（Shanghai Gazette），也曾命名爲《新聞晚報》（Evening News）。其創辦是應孫中山的建議，在中國的主要城市創辦系列的英語報紙。這份報紙前後多次轉手，直至 1928 年 4 月成爲美國報業公司的財產。這家公司成立的宗旨就是「收購報紙，將之變爲獨立的刊物，沒有任何宣傳目的，不爲任何政策服務，唯一的準則就是提供準確公正的信息，輿論觀點只安排在社論版」。[3]

曾在《大陸報》任職的卡爾·克勞也加盟《大美晚報》並出任總編輯。他遵循了他的好友密勒辦報的原則：「支持國民黨政府，反對日本軍國主義。」[4]1929 年 4 月 16 日《大美晚報》正式出版，起初日發行量只有 300

---

1　劉志強、張利民主編：《天津史研究論文選輯（下）》，天津古籍出版社，2009 年版，第 1332 頁。

2　于樹香：《外國人在天津租界所辦報刊考略》，《天津師範大學學報（社會科學版）》，2002 年版，第 78 頁。

3　趙敏恒：《外人在華新聞事業》，暨南大學出版社，2011 年版，第 57 頁。

4　Paul French. *Carl Crow— A Tough Old China Hand.* Hongkong University Press, 2006. p171.

份，在卡爾・克勞的帶領下，《大美晚報》與英國在華英文報刊《文匯報》（*Shanghai Mercury*）展開了激烈的競爭。1930 年 8 月，《大美晚報》成功收購《文匯報》，並將英文名稱改為「*Shanghai Evening Post and Mercury*」。這時的《大美晚報》已經成為上海晚報界的領軍，發行量達到了 4000 份以上。《大美晚報》的讀者分布在上海市區、公共租界、法租界，以及整個大上海地區。4000 餘名讀者中有 90% 都在上述區域。該報主要流行於上海地區，但在南京也有售，甚至遠銷到南方的香港以及北方的奉天。[1]

薩克雷（Theodore Olim Thackrey）於 1930 年 9 月開始擔任《大美晚報》的編輯，後又全權負責報紙的經營。據他講該報的編輯政策是：

> 決不干涉中國的事務，以事實、公正的方式向外國讀者報導新聞事件。儘管存在侷限性，在允許的情況下，該報致力於做中西方交流的中介，促進中西方和中國人民之間的相互瞭解和友誼。
>
> 本報的觀點是包容的、友善的，但對於涉及中美關係的問題立場堅定；本報致力於消除一切阻礙中美兩國友好交流的錯誤和人為的阻礙；報導所見事實真相，不畏懼、不偏袒，同時也能容忍與本報意見不一的觀點。
>
> 在任何問題上，或者報導中涉及任何社會福利的問題時，無論與本報的立場是否一致，只要是富有智慧的輿論，本報隨時都表示歡迎。
>
> 本報理解自己在中國是客人，並以客人的準則行事；不偏離任何原則；不在雞毛蒜皮的小事上反覆糾纏和嘮叨。[2]

1930 年末，《大美晚報》聘請了《京津泰晤士報》的主編伍海德擔任專欄作家，雙方協商若《大美晚報》的編輯認為他的任何文章屬於誹謗或者對報社不利，報社擁有禁止發表的權力。1931 年 3 月間，伍海德在專欄中詳細披露了中國鴉片的運輸，並附上上海鴉片商的姓名和地址，在上海轟動一時。伍海德在報界素有「頑固分子」的名聲，初到上海不久便成為許多英文期刊上中國撰稿人攻擊的對象。在當時中日衝突的問題上，他拒絕贊同「日本的干涉毫無理由」這一觀點，並毫不掩飾地認為只有中國軍隊從上海附近撤出，衝突才會停止。因為自己的言論，伍海德受到了許多匿名的刺殺

---

1　趙敏恒：《外人在華新聞事業》，暨南大學出版社，2011 年版，第 59 頁。
2　趙敏恒：《外人在華新聞事業》，暨南大學出版社，2011 年版，第 59 頁。

威脅。[1]一些中國公司也因為擔心背上對抗南京政府的嫌疑而不敢在《大美晚報》上登廣告。[2]

1933年1月16日該報增出華文版。其創刊號採用小型報的形式，4開紙4欄橫向印刷，每份16頁，同年9月改為對開大報。在創刊號《向讀者致敬》一文中，指出辦報宗旨乃是「以迅捷敏快之方法，謀中外消息之溝通，採訪務求准確，記述務求公正，不作任何個人之工具，不為一黨一系而宣傳」，以「實事求是，活潑之中，不涉輕薄，新聞之中，不賣標題，準確之中，不參呆笨，簡要之中，不流短促」為其辦報風格。[3]其內容大多譯自英文版，沒有社論，大量譯載上海其他外報社評和文章，也轉載中國報刊的言論。[4]

《大美晚報》對中國持同情和支持態度，一直積極報導中國人民的抗日救亡活動，不斷揭露日本帝國主義試圖侵佔中國的陰謀，「九一八事變」後該報上的相關評論和消息不斷增多，特別對日本掠奪東北和妄圖控制華北的行為尤為注意。1934年起，《大美晚報》不斷發表評論和消息，揭露日本加緊控制東北地區的礦山、能源、鐵路等重要部門，其目的是「準備在日俄發生戰爭時，把它當作日本的最前線」。1935年初，該報轉載的《密勒氏評論報》的《滿洲國——世界最大的軍事基地》一文，進一步揭露日本侵略者的計劃，妄圖把偽滿變成「供給日本重工業急需的原料」基地，將「滿洲國化為日本對外戰爭的最大軍事根據地」。為此，偽滿的一切機關由日本特務主持。偽滿的工農業生產、交通運輸、軍事要隘等，「均由日本軍部管理」。1937年6月，英文《大美晚報》發表了《日本在東北三省移民現狀》一文，揭露日本帝國主義者「把東北三省當作他的生命線」，「經營東北三省一天比一天深入」。勢力「一天比一天根深蒂固」。為達到永久佔領東北三省，日本「計劃20年內」，「向東北移民100萬戶，約500萬人」，費資18億元，分期實施。當日本試圖控制華北時，《大美晚報》陸續發表或轉載了《日本在中亞之陰謀》《華北緊急，日又圖內蒙》《日本侵略中國的新階段》《華北命運之預測》《極端嚴重的華北情勢》《華北現狀及未來》等文章，揭露日本侵略華北的陰謀，提醒國

---

1 伍海德：《我在中國的記者生涯：1902～1933》，線裝書局，2013年版，第185頁。
2 趙敏恒：《外人在華新聞事業》，暨南大學出版社，2011年版，第5頁。
3 王欣：《一份頗具影響的外商華文晚報：〈大美晚報〉》，《新聞研究資料》，1991年第3期，第145頁。
4 馬光仁：《上海新聞史（1850～1949）》（修訂版），復旦大學出版社，2014年版，第792頁。

際社會注意日本在中國的新動向，指出日本的侵略行徑，「不但只是對中國政府的挑戰，其他曾簽字於尊重中國獨立與完整的各公約之國家，亦皆在挑釁之列也。」[1]

「七七事變」後，日本開始全面侵華，《大美晚報》大量報導了日軍對手無寸鐵的中國平民犯下的罪行。針對日軍戰機無視國際公法，大量轟炸集中在上海南車站的難民，該報指出「據調查，南車站死者無一士兵」，「惟有窮苦的難民和婦孺」，日本侵略者這種「野蠻舉動」，「沒有半點人道的思想」，是「違犯戰爭公法的殘酷行為」。警告日本侵略者，中國人民有很強的「對付艱危的適應性」，「絕不為暴行所屈服」。[2]南京大屠殺後，《大美晚報》於 12月 23 日突破日軍封鎖，對外發出了《鬼離的日軍在南京姦淫擄掠》報導，揭露了日軍製造「南京大屠殺」的暴行：

　　　　從上海發……的電訊中，暴露了一部分日軍在華「應徵軍」的
　　紀律的崩潰狀況，其恐怖較過去中國盜匪搶劫村舍時的行為還要歷
　　〔屬〕害，這個事實已經使美國的一般輿論和華盛頓官場，發生深
　　刻的印象。

　　　　電文中稱，「姦淫擄掠的暴行使日軍的進佔南京成為國家的一
　　個恥辱，」同時大家都相信巴納號事件及蕪湖事件是出諸橋本上校
　　的直接命令。橋本上校是日本「二・二六政變」的主動者之一。……

　　　　講到「成為國家恥辱的」在南京的姦淫擄掠的行為，紐約時報
　　說：「屠殺了無數被繳械的俘虜和平民，女的和小孩子。[3]

此外，《大美晚報》對日本佔領區內中國人民的抗日活動進行報導，如對東北抗日義勇軍，陸續發表了《東北義勇軍活躍，傀儡必為烽火之憂》《東北義勇軍仍在活動，日軍軍車出軌》《抗日壯志未泯，馬占山誓死效命》等消息和文章，讚揚東北義勇軍不屈不撓的抗戰精神。1935 年 6 月，馬占山到上海活動，《大美晚報》詳細作了報導。特別引用馬占山決心抗戰到底的誓言：即使中國民眾死傷一半，而只剩兩萬萬。中國亦當抗日到底。《大美晚報》對華

1　馬光仁：《上海新聞史（1850～1949）》（修訂版），復旦大學出版社，2014 年版，第 792～793 頁。
2　馬光仁：《上海新聞史（1850～1949）》（修訂版），復旦大學出版社，2014 年版，第 792～793 頁。
3　馬振犢、林宇梅：《南京大屠殺史料集・民國出版物中記載的日軍暴行》，江蘇人民出版社，2010 年版，第 390～391 頁。

北事件中北方民眾的救亡抗日運動，對「八一三」上海抗戰中廣大群眾的愛國熱情都作了報導，稱讚中國人民的奮鬥精神，實較優於任何其他國家」，不顧一切，拼命到底，這是中國現時最優勝的一點。[1]

《密勒氏評論報》一直支持國民黨和蔣介石。1926 年北伐開始後，《密》就注意到在中國政治舞臺上嶄露頭角的蔣介石，刊文介紹蔣介石的生平，稱蔣是中國的「希望之星」。南京國民政府成立後，《密》更是稱蔣介石是中國復興的「領袖」。《密》對蔣介石治下的中國充滿了希望。1928 年，鮑威爾和斯諾主編的厚達 198 頁的《新中國》特刊中預言，中國五十年內將會「在每個城市中出現宮殿式的建築……就像美國的摩天大廈，而且有很多電梯。那時，再也見不到人力車，只有機動車在行使。」此外，《密》還闢有《財政與建設》專欄，1931 年 12 月又編輯出版了《重新建設》特刊，介紹蔣介石統治下中國取得的成就。此外，《密》一直通過書評、講座、徵文活動爲增進中美人民的瞭解和友誼而努力，[2]

「九一八事變」後，《密》當即做出反應，譴責日本的罪行。事變發生後，《密》調整了版面和內容設置，大量刊登社論、圖片等，報導和評論中日戰局。《密》明確指出，「九一八事變」是「日本蓄謀已久的」，是「日本進攻中國的一個藉口」，其真正目的是要永遠佔領滿洲，實現其 1927 年制定的「大陸政策」。[3]在中國人民抗日救亡運動逐漸高漲的過程中，《密》對中國共產黨的抗日主張逐漸瞭解，對共產黨的態度也有所改變，並主張國共合作，共同抗日。1935 年底，《密》報導了中關村領導了「一二九」運動，並把學生們提出的「停止內戰，一致抗日」的口號強調出來，標誌著《密》對共產黨態度轉變的開始。[4]此後，《密》發表了斯諾、韋爾斯、斯特朗、史沫特萊等人介紹共產黨和解放區情況的文章。

「七七事變」後，中國的全面抗戰開始，《密》對中國的支持也達到了新的高度，此後四年的《密》上，無論是評論、專文還是其他內容，以及它編輯出版的特刊、小冊子、專集，全都和中國的抗戰相關。1937 年 7 月 10 日至 1941 年 12 月 6 日的共 231 期數千篇社論和專文中，除個別篇外，都與中日戰

1 馬光仁：《上海新聞史（1850～1949）》（修訂版），復旦大學出版社，2014 年版，第793 頁。
2 張注洪主編：《中美文化關係的歷史軌跡》，南開大學出版社，2001 年版，第 102 頁。
3 張注洪主編：《中美文化關係的歷史軌跡》，南開大學出版社，2001 年版，第 104 頁。
4 張注洪主編：《中美文化關係的歷史軌跡》，南開大學出版社，2001 年版，第 107 頁。

爭有關。[1]如此多的文章中，最值得一提的是，1937 年 12 月《密》刊登了關於兩名日軍少尉展開殺人比賽的新聞。這則新聞轉自東京《日日新聞》，題為《南京紫金山下》。除了轉載《日日新聞》的報導外，文中《密》還講到：「日軍嗜殺，外國教士皆可證明。當日寇進佔南京時，未及逃出之我國難民，手無寸鐵，皆為驅集一處，以機槍掃射而死，在日寇佔領區域內，除被迫搬運對象者外，殆無所謂俘虜，皆一律殺死，即中國軍繳去武器，亦被殺死。難民區之著壯丁服者，亦被指為兵士，而整批被槍殺。如此暴行，可謂慘絕人寰矣。」[2]正是由於《密》的報導，後又經多份報紙轉載，該事被國人熟知。

作為上海租界工部局的喉舌，《字林西報》長時間在上海保持著它的影響力。國民革命軍開始北伐後，該報公開反對，「他們擔心蔣介石的北伐深入到通商口岸會導致他們喪失特權」[3]，因為該報是英商字林洋行所經營，所以享有治外法權。但不論是北京還是南京國民政府顯然不是清政府，在對待外商和外報的問題上比清政府強硬許多。1929 年，《字林西報》駐北平記者甘露德（Rodney Yonkers Gilbert）和新上任的編輯索克思（George E. Sokolsky）撰寫的文章因為攻擊國民黨，徹底將其惹怒。4 月國民黨中執委函稱：「上海《字林西報》言論記載詆毀本黨，造謠惑眾，並挑撥金融及商人反抗本黨，請嚴加取締，通令扣留，並飭外交部交涉」。[4]5 月 3 日，國民政府對《字林西報》實施禁郵令，「當經決議：（一）由政府通令：（1）郵局停止傳遞；（2）海關制止運送；（3）鐵路停止運送；（4）政府機關、海關、郵局、鐵路、省市政府、法院、地方行政機關及人民法團等停止送刊廣告；（5）政府機關及職員停止購閱。（二）中央黨部通令全國各級黨部通告黨員停止購閱在案。除通令各級黨部遵照外，相應錄案函達，即希查照，通令所屬一體遵照辦理為荷。」[5]

受到制裁後，《字林西報》迅速聲明改變態度，國民政府也於 6 月 6 日撤

1　張注洪主編：《中美文化關係的歷史軌跡》，南開大學出版社，2001 年版，第 109 頁。
2　戈寶權主編：《中國抗日戰爭時期大後方文學書系‧第 10 編‧外國人士作品》，重慶出版社，1989 年版，第 622 頁。
3　保羅‧法蘭奇著，張強譯：《鏡裏看中國：從鴉片戰爭到毛澤東時代的駐華外國記者》，中國友誼出版公司，2011 年版，第 158 頁。
4　記工編著：《歷史年鑒：1929》，吉林文史出版社，2006 年版，第 99 頁。
5　中國第二歷史檔案館編：《中華民國史檔案資料匯編‧第 5 輯第 3 編‧文化》，江蘇古籍出版社，1999 年版，第 209 頁。

消了禁郵令。《字林西報》登載了這則消息並附加按語：「並未有改變政策之聲明，彼報有七十餘年之歷史，凡涉及中國問題，無不以中國人民之最善利益爲前提，本此旨趣而有所評驚有所讚美，從無成見與私意於其間，此之政策，將繼續不變」。8 日，《字林西報》又發表長篇社評，爲自己辯護，「吾人不須更定將來之態度，因吾人不認已往有錯誤，吾人對中國事情，批評當然不免，但讚美亦時有之，彼謂吾人對國民政府之設施，無差別施以詆毀者，實乃誣詞，至謂外國報紙在中國，不易批評中國時事，一如在其本國之所爲，則吾人不能承認此種之限制，因《字林西報》之在中國，向來根據其所搜集之最確實的消息，而下公平之評論，中國之讀者，足以證明《字林西報》之功用」。對於《字林西報》的這種態度和言論，陳布雷在《時事新報》上評論到，「彼報誤解最深之一點，即在自命爲通曉中國事情，而實際則隔膜殊甚。例如謂取締之舉，在中央有贊成者，有反對者，此在彼報自命爲『政界非政界均有友人』，或另有其根據，實際言之，此次彼報之受取締，豈但中央及政府之意旨而已，每一個有國家觀念之中國人，殆無不以彼報爲有應受取締之道。……彼報在中國革新運動中，每次皆陷於不明事情之錯誤，因而對於中國人所共同吐棄之反動勢力，則迷戀不捨，對於彼報所不願見之革命成功，則常漏敵意，執此錯覺而猶自命爲公正，……試問世界上任何國家，能容許任何外國人民作妨害其本國秩序之舉動而不加以取締乎！」[1]

後來《字林西報》的態度的確發生了改變，這種改變一方面是因爲 1930 年埃德溫·哈瓦德（Edwin Haward）取代了原來堅定的親英分子 O. M.葛林擔任報社主編，哈瓦德停止了對南京國民政府的批評，轉而對它的任何建設計劃都採取溝通的態度，甚至於在 1931 年的一篇短評中，哈瓦德表示希望英國駐華公使邁爾斯·蘭普森（Miles Lampson）能與國民政府外交部長王正廷達成關於廢除英國在華治外法權的協定。[2]另一方面，隨著日本對中國的侵略步步加深，歐美各國對中國普遍報以同情的態度，「他們越來越覺得應該和國民政府站在一起，而不是與之對立」[3]。

關於《字林西報》態度的轉變，最明顯的體現是報導和評論日本侵華的問題上。「九一八事變」後該報評論到，日本「製造的滿洲國成立，關外四省

---

1　陳布雷：《民國三大報人文集》，《陳布雷集》，2011 年版，第 87 頁。
2　趙敏恒：《外人在華新聞事業》，暨南大學出版社，2011 年版，第 48 頁。
3　保羅·法蘭奇著，張強譯：《鏡裏看中國：從鴉片戰爭到毛澤東時代的駐華外國記者》，中國友誼出版公司，2011 年版，第 158 頁。

全歸日人掌握」；日本挑起的上海「一二八事變」，「其結果致使淞滬一帶之中國主權減削」，「淞滬附近已劃作非武裝地帶，而歸日本統治」，因此使「公共租界之穩固亦被動搖」。但是日本並不以此爲滿足，鞏固了在東北的統治地位後，又把侵略矛頭指向中國其他地區，「中國統治下的領土，正在急轉直下地被外人蠶食」，「熱河被吞併，塘沽協定成立，然後冀東人發現，由日本指導的僞組織搞什麼自治運動。」[1]

「八一三」上海抗戰爆發後，《字林西報》持續報導，1937 年 9 月底 10 月初，日本飛機多次轟炸平民區，大批困居南站的難民慘遭不幸，《字林西報》以「兩百名難民在上海南站死於空襲」記錄了當時的慘狀，「昨天，日本轟炸機襲擊人口稠密的南市，使火車南站變成廢墟，陳屍遍地，上海市平民的死亡數目因此大大增加。據保守估計，有 200 多人（大部分是難民）被炸死或炸傷。……車站內共落了 4 枚炸彈，當飛機終於離開現場後，濃煙直衝天空，月臺上和路軌上橫七豎八地躺著燒焦的、殘缺不全的屍體。……靠近售票房的牆壁上塗滿了鮮血，而牆根下則堆起了殘缺的死屍。空襲時，售票房裏擠著一大堆難民，而站臺上的人更多。」[2] 就此次轟炸，《字林西報》在評論文章中指出「日機轟炸南車站避難的難民的不人道行爲，是對人類所犯的最慘酷罪行」，「請問日本做母親的，對於日本飛機轟炸中國婦孺的行爲，設身處地的將作何等感想」，「日本想迅速的完成解決對華軍事問題」，然而這種暴行只能「激起一個民族不可征服的抵禦精神」，「加強中國人的抗敵意志」。[3]

對於日軍使用胡蘿蔔加大棒的侵略政策，《字林西報》也給予一定的揭露。從「九一八」到「八一三」，日本侵略者多次挑起事端，但都聲明是偶然的局部事件，並高唱和平論調，混淆視聽。對此，《字林西報》指出，日本的「每次和平談話之後，又旨在向中國提出非常的壓迫的要求」，「日本現時的行動，在事實上兼著如此威脅性的侵略」。《字林西報》提醒人們退讓政策永遠不能制止日本帝國主義侵略野心，「我們不相信黃河的河流，有什么魔力能擔保同樣的情形不會復演？」《字林西報》向西方國家呼籲，要警惕日本侵略的陰謀和手段，支持中國的抗戰鬥爭，這樣有利於和平，又可以阻

---

1　馬光仁：《上海新聞史》，復旦大學出版社，1996 年版，第 796 頁。
2　張功臣選編：《歷史現場　西方記者眼中的現代中國》，新世界出版社，2005 年版，第 246 頁。
3　馬光仁：《上海新聞史》，復旦大學出版社，1996 年版，第 797 頁。

止野心國家對亞洲其他國家的覬覦，以保護西方在遠東的利益。[1]

## 三、社會主義蘇聯在華報刊的轉變

　　十月革命勝利後，《眞理報》成了社會主義報刊的典範和核心。蘇聯首先創辦了以中央報刊爲主、地方報刊爲輔的社會主義報刊體系。日本侵佔東北以後，蘇聯的新聞活動受到日本、僞滿勢力的嚴重干擾和破壞。塔斯社駐哈爾濱的分社被迫於 1933 年 6 月 22 日撤銷，紅黨報刊全部被迫停刊，蘇聯的大部分工作人員從哈爾濱市以及東北地區撤走。到 30 年代初，仍有兩家蘇俄的報紙頑強地生存了下來，一是《哈爾濱》，這是一份以英俄兩種文字發行的報紙，雖然頗遭當地白俄及日本人的反對，當局還規定所有在哈爾濱出版的報紙都不許用俄文登載有關蘇俄的消息，但一段時間裏，該報的英文版在宣傳蘇聯國內形勢方面仍大有作爲，直至 1931 年 3 月才被封閉。在此之前，蘇俄在哈爾濱的另一份地下報紙《眞理報》也被查封。哈爾濱《眞理報》只出到第五期，其出版機關就被當地警察局破獲。[2]1932～1935 年在哈爾濱還有一家傾向蘇聯的俄文報紙《東方新聞報》繼續出版。該報經常僞裝成普通僑民所辦，並且用各種各樣的報名來出版，才躲過了日僞的新聞檢查。不過，日僞當局還是沒有忽略這份蘇聯報紙的存在，《東方新聞報》發行至 1935 年 10 月停刊。[3]

　　即使是在比較艱難的條件下，個別報刊的蘇聯傾向也逐漸趨向明朗。從 1931 年 3 月到 1932 年，貝霍夫斯基編輯出版了一份日報《晨報》，社址在天津英租界。該報具有蘇聯政府機關報的性質，但是對外稱「猶太-俄羅斯」報紙。對這一點，貝霍夫斯基在致讀者的信中做了特別強調，聲明該報將大規模報導世界猶太人的生活。可是，該報大量轉載蘇聯報紙上的內容，報導蘇聯國內取得的成就，只是手法上較隱諱。該報被當時的一個俄羅斯人稱爲「是布爾什維克的報紙，是《消息報》和《眞理報》在天津的翻版。」貝霍夫斯基吸收了幾個當地的猶太人到報社工作。後來，當《晨報》的蘇聯傾向越來越明顯時，他們紛紛離開，並且頻頻向外界宣揚《晨報》與猶太社會沒有任何關係。《晨報》的發行量很小。當《哈爾濱先驅報》因宣傳共產主義

---

1　馬光仁：《上海新聞史》，復旦大學出版社，1996 年版，第 798 頁。
2　趙永華：《俄蘇在華辦報追溯》，《國際新聞界》，2001 年第 1 期，第 77 頁。
3　趙永華：《對「九一八」事變後日本在華出版俄文報紙及控制俄僑辦報活動的歷史考察》，《國際新聞界》，2011 年第 6 期，第 127 頁。

而被中國地方當局查封後，在哈爾濱沒有了布爾什維克的報紙，於是《晨報》上來自哈爾濱的稿件越來越多，並開始刊登鐵路消息，鐵路沿線的訂戶多起來。[1]

民國北京政府時期，共產國際則先後出版了《新俄》（上海）、《廣州布爾什維克》（廣州）及《太平洋工人》等。在國民政府遷到武漢以後，《廣州》雜誌也隨之轉移到武漢出版。這期間，共產國際領導下的紅色工會——國際太平洋工會——的刊物《太平洋工人》也曾在武漢出版。[2]隨著發展，社會主義蘇聯在華報刊及相關宣傳活動，更具組織性和系統性。蘇聯情報員理查德·左爾格於 1932 年離開中國後，在華建立起來的情報組織繼續發展。從現有資料中可以發現，作爲蘇聯軍事情報網的一部分，這個情報組織以共產國際的名義，分爲多個相對獨立的系統，活動範圍極爲廣泛，直到抗日戰爭勝利後仍舊在華發揮著重要作用。

作爲我國在東北的近鄰，蘇聯報刊在抗日戰爭期間的反應是積極的、主動的，在短期內有一系列社論和署名文章發表，觀點鮮明，態度堅決，站在同情中國的立場上，猛烈抨擊了日本軍國主義的侵略行徑。「九一八事變」後，蘇聯對中日衝突雖然採取不干涉的中立主義，但同時聲明「在道義上、精神上、感情上完全同情中國，並願作一些必要的幫助」；從 9 月 23 日至 28 日蘇聯《眞理報》相繼發表《日本帝國主義在滿洲》《對滿洲的軍事佔領》《瓜分中國》等十幾篇社論和署名文章，譴責日本的侵略，同情中國人民的革命鬥爭。[3]觀察家馬季亞爾在事變一周後發表的長篇政論《日本帝國主義在滿洲》，指出由於經濟，特別是政治和戰略方面的原因，美、日、英、法之間在中國東北的表演有著特殊意義。[4]蘇聯逐漸採取了譴責日本帝國主義侵略中國東北，支持中國人民進行抗日鬥爭的立場，爲積極謀求改善同中國的關係，於1932 年 2 月恢復了因「中東路事件」中斷的邦交關係。蘇聯政府和南京國民政府間的外交關係開始好轉。[5]1937 年 7 月 7 日盧溝橋事變發生，蘇聯政府和

---

1　白潤生主編：《中國少數民族新聞傳播通史（上）》，中央民族大學出版社，2008 年版，第 311～312 頁。

2　趙永華：《在華俄文新聞傳播活動史 1898～1956》，中國人民大學出版社，2006 年版，第 113～114 頁。

3　陳九如：《蘇聯援華抗日政策評析》，《民國檔案》，2001 年第 4 期，第 95 頁。

4　張功臣：《「九·一八」事變前後外國在華記者的報導活動》，《新聞與傳播研究》，1996 年第 3 期，第 76 頁。

5　王繼平主編：《中國史論集·下》，湘潭大學出版社，2013 年版，第 285 頁。

人民在道義上支持中國抗戰。1937 年 7 月 11 日，蘇聯《真理報》發表《盧溝橋事變》一文，明確指出「盧溝橋事變」由日本挑起，中國軍隊乃迫於自衛進行還擊，中國軍隊的抵抗表達了中國人民反對日本侵略者的意志。

　　蘇聯在中國的新聞傳播活動明顯具有政治色彩。他們的使命在於宣傳共產主義，幫助中國革命建立工農政權。這與蘇聯國內剛剛建立起來的社會主義新聞體系相適應，他們派駐中國的蘇聯記者擔負著官方的任務，向國內組織發回報導，介紹中國的情況。進而言之，蘇聯傳媒對日本所持的激烈反對態度，也是蘇政府戰略決策的體現。

　　這個時期，俄羅斯法西斯黨的總部設在哈爾濱，其相關刊物也在發行與擴展。他們發行自己的機關報《我們的道路》（又譯作《我們之路》），創刊的時間為 1933 年 10 月 3 日。這個大型俄文機關報的創始人是羅札耶夫斯基和瓦西連科。《我們的道路》的另一個標題是《境外的俄羅斯民族思想刊物》，一直刊行到 1938 年 4 月。此外俄羅斯法西斯黨遠東支部 1932 年 8 月在上海創辦了月刊《民族》，該報紙在上海和哈爾濱發行。

## 四、斯諾、史沫特萊、斯特朗等外國記者在華新聞採訪活動

　　3S 中最早來到中國的是斯特朗。安娜・路易斯・斯特朗（Anna Louise Strong，1885～1970）出生於美國內布拉斯加州費倫德城，1908 年獲得芝加哥大學哲學博士學位。斯特朗年輕時就投身美國的社會改革和福利運動，在多家報刊任職，撰寫新聞和社論。受到十月革命的影響，1921 年斯特朗去了莫斯科，之後在蘇聯生活近 30 年，寫了數百篇文章，出版了 15 本書，其中最著名的是 1935 年所寫的自傳《我來到改變了的世界》。

　　從 1925 年起，斯特朗六次訪問中國。第一次訪問適逢省港大罷工，她在廣州結識了孫中山夫婦和鮑羅廷，並成為省港大罷工委員會允許採訪的唯一外國記者。在報導中，她向外界轉達了罷工領導人蘇兆徵尋求西方國家工會支持的呼籲，稱此次罷工是「世界革命的一部分」。[1]1927 年，斯特朗二度來華，當時中國正處在「四一二」反革命政變的恐怖氛圍中。在兩個月的時間裏，斯特朗採訪了日益高漲的工農運動和反對軍閥的國內戰爭，也報導了國民黨反動派屠殺共產黨人、鎮壓工農運動的惡行。她還前往湖南，深入採訪

---

1　張功臣：《外國記者與近代中國：1840～1949》，新華出版社，1999 年版，第 152 頁。

那裡的農民運動。但她到達湖南時，當地的農民運動已經進入低潮。最後，斯特朗將自己訪華的所見所聞撰寫成《千千萬萬的中國人》一書。該書的前半部分主要是她在漢口及其他地方近兩個月的生活記錄。圍繞著漢口「紅色政權」的崛起，斯特朗描寫了大量工人、婦女、學生充滿獻身精神的故事。此外，書中還有她和共產黨領導人陳獨秀、李立三等人的談話。對於中國革命，斯特朗在該書第一卷的結尾這樣預言：「有勇氣把中國人從中世紀推進現代世界的，將不會是那些北方或南方的將軍們，不會是那些富有而又卑鄙屈膝的上海資產階級，不會是那些膽小怕事的政客和官僚們，而必定是這樣的工人和農民。」[1]此書的後半部分主要講了斯特朗和鮑羅廷乘坐火車跨越大西北和蒙古沙漠，最後回到莫斯科的經過。斯特朗回到莫斯科不久便完成了此書，起初以兩卷本俄文出版，後在美國以一卷本出版。

　　1937 年，斯特朗第三次訪華。因為蘇聯不給她頒發陸路通行證，所以她取道意大利，在威尼斯乘船來到中國。當時斯諾的《紅星照耀中國》已經出版，斯特朗設法聯繫上了斯諾並預約會見。當時斯諾夫婦正在上海，專程前往香港會見斯特朗，並向她介紹了紅軍的情況。這次會見使得斯特朗深信接觸紅軍會有良好的結果，於是決定步斯諾的後塵去蘇區採訪。[2]斯特朗在香港乘坐飛機前往漢口，在漢口住在一位傳教士家裏。

　　1938 年 1 月，斯特朗從漢口乘火車北上，目的地是八路軍總部所在地臨汾。同她一行的還有李公樸教授，他此行的目的是幫助閻錫山創辦一所大學。到達臨汾後，斯特朗乘坐汽車前往八路軍總部，朱德、賀龍、劉伯承、林彪等人迎接她的到來。在八路軍總部，斯特朗一共停留了 10 天。八路軍的生活給她留下了特別深的印象，八路軍的領導「對待部隊從來不是監工式的或恩賜式的」[3]。

　　在 10 天的時間裏，斯特朗同指揮員和一般工作人員一起進餐、交談，住在一戶農民家，和所有人一樣吃青菜和米飯。她多次訪問朱德，朱德向她介紹八路軍的情況：「游擊戰爭並不是什麼新奇的東西，美國反對英國的獨立戰爭、俄國抵抗外國侵略的戰爭，都曾使用過，這是對抗武裝佔優勢的敵人的一種戰術。我們相信，拯救中國的希望大部分有賴於在華的八路軍和游

---

1　斯特朗：《千千萬萬的中國人》，載於《斯特朗文集第二卷》，新華出版社，1988 年版，第 187 頁。

2　斯特朗著，王松濤譯：《心向中國》，解放軍出版社，1986 年版，第 43 頁。

3　斯特朗著，王松濤譯：《心向中國》，解放軍出版社，1986 年版，第 46 頁。

擊隊。」[1]他還說：「僅靠老部隊不能戰勝日本，我們必須發展新部隊……這不僅包括我們自己的部隊，也包括在我們幫助下建立起來的農民志願軍。正是這些部隊阻止了日本，使之不能鞏固其成果，無法把華北變成進攻中國南部的經濟和軍事基地。」[2]斯特朗還多次同任弼時談話，任弼時向她介紹到：「我們的軍隊十分重視發動群眾的工作，只有人民參加抗日，我們才能勝利。舊的力量無法打敗日本，我們必須解放新的力量。」[3]

斯特朗還觀看了丁玲等人組織的「前線服務演出隊」的表演，斯特朗驚訝於在偏僻的村莊裏，竟然有兩個劇團，雖然演出條件簡陋，演出效果依舊不錯，士兵們聚精會神地觀看演出，一直站到晚上十點。斯特朗同丁玲交談，詢問丁玲「中國文學的最近趨向」，丁玲回答到：「我現在對文學趨向一無所知，我來前線已經六個月了。但是，我對作家職責持有明確的看法。一個作家今天只有一項重任，那就是拯救中國，幫助推動救亡運動。我們演出戲劇，公開演講，在農村牆壁上畫漫畫，還必須教會農民唱救亡歌曲。每個村莊的農民至少會唱兩首歌。」[4]

結束在中國的訪問後，斯特朗回到了美國。第二年，美國摩登時代公司出版了她此行的新書《人類的五分之一》。這本分析性的報導作品雖然骨幹材料是由作者在八路軍總部數日的見聞構成，但總體框架還是想向讀者解答「中國為何抗戰」「中國共產主義的程度」「中國向何處去」這些關於抗日戰爭全局和走向的問題。[5]

斯特朗從山西回到漢口時，史沫特萊正在等候她。雖然兩人早已相知，但直到現在才首次見面。史沫特萊是在斯特朗啓程去山西後回到漢口的，這之前她同八路軍一起生活數月。從個人經歷看，史沫特萊和斯特朗有許多相似的地方。兩人都出生於美國中西部農村地區，都出生於十九世紀末，那個時期產生了許多堅強的、具有獨立個性的婦女。兩人的母親都因過度勞累而早逝，兩人都在年輕時成為作家。[6]1892 年 2 月 13 日，史沫特萊出生於美國密蘇里州奧斯古德附近的一個農場，她小時候全家便移居科羅拉多州的礦

1　中國中央文獻研究室：《朱德年譜》，人民出版社，1986 年版，第 180 頁。
2　〔美〕斯特朗著：傅豐豪等譯：《斯特朗文集‧3‧人類的五分之一‧中國人征服中國》，新華出版社，1988 年版，第 123 頁。
3　同上，第 134～135 頁。
4　斯特朗著：王松濤譯：《心向中國》，解放軍出版社，1986 年版，第 47 頁。
5　張功臣：《東方夢尋　舊中國的洋記者》，福建人民出版社，1999 年版，第 106 頁。
6　斯特朗著：王松濤譯：《心向中國》，解放軍出版社，1986 年版，第 49 頁。

區，父親是一名礦工，母親給人洗衣做飯。全家人只能蝸居在一頂帳篷裏，八口人只有四張床。史沫特萊從小就被母親送出去工作，她當過傭人，也在捲煙廠做過工人。史沫特萊 16 歲時，母親因爲過度勞累和營養失調而死，她身上的擔子更重了，她需要養活兩個弟弟和一個妹妹，以及死去的姐姐留下的嬰兒。1913～1916 年，史沫特萊先在聖地亞哥師範學院讀書，後成爲該校的教師。從這時開始，她逐漸投身於左翼政治運動。1916 年夏，由於擔心生育會使自己喪失人格自由和求學機會，她同第一任丈夫離婚。同年加入美國社會黨，12 月因此遭到校方解雇。1917 年初，史沫特萊前往紐約發展，在紐約居住的四年裏，她白天工作，晚上在紐約大學學習。這段時間內她開始投身於印度民族獨立運動。英美當局把印度的民族主義視爲顛覆運動，所以在美國支持該項運動的人也受到監視。1918 年 3 月，史沫特萊在紐約被逮捕，罪名是煽動反抗英國對印度統治的叛亂罪以及冒充外交人員罪，在關押六個月後，史沫特萊被釋放。1921 年，史沫特萊前往柏林，繼續參加印度民族獨立運動。此外，她還積極參加爭取女權的運動，並於 1925 年完成了自傳體小說《大地的女兒》。這部作品以第一人稱自敘的方式，回顧了女主人公瑪麗‧羅澤三十歲以前的人生。史沫特萊在其中追溯瑪麗的家庭背景、個人經歷和所處的社會環境，描寫她痛恨性與婚姻、害怕生育、鄙視女性、同情下層民眾的激進思想和她參加左翼社會行動的叛逆行爲。[1]

　　1928 年，史沫特萊以《法蘭克福日報》記者的身份前往中國。12 月下旬，她經蘇聯從滿洲進入中國。到達中國後，她爲《法蘭克福日報》寫的第一篇報導題爲《瀋陽的五位婦女》，裏面描寫了五個不同年齡、不同階層的婦女。她發現在中國婦女地位的問題比印度或西歐更嚴重，之後她寫過多篇文章，揭露纏足、買賣婦女、溺嬰等在中國普遍存在的問題。1929 年 4 月，她先後去過天津、北平、南京等地，最終在 5 月到達上海。

　　在上海，史沫特萊充分展示了她的社交能力。她先後認識了約翰‧鮑威爾、埃德加‧斯諾等外國記者，並爲斯諾寫了給尼赫魯的介紹信，1930 年斯諾去印度旅行帶著這封信見到了尼赫魯。史沫特萊跟中國的文化圈交往頗密。她經常參見文化圈裏舉辦的宴會，同他們一起乘黃包車兜風。[2]她認識的人中有胡適、徐志摩、陳瀚笙等。1929 年秋，史沫特萊和陳瀚笙一同前往

---

1　劉小莉：《史沫特萊與中國左翼文化》，浙江大學出版社，2012 年版，第 34 頁。
2　〔美〕麥金農著；汪杉等譯：《史沫特萊　一個美國激進分子的生平和時代》，中華書局，1991 年版，第 180 頁。

無錫做調查，在那裡史沫特萊瞭解了中國的地主和佃農的生活狀態。

1929 年底，史沫特萊第一次和魯迅會面。魯迅幫她找到了《大地的女兒》一書的中文出版商和翻譯者，並發表了她關於中國農村狀況的文章，這是史沫特萊第一次發表中文作品。1930 年，史沫特萊加強了與左翼聯盟的聯繫，並和他們一起工作。史沫特萊集中精力向歐洲、印度、蘇聯、北美宣傳左聯的工作。她高度讚揚中國年輕知識分子的紀律性和政治上的獻身精神。她寫道，比起印度的年輕知識分子來，他們更少受派系的困擾，有行動和獻身的實績。[1]1931 年 2 月 7 日夜，左聯五位領導人被國民黨當局處決。魯迅將「黑暗中國的文藝界的現狀」一文給史沫特萊，請她翻譯成外文在國外發表。因擔心此文發表後魯迅可能被逮捕，所以她並未按魯迅的要求做。史沫特萊和茅盾說服魯迅撰寫呼籲書，之後將呼籲書翻譯成外文，託人帶到紐約、柏林、莫斯科等地。1931 年 6 月《中國作家致全世界呼籲書》在美國《新群眾》上發表，引發了各國文藝界的關注，世界各地的作家、藝術家給國民黨發了幾百封抗議信和電報。

1932 年 1 月，史沫特萊和伊羅生共同創辦了《中國論壇》（China Forum）。同年夏，前往贛東北的牯嶺蘇區採訪紅軍，後寫成《中國紅軍在前進》一書，於 1934 年出版。11 月，《大地的女兒》中譯本由上海湖風書局出版。這一年，史沫特萊將自己的作品集結成冊，起名《中國人的命運》。1933 年 1 月，《法蘭克福日報》被德國法西斯控制，史沫特萊被解雇。2 月，蕭伯納訪問中國，史沫特萊同蔡元培、魯迅、胡適、林語堂等人一同接待，並在上海宋慶齡的宅邸合影。5 月，史沫特萊前往蘇聯，一邊寫作，一邊療養。史沫特萊在蘇聯共住了 10 個月，1934 年 4 月，經歐洲回到美國，10 月份返回上海。

史沫特萊在上海一直住到 1936 年 9 月，之後在張學良手下擔任參謀的中共黨員劉鼎寫信邀請史沫特萊去西安，史沫特萊應邀前往。史沫特萊同劉鼎相識是在 1934～1935 年，紅軍在福建和江西的根據地被破壞，劉鼎曾在史沫特萊的公寓避難。劉鼎主要從事地下工作，當時是紅軍在張學良處的聯絡人。1936 年 5 月，在劉鼎的安排下，張學良和周恩來秘密會面。

在西安，史沫特萊見到了斯諾。當時斯諾已經在根據地生活了四個月，斯諾的這次成功訪問正是在史沫特萊的鼓勵和幫助下實現的。此外，史沫特

---

1　〔美〕麥金農著：汪杉等譯：《史沫特萊——一個美國激進分子的生平和時代》，中華書局，1991 年版，第 189～190 頁。

萊還見到了曾經在左聯共事的丁玲，在這之前，史沫特萊一直以爲丁玲已經不在人世。12 月 12 日，史沫特萊親身經歷「西安事變」，當時她住在西京招待所，蔣介石的隨行人員都住在這裡。楊虎城的部隊攻入西京招待所，逮捕了蔣介石的隨行人員。事變後的第一個星期裏，史沫特萊充當了醫生的角色，救治了大量的傷員和獲釋的紅軍。她還在張學良的司令部擔任廣播員，每天播報四十分鐘的英語廣播，主要內容是西安事態的進展。

　　1937 年 1 月 12 日，一直渴望進入延安的史沫特萊趁「西安事變」後的混亂狀態，花了三個星期到達延安。初到延安，史沫特萊就見到了毛澤東和朱德。在歡迎會的演講上，史沫特萊講到：「你們不是孤立的，你們的鬥爭是正義的，你們是世界偉大的反法西斯運動的一部分。」[1]開始的數周內，史沫特萊採訪了毛澤東、彭德懷、朱德、周恩來等人。4 月份開始，史沫特萊制定了一個長期計劃，其中最重要的爲朱德寫傳記。史沫特萊定期在晚上採訪朱德，他們混合使用漢語、德語和英語，遇到難點就求助於其他人。最終，這部傳記以《偉大的道路》爲題在 1956 年出版，當時史沫特萊已經去世六年。

　　在採訪的同時，史沫特萊還積極投身其他活動。她向世界呼籲延安需要藥物和醫生，對吸引白求恩的到來起到了部分作用；負責拓展新建的魯迅圖書館的外文書籍，其中紐約的《新群眾》最受讀者歡迎；努力幫助外國記者突破國民黨的封鎖來到邊區，其中包括《紐約先驅論壇報》的維克托・希恩、合眾國際社的厄爾・利夫以及斯諾的夫人海倫・斯諾。此外，她還在延安掀起了一場滅鼠運動。

　　1937 年 9 月，史沫特萊從延安回到西安，之後又趕往八路軍駐地太原。在這裡她再次見到了朱德，幫助朱德和尼赫魯建立了聯繫。朱德在給尼赫魯的信中提到八路軍短缺給養和藥品的問題，尼赫魯設法讓一支五人的印度醫療隊來華援助。這個醫療隊在 1938 年 10 月到達漢口，之後趕往延安。其中的一位醫生柯棣華決定留下來直到戰爭結束，1942 年不幸生病去世。

　　1938 年 1 月 9 日，史沫特萊到達漢口。在漢口，她見到了斯特朗，她們都居住在洛根・魯茨牧師家中，二人都是剛從邊區回來，所以有很多共同語言。儘管二人性格差別很大，但都互相尊重，未直接衝突過。斯特朗爲史沫特萊剛完成的《中國在反擊》寫了序言。

---

1　〔美〕麥金農著；汪杉等譯：《史沫特萊——一個美國激進分子的生平和時代》，中華書局，1991 年版，第 230 頁。

　　埃德加・斯諾（Edgar Snow）1905 年 7 月 19 日生於密蘇里州堪薩斯城，父親是詹姆斯・埃德加・斯諾，小斯諾有一個姐姐和一個哥哥。1923 年，斯諾 18 歲時在堪薩斯西港中學畢業後，進入堪薩斯城初級學院學習，學習期間曾爲學報工作。1925 年春季，斯諾在紐約哥倫比亞大學選修了兩門課程。秋季進入密蘇里大學新聞學院學習，並擔任《堪薩斯星報》校內通訊員。

　　1928 年 2 月，斯諾開始了自己的旅程。連他自己也沒有想到，這次旅程開啓了他和大洋彼岸的中國持續一生的聯繫。根據斯諾後來的回憶，起初他並未打算在中國長待，「我取道巴拿馬運河，動身到太平洋去，在夏威夷和日本逗留了三個月，繼續首途上海。在我的旅程計劃中，我打算在中國停留六個星期。然而事實上在十三年後，我再同美國相見。」[1]

　　同年 7 月 6 日到達上海後，斯諾帶著密大新聞學院院長威廉的推薦信見了《密勒氏評論報》的主編鮑威爾，初次見面斯諾便被鮑威爾吸引住，鮑威爾得知斯諾只打算在中國逗留六周後，便勸說他留下協助自己編輯即將出版的《新中國》特刊 。斯諾和鮑威爾花了三個月的時間製作這份特刊，出版時這份特刊有 198 頁之多。

　　之後，在當時的交通部長孫科的建議下，斯諾開始了長達四個月的旅行，他乘坐火車，去到了許多重要的城市，比如寧波、漢口、北平、哈爾濱等地，甚至還去了當時日本統治下的朝鮮。旅行的同時，斯諾在《密勒氏評論報》上發表了許多文章，這些文章既有各地風土人情的介紹，寫這些文章主要是爲了讓美國人相信在中國旅行是安全的。也有文章揭露了一些問題，比如 1928 年 12 月 30 日，斯諾在山東報導了日本人製造的「五三」濟南慘案，對日本的中國政策提出了尖銳的批評。1929 年 8 月，斯諾報導了西北地區的饑荒問題，他呼籲中外社會的救援，稱這次採訪是「一生中的一個覺醒點，並且是我所有經歷中最令我毛骨悚然的」[2]。同月，因《芝加哥論壇報》命令鮑威爾前往東北採訪，《密勒氏評論報》主編一職由斯諾代理，同時也爲數家美國報紙撰寫文章。11 月 9 日，斯諾在《密勒氏評論報》上發表了《中國人請走後門》的社論，對上海租界內對中國人的歧視進行了抨擊，這篇文章的起因是《密勒氏評論報》所在的電報大樓拒絕一位中國來訪者使用大樓正面的電

---

1　斯諾・埃德加：《我在舊中國十三年》，生活・讀書・新知三聯書店，1973 年版，第 1 頁。
2　孫華、王芳：《埃德加・斯諾研究》，湖南師範大學出版社，2012 年版，第 220 頁。

梯，斯諾得知後便寫文章進行諷刺。結果在《密勒氏評論報》租期告滿時，大樓的英國業主拒絕續租，報館被迫搬遷。

1930 年 9 月，斯諾又開始了新的旅行，他用了一年的時間，先後去了臺灣、福建、廣東、廣西和雲南等地，之後又去了緬甸、印度，在印度會見了甘地和尼赫魯，最後取道新加坡回到中國。剛回到中國，斯諾便乘船由鎮江沿長江北上，報導了長江發生的大洪災。1931 年 9 月份，在史沫特萊的推薦下，斯諾兩次訪問了宋慶齡。1932 年 1 月 28 日，斯諾親歷了日軍向上海閘北一帶發起進攻，斯諾用很快的時間完成了對這一事件的報導，文章刊登在美國和英國一些報紙的頭版。隨後，斯諾根據東北和上海戰況的實地採訪，寫出了他的第一本書《遠東前線》。

1932 年 12 月 25 日，斯諾同海倫·福斯特在日本東京舉辦了婚禮，次年三月份移居北京。他同時為多份外國報紙撰稿，其中包括《星期六晚郵報》、《紐約太陽報》、英國《每日先驅報》。1934 年 3 月，斯諾受聘於燕京大學新聞系擔任講師，主講「新聞特寫」「旅遊通訊」的課程。同年 10 月，斯諾採訪了蔣介石，蔣親口告訴他，紅軍已經被消滅。12 月，應司徒雷登邀請，斯諾向全校師生作關於法西斯主義的講座。

1935 年 12 月 9 日，北平爆發了「一二九」運動，作為這場運動的親身經歷者，斯諾受到了很大的觸動，後來他回憶到「這種經歷教育了我，使我懂得在革命的所有起因中，知識青年完全喪失了對一個政權的信心，是促成革命的一個要素，對於這個現象，學究式的歷史學家往往是漫不經心的。蔣介石的國民黨把許多愛國的男女青年趕到了作為中國最後希望的紅旗下來。」[1]

1936 年 4 月，斯諾在上海拜會了宋慶齡，並請她幫助自己前往陝北蘇區採訪。在蘇區，中共中央收到斯諾的採訪問題單後，毛澤東、張聞天、博古、王稼祥等人開會，以「對外邦如何態度——外國新聞記者之答覆」為議題，就斯諾提出的 11 個問題進行了討論。[2]斯諾於 6 月啓程，先從北平到達西安，拜會了楊虎城和邵力子，於 7 月初進入陝北，周恩來、葉劍英、李克農等到安塞白家坪歡迎斯諾到來。7 月 13 日，斯諾到達中共中央所在地安

---

[1] 斯諾·埃德加：《我在舊中國十三年》，生活·讀書·新知三聯書店，1973 年版，第 60 頁。

[2] 孫華、王芳：《埃德加·斯諾研究》，湖南師範大學出版社，2012 年版，第 224 頁。

塞縣保安鎮。

　　7 月 15 日，斯諾首次對毛澤東進行正式採訪，毛回答了他關於蘇維埃政府對外政策的問題。7 月 16 日，毛澤東同斯諾談了中國抗日戰爭形勢、方針問題。7 月 18、19 日，毛澤東同斯諾談蘇維埃政府對內政策的問題。7 月 23 日，毛澤東同斯諾談了中國共產黨與共產國際、蘇聯的關係問題，並回答了斯諾關於紅軍爲何能夠勝利以及抗日戰爭結束後國內革命的主要任務問題。[1]之後，斯諾前往甘肅、寧夏等地，到了紅軍前線，並採訪了蕭勁光、楊尚昆、鄧小平、彭德懷等紅軍將領。9 月 20 日回保安。23 日，毛澤東對他作了關於黨的統一戰線政策問題的談話。10 月初，毛澤東向斯諾又談了自己的成長的過程。12 日，斯諾離開保安，並於 10 月底回到北平[2]。

　　1936 年 11 月 14、21 日，斯諾以《毛澤東訪問記》爲題在《密勒氏評論報》上發表了毛澤東關於個人經歷的談話，並配上了毛澤東頭戴紅軍帽的大幅照片，此文章一經發布，引起了國內外的轟動。1937 年 1 月，斯諾夫婦與燕京大學一些教授創辦了英文雜誌《民主》（Democracy），上面刊登了斯諾關於陝北蘇區的部分報導與照片。此外，斯諾還將自己在陝北蘇區的所見所聞寫成報告，並製作了大量的幻燈片，去到各地演講，讓更多的人瞭解蘇區和紅軍。斯諾的種種行爲惹怒了南京當局，南京國民政府外交部情報司司長寫信威脅斯諾，如果再發此類電訊，將會導致政府方面採取措施。後來南京當局給當時西安行營主任顧祝同發去一個禁令，嚴禁新聞記者進入蘇區採訪，並附上斯諾爲首的八個新聞記者的名單。此外，當局還吊銷了斯諾的記者證達數月之久。[3]

　　斯諾從蘇區回到北平就開始撰寫《紅星照耀中國》一書，在單行本出版之前，該書的許多內容就以單篇的形式同讀者見面了。美國《亞洲》（Asia）雜誌首先發表了《來自紅色中國的報告》（2 月號）、《毛澤東自傳》（7～10 月號）以及關於長征的報導（10～11 月號），並附有朱德、徐特立與南京代表團成員在延安合影；美國《美亞》（Amerasia）雜誌發表了《中國共產黨和世界事務——和毛澤東的一次談話》（8 月號）；《新共和》（The New Republic）刊載了《中共爲何要長征》、《中共的工業》（8、9 月號）等文。11 月 6 日，《星

---

1　孫華、王芳：《埃德加·斯諾研究》，湖南師範大學出版社，2012 年版，第 225 頁。
2　張注洪主編：《中美文化關係的歷史軌跡》，南開大學出版社，2001 年版，第 160 頁。
3　孫華、王芳：《埃德加·斯諾研究》，湖南師範大學出版社，2012 年版，第 227 頁。

期六晚郵報》（*The Saturday Evening Post*）開始發表《我去紅色中國——中國抗日統一戰線秘史》，文前插有毛澤東照片，文中尚有諸如《東方化的馬克思》《為什麼紅軍得以幸存下來》《紅色經濟》等小標題，這實際上是《紅星照耀中國》一書的最初刊布。之後亨利·盧斯把斯諾的附有圖片的兩篇蘇區報導發表於創刊不久的美國《生活》（*Life*）雜誌上。倫敦《每日先驅報》（*Daily Herald*）在頭版上連載了斯諾的報導，並配以大篇幅的照片和有關社論。斯諾也升任該報駐遠東首席記者。斯諾因為報導了蘇區，頓時成為「搶先發表獨家新聞的新聞記者」。[1]

1937 年 3 月，為了讓中國讀者瞭解蘇區情況，斯諾將自己寫的一組報導、照片和正在寫作的《紅星照耀中國》的書稿交給北平愛國知識分子王福時等人翻譯成中文，編輯出版了《外國記者西北印象記》一書，書中有毛澤東和斯諾的談話，斯諾的演講稿，以及三十多幅照片和 10 首紅軍歌曲，並附有毛澤東手書的《七律·長征》。該書秘密印刷了 5000 冊，在北平各圖書館、大學、進步團體中散發。4 月份，他的妻子海倫·斯諾隻身前往蘇區採訪，斯諾留在北平繼續寫書。

1937 年 10 月，英國維多克·戈蘭茨公司正式出版了《紅星照耀中國》（*Red Star Over China*）一書，出版當月就印刷三次，至 12 月已印刷至第五版。11 月，美國蘭登公司也決定出版此書，次年 1 月正式出版，三周之內便銷售 1.2 萬冊。1938 年 2 月，胡愈之等以復社名義出版中文版，並將書名改成較為隱晦的《西行漫記》，以便發行。之後，該書陸續被譯成法、德、俄、意、西、葡、日、蒙、瑞典等近二十種文字，流傳全球。

《西行漫記》在世界範圍內迅速傳播，產生了巨大的影響，它不僅使人們瞭解了中國共產黨和蘇區，之後許多外國記者沿著斯諾開拓的採訪紅色中國和報導中國革命的途徑進入蘇區，報導中國革命。這些記者有的本來就是斯諾的好友，與斯諾聯繫密切；有的並無很多接觸，而在他們前往解放區訪問報導時受到斯諾直接或間接的幫助。[2]《西行漫記》出版後的幾年中，一批介紹抗日根據地、報導革命真相的書籍先後問世，如海倫·斯諾《續西行漫記》（1939 年）、埃文斯·卡爾遜《中國的雙星》（1940）、詹姆斯·貝特蘭《華北前線》（1941）、伊斯雷爾·愛潑斯坦《中國未完成的革命》（1944）、福爾曼《中國邊區的報告》（1945）等。

---

1　張注洪主編：《中美文化關係的歷史軌跡》，南開大學出版社，2001 年版，第 161 頁。
2　張注洪主編：《中美文化關係的歷史軌跡》，南開大學出版社，2001 年版，第 166 頁。

# 第二節　急劇膨脹的日本在華報刊

這一時期中國大片土地相繼被日軍佔領，為日人在華的新聞活動創造了更多的條件。東北地區的新聞事業，首先受到法西斯統制。日本借著強大的軍事力量和政治控制，一邊不斷創辦新的報刊和文化機構，通過散發傳單、無線電廣播、報紙、雜誌等宣傳媒介進行蠱惑人心的虛假宣傳；一邊試圖將原有各種報刊改組為日本的機關報，使之淪為日本侵略統治的新聞工具，新聞活動及相關事業完全失去了早期的自主性和客觀性。

## 一、北伐戰爭後期的日本在華報刊的發展

據統計，1919 年前各主要新聞報刊達 44 種，到 1928 年增至 184 種；到 1929 年 6 月止，關東州及「滿鐵」附屬地內發行的定期刊物中，「時事讀物 45 種，非時事讀物 198 種」。[1]不管是政治性報刊，還是其他專業性報刊，日系刊物的數量持續性增長。

北伐戰爭後期，哈爾濱的日文報刊《哈爾濱調查時報》、大連的《遼東新報》、北京的日文日報《極東新信》、華北地區不定期日文刊物《漢譯調查資料》、漢口的日文日報《漢口日報》等停刊。新創辦的日本報刊也有出現，1927 年集中在上海地區的有《江南晚報》、上海日本商工會議創辦的日文月刊《經濟月報》、滿鐵會社調查部創辦的不定期日文刊物《上海滿鐵調查資料》。1928 年 1 月 1 日，日文日報《國境每日新聞》由吉永成一創辦於安東。同年，日報《中支那》創辦於漢口，由一色忠懇郎主持。1929 年 11 月，日文刊物《滿鐵支那月志》由滿鐵會社調查部北京公所調查課創辦於上海。同年，日報《日華報》創辦於青島，由前田七郎主持。[2]

1925 年日本發布普遍出版物取締規則。1927 年 11 月又實行了預約出版讀物與新聞雜誌營業許可制。任何出版物，凡當局認為「不妥」者，一律不准出版。二十年代以後，日本對報刊輿論控制更趨嚴厲。據《泰東日報》稱，「因近來關於勞工問題、思想問題之事件相繼發生，出版物之查封，亦因此而增加。」1928 年 7 月，綜合性月刊《青年翼》因傳播新思想、新文化而被停刊。

---

1　馬依弘：《「九‧一八」事變前日本在我國東北殖民文化活動論述》，《日本研究》，1992 年第 4 期，第 60 頁。

2　周佳榮：《近代日人在華報業活動》，嶽麓書社，2012 年版，第 275～276 頁。

## 二、「九一八事變」前後的日本在華報刊急劇膨脹

「九一八事變」前，日本在我國東北的殖民文化活動基本在以下幾個方面進行：一是建立各種「學會」「研究會」等文化機構，調查、搜集有關情報，加強殖民思想宣傳；二是初步構建起服務於殖民侵略的文博事業；三是廣設輿論機構，推行殖民文化；四是移入日本文藝；五是利用宗教爲殖民侵略服務。[1] 此外，殖民當局還通過官方控制的編輯、出版部門，大量編輯、出版、發行圖書資料。

「九一八事變」爆發前，日本人在東北創辦的報刊數量不斷增長，當中尤以日文報《滿洲日日新聞》和中文報《盛京時報》的影響最大，這兩份報紙之後擔當起協助日本鉗制言論的重要角色。《滿洲評論》是專門評述東北及中國內地政治經濟情況的有影響力刊物，此外還有《滿洲公論》《日滿公論》《滿蒙時報》等都是當時的一些主要雜誌。由滿鐵調查課主辦的《調查月報》是專門對中國東北及大陸進行調查研究的雜誌，在當時頗有影響。專門性的經濟報紙也在繼續發行，如日本人藤田辰雄於 1930 年在日租界創辦日文《華北商報》，不久改名爲《華北經濟新聞》日報，爲中國新聞的翻譯通信，以經濟記事爲主。

日本帝國主義製造「九一八事變」後，隨著日本人的全面軍事佔領，日本人辦的漢文報自然就成了日本軍國政府的喉舌，而且新的報紙、特別是新的漢文報紙繼續增加。日本侵略者惟恐各種出版物的發行危及其非法佔領和殖民統治，對中國人辦的報紙實行打壓封殺，事變後第二天就派隊佔據了《東三省民報》《新民晚報》等報館，並恫嚇各報主持人：今後不許發表反日言論和東北實況，否則將予以取締。同時，日本人對關內的報紙，實施嚴厲封鎖，私自擁有和閱讀關內報紙者，輕則毒打拘押，重則逮捕處刑。例如在瀋陽，規定推銷內地報紙者，處八年以上徒刑。在高壓之下，平津等關內報紙幾乎絕跡。民眾對於外界消息，完全隔絕，一任日本報紙蒙蔽。

1932 年 3 月，僞「滿洲國」成立後，日僞當局爲達到「輿論一律」，便採取各種手段對新聞出版等文化事業進行嚴密控制，對所有報紙都施行嚴格的新聞檢查，《大連時報》《大陸》《滿洲時報》《遠東週報》等都因被指控有「越軌」舉動，相繼被勒令停刊。爲了牢固控制東北各地中國人辦的報紙及編輯

---

1　馬依弘：《「九・一八」事變前日本在我國東北殖民文化活動論述》，《日本研究》，
　　1992 年第 4 期，第 57～62 頁。

人員，1932 年 10 月 24 日偽滿公布了所謂《出版法》，規定東北地區報紙、雜誌的出版，必須取得他們的認可，並限令東北各報社的記者、職工要登記造冊，呈報立案。[1] 東北原有報紙 30 餘家，以長春、哈爾濱最多，經過事變，僅剩下 10 餘家，其餘均被日軍封閉。1933 年末，哈爾濱國人所辦中文報紙「由淪陷前的 13 家降為 7 家，到 1936 末僅剩下 5 家」。[2]

　　日本欲征服中國的野心昭然於世，傳媒也隨之搖旗吶喊，這一時期僅派往滿洲、上海兩地的《朝日新聞》和《每日新聞》兩社的記者就達 300 人。[3] 日本在天津的青木特務機關曾派日本特務尾崎秀雄、三谷亨等創辦《中美晚報》，因質量低劣、讀者反感，社會影響不大，日本軍部於是決定收買較有影響的大型報紙作為其在華北的宣傳工具。新創辦的刊物也在日本當局的影響與控制之下，《滿洲日日新聞》創刊於 1932 年，是日本侵略東北後最早創辦，也是勢力最大的日文報紙。它的讀者群是在東北負有侵略使命的日本人，包括上至操縱偽政權的日本軍政人員，中至掠奪東北財富的富商大賈，下至無惡不作的流氓浪人，是「奴主型」的報紙。《滿洲日日新聞》的特點是每日必有一篇「社評」，而且各版都有「雜評」。該報站在侵略者和統治者的立場，不僅為其歌功頌德，而且針對東北地區的實際情況，利用「社評」和「雜評」來分析、評論局勢，為日本在偽滿的殖民統治出謀劃策。[4]《哈爾濱新聞》於 1932 年 3 月 29 日創刊，是淪陷期間日本人在哈爾濱的一家較有影響的私營日文報紙。《哈爾濱新聞》表面上不像《哈爾濱日日新聞》那樣緊跟日偽官方。該報以普通讀者為對象，努力以溫暖柔和的調子迎合群眾的口味，版面上有關電影、戲劇和婦女、家庭等欄目較多。[5] 因此，日偽當局對它提出了要求，第一線的內部人員進行了調整。

　　日本以中文、日文、英文、俄文等多種文字在中國出版了大量報刊，其中的俄文報紙雖然數量不多，卻同樣是日本在華宣傳體系的一個環節，是日本對相關人群施行輿論控制的有效工具。日系俄文報紙集中出現在「九一八

1　何蘭：《日本對偽滿洲國新聞業的壟斷》，《現代傳播》，2005 年第 3 期，第 34 頁。
2　黑龍江省地方志編纂委員會：《黑龍江省志·第 50 卷·報業志》，黑龍江人民出版社，1993 年版，第 6 頁。
3　張昆：《十五年戰爭與日本報紙》，《日本研究》，1991 年第 2 期，第 42 頁。
4　何蘭：《日本對偽滿洲國新聞業的壟斷》，《現代傳播》，2005 年第 3 期，第 36 頁。
5　黑龍江省地方志編纂委員會編：《黑龍江省志·第 50 卷·報業志》，黑龍江人民出版社，1993 年版，第 272～273 頁。

事變」之後，它們的讀者對象是居住在我國東北的大量俄國僑民。爲向俄國僑民灌輸法西斯思想，日本出版了一系列俄文報紙，同時，爲保證日系俄文報紙的影響力，日本還嚴格限制俄國僑民在華的辦報活動。[1]1931 年 11 月 3日，日本駐哈總領事館、哈爾濱特務機關和滿鐵事務所網羅白俄分子，面向俄僑讀者創辦了一份俄文日報《哈爾濱時報》，其目的是爲日本侵佔哈爾濱製造輿論。在以後的幾年，《哈爾濱時報》逐漸吞併了哈爾濱所有的俄文報紙。[2]由日本軍國主義積極支持和操縱的俄國法西斯黨在 1933 年 10 月 3 日創辦機關報《我們之路》。30 年代中期以後，日僞當局進一步加強了對哈爾濱俄僑的控制。1938 年 5 月 22 日，由日寇扶植的俄僑事務局創辦週報《僑民之聲報》（1942 年改爲旬報）。1934 年 7 月在哈爾濱創辦的月刊《亞細亞之光》，後來也被俄僑事務局接管。這類報刊的版面上充斥著反蘇反共親日的文章。1934 年，日本方面組織成立了哈爾濱白俄新聞記者聯盟，要求每一位新聞記者必須到日僞政府機關登記註冊，誘導他們爲日本人效力賣命，利用報刊言論不斷掀起反蘇反共的浪潮。

日本人創辦的報刊大體上經歷了兩個階段：原先是爲日僑服務，經費和讀者少，經營困難；日寇佔領華北後，借助日本侵略勢力及財力補助，讀者群相應擴大，內容信息也大爲豐富，日僞報刊才得以生存與發展。據統計，到 1931 年 8 月，中國東北人創辦的官方和私人報紙近 20 家，日本侵略者在中國各地創辦的日文、中文、英文報紙近 20 家，而各種專業報紙則達 100 多種。而從 1931 年九一八事變到 1936 年僞滿洲國弘報協會成立，關東軍和僞滿洲國對中國東北舊政權時期的報業進行瘋狂破壞，日僞報業開始建立。[3]日本帝國主義在「無日本即無滿洲」的幌子下瘋狂地進行經濟掠奪和文化專制。日僞期刊是「官制文化」的產物，宣傳「建國精神」「王道樂土」「五族協和」「日滿親善」「共存共榮」，爲所謂「涵養民力、善導民心」服務，具有出版高度集中、壟斷的特徵。在各級日僞政權主辦的期刊中，日本人掌握編輯出版的實際權力，日本人毫無諱言地說：「滿洲國是一個特殊的出版文化國」。[4]

---

1 趙永華：《對「九一八」事變後日本在華出版俄文報紙及控制俄僑辦報活動的歷史考察》，《國際新聞界》，2011 年第 6 期，第 124 頁。

2 趙永華：《對「九一八」事變後日本在華出版俄文報紙及控制俄僑辦報活動的歷史考察》，《國際新聞界》，2011 年第 6 期，第 124～125 頁。

3 霍學雷：《近現代東北報刊的創立與變遷》，《學問》，2014 年第 5 期，第 46～47 頁。

4 黑龍江省地方志編纂委員會：《黑龍江省志‧出版志》，黑龍江人民出版社，1996 年版，第 182～186 頁。

## 三、「七七事變」前後的日本在華報刊繼續發展

到 1937 年「七七事變」之前，日本已累計有中文報紙 33 種，試圖影響中國讀者和輿論，干預中國政治，體現出明顯的政治傾向。[1]偽「滿洲國」成立以後，各方面發行的期刊逐漸增多。到 1939 年，所謂「民間發行的期刊雜誌（不包括關東州）」已有 302 種，「其中登載時事新聞的有 16 件，不登載時事新聞的有 286 件。按語種區分，日文 173 件，中文 52 件，日中文並用 57 件，俄文 8 件，其他 12 件。[2]

「七七事變」之前，新創辦的刊物不斷湧現的同時，日偽為實現新聞事業的高度壟斷，通過兼併、關閉、收買等方法強化新聞統制。華北地區新創辦的刊物有：高木翔之助創辦的月刊《北支那》（1934）和日刊《北支那經濟通信》（1936），船越壽雄創辦的《支那問題研究所報》（1936）、《支那經濟旬報》（1937）、《支那物價週報》和《支那統計月報》[3]，在北平有日本人主辦的四開小型報《新興報》（1936）和《進報》（1937 年 5 月）。30 年代，在東北創辦的刊物有：南滿洲鐵道株式會社哈爾濱圖書館的《新著極東資料月報》月刊（1932）、偽哈爾濱市公署長官房文書科的《哈爾濱市公報》半月刊（1933）、南滿洲鐵道株式會社哈爾濱事務所的《北滿研究》月刊（1933）、哈爾濱商品陳列館的《露滿蒙時報》月刊（1933）、滿洲興信聯盟的《滿洲興信聯盟旬報》（1933）、偽龍江省公署總務廳的《龍江省公署公報日譯》月刊（1934）、滿洲電信電話株式會社哈爾濱管理局的《營業旬報》（1934）、南滿洲鐵道株式會社哈爾濱圖書館《北滿關係雜誌索引》旬刊（1934）、哈爾濱股份有限公司交易所的《哈爾濱交易所月報》（1935）、偽哈爾濱市公署的《哈爾濱市年鑒》（1935）、哈爾濱鐵路局北滿經濟調查所《北經蘇聯資料》（1935）、佐藤相次郎的《滿洲興農經濟特報》（1935）、偽濱江省賓縣公署總務科的《賓縣公署報》（1936）、偽濱江省賓縣公署文書科的《濱江省公報》週刊（1936），等等。[4]1936 年 9 月日偽第一次新聞整頓之後，為維持生計而服從於日偽文化

---

1　易文：《中文外報：一個獨特的研究視野》，《廣西大學學報（哲學社會科學版）》，
　　2008 年第 6 期，第 136 頁。

2　沈殿忠主編：《日本僑民在中國（下）》，遼寧人民出版社，1993 年版，第 1435～1436
　　頁。

3　于樹香：《外國人在天津租界所辦報刊考略》，《天津師範大學學報（社會科學版）》，
　　2002 年第 3 期，第 78～79 頁。

4　張偉民、陳春江主編：《黑龍江省志・第 77 卷・出版圖書期刊總目（下）》，黑龍江

統治的《濱江時報》成為當時哈爾濱唯一一家允許存在的民間報紙。[1]《濱江時報》親滿報導配合日偽宣傳建構了民眾對於偽滿洲國的意識，設置了符合日偽統制思路的輿論空間，基本達到了日偽軍政集團通過報刊宣傳進行社會控制以取得文化影響的目的。

青島方面，日本人自民國初年以來，一直重視青島，並將其作為山東的輿論陣地。日本外務省的解密資料記載，《大青島報》（*The Ta Tsingtao Pao*）創刊於 1915 年 6 月，與《青島新報》同屬日本青島新報株式會社，得到日本軍方的資金支持。社長是有著「中國通」之稱的日本人小谷節夫，發行人為日本人守屋英一，《大青島報》的大部分採編人員都是中國人。該報最終停刊於 1945 年，存續約 30 年。它是日本人在青島地區創辦的第一份中文報紙，也是近代青島存續時間最長的一家中文報紙。《大青島報》隱藏了自己為日本殖民者半官方報紙的身份，以貌似中立的形象進行新聞報導，以致長期以來它的真實面目沒有被研究者發現，甚至被評價為具有相當的啟蒙意義和同情勞工等進步色彩的報刊。[2]此外，1930 年在青島創辦的日系報刊有《青島時報》。

天津方面，《庸報》原是葉庸芳私人創辦的報紙，後轉讓於董顯光、蔣光堂。轉讓後董為社長，蔣為經理。並聘請張琴南主持編輯部工作。該報出版 3 大張，在知識界頗有影響，在天津報界的地位僅次於《大公報》與《益世報》。1935 年由茂川特務機關的臺灣籍特務李志堂主持，委託其兄李恕出面，以 5 萬元代價秘密收買了《庸報》。1936 年，原《中美晚報》的尾崎、三谷也進入《庸報》……1936 年秋，三谷增添日文翻譯數人，要聞版、國際版等幾乎完全採用譯成中文的日本同盟社和本報刊上的稿件，以及社外日本人寫的文章，無論是社論還是新聞，完全站到了日本侵略者的立場，報紙的漢奸面目徹底暴露。[3]1937 年「七七事變」後，日本帝國主義為配合其即將進行大舉侵佔我國華北的軍事行動，日本軍部決定使《庸報》承擔「聖戰」

人民出版社，1998 年版，第 1659～1663 頁。

1 田雷：〈《濱江時報》輿論走向與命運反思〉，《編輯之友》，2014 年第 2 期，第 99 頁。

2 劉明鑫：《青島早期報業研究（1897～1922）》，山東大學碩士論文，2012 年，第 96～99 頁。

3 孫立民：〈《庸報》——日本侵略者的喉舌〉，載於中國人民政治協商會議天津市委員會文史資料委員會編：《天津文史資料選輯・第 3 輯・天津租界談往》，天津人民出版社，1997 年版，第 255～257 頁。

的宣傳任務。

1933 年間,「滿洲國」國務院總務廳內成立情報處,代替原先設置的資政局弘法處,統管「滿洲國」的新聞、出版、廣播等宣傳輿論陣地。日偽政府於 1936 年 4 月 7 日發布「滿偽弘報協會組織章程」,並於 9 月 2 日成立了「滿洲弘報協會」,將報紙的報導、言論、經營統一起來,實行集中的「官制統治」。弘報協會推行「一地一報」的方針,對偽滿各地報社進行兼併和整理。初期被兼併的有 8 家報社,即日文報社《滿洲日日新聞》《奉天日日新聞》《哈爾濱日日新聞》《滿洲新聞》;漢文報社《盛京時報》《大同報》;朝鮮文報社《滿鮮日報》;英文報社《滿洲每日新聞》等。對於暫時不宜兼併的報社,弘報協會就用「大報吃小報」的辦法,對其進行整理合併。1937 年 8 月,它把奉天《大亞公報》《民報》《奉天公報》《民聲晚報》《奉天日報》合併於《盛京時報》;同年 10 月,把大連的《滿洲報》《關東報》併入《泰東日報》,把長春的《滿洲商工日報》併入《滿洲新聞》。當時東北共有 40 餘家報社,通過兼併和整理,屬於弘報協會的竟占 3/4,其發行量占整個偽滿地區報紙發行總量的 85 %。[1]經 1937 年強制整理後,達到三十一家,幾乎囊括了「滿洲國」所有的報紙。[2]

「七七事變」後,特別是 1938 年至 1939 年間,日本人在中國辦的日文雜誌又明顯增多。在北京有《東亞新報》(1939)、《藝術社會》月刊(1939年 7 月)、《新民報》(1938 年 1 月 1 日)等;在上海有《大陸新報》(1939)、《揚子江》(1938 年 5 月)和《興亞研究月刊》(1939 年 9 月)等;在天津有「支那問題研究所」辦的《支那經濟旬報》(1937 年 12 月)、《支那經濟月報》(1938 年 11 月)、《支那物價週報》(1938 年 2 月)等;在青島的《青島公報》(旬刊)和《週刊青島》。這些刊物範圍廣泛涉及政治、社會、經濟、文藝等各方面。

日本對其在中國的刊物也進行了相應的布置與規劃,特別是「八一三」抗戰爆發後,日本軍方為製造侵略中國的輿論,對上海的日文報刊進行重組工作。到 1937 年夏為止,上海主要有《上海每日新聞》《上海日報》和《上海日日新聞》三家日文報紙。1937 年 11 月,根據日本軍方的意圖,上述三家

---

1　孫繼強:《侵華戰爭時期的日本報界研究 1931~1945》,中央編譯出版社,2014 年版,第 146 頁。
2　周佳榮:《近代日人在華報業活動》,嶽麓書社,2012 年版,第 145 頁。

報紙又合併爲《上海合同新聞》；1938 年 1 月，三家報紙又分別恢復了原來的報名。後來，《上海日日新聞》被日本軍部購買，成爲軍方御用報紙，並改版爲中文報紙《新申報》。《上海日報》則被福家俊一收購，並更名爲《大陸新報》。1939 年 1 月 1 日，《朝日新聞》操縱的《大陸新報》創刊於上海。當時，居住在上海的日本人口有 5 萬 8 千，由此形成了一個巨大的日文報紙讀者市場。[1]學者周佳榮認爲 1931 年「九一八」事變至 1937 年「七七」事變期間，日人在上海的報業活動，已因戰事影響而處於異常狀態，可舉的事項之一是：1936 年 3 月 19 日，日文《上海日報》全體華工五十多人進行罷工，抗議該報無故開除工友多人；社長波多博同意發給開除者退職金兩個半月，罷工始宣告結束。[2]

此外，爲了改善國際形象，以進行所謂的宣傳戰，日本軍部便直接插手了《大陸新報》的創辦，使得《大陸新報》具有鮮明的御用報紙色彩。創刊號的頭版上刊登了內閣總理大臣近衛文麿、陸軍大臣板恒征四郎、海軍大臣米內光政、外務大臣有田八郎的賀辭和頭像，第二版的上方刊登了日本天皇和皇后的照片。由 1938 年 11 月 3 日日本陸軍省情報部發出的秘密電報可知，在該報設立當初，日本軍方提供了每月 25000 日元的補助金。

在這次大規模侵華戰爭中，日本新聞界的表現是一個令人深思的現象。據 1941 年的《日本新聞年鑑》記載，在「七七事變」發生四周內，日本在華記者就有 400 名；10 月中旬，增至 600 名；到第二年 10 月武漢陷落時，達 1000 名；1940 年 3 月，猛升至 2384 名。以後，隨著戰事不斷擴大，日本政府廢除各報自由派遣制度，改爲軍方徵調報導班員制，除新聞記者外，還徵調大批作家、畫家、詩人和音樂家等，加人戰場宣傳的行列。[3]隨侵華日軍在各地戰場活動的日本記者人數上千，留下了無數以歌頌和炫耀本國軍隊攻城掠地、屠殺中國人民的暴行爲主題的新聞報導。如 1937 年 12 月日軍佔領南京後，就有 120 名來自各報紙、雜誌、廣播電臺、電影製作公司的隨軍記者緊跟其後，進行採訪。此外，還有應招爲特派記者的數十名國內著名作家從事各方面的宣傳報導工作，僅東京《日日新聞》社一家來華的特派記者團就有 30 餘名文字記者和攝影

---

1 諸葛蔚東：《朝日新聞社史上鮮爲人知的往事》，《國際新聞界》，2011 年第 5 期，第 125 頁。
2 周佳榮：《近代日人在華報業活動》，嶽麓書社，2012 年版，第 158 頁。
3 李瞻：《比較新聞》，臺灣三民書局，1972 年版，第 73 頁。

記者。[1]此種景況，不啻是一場在侵略戰場之外伸展的宣傳戰，對國內受眾施加了巨大影響，日本新聞界本身的墮落也由此可見。[2]

# 第三節 外國在華廣播與通訊社發展

30 年代伊始，隨著交通和通訊技術手段的進步，以及西方各大通訊社和一些著名報紙在華常駐機構的設置，職業記者人數不斷增長，信息流量增加，重大事件的報導活動中出現了更多的參與者和競爭者。[3]1935 年，有外國通訊社上海分社 8 家，其中英國 1 家、法國 1 家、蘇聯 1 家、日本 2 家、美國 2 家、德國 1 家；1936 年，有 8 家，其中英國 1 家、法國 1 家、蘇聯 1 家、日本 1 家、美國 2 家、德國 2 家。[4]

在舊中國，天津的廣播業僅次於上海，從 1925 年日商義昌洋行設立第一座廣播電臺起，到 1949 年，24 年間出現過外國人辦的電臺、官辦電臺、民營電臺、軍（警、憲、特）辦電臺和日僞電臺共計 39 家，還有未正式開播的 20 家。以商業電臺的節目表爲例，可以大致看到 30 年代繁榮時期的廣播業，播放的主要以文藝類節目爲主，人們聽廣播多以娛樂爲目的。

## 一、日本在華的廣播與通訊社

### （一）日本在華通訊社

日本不斷在國際上擴充勢力範圍，「其國際宣傳之大規模通訊社，亦復不少，在華日本通訊社已有五處之多，總社設立上海，通信員則密布我國各大都市，其本國消息既能傳達遠方，而國外新聞，亦可悉數羅置。」[5]到 1940 年爲止，日本在中國（不含東北三省）的通信社（包括各大通信社的支局和各大報社的支局）約 80 餘家。其中，「七七事變」前就在中國立足的有 20 多家，約占 1/4。這些通信社幾乎遍布中國南北各大城市，日本國內對中國的瞭

1 田中正明：《「南京大屠殺」之虛構》，世界知識出版社，1985 年版，第 190～192 頁。
2 張功臣：《外國記者與近代中國（1840～1949）》，新華出版社，1999 年版，第 316 頁。
3 張功臣：《「九·一八」事變前後外國在華記者的報導活動》，《新聞與傳播研究》，1996 年第 3 期，第 75 頁。
4 上海通志編纂委員會編：《上海通志·第 9 冊》，上海社會科學院出版社；上海人民出版社，2005 年版，第 5890 頁。
5 黃憲昭：《在華之日本報紙與其活動》，《磐石雜誌》，1933 年第 1 卷第 2～3 期，第 185 頁。

解，大部分要依賴於這些通信社的報導。[1]

戰前日本在上海的新聞機構已有相當規模，但隨著日寇侵華戰爭的升級，已遠遠不能滿足需要。1925 年，東方通訊社與日本國際通訊社合併，改組爲日本新聞聯合社，在華仍以東方通訊社名義發稿，1929 年 7 月 1 日，改爲日本新聞聯合社上海分社。[2]

新聞聯合社在 1929 年 8 月起開始用自己的名義發稿，以前它因爲和路透社訂有合同，故用它的前身東方通訊社的名義發稿。新聞聯合社是被認爲日本外務省的半官通訊社的，所以它的新聞很能代表日政府的態度。關於中日外交關係和日本內政上的消息，新聞聯合社供給得很多，關於歐美的則很少。……近年來，中日外交正值多事之秋，所以我國人民雖然對於日本的一切都抱強烈的反感，但因爲要明瞭日本的外交態度與它的內政的發展，對於日聯社和電通社的新聞，報紙上仍採用得很多。大約計算，上海報紙中的國際新聞，有十分之一二是日聯社和電通社的。[3]

1936 年日本政府把聯合通訊社和電報通訊社合併，改名爲同盟通訊社，該社成爲日本政府的官方通訊社。兩社原在上海的支社（分社）改組爲同盟社華中總社，資金、人員大大增加，成爲日本在中國的重要輿論宣傳機構。日本駐華新聞機構中最早得知並報導西安事變消息的，是同盟通訊社上海分社的記者松本重治。[4]

「七七事變」前日本幾家大的新聞機構已在中國設立了「支局」，如同盟通信社、朝日新聞社等。「七七事變」後，日本的三家通訊社——東方通訊社、聯合通訊社和電報通訊社也開始在中國設立分社。日本在華北等內地廣大地區，依靠武力，掃蕩中國原有的新聞通訊機構，建立日本自己的新聞通訊社。接著，日本國內的各家通信社乃至在朝鮮、臺灣和「滿洲」的傀儡政權的通信社，都蜂擁而入。

日本人還提出了「一個國家只要一個通信社」的政策，於 1932 年 12 月

---

1　王向遠：《日本對華文化侵略與在華通信報刊》，《蘇州科技學院學報（社會科學版）》，2005 年第 3 期，第 91～93 頁。

2　上海通志編纂委員會編：《上海通志·第 9 冊》，上海社會科學院出版社：上海人民出版社，2005 年版，第 5890 頁。

3　金仲華：《國際新聞讀法》，上海生活書店，1934 年版，第 35～36 頁。

4　張功臣：《外國記者與近代中國（1840～1949）》，新華出版社，1999 年版，第 236頁。

成立「滿洲國通信社」（簡稱「國通」），總部設在滿洲國首都「新京」（長春），「滿洲國」所屬各省均設立一個支局。這個「國通」在資產、信息、人員、管理等方面都依賴於日本的通信社，有關政治、國際時事的消息，一律來源於日本的「同盟社」和「共同社」，別無其他途徑。1937 年 4 月，「國通社」與日本同盟社簽訂「日滿通訊一體化」的協定，實際上「國通」已成爲日本同盟社的一個分社。1936 年 9 月，僞滿又成立了一個由日本人操縱的將新聞報導、言論與經營三者統一起來的「滿洲弘報協會」，由此，東北淪陷區的報刊輿論完全徹底地日本化了。

這些報紙輿論大肆宣傳「大東亞戰爭」，宣揚日本侵華的合理性，污蔑咒罵中國人民的抗日鬥爭，兜售「滿洲建國」「日滿一德一心」「五族諧和」「王道樂土大滿洲國」、「滿洲國是現世樂園」等奴化思想，處心積慮地製造歌舞升平的氣氛，以沖淡日本侵略的血腥氣和硝煙味兒。還大肆渲染日軍在中國前線的「輝煌戰果」，對歐洲戰場的戰況也專做有利於日本的歪曲報導。

## （二）日本在華廣播

### 1. 東北地區

1925 年 7 月，日本殖民當局在大連設立了大連中央放送局（即廣播電臺），呼號爲 JQAK，發射功率爲 500 瓦。這是東北最早的廣播電臺，被視爲日本殖民宣傳的重要工具，負有執行「國策」的特殊使命。「九一八」事變後被僞「滿洲國」接管。[1]

「九一八事變」後，日軍迅速接管了東北全境奉系的無線廣播電臺，並從日本放送協會抽調技術人員修理因戰爭破壞的廣播設備。1931 年 10 月 26 日，瀋陽恢復了「軍事宣傳放送」。1932 年 2 月，哈爾濱廣播電臺被日軍佔領，更名爲哈爾濱放送。至此，國人在東北自辦的廣播事業完全被日本軍國主義所摧毀，其基礎設施被日軍佔用，轉而爲日本侵華戰爭服務。1933 年 4 月，日本在長春設立僞「滿洲國」的廣播中心——「新京放送局」。該臺完全由日本關東軍司令部控制，第二年啓用了 100 千瓦大功率發射機廣播，可覆蓋東北大部分地區。[2]1933 年 9 月，日僞政權在東北大連建立了「滿洲電信電話株式會社」（簡稱「電電」），成爲壟斷東北地區電報、電話、廣播的殖民奴化宣

---

1　馬依弘：《「九・一八」事變前日本在我國東北殖民文化活動論述》，《日本研究》，1992 年第 4 期，第 60 頁。

2　賈世秋編著：《廣播學論》，成才科技大學出版社，1996 年版，第 37 頁。

傳工具。接管瀋陽、哈爾濱兩地由中國人主辦的廣播無線電臺後，要求播出的內容均需圍繞「日滿一德一心」展開，僞「電電」辦有日語、漢語和俄語三種語言節目，內容上極力「宣傳（僞滿）建國並施政之精神」，爲僞滿洲國的傀儡政權塗脂抹粉，爲日本侵華戰爭鳴鑼開道，頌揚法西斯統治是「王道樂土」，極盡宣傳之能事，對哈爾濱人民進行奴化宣傳。[1]日本殖民當局在東北建立規模龐大的廣播機構，並以此基地對中國內陸開展廣播宣傳戰，其編織的新聞侵略大網覆蓋了更廣泛的地區，妄圖改變國人的民族認同，爲其殖民佔領製造「民心」，構建侵略戰爭的合法性。

爲了在中國的東北三省推行奴化教育，日本人在延吉創辦過民族語言廣播。1938 年 4 月 1 日，日本侵略者建立了延吉廣播電臺，臺址坐落在延吉市光明街。同年 11 月 1 日正式播音，呼號 MTKY，主要轉播僞滿洲國新京中央放送局的日語、漢語和朝鮮語節目。1942 年 5 月 1 日更名爲間島放送局，以日語、朝鮮語、漢語同時播音，11 月 1 日，辦有兩套節目，以後又增加俄語廣播。[2]

### 2. 華北地區

1936 年，由日本駐津領事館主辦的日本公會堂廣播電臺開始播送東京電臺日語節目，爲日本在華的奴化教育拉開帷幕。1937 年「七七事變」後，日軍發動「天津事變」，日本公會堂廣播電臺播送日軍的「安民告示」。[3]天津淪陷後，僞天津廣播電臺於 1938 年 1 月開始播音，公會堂廣播電臺與之合併。

「七七事變」之後，北平、天津、太原、青島等地廣播電臺相繼淪入日軍之手。1938 年 1 月，在日本廣播協會插手之下，北平、天津等地的廣播電臺恢復播音。1937 年 12 月，日寇在北平拉攏一夥漢奸拼湊成立了所謂「中華民國臨時政府」，不久，又將「北平」改稱「北京」，電臺名稱也隨之改爲「北京中央廣播電臺」，並於 1938 年 1 月 1 日，即僞「臨時政府」舉行所謂「就職典禮」之日開始用日語、漢語廣播。[4]

在山東，日僞濟南廣播電臺於 1938 年 6 月開始播音，爲當時華北地區

1　田雷：《文化抗爭：20 世紀 30 年代哈爾濱新聞出版業主題意蘊探究》，《中國出版》，2011 年第 22 期，第 65 頁。
2　白潤生：《中國少數民族新聞傳播通史（上）》，中央民族大學出版社，2008 年版，第 424 頁。
3　馬藝著：《天津新聞史》，天津人民出版社，2015 年版，第 390 頁。
4　趙玉明主編：《中國廣播電視通史》，中國廣播電視出版社，2014 年版，第 53 頁。

第二大廣播電臺。在河北，日偽曾一度在唐山開辦「冀東防共自治政府」廣播電臺，後改爲偽唐山廣播電臺。1938 年，日本侵略者建立了所謂「蒙疆自治政府」，以張家口爲其「首府」。隨後又成立了控制這個地區廣播事業的偽「蒙疆廣播協會」，並先後在張家口、大同、厚和（即歸綏，現呼和浩特）、包頭等城市辦起廣播電臺。其中，張家口廣播電臺於 1937 年 9 月 10 日開始播音。[1]

### 3. 華東及其他地區

1937 年 11 月，日本侵略軍在佔領上海之後，立即「接管」了原國民黨的兩座廣播電臺，並利用其設備建起日偽「大上海廣播電臺」，作爲日本佔領軍的喉舌。1938 年 3 月，日偽「上海市廣播無線電臺監督處」成立，強令上海各電臺進行登記，聲稱各臺均須「重加認可，方准營業」。上海的民營廣播電臺在日寇的重重壓力下，日益趨於分化。1938 年間，日本在南京設立偽「南京廣播電臺」，用來宣揚日本侵略軍的「戰績」，對江蘇及其附近的中國居民進行「中日親善」「建立東亞新秩序」的欺騙性宣傳。

日本侵略者在 1937 年 12 月 13 日佔領南京後，建立「南京廣播電臺」。1938 年 6 月，日本侵佔河南省會開封後，建立日偽開封廣播電臺。同年 10 月，日本先後侵佔廣州、漢口後，相繼開辦了「廣東放送局」和「漢口放送局」。

1928 年 11 月，「臺北廣播電臺」在臺北開始使用日語播音，呼號 JFAK。在日寇佔領下，30 年代以來，臺灣又先後在臺南、臺中、嘉義、花蓮等地建立了廣播電臺。這些電臺均由 1931 年成立的「臺灣廣播協會」管轄。1938 年，該協會還在廈門建立了一座日偽廣播電臺。

## 二、美國在華的廣播與通訊社

1929 年 3 月，合眾社上海分社成立。美國國務卿史汀生發來賀電，電中稱：「予竭誠歡迎貴社在中國設立分社。予信此分社開幕後，當予美國以有益公眾之新灌輸。以前美國在東亞，缺乏足以代表美國之機構，及在亞洲植其勢力之不易，即因中美間往來之新聞爲量不多也。一般美人，對於東亞情形，都茫然不知。故欲爲其在華之代表處理，實無從著手。今此項新聞事業之發展 ，足以是美國在本部之人民，與東亞發生較密之關係；並能發揚美國在華

---

1 趙玉明主編：《中國廣播電視通史》，中國廣播電視出版社，2014 年版，第 54 頁。

正大無私之旨。」[1]

合眾社上海分社成立後，除了向美國總社發送新聞稿外，也向中國的報紙發稿。其中文稿由國民新聞社代發，這個通訊社是國民政府的半官方通訊社，合眾社上海分社成立後便和國民通訊社簽訂了互換稿件的合同。英文稿由出價最高的報紙壟斷，並非向全部報社發稿。從 1930 年起，《字林西報》以每月一千兩白銀的高價獨享合眾社的英文稿，後來《大陸報》《大美晚報》也曾出鉅資購買合眾社的稿件。合眾社提供的稿件大部分是關於美國的，所以除了留心國際或美國事務的人外，國民通訊社代發的合眾社稿件並未能引起足夠的注意。而《字林西報》購買合眾社的稿件主要是為了吸引在華美僑的讀者。[2]

合眾社設有遠東總經理，總管中國、日本、菲律賓等處的事務，起初駐地設在東京，上海分社成立後便遷到上海，同上海分社一同辦公。此外，合眾社在華的負責人還有高爾德（Randall Chase Gould）。高爾德 1923 年來華擔任英文《北京日報》副總編，並兼任合眾社駐北京通訊員。他與廣東很多國名黨高層，包括陳友仁、孔祥熙都保持著友好的關係。高爾德對中國政治局勢的觀點經常和美國駐華公使馬慕瑞不同，以致後來馬慕瑞終止合眾社對它的定期訪談。後來高爾德被調往馬尼拉。1929 年又回到上海擔任合眾社分社社長。之後被調回國內，伊金斯（H. R. Ekins）接替他的職務。[3]

美聯社在 1926 年商得路透社同意後，開始在日本和中國推廣業務。並於1929 年設立上海分社。1931 年 3 月 31 日路透社宣布與美聯社達成協議，後者可以向上海的《上海泰晤士報》和《大陸報》兩家英文報紙供稿。與其他外國通訊社相比，美聯社在中國的活動並沒有什麼名氣，就是因為該社很少與中國的其他國內外報社聯繫。美聯社也不在中國提供新聞服務。根據與路透社達成的協議，駐紮在路透社上海總部的美聯社記者可以使用路透社所有在中國發出的新聞。因此，美聯社在中國的活動只侷限在能夠吸引美國讀者興趣的一些獨家報導上。[4]

美聯社在中國有兩個全職的記者，一個在上海，另一個在北平。哈里斯（M · J · Harris）擔任了數年美聯社駐上海的記者，是該社在中國的負責人。

1 胡道靜：《新聞史上的新時代》，世界書局，1946 年版，第 55 頁。
2 胡道靜：《新聞史上的新時代》，世界書局，1946 年版，第 55～56 頁。
3 趙敏恒：《外人在華新聞事業》，暨南大學出版社，2011 年版，第 73 頁。
4 趙敏恒：《外人在華新聞事業》，暨南大學出版社，2011 年版，第 73 頁。

美聯社在中國最著名的記者是惠芬（Wdter Whiffen）。托馬斯・斯帝普（Thomas Steep）在惠芬休探親假的時候，接替了惠芬的工作。此後還有從《日本廣知報》調在美聯社的北平辦事處的格倫・巴布（Glenn Babb），不過他於 1928 年又被調回東京，詹姆斯・豪（James Howe）接替了他在北平的職位。[1]

美聯社社長何懷德在 1925 年、1929 年、1933 年來華訪問。1933 年 6 月 8 日，他第三次來華時，《申報》報導說：「何氏曾於一九二五年及一九二九年遊滬兩次、此爲第三次、蓋其平日常深切注意於遼東、尤其關心中國狀況、故欲多晤地人士，周知地方情形。其書記福士德也於上星期自日本直接來滬。」[2]上海新聞界人士鑒於他在美國新聞界的領袖地位和他批評日本侵略中國的舉動，熱烈歡迎他的到來。上海日報公會設宴歡迎，上海日報公會主席、上海《申報》總經理史量才在歡迎詞中對何氏主持正論表示景仰；何懷德在答詞中則表示希望中美合作尤其是新聞界合作。11 日，何懷德由上海赴南京，密蘇里大學新聞學院校友董顯光一路陪同。12 日，何懷德在南京受到蔣介石的接見。

美聯社聘請美國留學歸來的趙敏恒擔任了駐南京記者。1929 年，趙敏恒身兼兩職，先後被美聯社和路透社遠東分社聘爲駐南京特派員。雙方商定趙敏恒採訪的普通新聞都供給路透社，只有與美國有關的特殊新聞，才供給美聯社。

## 三、歐洲各國在華的廣播與通訊社

德國方面：（一）德國海洋通訊社 1921 年在北平活動，1928 年遷至上海，正式成立分社，不久該社遠東總分社也設在上海，與分社合併辦公；（二）德國新聞通訊社從 1933 年派代表常駐上海；（三）德國廣播電臺（又名歐洲廣播電臺）於 1940 年 6 月 14 日開始播音，臺址在大西路（今延安西路）3 號德僑總會內。由德國駐滬領事館新聞處主辦，呼號 XGRS，頻率 570 千赫。每日自 7 時 15 分至 12 時止，廣播歐洲戰事情形及現狀，是德國政府在上海的宣傳機關。1945 年 5 月，由侵華日軍接管。

法國方面，當時作爲法國最大的通訊社，哈瓦斯社由於在中國乃至遠東地區起步較晚，供稿極少。爲了彌補這個不足，1929 年冬，該社收買了印度

---

1　趙敏恒：《外人在華新聞事業》，暨南大學出版社，2011 年版，第 73～74 頁。
2　《美聯社總董何懷德昨飛滬》，《申報》，1933 年 6 月 8 日。

支那太平洋廣播通訊社，並加以擴充。在中國的上海、香港、北平、哈爾濱設特派員，1931 年 10 月正式在上海設立分社，總攬遠東事務。除採集新聞外，每天向當地報紙發稿。[1]法商法人廣播電臺於 1932 年 8 月 19 日開始播音，呼號 F. F. Z.，發射功率 250 瓦，頻率 1290 千赫（後改爲頻率 1400 千赫）。該臺原是法租界當局爲法兵娛樂而設，後爲法國僑商接辦。據《申報》1939 年 4 月 20 日報導，該臺經擴充設備後，播音範圍已遍達遠東各地，並開設短波廣播（頻率 12458 千赫）。1947 年 1 月 6 日，該臺被國民政府淞滬警備司令部與上海市警察局會同外交部駐滬辦事處封閉。

意大利方面，斯丹法尼通訊社（又譯斯蒂法尼通訊社，Agenzia Telegrafica Stefani, Stefani）也於 1933 年在上海設記者站。「斯丹法尼社在上海也有它的分社，不過只發英文稿，有時我們在上海泰晤士報和上海大美晚報上看到斯丹法尼社的電訊，中文報紙是很少見的，所以中國的讀者很少知道意大利的斯丹法尼社在上海也有它的分社。」[2]「主要收集遠東及中國重要新聞發往總社，不向當地報紙供稿，也不同其他通訊社有業務往來。」[3]此外，意大利商人辦的中義廣播電臺 1938 年 8 月開始播音。

總的來看，外國通訊社的基本任務是爲本國政府對華政策服務的，同時也起著溝通中外新聞信息的作用。其他外商廣播電臺還有美商奇美（XQHE）、美商大東（XQHA）、英商奇開（XQHB，又名勞勃生電臺）、法商雷士（XQHO）等。這個時期，外國通訊社與中國通訊社之間的關係也值得關注。國民新聞社 1929 年與美國合眾社、德國海通社締約，以中國國內要聞譯稿，交換歐美新聞，供中國國內報社採用，此舉是中國通訊社與外國通訊社交換新聞的開始。

英國方面，路透社長時間以來的壟斷地位不復存在。1933 年 11 月，路透社上海分社負責人科克司（M. J. Cox）赴東京上任，上海日報公會在 19 日設宴送行，科克司在答謝詞中回憶自己來華的工作經歷：「鄙人追憶往事，猶歷歷在目。鄙人旅印度五年，而後來滬。時爲嚴寒之冬日，適在孫中山先生返國主政之後一星期。鄙人親見印度民族主義之誕生，故對於中國之進展，更富興趣。鄙人到華後，工作至爲艱巨，既將國外新聞之收發改組完善，復賴

---

1　上海通志編纂委員會編：《上海通志・第 9 冊》，上海社會科學院出版社，2005 年版，第 5894 頁。
2　范泉主編，雨君著：《國際問題研究法》，永祥印書館，1947 年版，第 46 頁。
3　馬光仁：《馬光仁文集》，上海社會科學院出版社，2013 年版，第 481 頁。

馬素及密勒梁先生之協助,將本埠發稿事宜,組織成立。鄙人深信本埠發稿之成功,須賴報界之合作。當 1912 年秋間,路透在滬發稿時,即得報界十八家之訂閱,此應於今日追求者。」[1]

除了上海分社外,路透社遠東分社的駐地也在上海。從 1920 年開始,威廉·特納一直擔任遠東分社社長。1931 年底,特納返回倫敦總部,查斯勒(C. J. Chancellor)接替了他的職務。在查斯勒及其繼任者張樂士那裡,路透社和中央社簽訂了稿件互換協議。

上文提到,趙敏恒同時被美聯社和路透社聘為通訊員。「九一八事變」後,國際關係錯綜複雜,中國問題受到全世界關注,世界各國急需瞭解中國情況。外國通訊社紛紛邀請在國際新聞報導上才華出眾的趙敏恒加盟,因而出現了趙敏桓一人同時接受七家通訊社聘請,為他們發布新聞的奇蹟。這七家通訊社,除路遠社、美聯社外,還有倫敦每日電訊報,美國國際新聞社,日聯社,朝日新聞社,塔斯社。趙敏恒簡直壟斷了中國新聞發布權,名聞國際新聞界[2]。

## 四、蘇聯在華的廣播與通訊社

1927 年大革命失敗後,蘇聯專家和顧問紛紛回國。蘇聯駐華記者的採訪活動受到國民黨的嚴格限制,至抗日戰爭爆發前,蘇聯官方的新聞傳播受到很大的影響,不過塔斯社駐華記者仍堅持工作。1932 年 3 月塔斯社在上海重設分社,4 月 13 日開始發稿。斯科爾皮列夫·安德列·伊萬諾維奇從 1930 年起為工農紅軍情報部的幹部,其後擔任塔斯社駐中國上海分社社長(1934 年10 月~1937 年 3 月),在情報戰線上全力工作,圓滿完成了他所承擔的工作。[3]1938 年初,由蘇聯著名記者羅果夫(V. N. Rogoff)領導的塔斯社漢口分社就有 10 餘名記者活動在前線,向國內發回大量的戰場見聞。[4]

> 「(塔斯社)所供給得新聞主要是蘇聯的,間或有他國的,因
> 為塔斯社是蘇聯政府的半官方通訊社,所以有許多蘇聯官方的新聞
> 是授權塔斯社發表的,還有許多關於蘇聯建設的新聞,為其他資本
> 主義國家的通訊社所不願傳播的,也都由塔斯社發出。……大約計

---

1  胡道靜:《新聞史上的新時代》,世界書局,1946 年版,第 51 頁。
2  夏林根主編:《近代中國名記者》,福建人民出版社,1991 年版,第 206 頁。
3  蘇智良:《左爾格在中國的秘密使命》,上海社會科學院出版社,2014 年版,第 122頁。
4  褚曉琦:《民國時期塔斯社上海分社在華宣傳活動》,《史林》,2015 年第 3 期,第149 頁。

算，上海報紙中的國際新聞，有十分之 0.5（即 5%）是塔斯社的。塔斯社的電訊發到上海支社，譯成中文後，就送到本埠的各報館，外埠的則由郵局寄去。」[1]

1933 年初，上海出現了首家俄文廣播電臺，即上海俄國廣播協會播音臺，簡稱「俄國廣播電臺」。該臺爲廣大俄僑及其他懂得俄語、且喜愛俄國音樂的聽眾服務。該臺於 1933 年 1 月 13 日晚 9：20，用 1445 千周開始首次播音，內容爲：外匯牌價；最新消息；音樂節目。該臺還經常播出專場廣播音樂會、講座、報告會、文學作品朗誦、廣告節目等。未幾，該臺即停止播音，同年 6 月 13 日起恢復播音，波長改爲 580 千周或 517.24 米，播音時間爲每天晚上 9：00～9：45，並自 9 月 18 日起，轉播《上海柴拉報》新聞。[2]

1935 年 12 月 8 日，第一韃靼廣播電臺開始播音，創辦人爲易卜拉欣·艾哈邁托維奇·馬姆列耶夫。該臺每天播放兩次，時段安排很合適，不影響聽眾的正常工作。此外，他們還很善於挑選節目，該電臺在很短的時間內就贏得了聽眾的普遍好感，許多企業也都要該臺做廣告。[3]

另據當時的俄文報紙報導，早在俄羅斯人辦廣播電臺之前，1931 年在上海就曾有過一個神秘的蘇聯電臺。每天晚 10 點後開始播音，放送音樂節目，用英語、俄語、漢語、法語、葡萄牙語、德語、西班牙語 7 種語言廣播，進行共產主義的宣傳。該電臺功率很強大，當地最強的電臺也對它沒有任何干擾。上海警察局連續查了幾周時間，都沒能查出它的位置。[4]

## 五、中央社收回路透社等在華中文供稿權

國民黨對新聞界加強控制，除了從報刊和記者處下手外，通訊社也是其重點「關注」的對象。外國在華通訊社的分社或記者不僅將新聞發給國內的報紙，同時還會傳播到海外，這其中有許多對國民黨不利的消息，以及中國共產黨和革命根據地的新聞，這些顯然是國民黨當局不願看到的，「全國報紙不獨國際消息，須依賴外國通訊社傳達，即國內消息亦多由外國通訊社供給，

---

1　金仲華：《國際新聞讀法》，上海生活書店，1934 年版，第 33～34 頁。
2　汪之成：《上海俄僑史》，三聯書店上海分店，1993 年版，第 596 頁。
3　白潤生主編：《中國少數民族新聞傳播通史（上）》，中央民族大學出版社，2008 年版，第 425～426 頁。
4　白潤生主編：《中國少數民族新聞傳播通史（上）》，中央民族大學出版社，2008 年版，第 426 頁。

致發生許多不合理之現象。」[1]而且在「九一八」事變後，國民黨中央及其宣傳部認識到國際傳播的重要意義，與建立國際通訊社以爭取發稿主動權的重要性。中央通訊社在加強自身建設的同時，開始收回外國通訊社在中國的中文稿件發稿權。[2]於是從 1931 年 10 月，先後同路透社、美聯社、合眾社、哈瓦斯社、塔斯社簽訂交換新聞合同，收回各國在華的中文發稿權。

收回發稿權的行動先從路透社開始。「蕭先生（蕭同茲，時任中央社社長）很希望能收回各國通訊社在華發稿權，路透社既然首先與中央社有合作關係，就先由路透社方面下手，那時各國在外國租界享受領事裁判權等治外法權，在華各地記者所發消息，不僅在外國也在中國發表。」[3]路透社開始反對此項提議，因爲中國新聞事業日益發達，放棄發稿權就等於放棄市場，而且各大通訊社競爭激烈，路透社擔心交出發稿權後會被其他通訊社趕超。蕭同茲向路透社管理層說明情況，若是發稿權交給中央社，路透社在華發布的新聞稿的範圍還會擴大，效率也會提高。最終，當時的路透社遠東分社總經理張士樂在蕭同茲的交涉下，路透社決定將其在華的中文發稿權交予中央社，暫時保留在上海、南京、北平、天津、漢口、青島、廣州等地的英文發稿權。[4]在收回發稿權的過程中，趙敏恒起了很大的作用。雖然趙敏恒當時是路透社中國分社的負責人，但他一直設法幫助中國同行，他講到：「我是中國人，替外國通訊社做事，用英文寫新聞稿，總是極爲不正常的現象，不問將來能不能用中文寫新聞，能不能參加中國新聞事業，至少我應當往那方向去努力。」[5]中央社和路透社簽訂交換新聞稿件的合約正是趙敏恒居中聯繫。據他回憶，1932 年 7 月某一天，程天放（時任宣傳部副部長）電話告知他，若之前所談辦法可行，可以隨時簽合同。趙敏恒立即電邀路透社遠東分社總經理查斯勒前往南京，次日查斯勒偕同繼任遠東分社總經理的張士樂飛赴南京，會同程天放起草交換合同，並於當天上午簽字。中央社接收路透社

1 中國人民政治協商會議常寧縣委員會文史資料研究委員會：《常寧文史資料‧第 4 輯‧蕭同茲和中央通訊社》，政協常寧縣委員會，1988 年版，第 236 頁。

2 王海、覃譯歐：《國民黨中央通訊社收回路透社在華發稿權始末》，《對外傳播》，2016 年第 7 期，第 55～57 頁。

3 趙敏恒：《採訪十五年版‧第 2 版》，重慶天地出版社，1945 年版，第 50 頁。

4 王海、覃譯歐：《國民黨中央通訊社收回路透社在華發稿權始末》，《對外傳播》，2016 年第 7 期，第 55～57 頁。

5 王海、羅浩明：《趙敏恒在中央社收回路透社在華發稿權活動中的作用》，《廣東外語外貿大學學報》，2016 年第 5 期，第 99～104 頁。

在南京、上海兩地的電臺設備，並收回該社在北平、天津兩地的中文發稿權。1933 年 12 月，中央社又與路透社、哈瓦斯社簽訂交換新聞合約。1934 年 1 月，收回路透社在北平以外各地的中文發稿權。1937 年 1 月，與合眾社簽訂新聞交換合約，並與路透社、哈瓦斯社續訂交換新聞合約。

中央社與各大通訊社簽訂合約，除了收回發稿權外，還可以獲得大量的國際新聞，以充實中央社稿件數量。各報館也可節省訂購稿件的費用。但中央社所謂收回發稿權，象徵意義遠大於實際意義。當時的中央社並沒有足夠的人力、物力支撐跟各大通訊社進行新聞交換，甚至於連各通訊社發過來的稿件都不能及時翻譯，所以說收回發稿權只是法理上的認定。

# 第四節　外國在華新聞教育事業的發展

## 一、聖約翰大學報學系的發展

聖約翰大學報學系在武道的主持下發展迅速，與柏德遜兼職教學不同，武道擔任的是全職教師，他把全部的精力投入到報學系的教學和建設中，從 1925 年到 1939 年，以及 1947 年到 1949 年，武道一直擔任聖約翰大學報學系主任、教授，是該系的支柱和骨幹。武道沿著柏德遜開創的道路，繼續遵循密蘇里新聞教育模式培養人才。武道認為，當時新聞系發展的最大阻礙在於：一、聖約翰大學新聞課程開設之初，柏德遜因晚來學校而錯過了選拔適合新聞工作的學生的機會，而不得不接受他班上已經報名註冊的學生；二、西方新聞學在中國水土不服，新來中國的外籍教師剛接觸到中國的新聞事業，尚未消化，就要馬上教授學生，除口頭交流獲得的信息外，得不到任何關於中國報業和報人的新聞學理論的參考。[1]

根據熊月之等人主編的《聖約翰大學史》記載，到了 30 年代報學系只設有高級課程，沒有基礎課程，只招收三四年級的學生。這種教學方式與聖約翰大學實施的課程體系密切相關。當時的聖約翰大學實行主系輔修制度、預修與必修制度。主系輔修制度指的是，該校學生在以某一系科為主要學習領域的同時，必須按照學校管理規定，同時選修其他相關系科的課程。預修與

---

[1] Maurice Votaw. Report of the Department of Journalism1922～1923，上海市檔案館，案宗號 Q243～006。轉引自李建新：《民國時期上海新聞教育的史論理析》，《新聞與傳播研究》，2016 年第 3 期，第 76～95 頁。

必修制度的主要內容是規定一定學科的課程作爲學習某一學科或某一類學科的預習課程，同時將另一些課程規定爲一定年級或學院的必修課程。前者著眼於拓寬學生的學科知識，後者則主要考慮知識的專業化程度和知識之間的必要鋪墊。[1]因此，學習報學系的課程需要學生在一二年級有一定人文社科知識基礎後方可。

武道擔任系主任時期，報學系的課程增加了不少新內容，主要有：新聞學歷史與原理、編校及社論、新聞採訪、特寫寫作、廣告等，以英文授課[2]。據聖約翰大學的檔案記載，1934 學年和 1937 學年，報學系的課程均爲六門。1934 年的課程爲：新聞學、校對與時評、廣告原理、廣告之撰作與徵求、推銷術、新聞學之歷史與原理等；1937 年的課程爲：新聞學、校對與時評、廣告原理、廣告之撰作與徵求、推銷術、新聞學之歷史與原理等。[3]

此外，報學系也實行預修與必修制度。如 1934 年的課程中，新聞學（101）和（102）的預修學程爲：英文 1、2，一年級英文；英文 3；4，歐洲古典文學等。新聞學（103）和校對與時評（104）的預修課程爲：新聞學（102），新聞學。新聞學（107）廣告原理的預修學程是：經濟學 1、2，經濟學概論。新聞學（110）推銷術的預修學程是：經濟學 1，經濟學概論等。1937 年的課程體系與此相同。[4]報學系課程也實行主輔修制度。該系的課程「新聞學」也成爲主系「英文學」的「輔系學程」之一。[5]

報學系課堂氣氛活躍，老師經常啓發學生自由討論。據 1939 年報學系畢業生經叔平回憶說：「新聞系的同學很少，上課時老師常常會在課堂上啓發同學們大家討論，課堂氣氛很活躍、也很輕鬆。我記憶最深的是老師在討論時事新聞各題時，都要我們不僅講自己的觀點、看法，還要我們分析事情的眞實內涵。他教育我們對任何事物不僅要知其然，還要知其所以然。作爲新聞工作者別任何事情要有深刻的洞察力還要有精用的分析力。要掌握事物的實

---

1　熊月之、周武主編：《聖約翰大學史》，上海人民出版社，2007 年版，第 164 頁。

2　林牧茵：《移植與流變——密蘇里大學新聞教育模式在中國（1921～1952）》，復旦大學博士論文，2012 年，第 90 頁。

3　熊月之、周武主編：《聖約翰大學史》，上海人民出版社，2007 年版，第 154 頁。

4　《聖約翰大學一覽》（1934～1935 年度，1937～1938 年度），轉引自熊月之、周武主編：《聖約翰大學史》，上海人民出版社，2007 年版，第 170 頁。

5　《聖約翰大學一覽》（1934～1935 年度，1937～1938 年度），轉引自熊月之、周武主編：《聖約翰大學史》，上海人民出版社，2007 年版，第 164 頁。

質內容，不能人云吾云，要有獨立見解，才能成爲一名出色的新聞記者。這一思維方法，對我終身受用。在我一生的道路上，當我在處理任何事情時，我常常會想起當年老師的教導。」[1]

　　武道領導下的報學系在教學上堅持理論與實踐結合，秉持密蘇里新聞教育的模式，充分利用聖約翰大學的各種教育資源，積極與其他院系合作。除了課堂的教學外，學生積極參與新聞實踐，在學院創辦的市場化媒體中通過實際動手獲得經驗。爲此，《約大週刊》效法密大《哥倫比亞密蘇里人報》，由修新聞採訪和編輯課的同學負責[2]。該刊內容「有學校新聞和校友會消息」[3]，每期銷量上千，以上海、天津兩處銷量最大[4]。同時，報學系還要負責《約翰半月刊》的發行工作。這種強調動手實踐的教育模式正是密蘇里新聞教育模式的理念基石。

## 二、燕京大學新聞學系的復辦和崛起

　　1927 年聶士芬返回美國後，5 月參加了密蘇里新聞學院的「新聞周」活動，並在 12 日發表了《中國新聞教育的前景》（ *The Prospetcs for Journalism in China* ）的演講，他介紹了中國教育的現狀和發展前景，並呼籲美國新聞界支持中國新聞教育事業。[5]同年秋，聶士芬進入密蘇里大學新聞學院攻讀碩士學位，之後他不斷呼籲密大新聞學院幫助燕京大學回復新聞教育。

　　在聶士芬和司徒雷登的不懈努力下，密大新聞學院決定全力支持燕大復建新聞學系。1928 年 3 月，密蘇里新聞學院教職員工通過決議：密蘇里新聞學院將主動聯繫燕京大學在北京開展新聞教育。同時，密蘇里新聞學院希望美國各位報紙發行人能夠幫助該系集攢五年的辦學經費。密蘇里新聞學院將更多地給予學術和行政指導，互派研究生和交換教授。[6]

---

1　徐以驊主編：《上海聖約翰大學（1879～1952）》，上海人民出版社，2009 年版，第214 頁。

2　羅文輝：《密蘇里大學新聞學院對中華民國新聞教育及新聞事業的影響》，《新聞學研究》，1989 年第 41 輯，第 202 頁。

3　《約翰年刊》，1923 年版。

4　熊月之、周武主編：《聖約翰大學史》，上海人民出版社，2007 年版，第 327 頁。

5　Sara Lockwoord Wiiliams. *Twenty Years of Education for Journalism: A History of the School of Journalism of the University of Missouri Columbia,* Missouri. USA. Columbia. Missouri. 1929. p236.

6　Sara Lockwoord Wiiliams. *Twenty Years of Education for Journalism: A History of the School of Journalism of the University of Missouri Columbia,* Missouri. USA. Columbia.

　　爲了切實幫助燕大新聞學系，密蘇里新聞學院成立了兩個協會。第一個是美國顧問委員會（The Amerian Advisory Committee）。威廉院長親任會長，其成員包括美國數家大報的發行人。這個協會主要通過發動美國新聞界捐贈，爲燕大新聞系提供辦學經費。另一個協會是密蘇里－燕京協會（*Missouri-Yenching Assoiation*），目的是發動密蘇里大學全校師生的支持此項運動。這個協會剛成立，就宣布將致力於吸納那些有興趣支持燕京大學新聞學系復興計劃的人們積極參與到密蘇里和燕京兩個大學的合作事業之中。[1]

　　5 月 11 日，密蘇里新聞學院學生主辦《哥倫比亞密蘇里人》刊登文章《密蘇里大學支持燕京大學開展新聞教育》（*M. U. Sponors Yenching University in Developing Journalistic Eduation*）。文中威廉院長解釋爲何會與燕大合作建設新聞學院：「報在目前中國紛繁複雜局面下，公眾輿論成爲一種全國範圍內的政治力量——這種全能的輿論力量正主要靠他們的報紙來製造。已經進行過充分多的嘗試和實驗告訴我們：中國的新聞學院將促使中國新聞業的發展，同樣通過他們自己國家最好的新聞學院將給新聞工作提供類似的服務。……值得注意的是：美國做得最令人滿意工作的新聞學院都是所有偉大大學的重要組成部分。這意味著中國第一個新聞學院，如果可能，也應該和中國傑出的大學聯成一體。這樣的機構就是北京燕京大學，一個按紐約法律建立起來的，符合該州所有教育條件，並獲准授予專業學位的標準學院。」[2]同年 7 月，威廉院長訪華，在香港密大新聞學院最早的中國畢業生黃憲昭接待了他們，威廉院長邀請黃憲昭北上參加燕大新聞系的復建。

　　1928 年 8 月，聶士芬完成了碩士學業，他並沒有急於返回燕大，而是繼續在美國募捐。聶士芬在美籌款活動進展順利，1929 年 1 月 7 日據密蘇里新聞學院《哥倫比亞密蘇里人》報導：聶士芬在西部、中西部和東部的新聞界發行人中籌款已近 40000 美元，計劃 50000 美元，這筆款項將用於燕京大學新聞學系五年的費用。[3]4 月 25 日，威廉院長對外宣布：密蘇里新聞學院和燕京大學聯合主辦新聞學院今日正式啓動。募集的所有基金已經可以保證該學

---

Missouri. 1929. pp290～291.

1　Missourians to Support Yenching School, *The Missouri Alumni*. May, 1928. p263.

2　Sara Lockwood Wiiliams. *Twenty Years of Education for Journalism: A History of the School of Journalism of the University of Missouri Columbia,* Missouri. USA. Columbia. Missouri. 1929. pp291～292.

3　Nash is Aided in Yenching Drive. *Columbia Missourian*. Jan, 1929.

院的運轉。[1]

　　1929 年初，密蘇里新聞學院宣布派遣學院的碩士研究生葛魯甫（Samuel D. Groff）赴燕京大學擔任廣告學兼職講師。3 月 21 日，聶士芬啓程返回中國。4 月 26 日，燕京大學文學院公布了夏季招生的主修學系名單，新聞學系名列文學院十大學系第九。[2]6 月 7 日，聶士芬抵達香港，黃憲昭接待了他。聶士芬邀請黃憲昭北上執教，黃欣然答應。聶士芬回到燕大後，立即著手實施新聞學系的重建工作。6 月 20 日，燕京大學校方批准了聶士芬提交的新聞學系計劃。9 月，聶士芬、黃憲昭、葛魯甫三位密蘇里新聞學院校齊聚燕大，開啓了燕大新聞學系新的征程。復建的新聞學系教職工共四人，其中聶士芬爲新聞學副教授兼代理系主任，黃憲昭爲新聞學副教授，葛魯甫爲研究員和廣告學講師，之後增聘英語學系畢業生盧祺新擔任助教兼書記員。

　　新聞學系復建後，密蘇里新聞學院切實履行了幫助燕大新聞學系的承諾。繼葛魯甫之後，密蘇里新聞學院又派遣白雅各（J. D. White）前來任教。燕大新聞學系也派遣了盧祺新、湯德臣兩名學生前往密蘇里新聞學院學習交流。同時兩校實行教授互換，1932 年 2 月，密蘇里新聞學院副院長、新聞學教授馬丁先生來到燕達新聞學系講學一年，聶士芬前往密蘇里新聞學院授課。密蘇里畢業生斯諾也於 1934 年在燕大新聞學系任教，1936 年威廉院長的夫人薩拉·洛克伍德也到燕大新聞學系任客座教授。此外，密蘇里新聞學院還贈送了大量的圖書資料給燕大新聞學系，其中比較重要的是密蘇里新聞學院出版的新聞叢書（*The University of Missouri Bulletin，Journalism Series*）。

　　在密蘇里新聞學院的幫助下，聶士芬等人努力建設新聞學系，經過數年的發展，在各方面都有了十足的進步。燕京大學新聞學系恢復成立後，在教育目的上提出：「本學系之目的在培養報界人才，授予廣博之專門知能，其他與新聞事業有切近關係之學識亦莫不因時施教。俾學生得分途發展，各盡所長。」[3]葛魯甫和盧祺新也回憶到，新聞學系恢復之際就確立了高標準的教學目標，「燕大新聞系之目的，是借鼓勵許多受過良好教育，有理想的人從事新聞工作，以協助中國發展出高尚、富有服務精神及負責任的新聞事業。課程

1　$5000 More Given YenchingSchool. *Columbia Missourian. April*, 1929.
2　燕京大學校友會校史編寫組：《燕京大學史稿（1919～1952）》，人民中國出版社，1999 年版，第 1196 頁。
3　《私立燕京大學文學院課程一覽，1929～1930》，北京大學檔案館，燕京大學檔案 YJ29022。

主要是讓學生得到初步的新聞訓練，以期他們能把新聞事業樹立成最具潛力的事業，成為促進公益及國際友好關係的砥柱。」[1]此外，新聞學系也強調社會責任的培養，1931 年 12 月，新聞學系創辦的《燕大報務之聲》刊登了《燕大新聞學系之使命》一文，一方面闡述了新聞事業對社會、國家的重要性，「新聞紙在政治上、社會上的重要性，無論在何種形態的國家，都不能不無疑地承認。尤其是黨外交問題發生的時候，國際的形勢，當為有力的新聞紙所左右。……我國國際地位的低落，固然是軍事與外交的失敗，而不知運用新聞政策，亦為其中重大原因。……人才的缺乏，實為不可掩飾的事實。」[2]另一方面繼續強化了新聞學系的社會使命，「燕京大學新聞學系的設立，便為了看到新聞紙的重要，授學生以基本的新聞學識與訓練，使之成為報界的專門人才，將來我國也能夠籍新聞紙這工具，去與各國新聞紙竟美，以期達到宣傳的效果，其使命是非常重大的。」[3]

　　隨著燕大新聞學系的發展和辦學經驗的積累，其教育目標也有了新的發展。1936 年 5 月，燕大新聞學系主任梁士純在《中國新聞教育之現在與將來》一文中，明確提出了「培養報業領袖」的目標，「一個健全的新聞教育機關最高的目的，不僅要為報業來訓練專門技術的人才，而更要培養有眼光，有才幹，有勇敢，有犧牲精神的領袖。」[4]同時他提到，「新聞教育界的鉅子威廉博士關於密蘇里大學新聞學院說過一句這樣的話：『密蘇里大學新聞學院的目標，不是製造新聞記者，乃是為新聞事業預備健全的人才』。這也可以說是燕京大學新聞學系的目標。」[5]1937 年，燕大新聞學系出版的《燕京大學新聞學會年冊》中，刊登了梁士純文章《事在人為》，再次闡述了培養報界領袖的教育目標。他指出：「今日中國報界所缺乏的不只是技術人才而已，其最大的缺陷還是領袖人才；有遠見，有魄力，有主張，有偉大才幹的人才……所可欣慰的，在已往的幾屆畢業生中，我們已得到了相當的證明。在他們中間，我

---

1　盧祺新、葛魯甫：《燕京新聞系》，載於《燕大文史資料》第三輯，北京大學出版社，1991 年版，第 29 頁。
2　《燕大新聞學系之使命》，《燕大報務之聲》第五號，1931 年 12 月 20 日。
3　《燕大新聞學系之使命》，《燕大報務之聲》第五號，1931 年 12 月 20 日。
4　梁士純：《中國新聞教育之現在與將來》，燕京大學新聞學系刊印，1936 年版，第 8 頁。
5　梁士純：《中國新聞教育之現在與將來》，燕京大學新聞學系刊印，1936 年版，第 1 ～2 頁。

們看見了能負重大責任，有創見及改革能力的領袖人才」。[1]

在師資上，燕大新聞學系也不斷擴充，聘請學界、報界的名流前來任教。專職教師方面，1933 年聘請了梁士純，1934 年又聘請了斯諾。此外，還有許多兼職教師前往燕大新聞學系授課，這些人大都在新聞界工作，有著豐富的業務經驗。例如北平《實報》社長、總編管翼賢，英國《泰晤士報》駐北平記者田丕烈，《北平晨報》「家庭樂園」副刊主編許興凱，世界報系的負責人成舍我，天津《益世報》總編輯劉豁軒等。

總的來講，新聞學系的師資在數量上並不算多。1929 年復建後，直到1950 年，教職工最多的時候也只有十人，當時是 1932 到 1933 學年，專職教師 4 人，兼職教師 4 人，助理 2 人。雖然燕京大學新聞學系教職工人數少，但培養了大批學生。從 1929 年開始，新聞系學生數量不斷攀升。到 1936 年，主修人數達 63 人之多，一躍成為文學院八系中人數最多的系，在全校也排第四位。[2]

在教學上，新聞學系實行主副修制度。根據規定：「主修課畢業學分的最低限度為三十二學分。關於普通課程的規定是主修學生應當選定一個與報業有關係的系，在那一系裏至少修二十分以上的功課，這就是所謂副修。」[3]此外，文學院還規定，該學院八個系的所有學生必須在第一學年完成國文（八學分）、英文（八學分）、近代文化（四學分），總共 20 學分的課程，此外女生還須在一年級第二學期選修衛生學（一學分）。文學院和新聞學系的相關規定保證了學生在入學初的幾學期能夠接受到足夠的人文社科基礎教育，而且新聞學系也鼓勵學生打好基礎，「學生於第一、二學年最好不選修純粹的職業科目，而於國文、自然科學、應用社會科學等學科多加注意，以樹基礎。」[4]

在打好基礎的前提下，新聞學系也注重專業技能的培養。比如 1929 年～1930 學年，新聞系共開專業課九門，分別是新聞學導言、報章文字、新聞之採訪與編輯、比較新聞學、廣告原理、特載文字、發行須知、通訊、材料儲藏法，九門課程中技能方面的課程佔了六門，足見新聞學系對此的重視程度。

---

1　梁士純：《事在人為》，《燕京大學新聞學會年冊》，1937 年版。同見《燕大文史資料》第七輯，北京大學出版社，1993 年版，第 94 頁。
2　《燕京大學校刊》，1936 年 10 月 10 日。
3　劉豁軒：《燕大的報學教育》，《報學論叢》，天津益世報社，1946 年版，第 92 頁。
4　燕京大學編印：《私立燕京大學文學院課程一覽，1929～1930》，1929 年版，第 96 頁。

在這之後，新聞學專業的課程有過幾次調整，無論如何變化，新聞業務方面的課程始終在數量上占優。

　　值得一提的是，燕大新聞學系在當時也開展中國最早的新聞學碩士研究生的培養。1929 年，葛魯甫作爲第一個密蘇里－燕京交換研究員來到燕大，他不僅從事教學工作，同時還進行碩士課題研究。據 1929 年 11 月的《燕大報務之聲》報導說：有四個研究生選修了新聞學系課程，第一位密蘇里－燕京交換研究員葛魯甫，是該系兼職廣告學教師。……今年的新聞學工作儘管沒有學分，但是研究院承認對明年希望攻讀碩士學位和專業資格證書的學生學分。」[1]1931 年 5 月，葛魯甫完成了他的英文碩士學位論文《中國廣告業》（*Advertising in China*），論文長達 230 餘頁，包括序言、正文九章和附錄等十一部分。同年，燕京大學授予葛魯甫文碩士學位。他成爲中國第一位新聞學碩士，同時也是外國留學生中第一個在中國取的碩士學位的人。

　　葛魯甫之後，密蘇里新聞學院第二位交換生白雅格於 1932 年來到燕大，但未能獲得碩士學位。此外，根據燕大檔案記載，1931 年文科研究所新聞學部有研究生三人，1933 年有四人。但目前的資料都未記載這些人最後是否拿到了碩士學位。

　　在實踐教學上，新聞學系不斷爲學生創造條件，並鼓勵他們走出去，積極參加新聞實習。1929 年 11 月 20 日，在師生的共同努力下，新聞學系第一份報紙《燕大報務之聲》（*YenTa Journalism News*）出版，創刊號爲全英文八開四版小型報。這份報紙爲不定期出版。1930 年，新聞學系就學生實習事宜作出規定：（1）在假期到平津及全國各地的報社實習；（2）高年級學生在平時則利用週末或其他業餘時間以燕大通迅員的身份爲北平各報社寫稿；（3）新聞系組織了一個「燕大報業辛迪加」（The Yenta Press Syndiate），爲中國的新聞機構供稿並在發行和廣告方面提供服務；（4）組織學生爲一些新聞機構的社論版做編輯工作，以此爲課堂作業的一部分；（5）爲學系自辦的《燕大報務之聲》工作。[2]

　　爲了增加學生動手的機會，1930 年 10 月，新聞學系出版了英文《新中國》（*The New China*）月刊。該刊物是新聞學系課堂教學的延伸，原爲選修《雜

---

1　44 Students Enter Journalism Class. *Yenta Journalism News*. No.1, Nov, 20, 1929.

2　《新聞系概況，1930～1931》（Department of Journalism Announements and General Information，1930～1931），轉見李欣人：《燕京大學新聞教育研究》，中國人民大學碩士論文未刊本，2001 年版，第 45 頁。

誌編輯》與《特別記載》的學生實習之用，登載關於時事學術各種論著，時
有燕京教師名著，刊載其內，當時華北唯一英文言論刊物。[1] 1931 年 9 月初，
新聞學系又創辦了《平西報》（The Yenching Gazette），這是一份完全商業化的
報紙，創辦的目的也是為了增加學生的動手機會。該報的主要內容是燕大和
清華以及海淀周邊地區的新聞為主。《平西報》設有營業部、編輯部、廣告部、
發行部等多個部門，除印刷委託於人外，其他所有業務均由學生輪流完成。
1932 年 8 月 25 日，《平西報》改名《燕京報》繼續出版。這之後，報名也曾
恢復成《平西報》，後又改為《燕京新聞》。每逢臨近期末考試，報紙便停刊，
開學後重新出版。

　　燕大新聞學系還重視對外交流，其中一個重要的途徑是「新聞學討論
（周）會」。「新聞學討論（周）會」是仿照密蘇里新聞學院創設的。密蘇里
新聞學院重視同新聞界交流合作，經常聘請新聞界朋友來到學院開講座演
講。1910 年，密蘇里新聞學院將「新聞周」的形式將同新聞界密切聯絡和交
流活動固定下來。在每年五月間邀請新聞界人士聚集在新聞學院召開「新聞
周」（Journalism Week），共同討論新聞業界發展動態和存在問題以及解決之
道。1931 年開始，在黃憲昭的主持下，新聞學系借鑒密蘇里新聞學院「新聞
周」的做法，邀請新聞界名流來到燕園，前後共舉辦了七屆「新聞討論周
（會）」。在國際交流上，燕大新聞學系充分利用同密蘇里新聞學院的友好關
係，積極引入密的新聞教育理念和模式，在多個方面對密蘇里新聞學院進行
模仿，取得了良好的效果。

　　在教學的同時，燕大新聞學系也積極開展新聞學的研究工作。出版了一
批新聞學著作。主要有新聞系共同集纂的《新聞學研究》（1932）、《中國報
界交通錄》（1933）、《新聞學概觀》（1935）、《報人世界》（1935）、《新聞事
業與國難》（1936）、《今日中國報界的使命》（1937），以及梁士純所寫《中
國新聞教育之現在與將來》（1935）、《戰時的輿論及其統制》（1936）。

---

1　《燕大新聞學系近況　學生各種實習工作》，《燕大報務之聲》第五號，1931 年 12 月
　　20 日。

# 第四章 民國南京政府中期的外國在華新聞業

1937 年「七七事變」後，日本發動全面侵華戰爭，南京、上海、武漢相繼淪陷，其新聞統制政策陸續推廣到華北、華中、華南等淪陷區。日本侵佔東北以後，蘇聯的新聞活動受到日本、偽滿勢力的嚴重干擾和破壞，在華俄僑新聞業出現了南遷上海、「英俄合璧」、以第三國身份幫助中共開展宣傳活動等的新動向。「孤島」時期，租界當局調整新聞政策，外國在華新聞業面臨著新局面，一些報刊堅持同日軍鬥爭，積極報導中國的抗戰。許多外國的報社和通訊社遷往大後方，大批外國記者來華，報導中國的抗戰，使得全世界逐漸瞭解共產黨和它領導的軍隊。

## 第一節 孤島時期的外國在華新聞業

1937 年 8 月 13 日，日軍進攻上海，淞滬會戰爆發。經過三個月的奮勇抵抗，中國軍隊最終戰敗而退。11 月 12 日，上海除蘇州河以北的公租界和法租界外，全部被日軍佔領。公租界和法租界就此成為「孤島」，其範圍是東至黃浦江，西至法華路（今新華路）、大西路（今延安西路），南至民國路（今人民路），北至蘇州河。從 1937 年 11 月 12 日到 1941 年 12 月 8 日日軍佔領租界，「孤島」共存在 4 年零 27 天。

「孤島」時期，上海發刊的外文報紙有日文 4 種、英文 7 種、俄文 3 種、法文 2 種、德文 1 種。英文有《字林西報》《上海泰晤士報》《大美晚報》《密勒氏評論報》等，俄文有《俄文日報》《柴拉早晚報》《斯羅沃報》等，法文

有《上海日報》《遠東新聞》等，德文有《遠東日報》等。面對險峻的局面，一些報刊堅持同日軍鬥爭，積極報導中國的抗戰。

1941 年太平洋戰爭爆發，日軍報導部接收英文《上海泰晤士報》《大陸報》，查封《密勒氏評論報》《大美晚報》《大美週報》《字林西報》。《上海泰晤士報》《大美晚報》接受日方審查，准許復刊。1942 年 6 月，日本憲兵隊以對日諜報和反日宣傳名義逮捕《密勒氏評論報》主筆鮑威爾、《大美晚報》記者奧柏、《遠東週報》主筆兼評論員伍德海等 10 餘人，交日軍軍事法庭審訊。

## 一、孤島時期外國在華新聞業面臨的新局面

「孤島」時期的租界陷於內外交困之中。在外部，它受到日偽政權及其軍事力量包圍式的對峙和不斷的騷擾、威脅，偽方也展開「收回租界」的宣傳運動，以打擊西方勢力在租界的影響，並藉以標榜自己的「民族主義」立場。在內部，公租界工部局出現了從來沒有過的分裂傾向，英美和日本的矛盾反映在工部局內，兩方關係日益惡化，日本人在上海逐漸占得優勢，在工部局內排擠打壓英美人士。雖然當時日軍全面主導了上海的局面，但並沒有直接佔領租界，綜合考慮當時的情形，其主要原因如下：1. 日本和英美還沒有公開宣戰。2. 日本還需英美的幫助。比如在 1938 年，日本的作戰物資 92% 需要從美國進口。運輸物資需要向英國租賃船隻。3. 由於戰爭的牽制原因，日軍沒有力量管理地域廣大且複雜的租界。4. 日軍內部對是否佔領租界有不同的意見。5. 需要保持現狀，以利用租界的經濟和繁榮局面。6. 工部局在具體問題上越來越順服，聽從日方的意見。[1]

但內外的交困並未對租界的經濟產生影響，反而出現了反常的經濟繁榮。公租界內的棉紡廠以英美公司的名義重新運行，利潤達到兩倍、三倍，七家新廠建立起來。麵粉廠的產量每年增加百分之十。美國控制的上海電力公司規模擴展了百分之十，設備添置費達 200 萬美元。公租界內出現了 400 個小型企業，而大部分都來自日占區，製造業、化工產品、藥用油、玻璃器皿、燈泡、手電、電扇、糖果，以及香煙等。由於這些產品的原材料只能依賴進口，故海運業和保險業也得以發展。雖然戰爭在不斷擴大，但也刺激了租界經濟的繁榮，首先是大量難民湧入租界，在數周內人口從 150 萬猛漲到 400 萬，大量的人口帶來了大量的消費需求。再就是日占區和國統區的貿易。

---

1　鄭祖安：《百年上海城》，學林出版社，1999 年版，第 185 頁。

1940 年，這類貿易額估計高達 1.2 億美元。出口貿易方面，上海 50 家德國公司包攬了大量海運業務，食品、農產品、皮革製品被源源不斷地運往德國支持戰時經濟。[1]

　　這種特殊的局面為各類報刊的發展提供了一定的空間，除了外國人在華所辦報刊外，還有共產黨和國民黨領導的報刊，無黨派愛國人士所辦報刊等。為了進一步控制整個上海的新聞界，日軍強佔了國民黨中宣部設立在租界內的上海新聞檢查所。11 月 28 日日本侵略者通知上海 12 家報社：「日本軍事當局宣布，自 1937 年 11 月 28 日下午 3 時起，原中國當局行使的報刊監督、檢查的權力由日本軍事當局接管。」並恐嚇各報說：「日本軍事當局在原則上願尊重報紙和其他印刷物等文化事業。只要這些報刊不再損害日本利益，日本軍事當局可以既往不究」，「然而報紙和其他印刷物如果無視或反對日本軍事當局行使上述權力，則一切後果將由自己負責」。2 月 13 日晚上，日本侵略者以上海新聞檢查所名義向各報發出通知，迫令各報自翌日（即 12 月 14 日）晚上起，須將稿件小樣送到該所檢查，未經檢查的新聞報導一概不得刊載。[2] 許多報紙因不願接受日軍的新聞檢查，便遷往內地或香港。《救亡日報》《立報》《時事新報》《神州日報》《民報》等相繼停刊。至 12 月 14 日，《大公報》《申報》宣布停刊，《時報》《新聞報》《大晚報》接受檢查，「自 11 月華軍退出上海後，出版物之停刊者共 30 種，通訊社之停閉者共 4 家，包括中國政府機關之中央通訊社在內。」[3]

　　日軍為了對租界內的報刊實行新聞檢查，還指示汪偽政府於 1940 年 10 月制定了《全國重要都市新聞檢查暫行辦法》。其禁載內容不僅十分廣泛，而且給檢查者無限權力，對違反規定的處罰也十分嚴屬。其主要的處罰手段有警告、有期停刊、無期停刊，此外還可以「照危害民國論罪」。《暫行辦法》頒布後，日軍打著尊重中國主權的幌子，將上海新聞檢查所的管理權歸還給汪偽政府，但仍在幕後指揮。

　　1940 年 12 月 16 日，日軍將新聞檢查所移交給汪偽宣傳部。12 月 18 日，偽市府致上海公共租界工部局函，要求工部局「通飭租界內各報館遵章送檢，

1　〔美〕魏斐德（Frederic Wakeman）著；芮傳明譯：《上海歹土　戰時恐怖活動與城市犯罪：1937～1941》，上海古籍出版社，2003 年版，第 2 頁。
2　馬光仁主編：《上海新聞史（1850～1949）》，復旦大學出版社，2014 年版，第 823～824 頁。
3　陳冠蘭：《近代中國的租界與新聞傳播》，中國書籍出版社，2013 年版，第 285 頁。

並派警保護」，工部局覆函稱：「關於訓令各報遵章送檢之事，以種種困難，未能即如所請，惟保證警務當局當予盡力協助，制止租界各報紙作任何不利之政治宣傳等語。」[1]

1940 年 3 月汪僞政府下令通緝抗日報人，驅逐同情中國抗戰的外籍報人，恐嚇廣告客戶，禁止抗日報紙發行銷售。1940 年 7 月 1 日汪精衛以僞國民政府代主席、行政院長的名義發布了一個通緝上海租界內部位愛國抗日人士的「命令」，其中 49 位是抗日報人，罪狀是「潛身上海租界，假借第三國人名義，經營報館，終日造謠、煽功、破壞和平反共建國……」這些人包括：《中美日報》社長吳任滄、總經理駱美中，主要編輯人員王錦荃、飽維翰、胡傳厚、周世南、張若谷、錢弗公、王晉琦；中央通訊社上海分社主任馮有眞；原《時事新報》經理崔唯吾；原《華報》副經理崔步武；《申報》經理馬蔭良，主要編輯人員伍特公、胡仲持、瞿紹伊、唐鳴時、馬崇淦、張叔通、黃寄萍、趙君豪、金華亭；《神州日報》社長蔣光堂，主要編輯人員盛世強、張一蘋、徐懷沙、戴湘雲；《大美晚報》董事兼經理張似旭，主要編輯人員張志韓、劉祖澄、程振章、朱一熊；《大晚報》經理王錦城，主要編輯人員汪惆然、金摩雲、朱曼華、吳中一、高季琳（即柯靈）；《新聞報》主任汪仲韋，記者顧執中，編輯倪瀾深、王人路、徐恥痕、潘競民、蔣劍侯；英文《大美晚報》編輯袁倫仁；英文《大陸報》編輯莊芝亮、吳嘉棠；英文《密勒氏評論報》編輯郝紫陽。[2]

1941 年 1 月 24 日汪僞政府頒布《出版法》，爲了標榜自己的「正統」地位，還特別標明「民國十九年十二月十六日國府公布，民國三十年一月二十四日修正公布」的字樣。該《出版法》除少數條款沿用之前國民黨的《出版法》外，基本抄襲日本人制定的僞「華北臨時政府」的《出版法》。該《出版法》規定了繁瑣的登記手續，苛刻的禁止登載範圍，嚴厲的處罰措施。通令在汪僞統治區實施，上海是重點地區。[3]

汪僞的《出版法》頒布後，僞上海市政府通令租界內的報刊，不論之前是否已向租界當局登記，一律重新申請登記，新聞界對此強烈反對，許多報刊不予理會。僞上海市滬西特別警察總署還通令所屬各單位，未登記的報刊，

1 陳冠蘭：《近代中國的租界與新聞傳播》，中國書籍出版社，2013 年版，第 292 頁。
2 姚福申、葉翠娣、辛曙民：《汪僞新聞界大事記（上）》，《新聞研究資料》，1989 年第 4 期，第 163～198 頁。
3 齊衛平等著：《抗戰時期的上海文化》，上海人民出版社，2001 年版，第 248 頁。

嚴禁在租界外銷售，「著派警員早晚在與租界毗鄰出入口處，嚴予查禁，如有闖入，即行沒收。」1941 年 7 月 1 日，僞上海滬西特別警察總署特高科在一份報告中稱：「諭辦理報紙登記，遵經分別通知各報館在案，茲查報館共 57家，已來署登記者計有 20 家，尚未登記者計 37 家。」[1]

　　針對廣播事業的管理，1938 年 3 月 20 日，日軍在上海設立無線電廣播監督處，取代國民黨中央廣播事業指導委員會和交通部對廣播電臺的管理權。31 日，監督處通令上海地區各廣播電臺業主在 4 月 15 日前攜帶原許可證和報告書向該處登記領照。4 月 1 日，監督處向 20 多家廣播電臺分發調查表。公租界工部局同意日方所爲，而法租界公董局則拒絕承認該監督處行爲的合法性。公共租界內 20 家電臺聯名致函工部局，要求工部局採取公正立場處理此事。4 月 14 日，工部局通知界內華商電臺，將接受任何代替國民政府交通部本地辦事處的機關監督，同時工部局仍保留對這些電臺實際活動的控制權。15 日，公董局聲明，將採取同樣態度。5 月 5 日，工部局董事會召開特別會議，責成警務處監督華商電臺節目，對播出反日或政治性宣傳節目的電臺，予以關閉。

　　汪僞政府接收上海地區廣播管理權後，出臺了《裝設無線電收音機登記暫行辦法》《無線電收音機取締暫行條例》等，規定如欲裝設收音機者，「應照中央主管官署所登記手續，向各地主管官署登記，領取登記證後，方可使用」，若變更播音線路、地點等，要重新申請登記。違者處以罰金、沒收裝置、逮捕等刑罰。汪僞政府還設立「上海市廣播無線電臺監督處」來管理廣播事業。[2]

## 二、租界當局新聞政策的調整

　　上海租界成爲「孤島」前夕，正是租界內各種報刊抗日宣傳聲勢正壯的時候，包括共產黨、國民黨及外國在華報刊，無不積極爲抗日宣傳，這當然是日軍不能容忍的。松滬會戰開始不久，工部局於 1937 年 8 月 17 日發布告示：「本局現正竭其全力，以維持所轄境內之治安秩序，及保障生命財產之安全。同時又注意各種不準確及錯誤消息之弊害，本局警務處在戰事期間之內，始終密切留意，以制止各報紙之刊登誤傳消息，以及認爲與法律及秩序有妨

---

1　陳冠蘭：《近代中國的租界與新聞傳播》，中國書籍出版社，2013 年版，第 293 頁。
2　陳冠蘭：《近代中國的租界與新聞傳播》，中國書籍出版社，2013 年版，第 249 頁。

害之言論。」[1]

11 月 9 日，蔣介石下令撤退的當天，日軍就向租界工部局提出取締一切反日宣傳活動的要求。日本駐滬總領事岡本在給公租界工部局總董樊克令（C. S. Franklin）信中說：「請貴當局注意近來租界內的騷亂活動」，「這些騷亂活動包括在某些鬧市區內散發和流傳反日小冊子，傳單和各種印刷品」，「我請求貴當局立即採取適當措施，以有效地禁止與根除這些騷亂因素與活動」。[2] 在回信中，樊克令應允與日方合作，並稱：「工部局已經開始不斷地對散佈那些旨在擾亂租界和平秩序、反對某方人的印刷品和從事這類宣傳活動的中國團體施以越來越大的壓力。……對於令人討厭的報紙，工部局也已採取相似的措施。」[3]

11 月 12 日，上海淪陷當日，上海工部局總裁費信淳就表示：「對過激之團體，尤其關於散發張貼反日傳單等活動，當盡力使之納於正軌。」次日，樊克令（C. S. Franklin）就宣布租界中立，稱對於中日戰爭不會偏袒任何一方。11 月 20 日，日本駐華大使館武官原田少將赴上海工部局會見了總裁費信淳（S. Fesenden），要求上海工部局採取措施取締租界內的反日宣傳活動，否則日軍將「保留他們認為必要時採取行動的權力」。與此同時，日本駐滬總領事岡本又向工部局提出五點要求，其中和媒介相關的主要有：禁止反日活動以及其他顛覆性活動；禁止張貼反日標語和散發反日印刷品；禁演反日劇、電影等；禁止反日無線電廣播；禁止中國政府檢查郵電、交通；禁止中國政府檢查報社和新聞通訊社；禁止中國人從事非法的無線電通訊。[4]

11 月 25 日，日軍派人在工部局警捕的陪同下，接收了國民黨交通部上海電報局、無線電報房、發報臺及廣播電臺。當晚上海與外埠的電訊聯絡中斷，同時日軍宣布：「原中國當局行使的報刊監督與檢查之權由日本軍事當局接管。」並強行佔領了國民黨中宣部設在公租界的新聞檢查所。[5]

12 月 21 日，工部局發布 4878 號布告，規定在公共租界內印刷或分送的

1　《上海公共租界工部局年報》，1937 年版，第 26 頁。
2　馬光仁主編：《上海新聞史（1850～1949）》，復旦大學出版社，2014 年版，第 823 頁。
3　馬光仁主編：《上海新聞史（1850～1949）》，復旦大學出版社，2014 年版，第 824 頁。
4　馬光仁主編：《上海新聞史（1850～1949）》，復旦大學出版社，2014 年版，第 824 頁。
5　齊衛平等著：《抗戰時期的上海文化》，上海人民出版社，2001 年版，第 233 頁。

各種報紙雜誌、定期出版物及小冊子等，必須向工部局登記。1937 年，工部局警務處對 147 種報紙、刊物以及傳單、圖片等印刷品進行檢查，有 38 人因涉嫌猥褻文字、危害公共治安及未進行出版登記被指控，被處以 10～120 元的罰金，有 11 種出版物被指控刊載不正確消息和不正當文字被勒令停刊，其他 23 種報紙被警告 45 次。截至年底，工部局發出的出版登記物證書，外文刊物有 22 張，中文刊物有 64 張。[1]

1938 年，工部局警務處對 315 種報紙和刊物以及傳單、圖片等印刷品進行了檢查，有 27 人因涉及猥褻文字、危害公共治安及未進行出版登記被指控，被處以 10～250 元罰款；有 86 種刊物的編輯及 4 家通訊社被警告、勒令停辦或暫時停刊；當年有 33 種報刊申請登記，公租界內登記報刊總數為 314 種，其中 121 中停刊。法租界 125 家報刊提出申請登記，公董局警務處只批准了其中的 49 家，包括 32 家中文報紙、11 家俄文報紙、5 家英文報紙和 1 家法文報紙。警務處還對書店和印刷所進行了 342 次檢查，有 5 人因涉及猥褻文字、危害公共治安及未進行出版登記而被捕，被處以 15～30 天監禁的處罰。[2]

除了工部局對報刊的管制外，1938 年冬，英國駐華公使寇爾也以三事約束上海英商的華文報紙：（一）不能記載與英國政策有所違背的文字，（二）不能有任何使上海公共租界地位發生困難的文字，（三）上述文字包括新聞、言論、圖片，倘有故違，則立即取消其營業照會。這三則約章頒布後，就連《字林西報》都大不謂然，指此舉有損英人愛好自由的傳統。[3]

1939 年，上海英方接受工部局的請求，召集上海六家英商華文日報，告以六項新約：（一）不得有漢奸、敵人、壯漢等字，（二）不得以 XX 暗示日本，（三）不得以鬼子暗示日人，（四）不得登載關於國民黨或同類機關的通告或文件，（五）不得登載日本國內或在華日軍日人的反戰情緒及其運動消息，（六）不得登載激動抗日情緒或釀成抗日恐怖事件的任何宣傳稿件。工部局政治部更是通告上海外商華文報紙稱：「在最近情形之下，各報如刊載任何演說或宣言，不論其來自何方，凡與目前政治運動會、政治團體有關者，必須於出版前送該部檢查，否則工部局得撤銷其登記執照。[4]

1939 年 4 月 12 日和 26 日，日本駐滬領事兩次向工部局提出備忘錄，要

---

1　史梅定主編：《上海租界志》，上海社會科學院出版社，2001 年版，第 540 頁。
2　史梅定主編：《上海租界志》，上海社會科學院出版社，2001 年版，第 540～541 頁。
3　杜紹文：《戰時報學講話》，戰地圖書出版社，1941 年版，第 100 頁。
4　杜紹文：《戰時報學講話》，戰地圖書出版社，1941 年版，第 100～101 頁。

求取締反日報紙，對「孤島」報刊實行新聞檢查。工部局於 5 月初再次發布
告示，禁止抗日宣傳活動，並要求各外商報紙送工部局警務處接受檢查。該
年度警務處對 541 種報紙、刊物以及傳單、圖片等印刷品進行了檢查，對 89
種報刊發出警告，有 18 種報刊被停版或暫時停刊，有 49 人因涉及猥褻文字、
危害公共治安及未進行出版登記被上海第一特區法院處以 10～150 元罰款，
有 45 家外商印刷所、316 家華商印刷所申請登記。在法租界，公董局警務處
報告指出，中外文報刊在嚴密檢查下實際上已經不可能刊載帶煽動性的文
章，印刷所、書店也不斷受到警告，不得印刷或發行帶有鼓動騷亂嫌疑的書
籍；各種報刊申請登記的有 136 家，但警務處僅批准其中的 90 家。當年法租
界內有書店 36 家，印刷所 258 家。1940 年，工部局警務處對 518 種報紙和刊
物以及傳單、圖片等印刷品進行了檢查，8 月 16 日，工部局設立捕房檢查部，
專門檢查出版發行前的華文日報和晚報，警務處對 40 種報刊發出警告，有 3
種報刊被停版或暫時停刊，有 16 人因涉及猥褻文字、危害公共治安以及未進
行出版登記被上海第一特區法院處以 10-80 元罰款，有 1 人被美國領事法庭處
以 10 元美金罰款。[1]

　　法租界方面，據租界的年度報告稱，法租界內所有報刊都受到了嚴格的
檢查，各類小報均被禁止發售。除了對報刊進行登記外，還給報販分發臂章
作為標識，執勤的警員被命令禁止人們散發傳單，張貼煽動性文告或從事破
壞治安的活動。當年有 40 家書鋪（書鋪總數為 93 家）以及 204 家印刷所向
公董局警務處提出開設申請，有 75 家報紙提出登記申請。[2]

　　1938 年 5 月 16 日，法國駐滬總領事頒布《管理無線電話及無線電報章
程》，規定凡在法租界內設立無線電臺者，必須預先得到經法國總領事批准的
許可證和營業執照，各播音電臺不能做政治宣傳，並預先向公董局警務處政
治部送呈廣播節目單；授權公董局警務處監督執行，違章者處以罰款或弔銷
裝業執照。該年 6 月，公董局警務處組成一個監聽廣播電臺和管理無線電愛
好者機構，訓練一名華籍警員、一名俄籍警員專門從事這項事務。該年度有
21 家廣播電臺的申請未得到批准。警務處在 4 月間曾對一家名為「元昌」的
電臺進行檢查，以從事政治宣傳的罪名將其取締，另外還對一批秘密電臺進
行了追蹤。[3]

1　史梅定主編：《上海租界志》，上海社會科學院出版社，2001 年版，第 541 頁。
2　史梅定主編：《上海租界志》，上海社會科學院出版社，2001 年版，第 540 頁。
3　史梅定主編：《上海租界志》，上海社會科學院出版社，2001 年版，第 544 頁。

## 三、外國在華新聞業的變化與中斷

　　當日軍要求租界內的所有中文報刊送審時，1937 年 12 月 16 日《大美晚報》的發行人史帶發表《責任聲明啓事》，內稱：「（華文）《大美晚報》即英文《大美晚報》之華文版。兩版編輯方針，完全相同，所取之材料與實質，亦大同小異。……兩報皆服膺報紙言論自由之精義，敢作無畏及切實之評論，及登載不參成見、純重事實之新聞。兩報雖爲美人所有，但對於服務帶有國際性的上海社會之責任，亦極能認識。……兩報不受任何方面之檢查。」[1]許多報人看到外人在華報刊的這種「特殊地位」便決定加以利用，找來英美人士掛名報紙的發行人、總編，這樣就可以免於日軍檢查繼續出版。利用這種方法，《大美晚報晨刊》《每日譯報》《文匯報》等抗日報刊紛紛創立，《申報》也重返上海。這些以外國人的名義創辦的報刊，實際上由中國人主持，史稱「洋旗報」。

　　《大美晚報》憑藉其美商報紙身份，使日僞無法管制。它站在正義的立場上，不斷揭露日本帝國主義侵略獸行，熱情謳歌中國人民的英勇抗戰，與日僞報紙相抗衡。其所服膺的「報紙言論自由之精義」在此時此地發揮了積極的作用。刊載的新聞大膽突出，一時頗受上海人民歡迎，每當下午三、四點鐘報紙印出來時，讀者即爭相購閱。[2]

　　面對日方危言恫嚇，《大美晚報》的總編高爾德出入攜帶手槍，並不爲日方威脅所動。1940 年 7 月 14 日，在日本當局的指使下，南京汪僞「國民政府」訓令僞上海市政府，與各外國駐滬有關機關交涉，驅逐上海租界中七名外國記者，《大美晚報》的史帶和高爾德都在其中。「以外國身份而參加顛覆國民政府之陰謀，並公然爲破壞國民政府之言論行動……日夜造謠生事，以期危害民國……爲中國法律之所不容」，令僞上海市長「迅即與各國駐滬關係當局交涉，對此等分子嚴定限期勒令出境」。1941 年末太平洋戰爭爆發後，迫於環境的日益險惡，高爾德不得不返美。[3]

　　1938 年 2 月，愛國知識分子朱惺公進入《大美晚報》的副刊《夜光》擔

1　楊幼生：《上海「孤島」時期的洋商華文報》，《新聞記者》，1985 年第 8 期，第 30～31 頁。

2　王欣：《一份頗具影響的外商華文晚報——〈大美晚報〉》，《新聞研究資料》，1991年第 3 期，第 145～156 頁。

3　陳興來、李花：《「執拗」的資深報人——〈大美晚報〉編輯高爾德研究》，《今傳媒》，2012 年第 7 期，第 143～144 頁。

任主編。他以「惺公」「惺」等筆名在《夜光》的小言論專欄《夜譚》中發表大量雜文，痛斥侵略者和漢奸賣國賊，激勵人民抗日鬥志，同時組織編輯《民族正氣──中國民族英雄專輯》《新禽言》《菊花專輯》《漢奸史話》等專欄、專版，託物言志，借古喻今。朱惺公的所爲引起了日軍和汪僞的憎恨。在收到附有子彈的恐嚇信後，朱惺公毫不畏懼，於 1939 年 6 月 20 日在《夜光》發表洋洋二千言的公開信《將被「國法」宣判「死刑」者之自供一──覆所謂「中國國民黨鏟共救國特工總指揮部」書》，莊嚴宣告：「今貴『部』將宣判余之『死刑』矣！此誠余之寵幸也！余不屈服，亦不乞憐，余之所爲，必爲內心之所安，社會之間情，天理之可容！如天道不亡，正氣猶存！」「餘生爲庸人，死作雄鬼，死於此時此地，誠甘之如飴者矣。」8 月 30 日下午，朱惺公在回家途中遭槍殺身亡，年僅 39 歲。[1]據徐鑄成回憶，朱惺公死後遺下孤兒寡母，家徒四壁。[2]

朱惺公的犧牲激起了上海人民的憤慨，《大美晚報》也抓住這個事件，對汪僞集團發起更猛烈的攻勢。從號外、評論到遇難特輯、紀念專刊這一系列的言論討伐，卻沒有制止日僞份子對《大美晚報》的迫害。汪精衛公開通緝張似旭等 83 名租界內愛國人士，張似旭不願逃走，最終被暗殺。此外，汪僞份子不顧輿論，將《大美晚報》程振章、李駿英暗殺。[3]汪僞集團還禁止商家在《大美晚報》上刊登廣告，禁止報販出售，以阻止《大美晚報》的出版。

《密勒氏評論報》向來支持中國的抗戰。1937 年 7 月 10 日至 1941 年 12 月 6 日共 231 期的數千篇社論和專文中，除個別篇外，都與中日戰爭有關。1938 年 5 月 20 日，《密勒氏評論報》又增設「讀者來信」專欄，以此方式揭露日本侵略，宣傳中國抗戰，呼籲國際社會援助中國，收到良好的效果[4]。這段時期《密勒氏評論報》對中國抗戰的支持具體表現在：（一）揭露日本侵略野心，譴責日本的種種暴行。（二）揭露和譴責汪僞等漢奸、傀儡的叛國罪行。（三）熱情報導和宣傳中國人民的抗戰事業。（四）批評國民黨當局

---

1 王欣：《一份頗具影響的外商華文晚報──〈大美晚報〉》，《新聞研究資料》，1991 年第 3 期，第 145～156 頁。
2 徐鑄成：《報海舊聞》，上海人民出版社，1981 年版，第 272 頁。
3 陳興來、李花：《「執拗」的資深報人──〈大美晚報〉編輯高爾德研究》，《今傳媒》，2012 年第 7 期，第 143～144 頁。
4 張注洪主編：《中美文化關係的歷史軌跡》，南開大學出版社，2001 年版，第 109 頁。

和軍隊的不足之處。督促國民黨蔣介石實施抗戰，堅持抗戰。（五）敦促美國等西方國家干預中日戰爭，制止日本對中國的侵略。（六）報導和呼籲國際民間社會對中國抗戰的支持與幫助。[1]

　　鮑威爾不僅組織《密勒氏評論報》進行抗日宣傳，而且於 1938 年 8 月編輯出版了書籍《中國的抗戰——日本侵華大事記》，表現了對中國抗戰的樂觀態度和對勝利的堅定信念。他在序言中寫道：「中國目下尚在水深火熱之中，但是這一次的戰爭，正給予中華民族一個博取自由的良機，由此奠定的基礎，一定比那些口不應心的諾言更可靠，更永久。這是一個解放的鬥爭，無論從國內的民眾，或國際上的地位看。這一部小書不過為這劃時代的大戰，逐日記下一些重要的事實罷了」[2]他得出結論：「我們總合起來看，中國抗戰的半年，在人力、物力上，有極大的犧牲，各省人民也普遍地受到極度的痛苦，但不能不說對中國是有利的。還是一針強心針，清醒了數十年來睡夢未醒的中國。」[3]

　　《密勒氏評論報》對中國抗戰的大力宣傳，促進了世界對中國抗戰的瞭解、同情、支持和援助，激發和鼓舞了中國新聞界堅持抗戰的熱情，鼓舞了中國人民的抗戰士氣。因此，引起了日本侵略者的忌恨。他們利用新聞檢查、炸彈恐嚇、黑名單驅逐等等卑鄙的手段阻撓《密勒氏評論報》出版發行。日偽當局曾禁止《密勒氏評論報》在日本國內和偽滿發行。日偽在「七七事變」前對鮑威爾的迫害和威脅前文已有敘述，「七七事變」後，日偽當局先後用新聞檢查、禁止郵寄、恐嚇、驅逐、收買、暗殺等手段逼迫鮑威爾屈服。在汪偽政權上海警署的檔案中，有多卷禁止《密勒氏評論報》在日占區發行的通告和沒收情況的記錄，他們稱《密勒氏評論報》是「絕對不准在本管境內行銷」的報刊。1939 年 6 月，上海汪偽特務頭子丁默邨、李士群以「中國國民黨鏟共救國特工總指揮部」的名義向《密勒氏評論報》等上海反日報刊發出恐嚇信，威脅說：「如果再發現有反汪擁共反和平之記載」，對編者「勿需警告即派員執行死刑，以昭炯戒」。1940 年 7 月，日偽又在其喉舌《中華日報》

---

1　參見張注洪主編：《中美文化關係的歷史軌跡》，南開大學出版社，2001 年版，第 109～129 頁。

2　鮑威爾編：《中國的抗戰——日本侵華大事記》，密勒氏評論報發行，1938 年版，第 1 頁。

3　鮑威爾編：《中國的抗戰——日本侵華大事記》，密勒氏評論報發行，1938 年版，第 324 頁。

上公布對 6 名外籍記者的「驅逐令」，鮑威爾位列其中。日偽還兩次企圖收買《密勒氏評論報》，均遭到鮑威爾的嚴辭拒絕。1941 年 10 月，汪偽特務惱羞成怒，向鮑威爾下了毒手，在他下班回家的路上向他投擲手榴彈。所幸手榴彈沒有爆炸，鮑威爾幸免於難。[1]

1940 年 7 月，汪偽南京政府成立後不久，就訓令偽上海市長與各外國駐滬有關機關交涉，驅逐阿樂滿等 7 名外國記者出境。訓令列出的 7 名外國記者是：「以哥倫比亞出版公司名義主持《申報》之阿樂滿」，「宣傳共產主義之《密勒氏評論報》主筆鮑威爾」，「主持《大美報》及《大美晚報》之史帶」，「身兼《大美報》及《大美晚報》編輯之高爾特」，「《大英夜報》發行人兼總編輯斐士」，「《華美晚報》發行人密爾士」及「常作廣播宣傳，公然反抗中國政府之奧爾考脫」。強加於他們的所謂罪行是，「以外國身份而參加顛覆國民政府之陰謀，並公然為破壞國民政府之言論行動」，「日夜造謠生事，以期危害民國」，「為中國法律之所不容。」令偽市長「迅即與各國駐滬關係當局交涉，對此等分子嚴定限期勒令出境」。對汪偽公然違背國際法則的倒行逆施行為，在滬外國記者給予堅決反對。如阿樂滿在聲明中嚴正指出：「渠係一律師，決不願參加政治活動」，「渠主持之《申報》在盡報導之責任，將社會真實情形報告市民，並非為任何一方面之宣傳」。表示對汪偽的所謂驅逐令，「決置之不理」。其他記者也都採取了同樣的立場。敵偽驅逐外國記者陰謀破產後，並不甘心，1941 年 7 月，再次下達驅逐令。鮑威爾回憶說：「1941 年 7 月，汪偽政權開始把打擊目標對準美商及其他外商報紙」，在其「喉舌《中華日報》赫然登出在滬新聞記者的『黑名單』，揚言要『驅逐』他們；「在這個黑名單，我名列第一。其次是「《大美晚報》發行人斯塔爾、總編輯蘭德爾·古爾德、《大陸報》記者兼美國 XMHA 電臺評論員卡羅爾·奧爾科特、《華美僑報》名譽編輯哈爾·米爾斯、《申報》律師諾伍德·奧爾曼、《大學快報》經理、英國人桑德斯·貝茨等。」在被驅逐的記者中，有 3 人相繼回國，有的去香港。也有人堅持戰鬥，決不退讓，鮑威爾是其中之一。[2]

1941 年 12 月，太平洋戰爭爆發，「孤島」淪陷。就在戰爭爆發當天，日

---

1 馬學強、王海良主編，《〈密勒氏評論報〉總目與研究》，上海書店出版社，2015 年版，第 1098 頁。

2 馬光仁主編：《上海新聞史（1850～1949）》，復旦大學出版社，2014 年版，第 916～917 頁。

軍就進佔租界，查封所有含有「敵對性」的報社、電臺和通訊社。12 月 8 日上午 10 時，日軍報導部組織四班人馬分赴各所謂「敵對性」新聞機構，實施接收任務。第一班由秋山報導部長率領，先接收了英文《大陸報》，又赴英文《泰晤士報》，該報經理諾德印格表示，願接受日方指導，盡力協助日軍做好宣傳工作。《泰晤士報》於次日照常出版。對《密勒氏評論報》《中美日報》《大晚報》均予以查封。第二班由酒井中尉率領，分別接收《正言報》《神州日報》等。第三班由山家少佐率領，負責接收英文《大美晚報》《字林西報》等。英文《大美晚報》負責人表示願服從日方指導，決不進行反日宣傳，被准許復刊。第四班由高山中尉率領，主要接收《申報》《新聞報》。在高山等進入《新聞報》前，該報負責人汪伯奇已將全體職工集合在編輯部等候，汪向高山聲明，今後願停止一切抗日宣傳，盡力與日方合作，但日方仍堅持加以改組後才能復刊。《申報》先行查封，等候處理。[1]

　　1942 年 6 月，日本憲兵隊以從事反日宣傳爲藉口逮捕了《密勒氏評論報》發行人的鮑威爾、《大美晚報》記者奧柏、《遠東週報》主筆伍海德等 10 餘人，被安上間諜罪的罪名投入監獄。其中，鮑威爾遭受折磨，最終落得雙腿癱瘓。

## 第二節　日本在華新聞業由盛轉衰

　　「九一八事變」是由盛轉衰的關鍵，隨著日本侵華舉動日益加強，日系報刊正加速其沒落的步伐。[2]1937 年「七七事變」後，日本發動全面侵華戰爭，其新聞統制政策陸續推廣到華北、華中、華南等淪陷區，包括以下四項具體措施：第一，是扼殺中國人民的抗日愛國宣傳活動，實行新聞封鎖；第二，是強化日本在華新聞宣傳的勢力，建立以日人爲主的新聞活動陣線；第三，是設置法西斯新聞統制機構，藉以控制淪陷區內的新聞事業；第四，是全面壟斷新聞通信和廣播事業，規定採用日本官方通信社同盟社的新聞稿件。[3]據統計，「七七事變」後日軍在中國 19 省創辦漢奸或親日報紙，約 139 種，最多時達 600～900 種[4]。在中國人民同仇敵愾進行抗日鬥爭的形勢下，

1　馬光仁主編：《上海新聞史（1850～1949）》，復旦大學出版社，2014 年版，第 922 頁。
2　周佳榮：《近代日人在華報業活動》，嶽麓書社，2012 年版，第 141 頁。
3　方漢奇主編《中國新聞事業通史（第二卷）》，中國人民大學出版社，1996 年版，第 871～875 頁。
4　中共中央黨史研究室第一研究部編：《抗日戰爭新論》，中共黨史出版社，2016 年

日本出版的報紙遭到中國愛國人民的唾棄，儘管侵略者採取種種卑劣手段，強行推銷，但效果仍然很差。於是日寇把「以華治華」的反動策略應用到新聞文化戰線上來，收買漢奸報人，扶植漢奸報刊，使之成為日本侵略者對華輿論侵略的一支主要力量。從整體的趨勢來說，這段時期可謂是日系報刊的沒落期，同時也是近代日本文化自明治維新迅速崛起後，而趨於全盤崩潰的時期。1945 年 8 月，日本戰敗投降，日人在華的新聞事業亦徹底宣告結束。

## 一、日本在東北地區新聞業的新發展

　　偽「滿洲國」建立後，偽滿報業被日軍收買、兼併和「整理」，從 1940 開始，偽滿報業走下坡路並向畸形發展。經多次整頓，1940 年 7 月，整個東北地區僅剩三十九種報紙。當中包括：中文報紙十六種，日文報紙十七種，兼出中、日文版的報紙三種，另外英文、俄文、韓文報紙各一種，絕大多數報紙都由日人直接主辦。報刊出版較活躍的地方，是長春、瀋陽和哈爾濱。[1]

　　報刊方面，老牌的《盛京時報》是東北地區影響最大的報紙。由於弘報協會的安排，《哈爾濱日日新聞》進入了它最興旺的時期。從 1937 年起，先後在齊、牡、佳市等地分別出版《哈爾濱日日新聞》地方版；並在長春、瀋陽、大連和東京、大阪等地設立支社、局。報社內部也調整充實機構，擴充設備。1937 年 11 月 1 日創刊的《濱江日報》於頭版頭條顯要位置刊發社論，文中寫道：「我新興之滿洲，崛起東亞，各新聞報導機關，為時代之先驅，做匡時之工具，與所肩負之偉大責任……含有特殊之意義」，《濱江日報》的創立過程折射出彼時東北新聞界的整體境況。[2]新出現的有 1937 年 9 月在綏芬河創辦的俄文報紙《尼古拉尼茨耶》，1939 年 9 月在延吉創刊的《東滿新聞》，1940 年 7 月在山海關創刊的《山海關日報》等。日本扶植的俄僑事務局為擴大宣傳和強化它在俄僑生活中的意義，於 1938 年 5 月 22 日創辦了機關報《僑民之聲》週報，該報的版面上充斥著反蘇反共親日的言論。《亞細亞之光》雜誌被俄僑事務局接管後，大量篇幅用於討論政治和軍事問題，大力宣揚日本和俄僑事務局的意識形態。[3]

　　版，第 189 頁。

1　周佳榮：《近代日人在華報業活動》，嶽麓書社，2012 年版，第 145 頁。

2　丁宗皓：《中國東北角之文化抗戰（1895～1945）》，遼寧人民出版社，2015 年版，第 164～165 頁。

3　趙永華：《對「九一八」事變後日本在華出版俄文報紙及控制俄僑辦報活動的歷史

　　廣播電臺方面，開辦僞「滿洲國」的「新京放送局」，日寇還控制汪僞中央電訊社的活動以及汪僞的廣播事業等。1941 年 2 月，日方打著歸還無線電廣播事業權的旗號，與汪僞簽訂了「共同聲明」。聲明說無線電廣播電臺歸還後，應成立中國廣播事業建設協會，爲汪僞統治區廣播事業的最高權力機關，任務是「以中日兩國基本條約之原則爲根據，而爲文化溝通，宣傳一致之具體化」。還規定「中國廣播事業建設協會的理監人選，由中日雙方確定後，以宣傳部名義報經行政院核准聘請」。雙方擬定的十一名理事名單中，五人爲日本人。

　　日本佔領東北後，推行法西斯新聞統制。東北新聞界完全控制在日僞專制機關的手中，日僞當局爲強化新聞統制，從 1936 年 9 月到 1944 年 9 月期間，對東北報業進行過三次新聞整頓，通過調整、合併、關閉，使中文、日文官方報紙從「一省一報」到「一國一報」，對報業實行高度壟斷。1936 年 9 月 28 日，「滿洲弘報協會」成立，吸收哈爾濱《大北新報》（中文）、《哈爾濱日日新聞》（中文）爲加盟社。1937 年 9 月收買哈爾濱《午報》（中文），將中文《國際協報》《濱江時報》《哈爾濱公報》停刊，三報人員合併，於 1937 年 11 月創刊所謂「民間報紙」《濱江日報》，由日本關東軍派漢奸王維周任社長，陸續實現「一省一報」。太平洋戰爭爆發後，日本國內和僞「滿洲國」的物資（包括出版用的紙張、資金）供應出現了極端困難的局面。1939 年 12 月，日僞當局爲了強化「新聞統制」，由滿洲弘報協會「收買」了《哈爾濱新聞》，然後將其設備搬到牡丹江市，籌辦出版了《東滿日日新聞》。日僞統治當局從 1940 年開始「整理定期出版物」，實行「戰時體制」，實行高度壟斷的「弘報新體制」，對言論和出版採取「極嚴厲的措施」，不僅中文期刊，就是一部分日文期刊也「廢刊、停刊或強行停刊」。[1]僞滿政府在 1941 年 1 月 16 日設立「滿洲新聞協會」，用以代替「滿洲弘報協會」，並於這一年的 8 月 25 日，頒布了《滿洲國通訊社法》《新聞社法》和《記者法》，即臭名昭著的「弘報三法」。[2]「弘報三法」出臺，一方面爲了大力宣揚奴化思想和殖民政策，另一方面也爲了嚴禁抗日報刊和出版物進入東北。

---

考察》，《國際新聞界》，2011 年第 6 期，第 126 頁。

[1]　田雷：《文化抗爭：20 世紀 30 年代哈爾濱新聞出版業主題意蘊探究》，《中國出版》，2011 年第 22 期，第 63 頁。

[2]　丁宗皓主編：《中國東北角之文化抗戰（1895～1945）》，遼寧人民出版社，2015 年版，第 166 頁。

僞「滿洲國」從 1942 年實行新聞社新體制，在報紙的出版和發行上，建立中文的《康德新聞》、日文的《滿洲日日新聞》和《滿洲新聞》三大新聞社，壟斷了整個東北地區的報紙發行。[1]《康德新聞》合併了 18 家以中文出版的報社，其中《盛京時報》改組爲《康德新聞》奉天支社；《滿洲日日新聞》和《滿洲新聞》合併的日文報社數分別爲 3 家、4 家。1944 年 5 月 1 日，出版日文報的「滿洲日日新聞社」與「滿洲新聞社」合併，成立了「滿洲日報社」，推出《滿洲日報》（日文）。[2]報社之間的調整與合併，逐步使日本在東北的新聞壟斷達到了最高峰。

自佔領東北全境後，日僞當局通過頒布法律法規、建立檢查制度及加強組織管理等方式，逐步完成了對東北新聞界的全面監控。1941 年太平洋戰爭爆發後，日本的物質供應越來越困難，哈爾濱各報不得不減頁、合併或停刊，《哈爾濱時報》也縮小了版面。1942 年 8 月，《哈爾濱時報》與哈爾濱最大的俄僑日報《霞光報》合併，改出《時報》，成爲在哈爾濱出版的唯一的一家俄文報紙。[3]隨著侵略戰爭的不斷失敗，《時報》等日僞報刊每況愈下，版面一再減張，於 1945 年 8 月在日本宣布投降時終刊。

## 二、日本在華北地區新聞業的新變化

這個時期日人在北平新創辦的報紙有《進報》（1937 年 5 月）、《新民報》（1938 年 1 月 1 日）、《民眾報》（1940 年）等，此外主要報紙還有日僞治安總署機關報《武德報》、日軍接收的原國民黨中央北平機關報《華北日報》等。《新民報》是日僞「新民會」的機關報，鼓吹「新民主義」，宣傳「和平反共」和「建立東南亞新秩序」等論調。1938 年 8 月，《進報》和《全民報》併入《新民報》，1944 年 4 月 30 日《新民報》與其他報紙合併改組爲《華北新報》。[4]在北平出版的報紙，與日本人有關的多達三十餘種；北平淪陷前後的敵僞報紙有《晨報》《全民報》等十數種。

「七七事變」後初期，《庸報》遵照日本軍部的指示，其宣傳重點爲鼓吹

---

1　周佳榮：《近代日人在華報業活動》，嶽麓書社，2012 年版，第 150 頁。

2　黑龍江省地方志編纂委員會編：《黑龍江省志・第 50 卷・報業志》，黑龍江人民出版社，1993 年版，第 271～272 頁。

3　趙永華：《對「九一八」事變後日本在華出版俄文報紙及控制俄僑辦報活動的歷史考察》，《國際新聞界》，2011 年第 6 期，第 124～125 頁。

4　周佳榮：《近代日人在華報業活動》，嶽麓書社，2012 年版，第 151～152 頁。

日本軍事威力「不可抗拒」，並把日本的軍事侵略說成是「挽救中國免於赤化」等等，同時給蔣介石留有投降餘地，破壞中國共產黨提出的團結抗日的主張。為此，每當日軍佔領一個較大城市，報上便大肆吹噓侵略者的「戰果」，以及漢奸機關團體的「祝賀電」「感謝電」。1941 年 12 月太平洋戰爭爆發，日本的侵略矛頭由中國大陸擴大到整個東南亞，戰線越拉越長，迫切需要一個穩定的華北作為進行「大東亞聖戰」的後方基地。這時，《庸報》的宣傳重點主要是渲染華北治安「穩固」的假象，企圖掩蓋華北人民在共產黨領導下的英勇抗敵鬥爭。到戰爭後期，日本侵略者在中國大陸戰場上陷入無法擺脫的困境，人力物力已告枯竭，難以支撐擴大的侵略戰爭，這時的《庸報》更是連篇累牘的謊言，鼓吹日本軍事和經濟力量仍很強大。

太平洋戰爭爆發後，天津發行有韃靼文日報《遼東新聞》，不久停刊。日本為了對蘇聯搞諜報活動和策動蘇聯境內穆斯林的叛亂活動，在東北及華北成立了突厥-韃靼（Turki Tatar）民族協會，該報是該協會的機關報，為其政治目的服務。[1]這個時期在天津新創辦的報刊還有《京津事情》，井上今朝一於 1938 年 10 月 5 日創辦，主要介紹京津與華北地區的一般事情。[2]1943 年，為貫徹日本戰時新聞體制，控制言論出版，將青島尚存的兩家日文日報《青島新報》和《山東每日新聞》，合併改名為《青島興亞新報》（日報）繼續出版。館址設在青島上海路，由長谷川清主持。1945 年日本投降時終刊。[3]

據不完全統計，華北地區出版的日偽報紙總共有六七十種之多，其中有些報紙還同時出版刊物。[4]1944 年 4 月，日本因為在太平洋戰場上陷於不利地位，不得不壓縮後方，集中力量撐持戰局。這時，偽華北傀儡政權情報局局長管翼賢出於壟斷華北報業之野心，乘此緊縮之機，向日本華北方面軍報導部建議，得到批准把華北地區報紙統管起來，即在北平成立《華北新報》總社（由《新民報》改組），管翼賢兼任總社社長；各城市成立《華北新報》分社，分社長及主要負責人均由總社任命．天津《庸報》改組為《天津華北新報》。[5]1944 年 5 月 1 日由偽華北政務委員會情報局在北平創辦《華北新報》，

1　于樹香：《外國人在天津租界所辦報刊考略》，《天津師範大學學報（社會科學版）》，2002 年第 3 期，第 79～80 頁。
2　中國人民政治協商會議天津市委員會文史資料委員會編：《天津文史資料選輯・總第 98 輯》，天津人民出版社，2003 年版，第 89 頁。
3　郭衛東主編：《近代外國在華文化機構綜錄》，上海人民出版社，1993 年版，第 236 頁。
4　周佳榮：《近代日人在華報業活動》，嶽麓書社，2012 年版，第 157 頁。
5　孫立民：《〈庸報〉——日本侵略者的喉舌》，載於中國人民政治協商會議天津市委

成爲華北唯一的日僞中文報紙，1945 年 8 月日本投降後停刊。

廣播電臺方面，1938 年 1 月開辦的天津廣播電臺，1942 年 2 月開辦的天津廣播電臺特殊電臺均隸屬日僞天津政府，節目內容均爲「東京放送」的日語節目、「特殊放送」的文藝節目以及商業廣告。天津廣播電臺有三套節目：一套爲廣播新聞及綜合類節目，主要用作宣傳日軍戰績和日僞政策，頻率爲 620 千赫；一套爲專門轉播東京臺的日語節目，頻率爲 1110 千赫；一套爲廣告性質的商業電臺，頻率爲 820 千赫，主要節目有曲藝節目、話劇、西洋歌曲、京劇等等，由廣益公司包辦所有商業廣告，再由他分包給各廣告社，共同獲利。[1]1940 年 3 月，北平僞「臨時政府」改稱「華北政務委員會」。同年 7 月，僞「華北政務委員會」控制下的「華北廣播協會」成立，直接控制天津、北京、濟南等地的廣播電臺。日本廣播協會名義上把華北地區的廣播電臺交「華北廣播協會」「專營統制」，但眞正掌握實權的仍是日本人。當時，在該會管轄下的電臺分布在北平、天津、濟南、青島、煙臺、太原、石家莊、保定、唐山和徐州等地，總發射功率爲一百多千瓦。[2]日本在華北多地收購、建立或控制了多家廣播電臺，如河北省的日僞廣播電臺有承德放送局、張家口放送局、「冀東防共自治政府」廣播電臺、石門放送局、保定廣播電臺、寧遠第一播音臺，山西省的日僞廣播電臺有太原廣播電臺、運城廣播電臺、大同廣播電臺等。從 1937 年至 1945 年抗日戰爭結束，這些廣播電臺大部分淪陷爲日軍在華實行奴化教育的工具，抗日戰爭勝利隨著日軍投降而停播。

## 三、日本在華中地區新聞業的新發展

上海是日僞新聞事業的中心之一。在上海，日僞報紙主要有《新申報》《中華日報》《平報》《國民新聞》《新中國報》等。上海淪陷後，一些喪失國格人格的報人、報刊、通訊社和廣播電臺被收買，成爲日寇侵華戰爭的應聲蟲。私人經營的日文報刊《上海日報》和《上海每日新聞》勉強維持了下來，但由於日文報紙讀者很少、影響有限，於是日方在《上海日日新聞》的基礎上，於 1937 年 10 月創辦大型中文日報《新申報》，作爲日本侵略者的

---

員會文史資料委員會編：《天津文史資料選輯・第 3 輯・天津租界談往》，天津人民出版社，1997 年版，第 259～260 頁。

1　馬藝：《天津新聞史》，天津人民出版社，2015 年版，第 390 頁。

2　趙玉明主編：《中國廣播電視通史》，中國廣播電視出版社，2014 年版，第 53 頁。

喉舌。該報由日本軍部報導部直接控制，秉承日本軍部旨意。這些報刊大肆
進行政治欺騙、軍事宣傳和奴化教育，以混淆淪陷區人民的視聽，打擊中國
人民的抗日意志。[1]在陸軍、海軍、外務省的一致支持下，日本方面又吞併
了《上海日報》，於 1939 年 1 月 1 日創辦了「大陸中部唯一的國策報紙」—
—《大陸新報》。同年的 4 月，合併《新申報》，並分別在武漢和南京兩地設
立分社，發行了《武漢大陸新報》和《南京大陸新聞》。1940 年 11 月，華文
月刊《大陸畫刊》出版，至此日本軍部把「外地」——國際都市上海的媒體
完全地掌控在手心裏，可以隨意地控制、操縱輿論。而此刻在滬日本人也已
達 10 萬人左右。[2]1943 年 2 月，為適應戰時體制，《大陸新報》將上海尚存
的另一家日文報紙《上海每日新聞》兼併，成為上海唯一的日文報紙，銷量
增至四萬份。[3]侵華期間，日本軍方不斷嘗試將報刊操控在手，利用文人雅
士的力量，製造國際輿論，蠱惑日本在滬居留民一呼百應地跟進日軍侵略中
國的步伐。

　　1939 年 9 月，日本駐上海總領事館特別調查班發行一種題為《特調班月
報》的日文雜誌，其目的是注意中國抗戰動向及社會、經濟的變化，內容主
要翻譯來自國民黨統治區和共產黨領導的抗日根據地雜誌的重要文章，也有
日本特務通過秘密渠道獲得中國情報的分析文章。該調查班還於 1940 年 9 月
發行《通訊》旬刊。[4]日本人在上海也出版了俄文報紙，存在於 1941 年前後的
《俄文時報》，又名《俄文遠東時報》，即為虹口日軍所辦，主筆為日人黑機
大尉及俄人薩文資夫。[5]日軍在 1941 年 12 月太平洋戰爭爆發之後，進佔上海
公共租界，老牌的商業報紙《申報》和《新聞報》，均落人日軍手中；1942 年
11 月，日本駐滬海軍取代陸軍，接管《申報》和《新聞報》，掀去其「中立」
的面具。[6]

　　華中其他地區：（1）日軍佔領江西南昌後，於 1939 年 3 月發行日文報紙
《贛報》，以日本軍隊及隨軍而來的日本人、朝鮮人為主要對象；（2）中日文

---

1　馬光仁：《日偽在上海的新聞活動概述》，《抗日戰爭研究》，1993 年第 1 期，第 177 頁。

2　徐青：《日本佔領時期對上海租界的「改造」》，《外國問題研究》，2015 年第 2 期，
　　第 40 頁。

3　周佳榮：《近代日人在華報業活動》，嶽麓書社，2012 年版，第 159 頁。

4　郭衛東主編《近代外國在華文化機構綜錄》，第 325 頁；《上海新聞志》，第 143 頁。

5　趙永華：《對「九一八」事變後日本在華出版俄文報紙及控制俄僑辦報活動的歷史
　　考察》，《國際新聞界》，2011 年第 6 期，第 125 頁。

6　周佳榮：《近代日人在華報業活動》，嶽麓書社，2012 年版，第 160 頁。

化協會武漢分會於 1941 年、1943 年分別創辦中文週刊《中日法學》和日文週刊《中日文化》，日本陸軍部於 1942 年 4 月在武漢還出版了一種名為《大陸新聞》的日文日報。[1]

日本方面嚴格推行審查制度，實行文化專制。1937 年 11 月，日軍佔領上海後即接收了原南京國民政府上海新聞檢查所，規定上海地區的新聞檢查「歸日軍報導部管轄」。各偽政府成立後，淪陷區各新聞媒體的控制即假手於各偽政權，包括新聞審查、電影審查、出版業審查，及對文藝界的控制等。1941 年底，日軍進駐上海租界，特派員到上海新聞檢查所協助檢查，並擬定「新聞通訊應行注意事項」，規定凡日軍不允許報導之事一律不得予以報導。日寇控制了汪偽通訊社、廣播事業後，又進一步策劃控制汪偽的報刊宣傳。1942 年 4 月，先在上海成立了「滬區報業改進會」，由中日雙方報社負責人組成，任務是「強化報導陣營」，「服務東亞聖戰」。1944 年 9 月又策劃成立了妄圖控制整個汪偽統治區報刊宣傳的中國新聞協會。該會由中國籍會員報社和日本籍在華會員報社共同組成。大會「宣言」更充分暴露了日方的陰險目的。它稱「現代戰爭為總力戰，不僅在軍事政治經濟等方面展開決戰之態勢，尤須於思想戰決以雌雄。有必勝之信念，斯有必勝之戰果」，為此要求敵偽雙方新聞界「努力宣揚，以換國人為之後盾」。1945 年元旦「中國新聞協會上海區分會」成立並發表「宣言」稱，今後「應遵照新聞協會指示推進工作」，「為喚起國民決戰情緒堅定必勝信念」。

華中、華南淪陷區的新聞活動，主要由汪精衛集團包辦。1940 年 3 月 30 日，汪偽「國民政府」在南京成立，此後即在其統轄區內建立一個龐大的新聞宣傳網絡，報紙是其重要的組成部分。據《申報年鑒》統計，汪政權成立後，華中淪陷區計有六十八種報紙，華南有七種。1941 年下半年後，汪政權開始調整其直屬報紙，把龐大的規模收縮，以減少其經濟困難，其主要措施是按照辦報目的和讀者對象，分為甲、乙、丙三級。汪政權雖然得到日本的扶持，創辦了大批報刊，但這些報刊都不能列為日系報刊。[2]

## 四、日本在華南及臺灣地區新聞業的新變化

在廣州，日本南支派遣軍於 1938 年 12 月創辦《迅報》，作為華南日軍司

---

1　周佳榮：《近代日人在華報業活動》，嶽麓書社，2012 年版，第 160～161 頁。
2　周佳榮：《近代日人在華報業活動》，嶽麓書社，2012 年版，第 160 頁。

令部的機關報，由唐澤信夫任社長，有中文版和日文版。其後日文版獨立出來，改出日文的《南支新聞》。太平洋戰爭前夕，還一度出版晚刊，該報一直辦到日本投降為止，歷時七年之久。在廣州，另有《中山日報》《民聲報》等日偽報紙。

香港地區，在太平洋戰爭期間被日軍佔領。早在 1909 年間，已有日文《香港日報》的創辦，並且持續出版了三十多年，至此另出中文版和英文版，成為香港報業史上唯一的三語報紙。1937 年 12 月起，該報第四版改為中文；次年 6 月，獨立為中文的《香港日報》。香港淪陷期間，《香港日報》的性質有如「官方刊物」，從中可以看到日本統治香港的主要措施，也在一定程度上反映了當時香港的社會民生狀況。此外還有一份日本人辦的雜誌，叫做《寫真情報》，隔月出版一次，是日本佔領當局報導部宣傳班所編。[1]

1940 年 9 月中旬，葡日兩國簽訂所謂「日葡澳門協定」，葡萄牙當局就此宣布澳門「中立」。但是，日本並不尊重澳門的「中立」地位，不斷派人向澳門滲透，蓄意挑起事端。香港淪陷後，澳門成為「孤島」，日軍駐澳特務機關明目張膽在澳活動，日偽勢力侵入文化領域，先後辦了《西南日報》和《民報》，企圖控制新聞宣傳領域。[2]在日本駐澳特務機關的策動和支持下，它們大肆宣揚日本帝國主義一再鼓吹的所謂「大東亞共榮圈」。不過，由於《華僑報》等愛國報紙一再進行抗日宣傳，使得日本控制的報紙在澳門沒有什麼市場。

臺灣方面，這個時期日本人新創辦的報刊有：（1）1940 年 1 月在臺北創刊的《文藝臺灣》，名為臺灣藝術家協會的機關刊物，後來逐漸響應日本的國策；（2）1941 年 7 月在臺北創刊的《民俗臺灣》月刊，內容注重收集臺灣地方性民俗資料，是研究臺灣歷史文化的專門刊物，有一定參考價值。[3]

1941 年 12 月 25 日起，台灣實行《新聞事業令》。在一市一報的原則上，至 1944 年初，全島只剩下日本人辦的《臺灣日日新聞》（臺北）、《臺灣日報》（臺南）、《高雄新報》（高雄）、《臺灣新聞》（臺中）、《東臺灣新聞》（花蓮）及臺灣人所辦的日文《興南新聞》（臺北）六家日報。1944 年 3 月，六家報

1　周佳榮：《近代日人在華報業活動》，嶽麓書社，2012 年版，第 161～166 頁。
2　中國人民抗日戰爭紀念館著：《港澳同胞與祖國抗日戰爭》，團結出版社，2015 年版，第 252 頁。
3　周佳榮：《近代日人在華報業活動》，嶽麓書社，2012 年版，第 166～167 頁。

－193－

紙全部停刊；4 月 1 日，合併爲《臺灣新報》（日文日報），作爲臺灣總督府機關報，進一步加強輿論控制，這是日本殖民者在臺灣出版的最後一份大型日報。晚報、週報、雜誌之類的報刊，則紛紛由於紙張不足而被迫停辦。[1]

## 五、日本在華人士反戰報刊及其宣傳

最早的反戰日文報刊，是 1939 年 12 月在太行區創辦的《覺醒》。該刊爲日本士兵覺醒聯盟本部機關刊，月刊。由杉木一夫、吉田太郎主編。主要向侵華日軍部隊中的日本士兵及下級軍官發行。內容除報導日本國內外時事外，還注意日本士兵的具體情況，刊出詩歌、散文、「落語」（類似中國的相聲）、「漫才」（類似中國的漫畫）、故事、通訊報告及書信文章，以喚起思鄉思親、怠戰厭戰情緒，啓發良知。散發的方式包括：在前線陣地上散發，撒放和張貼在日軍要經過的地段，郵寄或用弓箭射入日軍據點、宿營地。[2]

下面以時間爲順序簡要介紹日本在華人士反戰報刊：日本士兵覺醒聯盟的支部於 1940 年出版《反戰》和《兵士的呼聲》這兩種反戰日文報刊，1940 年夏創辦的《士兵之友》是在華日本人反戰同盟延安支部的機關刊；1941 年創辦的反戰日文報刊有《眞理的鬥爭》《戰友》《人民之友》《赤旗報》等，並在這一年達於高峰；1942 年創辦的有《日本人民之友》《兵士呼聲》《前進》這三種；1943 年創辦的反戰日文報刊亦有三種，分別是《魯南報導》《日本軍隊之聲》《同胞新聞》；1944 年戰爭尾聲，出版的反戰日文報刊有《新時代》和《解放週刊》，單從刊名已反映出形勢開始逆轉。

總的來說，戰時出版的反戰日文報刊共有二十二種（見表 1），最早的一種創於 1939 年，最遲的一種在 1944 年秋創刊。1941 年及 1942 年是出版高峰期，國民黨軍隊和共產黨軍隊都曾利用這類刊物進行反戰、反侵略宣傳。雖然刊物的主編都是日本人，但嚴格來說不能歸入日系報刊之列，與同時期的日系報刊持相反論調，成爲強烈的對比。這些報刊算是另類存在，不應忽略不理，亦有加以探討的必要，始能反映日人在華辦報活動的全貌。[3]

---

1 周佳榮：《近代日人在華報業活動》，嶽麓書社，2012 年版，第 167～168 頁。
2 郭衛東主編：《近代外國在華文化機構綜錄》，上海人民出版社，1993 年版，第 308 頁。
3 周佳榮：《近代日人在華報業活動》，嶽麓書社，2012 年版，第 174～175 頁。

## 表 1　戰時在華日人的反戰報刊[1]

| 反戰組織 | 支部 | 報刊名稱 | 時間 | 形式 | 發行地 | 備　註 |
|---|---|---|---|---|---|---|
| 日本士兵覺醒聯盟 | 本部 | 覺醒 | 1939.12 | 月刊 | 太行區 | |
| | 太行支部 | 反戰 | 1940 | 月刊 | 太行區 | 一度以《日軍之友》爲名出版，1943.3.1改爲《同胞新聞》 |
| | 晉冀豫支部 | 兵士的呼聲 | 1940 | 不定期 | 太岳區 | |
| | 冀魯豫支部 | 士兵的呼聲／黎明 | 1941年底 | 月刊 | 冀魯豫地區范縣 | 約於 1942 年底改爲《黎明》 |
| 在華日本人反戰同盟 | 本部（重慶） | 眞理的鬥爭 | 1941 夏 | 月刊 | 重慶 | |
| | 延安支部 | 士兵之友 | 1940 夏～1945.9 | 月刊／半月刊 | 延安 | 後改半月刊 |
| | 晉察冀支部 | 戰友/日軍之友 | 1941 夏～1942 | 月刊 | 晉察冀地區 | 1941 秋改名《日軍之友》出版，1942改出《前進》 |
| | | 前進 | 1942 | 不定期 | 晉察冀地區 | 前身爲《戰友》《日軍之友》，同時出版前線版半月刊 |
| | | 前進畫報 | 1943 春 | 不定期 | 晉察冀地區 | |
| | 西南支部 | 人民之友 | 1941 秋 | 月刊 | 桂林 | |
| | 第五支部 | 赤旗報 | 1941～1942 | 不定期 | 鄂豫邊地區 | 改出《日軍之友》 |
| | 冀中支部 | 日本人民之友 | 1942 春～1942 | 月刊 | 冀中地區 | 改名爲《光明月刊》 |
| | 太行支部 | 報導新聞 | 1942.10～1943.9.1 | 不定期 | 太行區 | 改名《同胞新聞》 |
| | | 同胞新聞 | 1943.3.1 | 不定期 | 太行區 | 前身爲《反戰》《報導新聞》 |
| | 淮北支部 | 兵士呼聲 | 1942 秋 | 月刊 | 淮北地區 | |
| | 魯南支部 | 魯南報導 | 1943 春 | 月刊 | 魯南地區 | 一說創於 1942 秋 |
| | 蘇北支部 | 日本軍隊之聲 | 1943 夏 | 半月刊 | 蘇北地區 | |
| | 蘇中支部 | 新時代 | 1944 初 | 半月刊 | 蘇中東臺地區 | |

---

1　周佳榮：《近代日本人在華報業活動》，嶽麓書社，2012 年版，第 174～175 頁。

| 日本人民解放同盟 | 蘇浙支部 | 解放週刊 | 1944 秋 | 週刊 | 浙東地區 | |
|---|---|---|---|---|---|---|

　　一些日本在華人士沒有和法西斯同流合污，而是通過創作反戰文學、領導和組織在華日人的反戰活動等行為，向日本法西斯吹響了戰鬥的號角，並取得較大成效，為中國人民的抗戰事業做出了獨特的貢獻。

　　1917 年 9 月，日本人佐藤善雄在瀋陽創辦日文《奉天新聞》。1931 年「九一八事變」後，日本軍部意欲將事件擴大，外務省（奉天總領事館）持反對立場，而佐藤與奉天總領事館關係密切，並且相當熟悉中國的情況，一直對中國方面持理解態度，導致關東軍的極大不滿。迫於軍部壓力，佐藤不得不辭去新聞聯合社奉天支局長的職務，返回日本。最終也導致了《奉天新聞》的停刊。[1]佐藤創辦《奉天新聞》為自己提供了一個自由表達思想的陣地，面對中日關係的惡化，《奉天新聞》登載了一系列改善的建議。通過在中國的長期生活和對中日兩國關係、前途的思索，佐藤善雄逐步形成了他的反戰思想。佐藤的觀點主要集中在針對日本軍部的盲目自大、對中國的無知等方面，他認為軍部的政策不僅不能捍衛國家利益，反而將帶來亡國的危機。因此，他的反戰論不是基於國際正義等抽象的概念，而是從歷史和現實兩個方面進行冷靜的分析後得出的結論。佐藤的反戰論歸根結底只是站在日本的國家利益的角度，缺乏廣闊的國際視野。但是，在戰爭年代面對軍部的壓力，佐藤始終保持冷靜的頭腦，表現出了日本知識分子難能可貴的良知和勇氣，值得關注和肯定。[2]

　　日本青年女作家綠川英子（原名長谷川照子）在抗戰時期來到武漢，在郭沫若主持的政治部第三廳擔任日語廣播工作，她以出色的、真誠的表達方式為對日宣傳、瓦解侵略軍的鬥志，起了很好的作用。她寫的《戰鬥的中國》也產生積極影響。她後來參加中國人民解放戰爭，在東北逝世。[3]綠川英子夫婦於 1938 年來到重慶。剛到重慶時，綠川英子繼續在國民黨中央宣傳部國際宣傳處對日宣傳科工作；同時，努力參加進步的文化界、文藝界的抗戰

---

1　梁利人主編：《瀋陽新聞史綱》，瀋陽出版社，2014 年版，第 8 頁。
2　劉愛君：《日本侵華新聞史中的一個特異人物——佐藤善雄在華活動考察》，《國際新聞界》，2008 年第 7 期，第 93～94 頁。
3　復旦大學新聞系：《世界新聞事業（3）》，1980 年版，第 41～42 頁。

活動，爲《新華日報》寫稿，協助國民政府軍事委員會第三廳編印世界語刊物《中國報導》的編輯工作。她還是這個刊物的主要撰稿人。[1]

日本作家石川達三於 1937 年 12 月作爲《中央公論》的特派員隨日軍來華，先後到過上海、蘇州、南京等地，耳聞目睹日軍在各地殺人、放火和搶劫的種種暴行。石川達三到達南京的時候，日軍製造的南京大屠殺血跡未乾，屍骨未寒。石川達三雖然沒有親眼目睹南京大屠殺，但卻親眼看到了大屠殺後的慘狀，並且有條件採訪那些參加大屠殺的日本士兵們。他根據實地觀察，寫了《活著的士兵》，描寫侵華日軍攻佔南京，屠殺我國人民的暴行，客觀上起了揭露日本侵略軍隊製造南京大屠殺的作用，遭到日本軍部的查禁，被判處徒刑 4 個月，緩期 3 年執行。[2]日本進步作家鹿地亘、青山和夫等也加入了反法西斯戰爭的行列。長期在中國任《朝日新聞》社駐上海分社主任，於 1944 年被日本軍國主義當局以間諜罪殺害的著名報人尾崎秀實，曾以一系列讚揚中國革命文學運動的文章，表達了對「暴風雨中的中國」的深切同情。戰後《朝日新聞》記者本多勝一在連續報導《中國之行》中披露南京大屠殺內幕等等，顯示了日本新聞界反省的決心。[3]

## 六、日本在華新聞業的衰落

日軍不斷自辦、扶植和控制各類傳播媒體，開辦廣播電臺，佔領宣傳陣地。1937 年「七七事變」後，日本通信社大舉侵入，到 1940 年爲止，日本在中國（不含東三省）的通信社約八十餘家，幾乎遍布中國南北各大城市。1944 年 9 月，日本授意成立中國新聞協會，除華北政務委員會所轄各報社外，計有華籍報社 45 家，日籍在華報社 11 家參加。日本相繼在淪陷區新創辦了三十種以上的中文報刊，還不包括接受日本資助或是日本人以漢奸或組織的名義創辦的漢奸報紙。除了老牌的《盛京時報》是東北地區影響最大的報紙外，發行量較大的還有創辦於 1937 年 8 月的《蒙疆新報》，1937 年創辦於上海的《新申報》，1938 年創辦於北京《新民報》和創辦於廣州的《迅報》等，

1　張文琳、楊尚鴻、張珂：《國際友人與中國文化教育編年史略 1919.5.4～1949.10.1》，中國文史出版社，2016 年版，第 428 頁。

2　張文琳、楊尚鴻、張珂：《國際友人與中國文化教育編年史略 1919.5.4～1949.10.1》，中國文史出版社，2016 年版，第 435 頁。

3　張功臣：《外國記者與近代中國（1840～1949）》，新華出版社，1999 年版，第 323 頁。

這些報紙發行量都在四、五萬份，它們大量刊登頌揚日本對華侵略戰爭和傀儡政權的報導，宣傳「建立東亞新秩序」「治安強化運動」和「防共、剿共」。日本依靠這些通信社和報刊，在中國形成了一個巨大的宣傳網絡，為其侵略戰爭服務。[1]此外，侵華日軍在華北、華東、華中和華南等地紛紛組建各類特務機關，這些特務機關根據不同地域的特點進行諜報和謀略活動。有些特務機關為了便於活動，還設有外圍機構，以社團、雜誌社、經濟實體等為掩護進行諜報活動。

在淪陷區，漢奸的報紙與日本人都有著千絲萬縷的關係，為了便於奴化宣傳，日本人的報紙卻常常以漢奸政權或組織的名義出刊，所以日本人的報紙與漢奸報紙無法截然區分。除報紙外，還有一些刊物名義上雖為中國人所辦，但卻依賴日本的資助，實際上完全為日本人所控制。這些漢奸報紙和雜誌仰日本人之鼻息，討日本軍部之歡心，宣傳、圖解日本的對華政策，報導日本人在中國戰場上對國民革命軍的勝利，歌頌日本軍隊的「辛勞」與「勇敢」，污蔑抗日軍民，宣傳奴化思想，密切配合日軍的軍事行動，完全是日本侵略中國的輿論工具。在日軍歷次「掃蕩」和「清鄉運動」中，這些報紙犬吠狗叫，為日本軍隊鳴鑼開道。在國際報導方面，各漢奸報紙則完全依賴日本通信社提供的消息，對希特勒德國在歐洲戰場上的「勝利」大肆渲染。[2]

隨著戰爭的開始，日本人所辦報刊成了中文外報的主角。它們撕去戰前貌似公允的假面，完全暴露出日本軍國主義的工具和喉舌的真面目；在淪陷區實行新聞統制政策，對中國人民的抗日愛國宣傳進行壓制，建立起法西斯新聞統制機構，強化日本在華的宣傳勢力，一方面扶植傀儡報紙，一方面自己辦報，公開為戰爭服務。這種帶有明確政治目的的辦報思路，遭到了中國人民的唾棄，也使得日系報刊迅速失去早期客觀的立場和獨立的性格，導致中國讀者急遽流失，影響力與日俱減，最終走上沒落之路。

從 1945 年中國抗戰勝利後，日本人所辦的報刊自然隨其軍事的失敗而中止了，中文外報全面衰落。此後，國民黨即在各地展開接管日本新聞事業的工作。上海方面，日文《大陸新報》、英文《上海泰晤士報》陸續被接管。華

---

1　易文：《中文外報：一個獨特的研究視野》，《廣西大學學報》（哲學社會科學版），2008 年第 6 期，第 134～135 頁。

2　王向遠：《日本對華文化侵略與在華通信報刊》，《蘇州科技學院學報（社會科學版）》，2005 年第 3 期，第 96～97 頁。

北、華南等地區日本新聞機構的接管工作也在這期間進行。[1]

日本宣布投降後，臺灣結束其殖民地時代。在國民黨接管人員未到之前，《臺灣新報》的臺籍人員迅即自行接收，並於 1945 年 10 月 25 日改組爲《臺灣新生報》。其初隸屬於臺灣長官公署宣傳委員會，後來成爲臺灣省政府的機關報。[2]

中國戰區的東北三省，則由蘇聯受降，所以東北地區日本新聞事業的接收工作，是在蘇軍管轄下進行的。但情況較爲複雜，因爲這些報社的一部分華籍職員另辦報刊。例如，《大北新報》的編集長郭趾祥出版《東北民報》，《三江報》的編輯楊之明出版《佳木斯民報》，《東滿報》的編集長劉懋君出版《大衆報》等。至 1945 年底，中共黨組織在蘇軍支持下，接收了一些報紙，並出版自己的報紙。例如，中共合江省工委派員接收原《三江報》，出版《人民日報》；中共哈爾濱市委利用原《大北新報》的房產和設施，出版《哈爾濱日報》。[3]

# 第三節　蘇聯在華新聞業及其記者採訪活動

日本侵佔東北以後，蘇聯的新聞活動受到日本、僞滿勢力的嚴重干擾和破壞。上海完全淪陷期間，蘇聯在上海的通訊社、廣播電臺、《時代》雜誌、《每日電訊報》《蘇聯文藝》等新聞文化機構，成爲在遠東的重要宣傳陣地。在戰爭爆發後的兩年裏，蘇聯新聞界對中國抗戰給予很大重視，不僅在重要時刻頻繁發表社論和各種署名文章，就英美政府在這一時期對日本採取的姑息態度，日本軍國主義發動侵華戰爭的原因和目的，以及中國抗日救亡運動的最新動向進行廣泛的分析與評價，而且不斷向中國增派戰地記者。

## 一、蘇聯記者在華的新聞採訪活動

抗戰初期，蘇聯新聞界對中國抗戰採取的是一種積極支持的態度，其報導的內容和主題是抨擊日本軍國主義的侵略行爲，宣傳中國人民在這場戰爭必將取得最後的勝利，給中國抗戰以極大的支持與合作。蘇聯方面的新聞採

---

1　周佳榮：《近代日人在華報業活動》，嶽麓書社，2012 年版，第 176 頁。
2　方漢奇主編：《中國新聞事業通史（第二卷）》，中國人民大學出版社，1996 年版，第 1203 頁。
3　周佳榮：《近代日人在華報業活動》，嶽麓書社，2012 年版，第 176 頁。

訪與報導活動，集中表現在塔斯社及其著名記者 B‧羅果夫身上。

　　1938 年初，僅由羅果夫領導的塔斯社漢口分社就有 10 名以上的記者活躍在前線，向國內發回了大量戰場見聞。[1] 隨著大後方新聞事業的發展，塔斯社在重慶組建了一支陣容強大的記者隊伍，如：社長羅果夫，副社長諾米諾茲基，記者有葉夏明、司克渥策夫、沙曼諾夫，等等。由於中蘇當時有軍事協作關係，蘇聯在重慶還成立了軍事顧問團，為此蘇聯官方還為塔斯社配備了一批戰地記者。主要有：谷賓斯基、查格拉斯基、勃海金、亞可勃夫、亞理葉夫、葛勃金等。[2] 塔斯社在重慶的工作內容是：每天向總社報導中國的消息；翻譯中國報紙雜誌的文章和通訊；接收總社的電報稿，譯成中文發表；拍攝新聞圖片等。塔斯社注重國共關係、游擊戰爭、愛國運動等方面的報導，並派出記者到各戰區和內地採訪。塔斯社在中國所發的消息，以反映蘇聯國內政治經濟情況為主，也介紹一些反法西斯戰爭陣營的情況和一些蘇聯文化、文學的作品。

　　1938 年 12 月 12 日，羅果夫及戰地記者司克渥策夫（F. Skvortzov）赴成都、康定採訪，以便「宣揚中國抗戰的潛在力量」。[3] 他們先拜訪了四川軍政要人鄧錫侯、王瓚緒，參加了中國青年記者學會的歡迎會；從雅安走了 8 天才來到康定，訪問了即將成立的西康省政府主席劉文輝，訪問了喇嘛廟和藏人家庭；1939 年元旦，參加了西康省政府成立大典。[4] 1939 年 4 月 3 日，羅果夫在國宣處傅維周的陪同下，赴第四、五、九戰區採訪，途經湘、鄂、贛、桂等地。國宣處認為羅果夫對於中國的宣傳頗多貢獻，特函請有關當局多予照顧。[5]

　　《真理報》在抗戰爆發的最初幾個月裏特闢「中國戰況」專欄，以綜合塔斯社在東京、倫敦、紐約和中國各地分社搜集的快訊為主，向讀者介紹中

---

1　張功臣：《外國記者與近代中國（1840～1949）》，新華出版社，1999 年版，第 271 ～272 頁。

2　林克勤：《抗戰時期重慶對外文化宣傳陣地研究》，四川大學出版社，2013 年版，第 171 頁。

3　中國人民政治協商會議四川省重慶市委員會文史資料研究委員會：《重慶文史資料選輯‧第 30 輯》，中國人民政治協商會議四川省重慶市委員會文史資料研究委員會，1988 年版，第 150～151 頁。

4　張文琳、楊尚鴻、張珂：《國際友人與中國文化教育編年史略 1919.5.4～1949.10.1》中國文史出版社，2016 年版，第 429 頁。

5　中國人民政治協商會議重慶市委員會編：《重慶文史資料‧第 30 輯》，西南師範大學出版社，1988 年版，第 152～153 頁。

國軍民英勇抗敵的戰果。以 1937 年 9 月爲例，這個專欄共在報上出現 10
次，9 月 3 日的「中國戰況」是由以下幾個內容組成的：上海地區；華北；
日方報導；僞「滿洲國」軍隊中的起義；中國沿海地區遭到封鎖。[1]「中國
來信」這個欄目於大革命時期就在該報問世，蘇聯名記者特列季亞科夫和伊
文等先後在上面發表過許多評述中國革命形勢和問題的文章，而羅戈夫主持
時的「中國來信」則以報導中國游擊隊的抗日活動爲主。這個時期，羅戈夫
在《眞理報》上發表的文章有《在中國現在的首都》（1938 年 1 月 25 日）、
《山東北部的游擊隊》（1938 年 2 月 13 日）、《中國軍隊的英雄》（1938 年 2
月 18 日）、《河北省的游擊隊》（1938 年 3 月 10 日）、《五臺山的游擊隊員》
（1938 年 5 月 30 日）、《中國人民必勝》（1938 年 11 月 7 日）、《在中國前線
的一個村子裏》（1939 年 4 月 26 日）、《在華中前線（記者短評）》（1939 年
4 月 28 日）等。此外，H. 利亞霍夫、E. 茹科夫、A. 別傑羅夫、M. 馬利亞
爾等也在《眞理報》上發表了有關中國革命的文章。這些文章向人們揭示了
在國民黨的正面戰場之外，一支支富有生命力和戰鬥力的抗日武裝的存在。

## 二、蘇聯僑民在華新聞業的新動向

20 世紀 20-30 年代，在華的俄國僑民從事的活動十分廣泛，涉及政治、
經濟、文化教育、宗教、軍事等各個領域，在哈爾濱、上海、天津、北京都
有俄僑出版的報紙、書籍和政治著作。哈爾濱 20～30 年代出版了許多政治性
的書刊，可以說這個時期是俄國僑民出版業的全盛時期。除了政治性的書刊
以外，經濟、法律、宗教、文學藝術等專業出版物的數量也很可觀。總的來
看，蘇聯僑民在華的新聞業情況集中表現在哈爾濱和上海兩地，其特點及新
動向主要有以下幾個方面：

一是哈爾濱地區的俄文報刊數量減少，部分報刊以他國報人名義出版。
哈爾濱俄僑文學與報刊在 20 世紀上半葉如雨後春筍般出現，《邊界》《曙光》
《傳聲筒》等報刊成爲俄僑文學的重要載體，《邊界》更是培養了 A. 涅斯
梅洛夫、B. 別列列申等一大批俄僑作家，形成堪與歐美俄僑作家媲美的中
國哈爾濱俄僑的文學力量。20 世紀 30 年代中國東北淪陷後，俄國僑民的新
聞出版活動受到僞滿政府、白俄事務局和日本人的三重管理，創刊的報紙、

---

1　張功臣：《外國記者與近代中國（1840～1949）》，新華出版社，1999 年版，第 271
　　～272 頁。

雜誌種數大幅度下降。[1]報刊變動主要表現在：1938 年 2 月，當時哈爾濱唯一的一家晚報《魯波爾報》被查封；《邊界》是哈爾濱俄僑報刊中影響最大的文藝刊物，40 年代以後在出版前必須經過日本當局的檢查，被迫增加「偉大的日本」欄目；1942 年 8 月 20 日，根據日偽當局制定的新出版法，哈爾濱俄僑最大的俄文日報《霞光報》被強行併入日本人的《哈爾濱時報》，成立以古澤幸吉爲首的《時報》出版公司。日偽管理初期，由英、美等國報人直接出面，或以他們的名義創辦俄文報刊，成爲這一時期哈爾濱俄文報業的一個突出特點。

二是俄僑文化中心逐步從哈爾濱移到了上海，俄僑報刊體現出「英俄合璧」的特點。30 年代中期哈爾濱的俄僑繼續從哈爾濱和其他的中東鐵路沿線地區遷居上海。上海俄僑人數在 20 世紀 30 年代中期達到 4 萬人；另據鮑威爾估計，在 2.5 到 5 萬之間。[2]上海的俄文報刊到了 30 年代，除原有的幾家較有影響的報社，如《上海柴拉報》和《斯羅沃報》，又有一些報紙相繼創刊，其中有的是從哈爾濱遷到上海來的。這一時期報刊的另一特點是「英俄合璧」。在上海接受西式教育的俄僑後代都會說英文。1934 年 4 月《新世界報》開始在上海發行，英俄文合刊。該報的新聞消息特別注重於蘇聯的建設及其與遠東的關係。創刊後不久即停刊，不久又復刊。1936 年 6 月 23 日改名爲《中國導報》後繼續出版。《中國導報》仍爲俄英文合刊，平均銷數約 2000 份。報導重點仍是蘇聯國內建設及與蘇聯有關的遠東問題。[3]

三是蘇聯的新聞媒介在上海租界具有特殊的地位，中國共產黨藉此開闢新的宣傳陣地。1941 年 4 月，蘇聯與日本簽訂《蘇日中立條約》，約定尊重彼此領土完整和互不侵犯，當一方與第三國交戰時，另一方保持中立，所以蘇聯僑民能以第三國身份在上海租界活動。上海蘇僑 40 年代陸續出版了《時代》《今日》兩個俄文半月刊，以及中文版《時代日報》、《時代》週刊、《蘇聯文藝》和《蘇聯醫學》等刊物。中文版《時代》週刊以蘇籍猶太人匝開莫的名義註冊，領取了公共租界警務處登記證第 154 號，主編由我黨地下工作者姜椿芳同志擔任，1941 年 8 月 20 日正式出版。1941 年 5 月 15 日，匝開

1 王迎勝：《1898～1949 年哈爾濱俄羅斯僑民新聞報刊事業史研究》，《黑龍江史志》，2006 年版，第 24 頁。
2 方漢奇、史媛媛主編，趙永華等撰稿：《中國新聞事業圖史》，福建人民出版社，2006 年版，第 201 頁。
3 趙永華：《俄蘇在華辦報追溯》，《國際新聞界》，2001 年第 1 期，第 78 頁。

莫和施特勞斯創辦俄文《今日》週刊。上海「孤島」出版的俄文報刊有：《俄文日報》、《柴拉早晚報》（即《霞報》）、《斯羅沃報》、《時代》雜誌、《新生活報》、《新生》和英文《每日電訊報》等；另外，蘇聯的《眞理報》《消息報》也在出售。[1]

四是在華俄僑新聞業的關注內容發生了變化。20 世紀的俄國僑民報刊的新聞關注點在其發展初期是，利用國外相對自由的政治環境進行政治討論，借助能夠引起身在異國他鄉的僑民們廣泛關注的話題，吸引固定讀者，增強民族群體凝聚力。哈爾濱俄羅斯僑民報刊所載文學的題材可分爲俄羅斯題材和中國題材兩類，其中尤以前者所佔比重最大，而且每類題材中又蘊含著不同的主題。在第一類題材中，抒發對祖國的懷念之情是第一大主題。在第二類中國題材中，俄僑詩人把中國特別是哈爾濱作爲第二故鄉，表達自己對她的親近之情。[2]30 年代，隨著蘇聯國內僑民政策的放寬，在上海的一些俄僑，有的已入蘇聯籍。俄文報刊上的反蘇言論也有所改變。1937 年 11 月，隨著對日戰爭的開始，上海一些俄僑出於愛國熱情，自發組織「歸國者聯合會」，創辦了《回祖國報》，1940 年改名爲《新生活報》（亦稱《俄文新生活報》，並附晚刊），後爲蘇僑在上海的機關報，該報一直出版到 1952 年。蘇僑在上海和天津同時出版的《俄文日報》（意譯《俄文每日新聞報》），1949 年 7 月 1 日起改名爲《蘇聯公民報》。上海的俄文報刊大多爲僑民服務，以僑民爲讀者對象，不參與中國政治，這是在中國的其他國家報刊所沒有的現象。

五是蘇聯僑民在華的新聞業朝著集團化、綜合化的方向發展。在眾多的俄文報刊中，有一家報業托拉斯也是別國不曾有過的。這就是著名的俄僑報人連比奇和他的《上海柴拉報》。同時期，即 20 世紀 30 年代，也是舊上海中文報紙大發展的黃金階段。據 1936 年統計，《上海柴拉報》的每日平均銷量，在上海各主要外文報中，名列第三，僅次於英文《字林西報》及《大美晚報》，不難看出其在上海外報中的地位和影響。[3]上海《霞光報》則朝著綜

---

1 馬光主編：《《上海新聞史》（1850～1949）》，復旦大學出版社，1996 年版，第 900、901 頁。

2 劉艷萍：《20 世紀上半葉哈爾濱俄羅斯僑民文學與報刊》，《延邊大學學報（社會科學版）》，2014 年第 2 期，第 120～121 頁。

3 趙永華：《一家在舊中國的俄僑報業托拉斯》，《中華新聞報》，2001 年 4 月 30 日，第 5 版。

合化方向發展，在俄僑新聞史上存在了近三十年之久。《霞光報》之所以在俄僑社會擁有重要地位，首先與其從創辦初期就準確找好自身的定位有極大關係。作爲一份綜合性報紙，《霞光報》爲代表的俄僑報刊則走親民路線，不再僅僅關注國內政局、社會的政治性討論與批判等，而是更爲關注俄僑大衆的日常生活、群體內部的民生民風和本民族文化的傳承和發揚。並且，《霞光報》在其經營模式上也有所拓寬，它不僅僅著眼於在紙媒上的新聞內容呈現，而是意在營造一個立體且豐滿的媒介平臺。這種承載著多種信息互通渠道的平臺主要包括經營印刷廠對外承接印刷訂單與設立《霞光報》書店與圖書館，以及定期舉辦面向讀者的文化沙龍。以上這些手段雖然都是由《霞光報》報刊主體經營衍生出來的，卻爲《霞光報》的品牌形象樹立與業界影響力的擴大起到了重要作用。[1]

20 世紀上半葉俄僑在華曾出版過數以百計的刊物，目前有據可查的有500 多種（詳細情況見李興耕等著《風雨浮萍——俄國僑民在中國》，中央編譯出版社 1997 年版）。俄僑新聞出版活動在當時的作用主要表現爲提供情報和文化交流，不僅爲中、俄、日三方提供了重要的軍事、政治信息，還有著重要的文化研究和文化交流價值。俄僑報刊不僅傳承了俄羅斯傳統文學與文化，也豐富了中國東北文學，對加強中俄文化交流起到了重要的作用。[2]

## 三、「蘇聯呼聲」廣播電臺

蘇德戰爭爆發以後，蘇聯爲加強在上海的宣傳工作，以蘇商名義創辦了中文版《時代》週刊和「蘇聯呼聲」廣播電臺。「蘇聯呼聲」廣播電臺屬於蘇聯塔斯通訊社上海分社，在蘇聯駐華使館登記，係蘇聯國家財產。任務是播送蘇聯衛國戰爭進展情況，並進行文化宣傳，使聽衆瞭解蘇維埃國家及其在文學、音樂和科學方面的成就。

「蘇聯呼聲」廣播電臺於 1941 年 7 月裝機，8 月試播，9 月 27 日起正式播音，使用華語（包括上海話和廣州話）以及俄、英、德語播送新聞節目。呼號 XRVN，發射功率 500 瓦，頻率 1470、1480 千赫。設機地點在九江路

---

1 孔祥雯：《20 世紀初中俄僑民報刊新聞視野比較——以〈中興日報〉與〈霞光報〉爲例》，《浙江傳媒學院學報》，2016 年第 5 期，第 23 頁。

2 劉豔萍：《20 世紀上半葉哈爾濱俄羅斯僑民文學與報刊》，《延邊大學學報（社會科學版）》，2014 年第 2 期，第 118 頁。

220 號，播音室在天主堂街（今四川南路）620 號。後來發展到兩處播音，1470 千赫在靜安寺路（今南京西路）992 號，設華語節目；1480 千赫在天主堂街 620 號，用俄語廣播。

　　播放內容有新聞節目、專題節目、娛樂節目等，較爲豐富。（1）新聞方面，直接引用塔斯社的電訊，由清華大學的畢業生樂家樹翻譯，主要內容是當時蘇德前線的最新消息、蘇德戰事述評，也播上海的時事新聞。新聞報導中有明顯的政治宣傳傾向，體現了政府喉舌的屬性。爲了增強反法西斯勝利的決心和贏得世界人民的支持，該臺的新聞報導以有利於蘇聯抗戰爲主，積極開展政治宣傳。其新聞報導以一種親歷式口吻敍述，增加了聽眾的親近性和現場感。報導內容主要是蘇聯軍人英勇鬥爭、社會民眾廣泛支持，通過大量事實抨擊了德國法西斯統治及德軍暴行，介紹各國對於蘇聯戰爭的支持與聲援。該臺設有《時事評論》欄目，介紹了蘇聯觀察家每週對於蘇德戰爭的觀察，報告簡單明瞭，並且常有非常扼要的評論。（2）專題節目有俄文講座和兒童節目。《俄文講座》邀請專業的俄文教授，爲上海市民講解俄文字母發音、拼音、單詞和語法的使用，「講解詳盡、循循善誘、誨人不倦」，並及時根據受眾的反饋調整教學情況。「蘇聯呼聲」電臺主要有俄語和華語兒童節目，華語播音員桂碧清曾參與節目的編輯和播音工作。在具體節目編輯過程中，會根據兒童的年齡特徵區分，如針對較小年齡的兒童，節目用形象化的植物作主角，同時播音語言安排符合兒童接受能力。[1]（3）娛樂節目涉及文藝作品、音樂、戲劇、曲藝等，多介紹反映革命思想的文藝作品，在教育國民、打擊敵人方面發揮了重要作用。具體來看，其內容有《京劇》《申曲》《越劇》《彈詞》《廣東音樂》《西洋音樂》以及《藝術節目》《話劇》和《俄文講座》等。該臺還陸續播出過魯迅、郭沫若、茅盾、巴金、張天翼、曹禺、魯彥、熊佛西、蕭幹、周文等人的文藝作品。做過幼兒教育工作的桂碧清自編自播兒童節目，音樂節目的播音員李德倫先生後成爲中央交響樂團的著名指揮，文藝節目的播音員還有國樂家衛仲樂先生，越劇著名演員袁雪芬。

　　與當時上海民營電臺多播送靡靡之音相比，「蘇聯呼聲」電臺的音樂節目積極向上，多元融合。據 1943 年「蘇聯呼聲」的節目單，該臺每天有兩到三次中國音樂、兩次西洋音樂，此外還有申曲、潮州音樂歌曲、粵樂、音

---

1　吳星晨：《淺析抗戰時期「蘇聯呼聲」電臺的傳播策略》，《新聞研究導刊》，2016年第 4 期，第 22 頁。

樂節目、輕鬆音樂等。1943 年 10 月 19 日魯迅逝世七週年時，電臺曾舉行紀念播送兩周，內容有朗讀《阿 Q 正傳》《風波》《故鄉》等，有根據魯迅原作改編的獨幕劇《長明燈》，還播過《娜拉走後怎樣？》以及塔斯社社長羅果夫撰寫的《魯迅與蘇聯文學》，馮雪峰的《魯迅與中國民族及文學上的魯迅主義》等。這樣集中宣傳紀念魯迅，在當時的上海是絕無僅有的，所以影響深遠。[1]「蘇聯呼聲」電臺數量眾多的文藝節目，不但與敵僞統治下的廣播電臺迥然不同，就是與大後方和延安的廣播電臺相比，也是別具特色。[2]

1941 年 12 月 8 日太平洋戰爭爆發後，該臺成了上海地區報導中國及盟國對日戰爭眞實消息的唯一來源。1945 年 8 月 9 日，蘇聯對日宣戰後，該臺一度被日軍接管，旋即日本無條件投降又恢復播音。1947 年 1 月 6 日下午，該臺被淞滬警備司令部與市警察局會同外交部駐滬辦事處代表以「外國人不得在華設電臺」爲由，勒令封閉。後經蘇聯大使交涉，始得啓封。1948 年國民黨當局又將該臺封禁。

## 第四節　大後方的外國在華新聞業興起

「七七事變」後，南京、上海、武漢相繼淪陷，但外國在華新聞事業並沒有因此而中斷。許多外國的報社和通訊社遷往大後方，大批外國記者來華，報導中國的抗戰。他們不僅報導國統區的情況，還積極報導八路軍、新四軍，和邊區的抗戰努力，使得全世界逐漸瞭解共產黨和它領導的軍隊。太平洋戰爭爆發後，美國政府積極開展對華文化援助，不僅在中國設立新聞處，還促成了哥倫比亞大學與中央政治學校的新聞教育合作。

### 一、大後方的各國在華新聞處的設立

1942 年，重慶成立了外國記者俱樂部，擁有會員 30 多人，由紐約時報記者艾金森任會長，美國時代雜誌白修德、蘇聯塔斯社葉夏明、英國路透社趙敏恒爲副會長。

1943 年上半年，羅斯福授權「聯邦電臺、報紙、出版物等各方面計劃；以及涉及情報傳播的有關對外宣傳活動，均由戰時情報局規劃、制訂及執

---

1　桂碧清：《我在蘇聯電臺當播音員》，載於《百年上海灘》，上海灘雜誌社，2005 年版，第 479 頁。
2　趙玉明主編：《中國廣播電視通史》，中國廣播電視出版社，2014 年版，第 61 頁。

行」。戰時情報局在駐同盟國和中立國的大使館設立分局并派駐代表。為掩飾其收集情報和從事宣傳的工作目的，將其所設分支機構冠以「新聞處」之名。1942 年 6 月，戰時情報局專門就對華文化「援助」的合作和分工問題與國務院進行了歷時 3 天的討論，在實際過程中，美國駐華新聞處也參與國務院的對華文化「援助」，而且有許多活動是以新聞處的名義進行的。但新聞處的工作重點，始終是對華宣傳和收集中國情報。戰時情報局及駐華新聞處的介入，使這一本身已脫離純文化領域的對華文化「援助」活動，打上了更深的政治烙印，也充分表明了美國政府通過對外文化交流而達到政治目的的立場。[1]

美國新聞處在華活動從 1942 年開始到 1949 年結束，前後共 8 年時間。期間，美國新聞處先後在 10 個城市設立分支機構，覆蓋中國的大部分，該處主要活動是向中國各大媒體提供新聞稿件，同時舉辦多種多樣的文化活動，如放映電影、舉辦音樂會、開設閱覽室等。

美國新聞處從美國報刊上挑選為中國讀者歡迎的稿件，美國著名評論家李普曼、伊利奧特、鮑德溫反法西斯主義的評論，都會經美國新聞處中文部譯出後，及時提供給國統區報紙。

美國新聞處在華主要發布《美國新聞處電稿》，發行目的為「闡釋美國和平誠意，增進中美關係」。從 1945 年 9 月 12 日正式發稿，分「晨稿」與「午稿」。「晨稿」上午 10 時半發，「午稿」下午 7 時左右發，遇有重要新聞臨時增加，每日新聞電稿一般 10 餘條，多時 20 餘條。[2]此外，美國新聞處還出版報刊。1944 年 8 月，重慶美國新聞處出版特寫稿《新聞資料》週刊，後改為半月刊。《新聞資料》內容主要是轉載美國報刊文章與消息，「通常我們所翻譯的文章，僅限於那些在美國公開發表過的從舊金山、紐約或華盛頓郵遞或無線電廣播收來的文章」。[3]

美新處對各大機關團體廣泛贈送印刷出版物。美國新聞處北平分處就曾經向北平市各機關團體贈送了大量的出版物。雲南分處、天津分處等也有類似的做法。美國新聞處下設圖書館系統，每個美國新聞處至少設有一個圖書

---

1　張注洪：《中美文化關係的歷史軌跡》，南開大學出版社，2001 年版，第 188 頁。
2　石瑋：《美國新聞處在華活動初探 1946～1949》，《國際新聞界》，2010 年第 11 期，第 97 頁。
3　石瑋：《美國新聞處在華活動初探 1946～1949》，《國際新聞界》，2010 年第 11 期，第 98 頁。

館或圖書室，館藏有大量的專業英文圖書、美國的報刊《紐約時報》《基督教科學箴言報》和雜誌《生活》《新聞週刊》《財富》等。[1]　美國新聞處設立電影部，爲各單位放映美國影片。電影部配備有兩臺 35 毫米手提式放映機，一臺 16 毫米放映機，一臺小型汽油發電機。其活動方式一是選擇空曠場地露天放映，招攬附近居民來看。它在圖書館禮堂定期爲觀眾播放電影，並備有各類電影，經常在所在的城市舉行免費的電影招待會，放映的多爲反映美國生活方式和「美國精神」的故事片、紀錄片，如彩色故事片《出水芙蓉》等。[2]新聞處還積極聯繫各個社會階層和團體，以租借拷貝或者電影播放車的方式給民眾播放電影。有許多團體也經常借用美國新聞處的電影拷貝進行放映，例如當時洞庭東山旅滬同鄉會，就曾經要求美國新聞處放映電影。1946 年 3 月這一個月中，觀看廣州美國新聞處組織播放電影的人數就達到近 10 萬人，其中很大一部分是在校學生。美國新聞處在華播放的電影主要題材是科教類，交通、技術、公共衛生和醫學方面的電影宣傳片都很受歡迎。[3]

　　美國新聞處還積極展開「公關」活動。美新處官員經常深入到中國社會中去發展人脈、進行活動。據費正清回憶，他在擔任美國新聞處主任的時候，一項重要的工作就是聯絡中國文化各界人士。在 1946 年 4 月，美國新聞處在上海的總部新址啓用，費正清藉此機會連續舉辦了三次酒會，招待和聯絡上海的中外官員、工商和文化各界人士，爲美國新聞處廣聚人脈；費正清本人更是與郭沫若、鄭振鐸、徐遲、馮亦代、金仲平等文化名人交往甚密，甚至還經常請這些作家爲美國新聞處工作。[4]

## 二、外國記者在大後方及延安的新聞採訪活動

　　這一時段的外國在華記者先後形成了兩個活動中心，南京、上海淪陷後，大量外國記者前往武漢，一時間武漢雲集了來自世界各地記者數十名。

---

1　翟韜：《戰後初期美國新聞處在華宣傳活動研究》，《史學集刊》，2013 年第 3 期，
　　第 120 頁。
2　石瑋：《美國新聞處在華活動初探 1946～1949》，《國際新聞界》，2010 年第 11 期，
　　第 99 頁。
3　翟韜：《戰後初期美國新聞處在華宣傳活動研究》，《史學集刊》，2013 年第 3 期，
　　第 121 頁。
4　費正清：《費正清對華回憶錄》，世界知識出版社，1991 年版，第 374 頁。

1938 年 10 月，武漢淪陷後，國民政府遷往重慶，許多外國的報社、通訊社和記者也隨著前往，在重慶開始了長達七年的報導活動。

1938 年 6 月，武漢會戰爆發，在四個多月的會戰期間，數十位外國記者雲集武漢開展報導，其中包括美聯社記者費希（F. W. Fisher）和莫飛（Murphy）、合眾社記者麥克丹尼爾（Mc Daniel）等。他們除採訪國民黨政府要人外，還拜訪了八路軍駐漢口總辦事處，並這裡見到了周恩來、葉劍英、王明、博古、吳玉章等中共領導人。重慶成爲陪都後，這個偏僻的西南霧都逐漸成爲遠東戰場新聞的最重要的來源地。到 1942 年初，常駐重慶的西方新聞機構有 23 家；到抗戰末期，常駐重慶的外國記者達 30 餘人，每月還有 l0-20 人左右的流動記者到來。其中包括諸多西方通訊記者，如美聯社的慕沙霸、司徒華，合眾社的王公達等。抗戰期間，美國記者是外國記者中人數最多的，至少有 35 名美國記者曾在中國報導過戰爭。[1]

除了美國的記者外，英國的路透社，法國的法新社、哈瓦斯社，蘇聯的塔斯社，德國的德新社等世界大通訊社都在重慶建立了分社或派駐了記者。此外，派駐重慶的還有英國的《泰晤士報》，法國的《巴黎日報》、《人道報》，蘇聯的《消息報》，瑞士的《蘇利克日報》和加拿大的《新聞報》等報社的記者，另外還有澳大利亞、意大利、波蘭等國記者。[2]

1938 年底，重慶國民政府在兩路口巴縣中學校園內，設立了國際宣傳處和外國記者招待所，每週五午後舉行例行新聞發布會，一時間成爲抗戰對外新聞活動中心。從 1938～1941 年初，國宣處大約接待了 150 多名外國記者，舉行新聞發布會 600 多次。1941 年 10 月、1943 年 6 月，還先後組織中外記者赴湘北前線和鄂西前線採訪。1941 年太平洋戰爭爆發後，各國來重慶採訪的記者日益增多，招待所又添造房屋 14 間。1943 年，再加築樓房 7 間。[3]

一些外國記者也將目光投向中國共產黨和抗日革命根據地，通過各種途徑來到延安等地，對中共領導人及根據地人民展開報導。

1938 年 2 月 11 日，合眾社記者王公達訪問延安，並採訪了毛澤東。王

1　張威：《抗戰時期的國民黨對外宣傳及美國記者群》，《杭州師範大學學報（社會科學版）》，2008 年第 5 期，第 36 頁。

2　董謙：《抗戰時期駐重慶外國新聞機構的發展及歷史作用》，《重慶社會科學》，2008 年第 6 期，第 73～76 頁。

3　董謙：《抗戰時期駐重慶外國新聞機構的發展及歷史作用》，《重慶社會科學》，2008 年第 6 期，第 73～76 頁。

公達共提出了九個問題，毛澤東一一作了回答。問及中國抗戰的前途，毛澤東表示，「我對此完全是樂觀的，因為中國抗戰的過程必然是先敗後勝、轉弱為強，這已經成了確定的方向了」，「根據過去七個月作戰的經驗，在軍事上我們若能運用運動戰、陣地戰、游擊戰三種方式互相配合，必能使敵軍處於極困難地位」，「在政治方面，我們已有國內的統一，更擁有全世界民主國家的同情和援助。但現在的成績還不夠，還應進一步加強起來」。關於國共合作以及抗戰勝利後的建國問題，毛澤東表示，「現在及將來合作的目的是共同抗日與共同建國，在這個原則之下，只要我們的友黨能有和我們一樣的誠意，加上全國人民的監督，這個合作必然是長久的」，「我們所主張的民主共和國，便是全國所有不願當亡國奴的人民，用無限制的普選方法選舉代表組織代議機關這樣一種制度的國家。這種國家就是民權主義的國家，大體上是孫中山先生早已主張了的，中國建國的方針應該向此方向前進」。[1] 之後，王公達將這次採訪撰寫成文，發表在《華盛頓郵報》《泰晤士報》上。

1938 年春，漢斯·希伯從武漢轉往延安，採訪了毛澤東等中共領導人。1939 年初，希伯採訪皖南涇縣雲嶺新四軍軍部，見到周恩來和葉挺軍長。1941 年「皖南事變」發生後，希伯於當年 5 月與夫人秋迪一起到蘇北新四軍中採訪，並在蘇北解放區完成了 8 萬字的書稿《中國團結抗戰中的八路軍和新四軍》。同年 9 月，他從蘇北進入山東沂蒙山區抗日根據地。1941 年 10 月 30 日，漢斯·希伯所在的部隊與日本侵略軍遭遇於沂南縣大青山，他在激戰中壯烈犧牲。[2]

1944 年 6 月 9 日抵達中共領導的陝甘寧邊區首府延安的「中外記者西北參團」，是八年抗日戰爭中外國記者對共產黨根據地進行的唯一的一次集中、大規模並且在國際輿論界產生重要社會影響的新聞採訪活動。1944 年 2 月，重慶國民政府新聞發言人在每週的新聞例會中回答中外記者問題時，否認對共產黨邊區的全面封鎖。20 餘名外國駐重慶記者立刻抓住這個機會，聯名寫信給蔣介石，要求前往延安和八路軍防地參觀訪問。國民政府在國內外進步輿論的壓力下和美、英政府的一再要求下，被迫於 5 月 10 日答應組織中外記者去陝甘寧邊區訪問。

---

1　《毛澤東選集》，東北書店，1948 年版，第 421～424 頁。
2　黃瑚：《中國新聞事業發展史·第 2 版》，復旦大學出版社，2009 年版，第 242～243頁。

　　1944 年 5 月 17 日,「中外記者西北參觀團」21 人（外國記者 6 名）前往延安。其他有岡瑟‧斯坦因（美聯社、《曼徹斯特衛報》、美國《基督教科學箴言報》）、伊斯雷爾‧愛潑斯坦（美國《時代》雜誌、《紐約時報》、聯合勞動新聞社）、哈里森‧福爾曼（合眾社、倫敦《泰晤士報》）、英里斯‧武道（路透社、多蘭多《明星》週刊、《巴爾的摩太陽報》）、普羅茨科（塔斯社）、科馬克‧夏南漢神父（美國天主教《信號》雜誌、《中國通訊》）。他們在陝甘寧邊區訪問、考察了 43 天,參觀邊區的機關、學校、生產部門,參加各種集會,訪問邊區英雄模範人物、作家、藝術家以及各階層知名人士。這些原來對解放區毫無瞭解的記者們,看到了延安與重慶截然不同的情況,產生了深刻的印象。除夏南漢神甫提前返渝外,其餘 5 人還到了晉西北敵據地,實地觀察了我軍夜襲日寇戰略據點汾陽,並與日本俘虜進行了交談。1944 年 7 月 1 日,在毛澤東接見中外記者參觀團後不到 20 天,倫敦《泰晤士報》就刊載了這次毛澤東對記者的談話內容;8 月 3 日,「美國之聲」電臺廣播了紐約時報記者從延安發出的通訊,稱讚陝甘寧邊區的軍民自力更生、廣泛實行民主等。[1]中外記者們回到重慶後,紛紛把採訪的材料撰寫成專文發表,或寫成專著出版。自 7 月底起,重慶各報開始陸續發表有關訪問延安的見聞。除《中央日報》《商務日報》個別記者作了歪曲、攻擊性報導外,大多數記者撰寫的報導都比較客觀。在外國記者中,美國記者福爾曼撰寫了《中國邊區的報告》一書出版,斯坦因在英國《時事新聞報》上發表《毛澤東朱德會見記》。愛潑斯坦在印度《政治家日報》上發表《我所看到的陝甘寧邊區》,還撰寫了 20 多篇出色的通訊,分別發表在《紐約時報》等美、英著名大報刊上。中外記者對延安客觀、眞實而又生動的報導,打破了國民黨的新聞封鎖,全世界對中國、特別是對中國共產黨的看法由此改觀。[2]

　　除此之外,記者們還撰寫多部反映在抗日解放區所見所聞的著作,如福爾曼的《紅色中國的報導》,武道的《我從陝北歸來》等。《紅色中國的報導》一書,以詳實的文字詳述在邊區數月的見聞和八路軍英勇戰鬥的故事,並配以自拍的 65 張照片做插圖,使全書圖文並茂,具有很大的吸引力。此外福爾曼還充分發揮它擅長構圖和攝影的優勢,獨樹一幟,把自己在共產黨抗日

---

1　董謙:《抗戰時期駐重慶外國新聞機構的發展及歷史作用》,《重慶社會科學》,2008 年第 6 期,第 73～76 頁。

2　黃瑚:《中國新聞事業發展史‧第 2 版》,復旦大學出版社,2009 年版,第 243～244 頁。

根據地歷時 5 個月新聞採訪中拍攝的大量新聞照片，彙集成爲畫冊《西行漫影》一書單獨出版，不光給後人留下了珍貴的歷史文獻史料，同時也開拓了在華外國記者攝影報導的領域。也許與福爾曼把他的攝影畫冊取名爲《西行漫影》有關，史沫特萊在評價福爾曼《紅色中國的報導》一書時將它稱之爲斯諾《西行漫記》的「續篇」。

## 三、大後方外國新聞教育業的恢復

1937 年 7 月 7 日，盧溝橋事變爆發後，日軍佔領北平，大學紛紛南遷。燕京大學作爲美國教會創辦的大學仍艱難維持。新聞學系勉強維持新聞教育，但是由於經費、教員等條件有限，教學課程減少，實習機會不多，教學質量遠不如從前。1942 年 12 月 8 日，太平洋戰爭爆發後，日本進佔燕園，並大肆逮捕教職員工，新聞學系主任劉豁軒以及陸志章、張東蓀等師生遭到拘押，新聞學系也隨著整個燕大關閉而停辦。雖然 1942 年 10 月，燕京大學新聞學系恢復成立，但原有的老師沒有一人來到成都參與復校。新聞學系由原來燕大新聞學系畢業生蔣蔭恩的主持，但規模大大縮減。

上海聖約翰大學新聞系與燕大新聞學系情況類似。1939～1941 年，武道前往重慶擔任國民黨中央宣傳部的顧問，但新聞系仍在運轉。據上海老報人儲玉坤回憶，這一時期系主任工作由吳嘉棠兼職代理。吳嘉棠是聖約翰校友，曾經上過武道的課。武道在 1933－1934 學年的《新聞系報告》中還專門提到過他，正是因爲他的積極主動，《約翰週刊》當年推出了兩期特刊，反響甚佳。此後吳嘉棠前往密蘇里新聞學院繼續學習，1936 年學成歸國後進入《大陸報》工作，後來還擔任過《大美晚報》總編輯和《申報》採訪主任。1941 年 12 月太平洋戰爭爆發，聖約翰大學選擇留在上海艱難圖存。此時辦學條件簡陋，1942 年起新聞系不得不暫時停辦，直到 1947 年才重新恢復。武道繼續擔任系主任直至返回美國。[1]

在大後方，外國在華的新聞教育並未中斷，由國民黨中央宣傳部國際宣傳處與美國哥倫比亞新聞學院合辦的中央政治學校新聞學院，將美國在華的新聞教育事業繼續延續下來。這個學院是抗日戰爭時期中美文化合作計劃中的一個項目，目的在於訓練高級宣傳人員，派往世界各地之駐在使館、行政

---

1　周婷婷：《聖約翰大學新聞教育的歷程》，《新聞大學》，2017 年第 4 期，第 124～131頁。

院各部會、備戰區司令長官部服務，並計劃戰後在光復地區籌出日報，鼓勵獨立報紙企業之建立。

1943 年的 4 月 27 日，助理國務卿郝蘭德・蕭（G. Howland Shaw）批覆了這一項目，「國務院認為，美國受中國政府的邀請參與中央政治學校新聞學院的建立與管理，對於戰時與戰後關鍵時期兩國的文化合作將起到巨大作用。美國一直致力於與中國建立起良好的文化關係來應對共同的敵人，而幫助建立這所學校是與這一目標相符合相促進的」。[1] 5 月 19 日，哥倫比亞大學新聞學院四位校友克羅斯等一行前往重慶。6 月國務院文化關係司派遣的四名新聞專家赴華。一時間哥倫比亞大學新聞學院校友雲集重慶。

在哥倫比亞校友來華的同時，招生工作同時開始。1943 年 8 月 23 日，《中央日報》刊登公告《中宣部國際宣傳處招考國際宣傳高級新聞學員》，宣布中宣部國際宣傳處將在重慶、成都、昆明、桂林四地招考 30 名國際宣傳高級新聞學員。[2]最終從 200 多名報考中錄取了正選 30 人，備選 2 人。當時，中央政治學校有新聞系，還有新聞專修班，並沒有新聞研究所或新聞研究院，於是曾虛白和馬星野同該校教育長程天放商量，將董顯光計劃的新聞學院納入中央政治學校的新聞教育系統內，定名為「中央政治學校新聞學院」。董顯光任院長、曾虛白任副院長，克羅斯教授為首任教務長。[3]

1943 年 10 月 11 日下午，中央政治學校新聞學院國際宣傳高級新聞學員訓練班在國際宣傳處禮堂舉行開學典禮。10 月 12 日，中央政治學校新聞學院正式開學。該院制定的訓練課程分四期，每三個月為一期。研究院的訓練方法和課程，完全仿照美國的教學方法。第一期側重新聞從業人員的基本訓練，課程主要有：克羅斯教授講授的世界新聞事業概況，潘公展主講的黨義，甘乃光主講的中國行政組織與制度、馬星野先生主講的中國新聞事業史，大半為美國教師承擔的新聞採訪、編輯、寫作等新聞實踐訓練課程。他們用英文講課，學生用英文記筆記，學生採訪後用英文寫稿。教學上主要側重實操，主要由學生自己辦實習報紙，以取得實際經驗。各門課程都定期舉

---

1 Report of the Dean of the Graduate School of Journalism on the Chinese Post～Graduate School of Journalism,March,1943～August,1945.Columbia University in the city of New York.p.5.
2 《中宣部國際宣傳處招考國際宣傳高級新聞學員》，《中央日報》，1943 年 8 月 23 日。
3 鄧紹根：《艱難的起步：民國時期新聞研究生教育的探索實踐》，《國際新聞界》，2013 年第 2 期，第 152 頁。

行考試，評定成績。30 名學員分成三組，每組由一名教授指導。他們每日按照報紙編輯慣例，由各組任總編輯者派定其組員，擔任當日採訪編輯工作，出發採訪，返班撰稿、編輯發排，一切手續，完全按照報紙編輯業務進行。各教授除親自參加工作外，隨時從旁批評糾正。每星期六上午開一次檢討會議，三組將本周成績互相進行比較，最後選定最優秀者的作品發交國際宣傳處印刷房，發表於英文週刊《重慶新聞》（*Chungking Reporter*）上。[1]

1944 年 8 月中旬，中央政治學校新聞學院公布了招考第二屆國際新聞高級學員的簡章。9 月 30 日，新聞學院在《中央日報》公布錄取名單，正選 25 人，備選 7 人。1946 年 1 月，第三期國際新聞高級學員沒有如期開展工作。1 月 31 日，亞更曼院長向哥倫比亞大學當局遞交了一份「關於該大學在重慶渝中國政府合辦並供給教授之中央政治學校新聞學院之報告」，報告總結了合作經驗以及增進「中美互相瞭解、及合作之成就」，稱讚「中央政治學校新聞學院所辦《重慶新聞》週刊，對促進新聞自由之貢獻」[2]。中央政治學校新聞學院無疾而終。

## 四、外國在華新聞廣播通訊業的興起

1938 年 8 月中旬，德國海通總社漢口分社社長艾格勞在重慶設立分支機構，名為「海通社重慶分社」，這是最早來到重慶的外國通訊社，並有常駐記者在渝。1938 年 9 月至 10 月，武漢戰局日益嚴峻，英國路透社，美國合眾社、美聯社，法國哈瓦斯社、法新社，蘇聯塔斯社，德國德新社，美國《紐約時報》等駐漢口機構、人員，陸續遷往重慶。[3]這些外國通訊社甫到重慶即與國宣處取得業務聯繫，並定期參加星期五下午由國宣處組織召開的新聞發布會。1941 年底，常駐重慶的外國新聞機構 17 家。

1941 年末，美國國務院授權文化關係司成立中國處，著手在文化方面對中國進行援助。1943 年 7 月，在羅斯福總統的支持下，美國國務院開始派新聞領域的專家赴華。第一批三人中，弗羅伊德・泰勒是新聞編輯人員，喬治・戈里姆是播音員，法蘭克・布徹納是記者，他們主要有兩個任務，一是為美

---

1 《國際宣傳處新聞訓練班開學，決定改名新聞學院，隸屬中央政治學校》，《中央日報》，1943 年 10 月 12 日。
2 《中政校新聞學院，中美合辦之成就，哥倫比亞大學亞更曼提出報告》，《中央日報》，1946 年 2 月 3 日。
3 陶建傑：《外國記者在華活動回顧》，《青年記者》，2009 年第 28 期，第 26 頁。

國廣播公司和主要電臺撰寫、製作、收發來自中國的新聞報導，二是協助訓練中國廣播電臺的工作人員。[1]

太平洋戰爭爆發後，美、英、中三國決定成立反侵略國家聯合宣傳委員會，以重慶國民政府國際宣傳處為會址，開放國際廣播電臺部分時段，供各國記者對外廣播新聞通訊，並建電臺供外國記者發稿。如美國國家廣播公司（NBC）、加利福尼亞廣播公司（CBS）、互通廣播公司（MBC）、英國大英廣播公司（BBC）等機構的記者，經國民黨中宣部介紹，可以到中國中央國際廣播電臺(XGOY)直接播出自己的節目，並通過本國電臺定時轉播交換 XGOY 的外語抗戰節目。[2]

抗日戰爭後期，美國軍隊進入中國境內，參加對日作戰。根據《聯合國在華設立臨時軍用無線電臺辦法》，經中國有關當局批准，美軍於 1944 年 10 月在廣西、雲南、四川等地設立軍用廣播電臺。駐昆明美軍廣播電臺為最大，呼號 XNAW，發射功率 1 千瓦，除兩次新聞節目外，大部分時間播送專為美軍製作的唱片節目如《名詩朗誦》《士兵節目》《爵士音樂》《跳舞音樂》《古典名曲》等。桂林、雲南驛、重慶白市驛三地的軍用廣播電臺，呼號依次為 CB1，CB2，CB3，發射功率均為 50 瓦，專為美軍播送娛樂節目。1945 年 3 月，又在成都、陸良、羊街、沾益、瀘縣增設 5 座軍用廣播電臺。除昆明外的其餘 8 座軍用電臺，據國民黨政府交通部、軍令部報告稱：「該項電臺電力極小，廣播範圍亦限於軍紀、軍中娛樂，純屬美軍軍中事務，與含有政治性之宣傳廣播，使用強力機者不同，亦非傳遞軍事性質以外之電報可比。」[3]日本投降後，美軍支持國民黨當局發動內戰，又相繼在北平、南京、天津、青島等地建立軍用廣播電臺，後隨美軍撤出中國而陸續停播。1946 年，美軍廣播電臺，由重慶遷來南京。呼號 XMAG，頻率 1540、4275 千赫。功率 250 瓦、500 瓦。臺址為黃浦路。每天播音 3 次，上午 6 點 30 分至 7 點 30 分，中午 12 點至 16 點 15 分，下午 16 點 30 分至 23 點 45 分。全部用英語，主要對象為駐華美軍。

1946 年 2 月 14 日，國民政府交通部依照《電信條例》的規定，制定與頒

1 張注洪主編：《中美文化關係的歷史軌跡》，南開大學出版社，2001 年版，第 182 頁。
2 董謙：《抗戰時期駐重慶外國新聞機構的發展及歷史作用》，《重慶社會科學》，2008 年第 6 期，第 73～76 頁
3 趙玉明主編：《中國廣播電視通史》，北京廣播學院出版社，2004 年版，第 55 頁。

布了《廣播無線電臺設置規則》，後又作過五次修正。該規則規定：交通部所辦的廣播電臺為國營臺，其他政府機關所辦者為公營臺，中國公民及完全華人組織、公司、廠礦、學校和團體設立者為民營臺；凡欲設置廣播電臺者均須提出申請、由交通部核准並發給許可證；外國人及其機關、公司等一律不准在中國境內設立廣播電臺。[1]

　　重慶大轟炸時期，外國在華的新聞機構也未能幸免，多處機構被炸毀，損失嚴重，1939 年 6 月 11 日 19 時，日機架分 2 批襲渝，投彈 133 枚，德、法駐渝通訊處中彈。1940 年 6 月 11 日，日機 117 架分 4 批抵渝上空，投彈 123 枚。當日，德國海通社中燃燒彈全被焚毀；法國哈瓦斯社門口亦中彈，房屋震壞；蘇聯塔斯社中國總社門首落彈多枚，該社房屋全部震毀；兩路口國際新聞社重慶辦事處被炸毀，該社即遷往通遠門內吳師爺巷 2 號辦公。1941年 6 月 7 日，敵機 32 架分 2 批炸渝，遷渝的遠東新聞社南京總社被全部炸毀。1941 年 7 月 7 日，日機 58 架分 5 批由湖北襲渝，位於上清寺附近的外籍記者住宅遭炸，幸無人員傷亡。1941 年 8 月 10 日，日機百餘架分批夜襲重慶，當日巴縣中學內的外國記者招待所被震壞。[2]

---

1　黃瑚著：《新聞法規與新聞職業道德》，四川人民出版社，2006 年版，第 180 頁。
2　馮慶豪：《重慶大轟炸對外國使、領館及其他駐華機構的傷害情況初探》，《長江文明》，2008 年第 2 期，第 102～110 頁。

# 第五章　民國南京政府後期的
　　　　外國在華新聞業

## 第一節　英國在華新聞業停止活動

　　抗戰勝利後，英國在華新聞傳播事業逐漸恢復生機。《字林西報》在上海復刊，路透社在上海的遠東分社也恢復活動。但好景不長，上海解放後，外國人雖然被允許繼續經營報刊，但《字林西報》因不實報導受到上海市軍管會的處罰，最終在 1951 年 3 月 31 日停刊。包括路透社在內的外國通訊社也遇到諸多問題，一方面工人不斷罷工要求增加工資；另一方面同上海報界的關係逐漸惡化，生存空間逐漸縮小。最終各外國通訊社除塔斯社外在上海解放前夕全部撤離。

### 一、《字林西報》的復辦及其言論

　　1945 年 8 月 16 日，《字林西報》在葛立芬的主持下復刊，該報的總經理臺維斯，主筆格蘭佛斯在抗戰期間都被日軍關進集中營，釋放後重返《字林西報》。復刊後，該報最初以號外的形式發行，10 月份正式復刊，每日發行 4 頁，後增至 12 頁，銷量最高達到 8000 份。讀者主要是英國的僑民和中國的知識分子。

　　該報風格與戰前一樣，具有英國貴族的派頭。蔣介石發動內戰後，《字林西報》覺得中國的形勢變幻莫測，所以報導儘量小心謹慎，以求客觀公正，立論也更加隱蔽戒備。即便如此，也難免遭受麻煩。1949 年 4 月 24 日，因刊

登「共軍攻陷蘇州、常熟的消息」，被國民黨軍事當局以「該報在此軍事緊急時期，刊登此類失實消息，足以淆亂聽聞，攏惑人心」的罪名，給予停刊三天的處分。[1]

　　1949 年 5 月解放軍進佔上海。根據中央的部署，沒有採取北京、天津那樣勒令所有報紙一律停刊的辦法，上海的報刊除國民黨所屬之外可以繼續出版，同時進行重新申請核准出版。之後不久，《字林西報》就因報導失實受到處罰。6 月 10 日，《字林西報》在頭版刊登文章《本埠航運停止》，文中稱吳淞口已被布置水雷。為此，上海市軍管會向《字林西報》提出抗議。起初《字林西報》以新聞自由為藉口進行自我辯解，這種態度引起了報館內中國職工的憤慨，職工們自發組織起來向英國經理提出抗議：「今後如果報紙再有反對中國人民利益的文章，我們拒排拒印！」[2]該報總編輯葛立芬迫不得已於 6 月 23 日正式向市軍管會鄭重道歉，原文如下：

　　　　「竊查本報於六月十日刊載：揚子江口佈設水雷不正確之報導，以及對於航運及貿易之不良影響。敝人對此深為關切，茲謹函貴會鄭重道歉，並願保證嗣後決不使有同樣錯誤發生。專此函達，即冀鑒察。此呈外僑事務處處長章，轉呈上海市軍事管制委員會鈞鑒。總編輯葛立芬謹呈（簽名）。再呈者，敝報對此消息極願加以更正，並在報端道歉。是否有當，並祈示復為感。」

6 月 24 日，上海市軍事管制委員會主任陳毅、副主任粟裕發布命令：

　　　　「查英商《字林西報》於本月十日開始刊載國民黨反動政府在吳淞口敷設水雷之新聞。此後，並繼續傳播，危言聳聽，純出捏造。全市人民對該報此種悖謬舉動極為痛憤。紛紛籲請本會嚴加制裁。本會認為群眾此種要求完全正當。該報錯誤甚大，惟念該報負責人葛立芬昨日已向本會書面承認錯誤，保證今後不再重犯，特從寬處分，予該報嚴重警告一次，並著該報將其悔過之呈文及本會命令，同時在該報第一版顯著地位刊出。此令。」[3]

　　失實報導事件發生後，《字林西報》的生存環境逐漸惡化。最終在 1951 年 3 月 31 日，《字林西報》自動停刊。

---

1　馬光仁主編：《上海新聞史（1850～1949）》，復旦大學出版社，1996 年版，第 1049 頁。

2　賈樹枚主編：《上海新聞志》，上海社會科學院出版社，2000 年版，第 515 頁。

3　王文彬編著：《中國現代報史資料匯輯》，重慶出版社，1996 年版，第 859 頁。

## 二、路透社在中國的命運抉擇

　　抗日戰爭勝利後，中國共產黨和中國國民黨兩黨就中國未來的發展前途、建設大計在重慶進行的一次歷史性會談，即「重慶談判」。蔣介石先後三次發往延安電報，邀請毛澤東赴重慶談判。1945 年 8 月 28 日，毛澤東率領中國共產黨代表團從延安飛抵重慶。這一消息震撼重慶全城，萬人空巷。重慶談判期間（1945 年 8 月 29 日至 10 月 10 日），路透社積極開展了採訪毛澤東活動。

　　9 月，英國路透社駐重慶記者甘貝爾向毛澤東提交了 12 個問題的書面採訪提綱，涉及和談前景的展望、中蘇條約的態度、解放區問題，國共合作、軍隊國家化等棘手問題，尖銳犀利。12 個具體問題如下：（一）問：是否可能不用武力而用協定的方法避免內戰？（二）問：中共準備作何種讓步，以求得協定？（三）問：中央政府方面須作何種的妥協或讓步，才能滿足中共的要求呢？（四）問：你對談判會達到協定甚至只是暫時協定一事，覺得有希望嗎？（五）問：假若談判破裂，國共問題可能不用流血方法而得到解決嗎？（六）問：中共對中蘇條約的態度如何？（七）問：日本投降後，你們所佔領的地區，是否打算繼續佔領下去？（八）問：如果聯合政府成立了，你們準備和蔣介石合做到什麼程度呢？（九）問：A. 你的行動和決定將影響到華北多少共產黨員？B. 他們有多少是武裝起來的？C. 中共黨員還在些什麼地方活動？（十）問：中共對「自由民主的中國」的概念及界說為何？（十一）問：在各黨派的聯合政府中，中共的建設方針及恢復方針如何？（十二）問：你贊成軍隊國家化，廢止私人擁有軍隊嗎？[1]

　　9 月 27 日，毛澤東對英國路透社駐重慶記者甘貝爾的採訪問題一一作了答覆。在答覆中，毛澤東明確指出：不用武力而用協定的方法避免內戰，符合中國人民的利益。目前中國只需要和平建國一項方針；在實現全國和平、民主、團結的條件下，中共準備作重要的讓步，包括縮減解放區的軍隊在內；中共中央要求國民黨政府承認解放區的民選政府與人民軍隊；對談判結果有充分的信心，中共堅持避免內戰的方針；同意中蘇條約，要求政府實行國民黨早已允諾的地方自治，如果聯合政府成立了，中共將盡心盡力與蔣介石合作建立獨立自主富強的新中國，徹底實行孫中山先生的三民主義。甘貝爾採

---

1　《答路透社記者甘貝爾問》，《新華日報》，1945 年 9 月 27 日。

訪毛澤東後，對中國的共產主義似乎有了更加眞切的認識，他對毛澤東說：
看來你是一位溫和的共產主義者，你給我留下了美好的印象。

　　隨著國民政府遷都回南京後，路透社也隨之遷回上海。與其他通訊社相
比，路透社更多著眼與中國的經濟新聞，特別是金融、國際貿易。所發新聞
比較準確、迅速和簡要，爲中國經濟金融界所重視，路透社所發的國際新聞，
其優勢明顯超過其他西方通訊社，所以中國報紙採用路透社的國際新聞電訊
特別多。[1]

　　隨著國統區物價飛漲、供應緊張、治安惡化等，路透社也遇到了很大困
難。1946 年 4 月，路透社的中國員工要求增加工資，被外方拒絕後全體罷工。
7 月，路透社等外國在華四通訊社同時發生工潮，要求增加工資，被拒絕後發
動聯合總罷工。

　　1947 年 4 月，路透社等提出從 12 月起，《申報》《新聞報》《中央日報》
《大公報》四份大報應提高計算稿費標準，經多次協商，雙方暫時達成新的
協議。1948 年 7 月，路透社和美聯社向上海報業公會提出《申報》《新聞報》
《中央日報》《大公報》四家報社的新聞稿費，應變更計算標準，並按美元支
付。並聲稱若不答應，即從 7 月 26 日起停止向上述四家報社供稿。上海報業
公會召開緊急會議，決定本會所屬全體報館成員全部暫停使用兩社稿件，以
示抗議，並發表聲明詳述理由。路透社在內外矛盾的夾擊下，陷入越來越嚴
重的困境。

　　隨著解放戰爭的逐步勝利，中國共產黨對外國在華新聞傳播事業採取一
些限制措施。1949 年 2 月 27 日，中國人民解放軍北平市軍事管制委員會通令
停止所有在平的外國通訊社及外國記者的活動，路透社包括在內。

　　1949 年 5 月 28 日，上海市解放。路透社採訪活動並沒有受到限制。6
月 9 日，路透社駐上海記者還發布電訊說：怡和洋行董事卡斯域克今日接見
本社社記者表示意見，謂現在困苦上海之問題雖廣泛，但將可獲得解決之
方。……認爲上海仍應維持其繁榮地位，但欲達此目的，則新當局須請外國
協助。卡氏評論禁止外幣流通條例謂，如欲達成最後之政府，此舉實不容已，
且屬合理。[2]6 月 15 日，路透社駐上海記者報導說：今日爲上海「解放」第
四星期之開始，共有大事兩件，革除此間警察之首長及派兩漁船（配有必要

---

1　馬光仁主編：《上海新聞史（1850～1949）》，復旦大學出版社，1996 年版，第 1053
　　頁。
2　《大公報》（重慶版），1949 年 6 月 9 日。

之掃雷裝備）前往長江口掃除可能爲國民黨布下之水雷是也。[1]7 月 3 日，大公報還刊登了《上海三日路透社電》：上海電車公司司理普樂在解放日報刊登道歉啓事，對於該公司總稽查馬修遜（英人）曾毆打一華人職員一事，深表遺憾。[2]7 月 16 日，上海市軍管會制定了《國際電訊檢查暫行辦法》公布施行，限制了路透社採訪活動。

　　隨著路透社駐滬機構的關閉，路透社在廣州的採訪活動得到了加強。8 月 18 日，路透社駐廣州記者綜合採訪報導了中國人民解放軍解放華東向華南挺進的新聞，「福建省城福州、及贛南重鎮贛州均已解放。同時，劉伯承的大軍聞已在跨過贛粤邊境後向前挺進。另一支解放軍據說已抵達十庚的近郊。按大庾在贛南，係到南雄的重要戰略門戶，距廣州約一百七十五哩。」[3]9 月 1 日，路透社駐廣州記者發出電訊：廣東、湖南邊境上的惡戰，將於最近數日內展開。14 日，還報導了《港英軍發生逃亡》消息。隨著廣州市解放，英國駐廣州領事館關閉，路透社駐廣州記者站隨之遷往香港，繼續關注並報導中國大陸新聞。

## 第二節　美國在華新聞業的最後命運

　　美國在華的新聞事業並沒有因爲太平洋戰爭期間的中斷而徹底結束。戰爭結束後，上海聖約翰大學和燕京大學的新聞教育迅速恢復，將密蘇里新聞學院的教育模式繼續實踐下去，直到 1952 年全國院系調整，這兩所教會大學被撤銷，美國在華新聞教育宣告結束。戰後中國的道路選擇成爲當時社會上熱議的話題，美國報刊駐華記者紛紛報導此事。《密勒氏評論報》和《大美晚報》也得以復刊，積極報導戰後中國重建的情況，《密勒氏評論報》最終因爲失去大量訂戶而停刊，《大美晚報》則因勞資糾紛轟動一時。

### 一、美國在華新聞教育事業的恢復與結束

　　抗戰勝利後，上海聖約翰大學和燕京大學先後復校，兩校的新聞教育也隨之恢復。雖然經歷了戰時的艱難歲月，但兩校的新聞教育工作者們並未放棄，他們利用手中有限的資源努力經營，最終使兩校的新聞教育又煥發出新

---

1　《大公報》（重慶版），1949 年 6 月 17 日。
2　《大公報》（重慶版），1949 年 7 月 5 日。
3　《大公報》（香港版），1949 年 8 月 18 日。

的生機。

1947 年，上海聖約翰大學報學系復建，武道繼續擔任系主任。任課教師還有黃嘉德、梁士純、汪英賓三位教授。三人都有豐富的教學或實踐經驗。黃嘉德 1931 年畢業於上海聖約翰大學英文系，之後留校任教，歷任助教、副教授、教授、文理學院副院長、文學院副院長。梁士純早年留學美國，曾在美國的報紙工作，回國後也擔任過《基督教科學箴言報》和《時代》雜誌駐上海記者。1934 年春，被燕京大學聘爲新聞學系教授，1935～1937 年任新聞學系主任。汪英賓 1921 年畢業於上海聖約翰大學，1924 年取得哥倫比亞新聞學院碩士，新聞工作經驗豐富，長期在上海《申報》工作，也曾在上海南方大學報學系、光華大學報學科、滬江大學新聞學系任教。

1948 年春、秋兩季，報學系招收了新生，加上轉入學生，總數爲 50 多人。黃嘉德擔任新聞學概論、報業史等課程的教師。梁士純的課程有採訪與寫作、輿論與宣傳、國際宣傳等。汪英賓的課程是廣告學、報業管理等內容[1]。1948年 3 月，報學系成立了新聞學會，該協會由報學系的同學組織，宗旨爲「聯繫同學、服務同學」。凡是該系同學皆可入會，全體會員組成的全體會員大會是協會執行機構。該會經常舉辦的事務有每隔兩星期出版壁報《新生代》，還組織參觀報館和郊外旅行等。[2]

1949 年 5 月，上海解放後，報學系在教學上開始調整，以前一直秉持的密蘇里教育模式被摒棄，教學內容上加入了許多具有當時中國特色的內容。1950 年，報學系原主任武道離去，《約大週刊》停刊，後來雖創辦中文《約翰新聞》，但影響大大減弱。授課也改用漢語，課程內容調整，革命、階級色彩加重。如通識類課程中就有：新民主主義論、政治講座、時事分析、蘇聯政府、聯共黨史、黨史、辯證唯物主義、時事討論、馬列史學名著選讀、歷史唯物論等。在具體的新聞專業課程中，強調課程內容爲人民、爲革命、爲新民主主義社會服務。比如課程《新聞採訪與寫作》的教學目標：「通過講授與實際採訪，使同學瞭解新民主主義制度下的新聞做法，知道什麼是新聞，如何採訪及如何把新聞寫好，如何寫通訊。」主要的教學方法是「課堂講授，結合實際例子討論，並參加約翰新聞採訪工作。若有可能。到外面採訪」。第

---

1　徐家柱：《新聞系的最後五年》，載於徐以驊主編：《上海聖約翰大學（1879～1952）》，上海人民出版社，2009 年版，第 312 頁。

2　熊月之、周武主編：《聖約翰大學史》，上海人民出版社，2007 年版，第 315 頁。

一學期講授「新聞政策（並報紙的性質及做法），新聞報導（從什麼叫新聞談到新聞在報紙中的作用及地位、新聞的基本條件及資產階級新聞觀點批判等）」。第二學期講授「人民記者的條件、採訪及採訪對象、如何進行新聞寫作」。[1]

雖然 1949 年以後的教育環境改變很大，但報學系的教師們依然堅持將聖約翰的新聞教育繼續下去。新聞專業教育中，在新聞史論的基礎上，突出新聞業務（技能）課的比重。新聞必修課程六門，包括：新聞學導論（3 學分）、新聞採訪和寫作（6 學分）、報紙編輯（6 學分）、評論文寫作（6 學分）、中國新聞事業史（4 學分）、外國新聞事業史（4 學分），總計 29 學分。其中，新聞史論課程總 11 學分，新聞業務課程 18 學分，百分比例為 38%和 62%。[2]

1951 年夏，聖約翰大學報學系人丁興旺，大大超出了以往的在系人數。據該校新聞學會統計，當時有學生 106 人，戲稱「一百零六將」。[3]但是，隨著 1952 年 8 月全國高等院校院系調整，聖約翰大學停辦。汪英賓、伍必熙兩位教師與在校學生 44 人併入復旦大學新聞系，報學系主任黃嘉德轉任山東大學外文系教授。

1945 年燕京大學在北京復校，但新聞系到了 1946 年才重新開課。從成都遷回的蔣蔭恩、張琴南、張明煒三人開班授課，但專職教師只有蔣蔭恩一人，張琴南此時受聘為《大公報》總編，在新聞系兼授中國報業史和報紙社論兩門課程，張明煒任北平《華北日報》社長，兼授報業管理。蔣蔭恩一人承擔新聞學概論、新聞採訪與寫作、編輯三門課程。之前燕大新聞學系的教師中，劉豁軒去擔任《益世報》總編輯，講授英文新聞專業課的孫瑞芹就任英文《北平時事日報》總編兼代理社長，斯諾被國民黨政府禁止來華。大量的工作只能由蔣蔭恩一人承擔。

之前密蘇里新聞學院對燕大新聞學系的支持已經成為歷史，但仍然承認其本科學歷，並接受畢業生進修。李肇基、曹德謙等在 1947 年赴密蘇里新

---

1　《聖約翰大學文學院新聞系課程教學大綱（1951 年度第一學期）》上海市檔案館館藏資料 Q243-1-566，000010，000012，轉見馮烈駿：《聖約翰大學新聞教育初探》，《中國外資》，2009 年第 7 期，第 287 頁。

2　《聖約翰大學一九五一學年度第二學期新聞系畢業生成績》，上海市檔案館館藏資料 Q243-1-934。轉見馮烈駿：《聖約翰大學新聞教育初探》，《中國外資》，2009 年第 7 期，第 287 頁。

3　徐以驊主編：《上海聖約翰大學（1879～1952）》，上海人民出版社，2009 年版，第 312 頁。

聞學院深造。面對這種情況，新聞學系開始對教學方針進行調整，更多地依託燕大自身的有利資源，讓新聞學系的學生學好副修專業，進修外文、文史、政治、法律、經濟等和新聞學科密切相關的專業，並利用實習機會，加強新聞實踐，達到廣泛的知識基礎和新聞理論、業務能力相結合的要求。[1]

　　1946 年 11 月 18 日，系報《燕京新聞》中文版也得以復刊。該報從 13 卷開始復刊，13、14 卷都從學年開始出到暑假，每週一期，4 開 4 版，暑假休刊。在復刊的發刊詞《我們回來了》中，該報宣布將「專載全國教育文化消息，同時也是教育文化界的喉舌」，表示「我們所服膺的，只有眞理和正義。凡是合乎眞理不背正義的，我們樂於登載；反之，凡是不合眞理，違反正義的，我們尤不惜揭發」。

　　秉著文化教育界喉舌的宗旨，復刊後的《燕京新聞》大量報導學界的愛國運動，不論是反飢餓反內戰，反對迫害保障人權，「搶救教育危機」，保衛華北學聯，還是反對美國扶植日本等運動，該報都做了詳盡報導。《燕京新聞》還經常請到學界和文化界的知名學者發表文章或談話，例如郭沫若、沈鈞儒、茅盾、朱自清、費孝通等人的名字都曾出現在《燕京新聞》上。

　　《燕京新聞》的主要辦報經費來自讀者的訂閱費，報紙前期發行兩千份，後增至三千多份。就參與過報紙工作的學生回憶，爲了做好收訂工作，工作人員往往全體出動，到學生宿舍收款。受到通貨膨脹的影響，訂費收齊後必須立馬變成物資，以減少損失。但仍敵不過物價飛漲，到了 1948 年，每份報紙定價達到五百元，且預訂價一星期調整一次。到了下半年，平津地區的訂費已經高達 12 期 150 萬元的天文數字。在如此艱難的情況下，《燕京新聞》仍堅持出版，一直到 1948 年 11 月北平解放才停刊。[2]

　　解放之後的新聞學系較之前更爲壯大，蔣蔭恩放棄美國的研究工作，返校任教。1949 年 4 月，聘請孫瑞芹前來任教。10 月聘請陳翰伯爲新聞系教授，張琴南、包之靜爲兼任教授。此外，還增設新聞講座，邀請胡喬木、鄧拓、吳冷西等人前來開講。在重視基本理論、基礎知識與新聞實踐的基礎上，堅持對主修、必修和副修課程的安排和要求，這時的主修課程已經開到了 10

---

1　張瑋瑛等主編：《燕京大學史稿（1919～1952）》，人民中國出版社，1999 年版，第 136 頁。

2　張瑋瑛等主編：《燕京大學史稿（1919～1952）》，人民中國出版社，1999 年版，第 140 頁。

門，整個新聞系空前壯大。當時新聞系的人數也是最多的，1949 年三十餘人，1950 年 52 人，1951 年 71 人，當時號稱「第一大系」。

1952 年 7 月，全國高校院系調整，燕京大學被取消，新聞系併入北京大學中文系，後又併入人民大學新聞系。在這次院系調整中，燕大新聞系的名字和上海聖約翰大學報學系一同成爲了歷史。自此密蘇里新聞學院的教育模式在中國宣告結束，取而代之的是蘇聯的新聞教育模式。美國在中國的新聞教育事業也就此終結。

## 二、小鮑威爾與後期《密勒氏評論報》

鮑威爾在日軍的集中營裏被折磨到雙腿殘疾，1943 年作爲交換戰俘回到美國。但《密勒氏評論報》並沒有就此結束，他的兒子小鮑威爾在抗戰勝利後又復刊了《密勒氏評論報》。小鮑威爾原名威廉·鮑威爾，1919 年 7 月 2 日生於上海，後回到美國上學。他畢業於密蘇里州哥倫比亞市的黑曼高中（*Hickman High School*）。1938 年他進入密蘇里大學攻讀新聞學專業。1940 年，小鮑威爾中斷學業來到中國。1940 年 10 月到 1941 年 7 月期間，白天小鮑威爾在《大陸報》工作，晚上到《密勒氏評論報》改寫電稿撰寫新聞。在珍珠港事件發生前，小鮑威爾爲繼續學業，搭上了戰前最後一班開往美國的輪船。

1942 年 4 月，他再次從密蘇里新聞學院退學，前往華盛頓的聯邦通訊委員會下的對外廣播監控部工作。7 個月後，他加入戰時新聞處。1943 年，戰時新聞處海外部派他到重慶、桂林和昆明擔任地方代表，做新聞編輯工作，負責把從紐約辦公室收到的消息發給中國報紙。

1945 年 10 月 20 日，他將《密勒氏評論報》復刊，並擔任主編。報紙欄目與之前相似，主要分爲社論、特稿（*Special articles*）和各類專欄三個部分。其中「中國名人錄」（後改爲「英語學習」）得以保存。該刊復刊後第一期的社論就聲明，「本刊反對那些對編輯部意見施加影響的企圖，並將盡我們所能，從事忠實、公正的報導。」後多次重申，其報導和評論「不是基於政治，也不是基於成見或私人考慮，而只是基於事實。」[1]

《密勒氏評論報》復刊後就刊登一系列文章抨擊時弊，批評國民黨官僚

---

1　崔維徵：《後期〈密勒氏評論報〉述評（1945～1953）》，《新聞學論集》，1983 年第 5 輯，第 202 頁。

政權低效無能，大小官員貪污腐化，並在各欄裏予以大量披露。他接連發表社論，激烈抨擊國民黨政府的新聞檢查制度，要求新聞自由。《大美晚報》在 1947 年 7 月 7 日號的第二版上以四分之一的版面介紹了美聯社記者埃索伊曼（Essoyman）對小鮑威爾的採訪。當時的《新聞週刊》稱他「英勇無畏」，並形容他爲「最瞭解中國情況的新聞人之一」。[1]

小鮑威爾對中國人民解放戰爭作了許多客觀公正的報導，如：《華北戰爭的最後一站——紅軍向南京進軍》《攻克北京——人民不慌張，無價之寶都完整》《國民黨與中國歷代王朝，南京是注定落入共產黨手中》等。同時，他領導《密勒氏評論報》對解放區的人民的生活和各項建設做了眞實的介紹。在《中國解放區的話》一書中看，《密勒氏評論報》用《華北解放區老百姓的話》《蘇北解放區旅行記》《山東解放區旅行記》《開封解放區目擊記》《開封解放十日記》《鄭州解放前後記》等 15 篇報導詳細描述了解放區的情況。該書在序言對其價值和意義做了詳細的介紹，「這裡所選譯的文字共 15 篇，其中有的是解放區旅行記，有的是解放當時的目擊談，有的記述共產黨在解放區所施行的政策等，都屬說理淺顯，內容充實，讀了極感興趣的作品，而《新中國的展望》一文，預言中國在全部解放後各方面發展的新希望，更使我們對於中國的前途增加了無上的信心與勇氣。國民黨反動派當局對於解放區造成了許多無稽的謠言，有些人對於這些誹謗也不免抱了將信將疑的態度，現在讀了這本書各篇很客觀而公正的敍述，一切過去的懷疑都可因此冰釋了。」[2]

1949 年 5 月 28 日，上海解放。小鮑威爾仍旗幟鮮明地支持中國人民的新生政權。《密勒氏評論報》向美國公眾介紹新中國的情況，要求美國承認中華人民共和國，放棄阻撓恢復新中國在聯合國合法席位；它報導亞洲人民的立場與言論，公開評論時事，批評帝國主義的一些政策，一直是以美國對華政策的批評者而著稱，在國際上很有聲譽，深得國內外讀者歡迎。[3]

## 三、《大美晚報》的復辦與停刊

1943 年 1 月 1 日，大美晚報曾在紐約繼續出版。抗戰勝利後《大美晚報》

---

1 黃愛萍：《論〈密勒氏評論報〉在中國的終結（1949～1953）》，清華大學 2003 年碩士論文，第 18 頁。

2 高爾松編譯：《中國解放區的話》，上海平凡書局，1949 年版，第 1 頁。

3 陳其欽：《回憶密勒氏評論報》，《社會科學報》，2006 年 3 月 9 日。

由美國隨軍記者瑪諾主持復刊，主筆高爾德返回上海主持報館事務，聘請吳嘉棠、袁倫仁爲編輯。每日出版兩大張，「對有關美國商情消息報導迅速詳實，廣告也以美商爲主。對當時中國如火如荼的反內戰、反獨裁群眾運動只做簡單報導，不加評論」。[1]1947 年 12 月 27 日，該報紐約版停止出版，全部遷回上海。

1947 年 12 月，該報爲了奪取《大陸報》的銷路，擴大自己的影響力，曾在 12 月 24 日的《大陸報》上刊登廣告，聲稱《大陸報》的讀者，如欲改定《大美晚報》，一律按每月 20 萬元（當時國民政府的紙幣）的特價優待。[2]

1949 年 5 月，上海解放後，《大美晚報》繼續出版，高爾德本人對國民黨政權已不抱希望，但對共產黨也持謹慎觀望態度。在 1949 年初，他認爲中國共產黨儘管聲明將保障新聞自由，但已經發生的情況卻是在北平的兩份中國人主辦的報紙和 17 名外國記者被要求停止新聞工作，儘管這些記者並沒有參與政治。不過他同時也指出法律和社會秩序在共產黨的管理下被有效地建立起來，並且在華北的宗教活動依然保持自由，這些分析促使高爾德決定留在上海。[3]

6 月 8 日，《大美晚報》爆發勞資糾紛，五位勞方代表要求將工資恢復到1946 年的水平。到了 11 日，談判仍然在工資漲幅問題上爭執不下。勞方要求的工資漲幅意味著將工資提高三倍，資方對此不能接受。隨後《大美晚報》管理層將此事上報上海市勞動局，請求其出面調停。勞動局答覆稱希望勞資雙方繼續保持協調。14 日，高爾德一行人被人堵在報社大樓內，最後上海市總工會的代表出面協調才得以解決。但雙方的矛盾並沒有得到徹底的解決，之後因一篇報導爆發了更激烈的衝突，最終導致《大美晚報》停刊。

勞資雙方的談判原定於 6 月 15 日下午 4 點。報紙的印刷通常在 3 點前開始，就在此時，高爾德得知印刷工會的代表要求將高爾德所寫有關談論新政府執行的工資模式給企業造成的風險的報導從版面拿下，之後才能印刷。[4]這項要求被高爾德強硬回絕，他還發布書面命令，要求工人必須按原樣印刷。

1　賈樹枚主編：《上海新聞志》，上海社會科學院出版社，2000 年版，第 515176 頁。
2　王文彬編著：《中國現代報史資料匯輯》，重慶出版社，1996 年版，第 862 頁。
3　王毅：《〈大美晚報〉的停刊於中國新聞的轉型》，載於倪延年主編：《民國新聞史研究 2014》，南京師範大學出版社，2014 年版，第 232 頁。
4　王毅：《〈大美晚報〉的停刊於中國新聞的轉型》，載於倪延年主編：《民國新聞史研究 2014》，南京師範大學出版社，2014 年版，第 233 頁。

最終這天的報紙沒有出版，《大美晚報》也永遠停留在 6 月 14 日這一天。當晚 6 點，《字林西報》與高爾德取得聯繫，雙方協商那篇未能登出來的文章將在 6 月 16 日的《字林西報》上刊登。但當晚工會就通知《字林西報》的編輯部，那篇文章不能刊登，否則報紙不予印刷。最終這篇稿子未能刊登出來。

在爆發勞資糾紛的同時，《大美晚報》也被另一件事情困擾。6 月 10 日，《字林西報》刊登吳淞口被布置水雷的失實報導後，當天下午的《大美晚報》轉載了這則報導。並刊出合眾社所報導的美國西太平洋海軍司令白吉爾的談話，白吉爾一面說「國民黨軍並未在揚子江下游放置許多水雷」，同時卻下斷語「該江面確已對商業航運存在危險」。此後，這則新聞又被《自由論壇晚報》等中文報紙轉載。

上海市軍管會向《大美晚報》提出抗議，同時接管了《自由論壇晚報》。工會也向上海市社會局上報相關證據，要求去聲討高爾德。《大美晚報》的職工還創作了《高爾德，真缺德》一詩來嘲諷高爾德：「高爾德，真缺德：不講理，良心黑。大美晚報發了財，還不是天曉得。財產一大堆，都是職工血！而今關了門，你要回美國。腰間麥克又麥克，不管職工肚子□。欺騙嚇詐沒有用，人民眼鏡亮如雪，帝國主義勿吃香，全靠工人來團結。」[1]

《大美晚報》停刊後，美國助理國務卿亞倫就該報停刊發表談話稱「中共區內不允許出版與他們意見相反的報紙」。[2]針對此事，6 月 28 日，上海市委給中央發電，文中就《大美晚報》停刊後美國方面言論，提出「對美副國務卿的談話擬用報界記者會出面駁斥，《解放日報》仍暫保持緘默，俟美帝各方面反動叫囂暴露後，再行給予總的反擊」。6 月 30 日，中共中央就《大美晚報》停刊一事作出指示，這份題為《中央關於〈大美晚報〉停刊事件給上海市委的電報》的文件全文如下：

上海市委並華東局：

俭電悉。完全同意你們對《大美晚報》高爾德及美帝副國務卿談話的處理辦法，並準備在條件成熟後給予總的反擊。

中央

已陷

---

1 楊孔嫻編：《上海工人詩選》，勞動出版社，1950 年版，第 91～92 頁。

2 賈樹枚主編：《上海新聞志》，上海社會科學院出版社，2000 年版，第 515 頁。

　　這份文件由周恩來手書，文中「完全」二字是毛澤東閱後加上的。[1]雖然報紙已經停刊，但勞資雙方的談判仍在繼續。6 月 21 日，勞資雙方再次進行談判，高爾德要求印刷 25 份 6 月 15 日的報紙，並要求印刷工人不能干涉報社的編輯工作，勞方代表拒絕了高爾德的要求。7 月 1 日，6 名職工代表前往高爾德的住所索取欠薪，雙方發生爭執，四名職工代表受傷。次日，上海市公安局傳訊高爾德，並要求他向被打工人道歉。7 月 3 日，《解放日報》和《字林西報》上刊登了高爾德的道歉信，全文如下：「高爾德道歉啓事：七月一日大美晚報的工人到我的寓所來協議工資事宜，我打傷了四個工人，現在我謹向受傷工人道歉，並保證以後不會再發生同樣的事件。」7 月 4 日，高爾德又到報社當面向受傷工人道歉。

　　在這之後，雙方又進行了數輪談判。高爾德最終支付了工人的欠薪。9 月 8 日，高爾德夫婦回國，工廠大部分設備被賣掉，工人撤離報社。轟動一時的《大美晚報》事件就此結束。

## 四、美國記者在華的新聞採訪活動

　　戰後仍有許多美國記者活躍在中國，他們對中國的熱情絲毫沒有因戰爭的結束而減弱，許多記者都非常關心戰爭後中國的走向，中國人到底選擇哪條道路成爲當時熱議的話題。

　　1946 年，斯特朗第五次訪問中國，這一年她已經 61 歲。8 月 6 日，斯特朗在延安楊家嶺見到了毛澤東。在這次談話中，毛澤東提出了著名的論斷「一切反動派都是紙老虎」，他講到「原子彈是美國反動派用來嚇人的一隻紙老虎，看樣子可怕，實際上並不可怕。當然，原子彈是一種大規模屠殺的武器，但是決定戰爭勝敗的是人民，而不是一兩件新式武器」，「一切反動派都是紙老虎。看起來，反動派的樣子是可怕的，但是實際上並沒有什麼了不起的力量。從長遠的觀點看問題，眞正強大的力量不是屬於反動派，而是屬於人民。」[2]後來，斯特朗將毛澤東的談話整理成文章發表在美國《美亞》雜誌上，這一著名的論斷因此得以在全世界傳播。此外，斯特朗還發表了《毛澤東的思想》一文，首次向西方介紹了「毛澤東思想」。

　　重慶談判時期，曾參加中外記者西北參觀團的愛潑斯坦正在重慶報導此

---

1　中共中央文獻研究室，中央檔案館編：《建國以來周恩來文稿·第 1 冊·1949 年 6 月～1949 年 12 月》，中央文獻出版社，2008 年版，第 38 頁。

2　《毛澤東選集·第 4 卷》，人民出版社，1990 年版，第 1136 頁。

事。談判期間愛潑斯坦寫了《這就是毛澤東——中國共產黨的領袖》一文，發表在美國的報紙上。這篇文章以贊許的口吻大致回顧了毛澤東的革命生涯，並提及毛和蔣談判的情況。文中稱毛澤東的主要特徵是「深思熟慮」，還說毛澤東「在預測中國會發生什麼事情的時候，毛一直永遠是準確的。在一九三五年，他預言了未來中日戰爭的過程和戰略發展。」[1]

美聯社的記者也就中國是戰是和的問題採訪了毛澤東，1946 年 2 月 9 日，政治協商會議召開後，毛澤東單獨向美聯社記者談話。他講到：「政治協商會議成績圓滿，令人興奮。但來日大難，仍當努力。深信各種障礙都可加以掃除。……時至今日，我們必須以全部信仰寄託於人民，人民的力量是不可抵禦的，一部美國史，即其證明」，在談到共產黨的責任時，毛澤東表示「革黨當前的任務，最主要的是在履行政治協商會議的各項決議，組織立憲政府，實行經濟復興。共產黨於此準備出力擁護。……共產黨對於政治的及經濟的民主，將無保留出面參加。」[2]這次談話是毛澤東從重慶回到延安後首次同記者談話，當時他已閉門數月，極少和外人見面。

## 五、《密勒氏評論報》在華停刊

新中國成立後的一系列政治經濟形勢和社會變化，特別是商業環境惡化，使得《密勒氏評論報》的廣告面臨嚴峻的局面，發生了第一次停刊危機。《字林西報》和《大美晚報》的相關事件也促使小鮑威爾考慮是否還能將新聞事業繼續下去。

1950 年 7 月 15 日，《密勒氏評論報》刊出社論，預告該報將於 8 月 5 日停刊。但朝鮮戰爭爆發後，小鮑威爾認為有必要使報紙成為一個「和平志士」的論壇，反對美國在朝鮮的「冒險政策」。他決定自 1950 年 9 月起將週報改為月刊繼續出版。

1950 年 8 月 5 日，《密勒氏評論報》發表社論，宣布繼續出版發行，並闡述了兩大理由。第一，讀者的要求，「我們的讀者大規模地表達出遺憾並一致地請求我們找些辦法來戰勝困難」；第二是「和平的力量和戰爭的力量之間的鬥爭加劇」。他認為西方國家的人民越來越注意亞洲的局勢。但由於西方媒體

---

1 愛潑斯坦等著：《毛澤東在重慶》（第 3 版），合眾出版社，1946 年版，第 4 頁。

2 王占陽等主編：《中外記者筆下的第一代中共領袖》，時代文藝出版社，1992 年版，第 199～200 頁。

「報導」中國的記者都在殖民基地香港，並且他們的新聞幾乎完全依據國民黨製造的謠言，加上流言蜚語和不滿的自稱為「難民」的人傳播的一些缺乏價值或實質的東西，人們非常需要來自這個國家的客觀報導。[1]

《密勒氏評論報》改為月刊後，客觀地報導新中國在各方面取得的成就，對中國人民在解放後很短時間內取得的成績表示欽佩和讚賞。還曾開闢了「答國外讀者」專欄，及時地回答海外讀者的疑難問題，幫助他們更好地瞭解新中國。

《密勒氏評論報》批評美國對華政策，揭露了美國在朝鮮戰場上搞細菌戰、投放凝固汽油彈等罪行。1952 年 4 月起，《密報》曾先後發表過 10 篇文章及多組照片，詳實報導了美軍在朝鮮和中國東北地區使用細菌武器的情形，同時嚴厲譴責了侵略者的這一野蠻行為。它還經常登載美軍戰俘名單和一些戰俘寫給家人的信件，使成百上千的美國家庭得以獲知他們親屬的真實消息。[2]

《密勒氏評論報》的親華態度招來了美國政府的敵視。從 1952 年下半年起，大量寄往美國的《密勒氏評論報》被美國郵政當局無理沒收，美國讀者紛紛給該刊去信抱怨他們經常收不到刊物。而且沒收情況日益增多。緊接著，美國財界不在《密勒氏評論報》上登廣告，該報的財源被切斷；進而美、英、日等國不准《密勒氏評論報》進口。《密勒氏評論報》因美國當局禁郵而失去大量訂戶，不得不於 1953 年 6 月宣告停刊。該報的停刊號上這樣說到：「中國人民從苦難的生活中經過長期的奮鬥，最終取得了成功，新中國幾年的成就，超出了該報 30 年歷史上曾經想像過的中國的成就，最高興的是親眼目睹了中國人民結束了混亂不堪的舊中國，並已開始了建設人民的新生活，我們感到特別幸運的是能夠看到如此好的結局。」[3]

《密勒氏評論報》的停刊，不僅意味著美國在華新聞傳播事業的終結，也標誌著從《察世俗每月統記傳》以來長達 130 多年的外國在華新聞傳播事業就此退出歷史舞臺。

1 黃愛萍：《論〈密勒氏評論報〉在中國的終結（1949～1953）》，清華大學 2003 年碩士論文，第 20～21 頁。
2 崔維徵：《後期〈密勒氏評論報〉述評（1945～1953）》，《新聞學論集》，1983 年第 5 輯，第 212～213 頁。
3 陳其欽：《回憶密勒氏評論報》，《社會科學報》，2006 年 3 月 9 日。

## 第三節　蘇聯在華新聞業的結束

　　蘇聯在華的新聞事業比較單薄，主要集中在上海和東北兩個地區。在「九一八事變」前，布爾什維克黨和白俄在中國東北都曾出過一些報刊。日寇侵佔東北後，布黨報刊活動受到限制，白俄的新聞活動則續有開展。隨後，各派的新聞活動都漸趨沈寂。直到 1945 年日本投降後，蘇聯才又在東北迅速創辦了一系列報刊。而同一時期的上海，俄文報刊仍有一定的發展。

### 一、蘇聯在上海新聞傳播活動的恢復與停辦

　　抗戰期間，蘇聯在華新聞活動以在重慶的塔斯社遠東分社為中心，後將新聞活動中心由重慶轉向上海。1945 年 8 月 8 日，蘇聯對日宣戰的次日，塔斯社上海分社被日本查封，社長羅果夫及工作人員被捕，日本宣布投降後被釋放，該社亦恢復活動。國民政府國防部於 1946 年 9 月召集有關部門開會，研討外國人在華廣播電臺問題，並通過《取締外人在華設立廣播電臺決議案》，明文規定：「凡外人在滬設立之廣播電臺，根據《廣播無線電臺設置規則》第四條之規定，同時一律取締（美國軍用廣播電臺不在此限）。交通部上海電信局要求「蘇聯呼聲」廣播電臺於 1946 年 12 月 31 日停播和拆機。蘇聯塔斯社遠東分社社長羅果夫致函上海電信局表示，該臺「係蘇聯國家財產」，「沒有莫斯科的命令，我們不能承擔停止電臺工作的責任」。[1] 經協商無效後，最終於 1947 年 1 月 7 日停播。

　　蘇聯還支持中共以書商的名義開辦時代出版社。在日寇侵佔的租界，時代出版社憑藉蘇商名義和蘇日正常外交關係，成為唯一能夠繼續揭露德軍的暴行、報導蘇軍的戰績和宣傳蘇聯文化、衛國戰爭文學的出版機構。時代出版社的成立，使蘇聯和中國共產黨具備了反法西斯宣傳的相應手段，從而打破了敵人在上海乃至東南淪陷區所設的輿論屏障，使廣大的中國民眾與英美僑民瞭解戰爭的進程，增強了堅持鬥爭的勇氣。1945 年 5 月，蘇聯戰勝德國，《時代》衝破日僑禁令，自動復刊，繼續報導蘇聯在歐洲戰線上的消息，但到 8 月 9 日蘇聯對日宣戰那天，時代出版社及其一切刊物全被日憲兵查封，工作人員都遭暫時監禁。不幾日，在蘇軍雷霆萬鈞的進攻之下，日本宣告投降，時代出版社又重新恢復出版工作。[2]1946 年，蘇聯時代出版社《每日戰

1　趙玉明主編：《中國廣播電視通史》，中國廣播電視出版社，2014 年版，第 88 頁。
2　褚曉琦：《民國時期塔斯社上海分社在華宣傳活動》，《史林》，2015 年第 3 期，第

況》改名 Daily War News《每日新聞》繼續出版。

　　1945 年 8 月 16 日時代出版社創辦中文日報《新生活報》，1945 年 9 月 1 日將《新生活報》改名爲《時代日報》，聘請在出版社工作的中共黨員姜椿芳出任報紙總編輯。該報成爲戰後上海最早由中共黨員主編、反映國統區人民和平民主呼聲的報紙。[1]1946、1947 年，上海工人學生以及各界群眾展開了轟轟烈烈的「要和平，反內戰」「要民主，反獨裁」「要飯吃，反飢餓」「要民族獨立，反對美帝侵略」的鬥爭。街上常常有遊行示威的隊伍高喊口號，與軍警發生衝突。這時通貨膨脹，物價一日數漲，金融混亂，民不聊生。《時代日報》作爲僅存的一份站在人民方面爲人民說話的報紙，不得不謹慎地對這些情況作一些有限的報導，和軍事述評一樣能使這份報紙多延長一些壽命爲群眾服務。國民黨當局眼看這種情況，過去還勉強容忍《時代日報》的出版，到了一九四八年愈來愈把它看做眼中釘，尤其是它在軍事上巧妙而無情地揭露「國軍」的失敗、「共軍」的大勝，再也不能容忍了。[2]《時代日報》在國民黨統治的上海，堅持戰鬥到 1948 年 6 月 3 日，終以所謂「擾亂金融」「鼓動工潮、學潮」「歪曲軍情」和「破壞治安秩序」等罪名被國民黨淞滬警備司令部查封。[3]

　　1947 年初至 1948 年夏，在上海各種進步報刊大多遭國民黨當局封殺後，中共黨員姚溱以「秦上校」「薩利根」「馬可寧」等筆名，在《時代日報》《時代》週刊上連續發表「半周軍事述評」，巧妙地介紹解放戰爭各戰場的形勢，分析戰局的發展變化，在讀者中有很大的影響。[4]《時代日報》停刊之後，國民黨當局沒有禁止《時代》雜誌、《蘇聯文藝》、《蘇聯醫學》以及許多單行本的書刊，一直繼續出版。

　　1949 年 5 月 27 日，時代出版發行業務有了進一步的發展，在北京建立分社，在南京、杭州建立分店，在上海建立門市部。1951 年，該社北京分社成爲總社，上海改爲分社。1952 年秋，蘇聯駐華大使羅申提出將該社財產無償

　　151 頁。

1　彭亞新主編：《中共中央南方局的文化工作》，中共黨史出版社，2009 年版，第 281 頁。

2　姜椿芳著：《姜椿芳文集·第 9 卷·隨筆三　懷念·憶舊》，中央編譯出版社，2014 年版，第 324 頁。

3　《編輯記者一百人》，學林出版社，1985 年版，第 127 頁。

4　彭亞新主編：《中共中央南方局的文化工作》，中共黨史出版社，2009 年版，第 281 頁。

移交給中國政府。12 月 5 日，在出版總署舉行了時代出版社移交儀式。該社的出書範圍規定為：翻譯出版蘇聯文藝作品及介紹蘇聯建設成就、中蘇友好、俄語學習等方面的書籍。1956 年底，該社併入商務印書館。[1]

## 二、蘇聯在東北新聞業的變化

1945 年 8 月 8 日蘇聯宣布對日作戰，至是月下旬東北全境獲得解放。蘇聯紅軍進駐哈爾濱後，逮捕了俄僑文化人 270 餘人，哈爾濱白俄的報刊從此結束了自己存在的歷史。蘇軍在其所攻佔的東北地區，很快創辦了一批中文報刊。主要有哈爾濱的《情報》（蘇軍撤離後改為中共松江省工委機關報《松江新報》）、大連的《實話報》等；在長春，蘇軍創辦了蒙古文的《蒙古人民》刊物。此外還有一批蘇聯僑民創辦的俄文報刊，如哈爾濱的《保衛祖國》《蘇聯青年》等。[2]上述一些報刊在新中國成立以後，有的還在繼續出版。

1945 年 9 月，蘇軍駐哈爾濱衛戍司令部出版了 4 開中文日報《情報》，主要刊載蘇聯塔斯社的電訊稿。出版至 1945 年 11 月 14 日，該報被移交給當地中共黨組織，改出中共松江省工委機關報《松江新報》（日報，8 開 2 版，發行 3000 份）。[3]《情報》由蘇軍衛戍司令供稿時，只能發表塔斯社新聞；改為《松江新報》時才出現了新華社電訊稿和中共方面的言論，成為抗日戰爭勝利後中共在哈爾濱出版的第一張報紙。[4]

1945 年 10～12 月，原蘇聯紅軍駐長春城防司令部德列科夫・桑傑少校在長春主辦蒙古文報《蒙古人民》。從 4 開 2 版不定期到 4 開 4 版週報，名稱從《蒙古人民》改為《民報》，宣傳和歌頌蘇聯紅軍，介紹蒙古人民共和國，號召蒙古人民奮起謀求民族解放。[5]稿件來源於俄文報紙和長春《光明日報》，分別由該報負責人德列科夫・桑傑和編輯塔欽從這兩份報紙上摘錄；這張報紙為了避免國民黨政府向蘇聯政府抗議「干涉中國內政」，不在報上

---

1　許力以主編：《中國出版百科全書》，書海出版社，1997 年版，第 594 頁。
2　王繼先著；倪延年主編：《中國新聞法制通史・第 2 卷・近代卷》，南京師範大學出版社，2015 年版，第 349 頁。
3　趙永華：《俄蘇在華辦報追溯》，《國際新聞界》，2001 年第 1 期，第 79 頁。
4　中共哈爾濱市委黨史研究室編著：《中國共產黨哈爾濱歷史・第 1 卷》，黑龍江人民出版社，2001 年版，第 507 頁。
5　《中國少數民族文化大辭典》編纂委員會：《中國少數民族文化大辭典》，民族出版社，1997 年版，第 249 頁。

署主辦者和地址。[1]

　　駐大連的蘇聯紅軍出版的中文《實話報》，1946 年 8 月 14 日創刊於旅大，在當時較有影響。蘇聯紅軍旅大指揮部主辦，謝吉赫敏諾夫中校、格魯金寧中校先後任社長兼編輯，李定坤、趙節、陳山歷任副總編輯。旨在宣傳蘇聯第二次大戰後的和平外交政策和馬列主義在蘇聯的實踐；刊載國際要聞，介紹蘇聯社會主義建設成就和科學，文化藝術、歷史、地理、風俗。[2]蘇軍通過這份報紙對外展開了全面宣傳蘇聯的工作，對維持、鞏固蘇聯在旅大的軍事佔領起到了不可低估的作用。另外，《實話報》作爲爲數不多的中共與蘇聯合作基層機關，其人員構成及運營情況，典型地反映了當時的中蘇合作體制的特點。出於報社的行業特點，中共與蘇軍的採編人員需要在日常工作中不斷進行頻繁的意見溝通，其緊密程度在各種行業中當屬特殊。[3]隨著蘇軍《實話報》於 1951 年 8 月底的終刊，中文外報的歷史結束了。

　　日本投降後，哈爾濱許多僑民取得蘇聯國籍，成爲蘇聯僑民。一些僑民起而創辦俄文報紙，具有較大影響是俄文日報《保衛祖國》。該報於 1945 年 11 月創刊於哈爾濱，發行 8000 份。1946 年 4 月蘇軍撤走回國後，俄文日報《保衛祖國》改名爲《俄語報》，繼續刊行。同一時期，哈爾濱蘇聯青年團出版了月刊《蘇聯青年》。1956 年 7 月 15 日，《俄語報》刊出最後一期，不僅結束了自身的歷史，也結束了哈爾濱俄僑報刊的歷史。[4]

　　俄蘇的新聞事業與新聞傳播活動，在哈爾濱有著久遠的歷史，大批白俄僑民旅居上海後也隨之創辦了不少報刊。縱觀整個民國新聞史，可以發現蘇聯國家通訊社及一些進步刊物，突破西方國家在華通訊社的新聞壟斷，給中國社會帶來了曙光，也將中國的社會革命消息傳向全世界。蘇聯政府和布爾什維克黨，在中國出版的報刊雖然很少，但它切合中國革命的需要，意義非同尋常。

---

1　白潤生：《白潤生新聞研究文集》，中國文史出版社，2004 年版，第 221 頁。
2　張憲文等主編：《中華民國史大辭典》，江蘇古籍出版社，2001 年版，第 1289 頁。
3　鄭成：《國共內戰時期東北地方層面上的中蘇關係──以旅大地區蘇軍〈實話報〉爲例》，李丹慧主編：《冷戰國際史研究（7）》，世界知識出版社，2008 年版，第 158 頁。
4　趙永華：《俄蘇在華辦報追溯》，《國際新聞界》，2001 年第 1 期，第 79 頁。

## 第四節　其他國家在華新聞業的終結

　　抗日戰爭勝利之後，日本投降。日本在華的新聞業被人民和國民政府接管而壽終正寢，德國在華新聞業也由於其法西斯主義性質被被國民黨政府接收。英、美、蘇等國在華新聞業也隨著中華人民共和國成立後，由於自身諸多不適應和政府管理的原因逐步瓦解而消亡。至於其他國家也由於自身的因素逐步結束了該國在華新聞業及其新聞活動。

　　1945 年 9 月，上海的法國戴高樂主義者認定《法文上海日報》在戰爭期間充當了替維希政府宣傳的喉舌，反對該報重新出版，並扶植起了新的報紙《中國差報》（*Le Courrier de Chine*），創辦人爲查爾斯·格羅布瓦（Charles Grosbois），他是法盟（Alliance Français）的代表。另外兩人是 Pignol 和 Pontet，該報 1945 年 9 月 16 日出版，只有一頁，但由於當時正值貨幣貶值，該報定價爲 1000 元。1947 年該報成爲週刊，1949 年停刊。[1]

　　1945 年底，第二次世界大戰徹底結束，法國政府在哈瓦斯通訊社的基礎上成立了法國新聞社，並委派前哈瓦斯通訊社記者庇亞到上海設立分社，張翼樞出任中文部主任，張氏逝世後，由儲玉坤接任。意大利斯坦芬通訊社也曾在意大利駐滬總領事館內設立過上海分社。凡與意大利相關的政治、經濟、文化活動，該社均與報導。

　　1949 年 7 月 16 日，上海市軍管會制定的《國際電訊檢查暫行辦法》公布施行，規定：凡經由滬市國際電臺發出的電訊、口語廣播稿本，均須經軍管會電訊檢查組檢查，加蓋放行戳記後始得發出和播送。其內容不得直接或間接述及解放區之氣象、匪機轟炸與掃射地點及損害情形、防空設施狀況及機場所在地勢狀況，人民解放軍駐地、人數、番號、供應、輜重、調動、電臺及軍事性質設備，各工廠的情況和軍管會、人民政府及其他一切黨、政、軍機關、人民團體之所在地點。如有違反，得按情節輕重予該發電人以適當處分。[2]

　　此後，法新社上海分社、意大利斯坦芬通訊社上海分社紛紛撤離上海，遷往廣州、香港開展新聞採訪活動。9 月 25 日，法新社在在廣州發出電訊：

---

1　李君益：《黃德樂時期的〈法文上海日報〉（1927～1929）》，上海師範大學碩士論文，2014 年，第 45 頁。

2　《滬軍管會公布國際電訊檢查辦法　並命令美英新聞處停止活動》，《人民日報》1949 年 7 月 19 日。

解放軍林彪部第 38 軍在湘西向西南挺進，已解放芷江東北六十四公里的懷化，現在繼續向西推動，直向芷江。按芷江係湘築公路上的重鎮，據昨夜確悉：芷江北四十公里麻陽的國民黨軍已經起義，但未經官方證實。[1]隨著中國人民解放軍解放廣州及華南全境，法新社遷往香港，關注並報導中國大陸新聞。

---

1　《大公報》（香港版），1949 年 9 月 26 日。

# 結　語


　　中國新聞事業歷史悠久，源遠流長，但中國報刊的近代化卻是由外報的直接影響而開端的。由於近代中國半封建半殖民的社會性質，外報貫穿於中國近現代新聞事業史的始終。在不平等條約賦予的治外法權的庇護下，眾多的外國人在中國，創辦新聞事業，從事新聞傳播活動。

　　外國在華新聞業範圍廣泛，不僅包括政府、利益團體和個人的活動，而且包括政治、軍事、經濟、文化等方面的內容。它們既是中外文化交流的產物，是外國新聞傳播事業在中國的延伸，更是外國對華文化輸出和侵略的載體。它不僅是外國殖民主義輿論在中國的延伸，又是西方文明對東方封建帝國的滲透和衝擊，其中既有侵略和麻醉的糟粕，又有科學和民主的精華。它們為維護外國在華的政治、經濟、外交、文化等諸多利益而搖旗吶喊，充當起本國政府、經濟利益集團、宗教團體和在華僑民的喉舌。同樣，它是中外關係的親歷者和記錄者，更是中國逐步淪為半殖民半封建地社會和獨立復興的歷史見證者和記錄者，對歷史各個時期的中外關係發生過重要的作用。

　　外國在華新聞業隨著中外關係的展開和在華經濟勢力的增長而產生，伴隨外國在華宗教勢力的發展而興起，也隨著西方侵略中國的步伐向中國各地擴展，隨著列強在華勢力的結束逐漸衰亡。外國來華新聞工作者積極從事新聞活動，推動中外關係的發展，促進中國新聞學術和教育的進步。外國在華新聞業對中國近代社會的歷史影響，正如馬克思所說：「行動的目的是預期的，但行動產生的結果並不是預期的，或者這種結果起初似乎還和預期的目的相符合，而到了最後卻完全不是預期結果。」因為外國人在中國創辦新聞傳播的目的，正如著名新聞史學家戈公振所言，「為傳教與通商而宣傳，其為

一己謀便利，夫何待言。」總體而言，外國在華新聞業是在特殊的歷史條件
下「充當了歷史的不自覺的工具」。

# 引用文獻

## 一、專　著

1. 〔英〕埃德溫・丁格爾著；劉豐祥等譯：《辛亥革命目擊記〈大陸報〉特派員的現場報導》，中國青年出版社，2002 年版。

2. 〔美〕阿爾弗雷德・考尼比斯著；劉悅譯：《扛龍旗的美國大兵　美國第十五步兵團在中國》，作家出版社，2011 年版。

3. 愛潑斯坦等著：《毛澤東在重慶》（第 3 版），合眾出版社，1946 年版。

4. 〔美〕鮑威爾著；邢建榕等譯：《鮑威爾對華回憶錄》，知識出版社，1994 年版。

5. 〔美〕鮑威爾編：《中國的抗戰——日本侵華大事記》，密勒氏評論報發行，1938 年版。

6. 〔法〕保羅・法蘭奇著，張強譯：《鏡裏看中國：從鴉片戰爭到毛澤東時代的駐華外國記者》，中國友誼出版公司，2011 年版。

7. 白潤生主編：《中國少數民族新聞傳播通史》，中央民族大學出版社，2008 年版。

8. 白潤生：《白潤生新聞研究文集》，中國文史出版社，2004 年版。

9. 程曼麗：《〈蜜蜂華報〉研究》，澳門基金會，1998 年版。

10. 陳夏紅編：《孫中山答記者問》，中國大百科全書出版社，2012 年版。

11. 重慶市地方志編纂委員會編纂：《重慶市志（第 10 卷）》，西南師範大學出版社，2005 年版。

12. 陳昌文編：《都市化進程中的上海出版業 1843～1949》，上海人民出版社，2012 年版。

13. 陳布雷：《民國三大報人文集・陳布雷集》，東方出版社，2011 年版。

14. 陳冠蘭：《近代中國的租界與新聞傳播》，中國書籍出版社，2013 年版。

15. 東北淪陷十四年史總編室編：《1931～1945 東北淪陷十四年史研究》（第一輯），吉林人民出版社，1988 年版。

16. 鄧紹根：《美國在華早期新聞傳播史 1827～1872》，世界知識出版社，2013 年版。

17. 丁淦林、劉家林、孫文鑠等著：《中國新聞事業史新編》，四川人民出版社，2008 年版。

18. 竇坤：《莫理循與清末民初的中國》，福建教育出版社，2005 年版。

19. 竇坤等譯著：《直擊辛亥革命》，福建教育出版社，2011 年版。

20. 杜紹文：《戰時報學講話》，戰地圖書出版社，1941 年版。

21. 丁宗皓主編：《中國東北角之文化抗戰 1895～1945》，遼寧人民出版社，2015 年版。

22. 方漢奇主編：《中國新聞事業通史（第一、二卷）》，人民大學出版社，1992、1996 年版。

23. 方漢奇、史媛媛主編：《中國新聞事業圖史》，福建人民出版社，2006 年版。

24. 方漢奇：《中國近代報刊史》，山西人民出版社，1981 年版。

25. 馮悦：《日本在華官方報·英文〈華北正報〉（1919～1930）研究》，新華出版社，2008 年版。

26. 復旦大學新聞系新聞研究室編：《世界新聞事業（3）》，1980 年版。

27. 〔美〕費正清著；陸惠勤等譯；章克生校：《費正清對華回憶錄》，知識出版社，1991 年版。

28. 顧裕祿：《中國天主教的過去和現在》，上海社會科學院出版社，1989 年版。

29. 谷勝軍：《〈滿洲日日新聞〉研究》，廈門大學出版社，2016 年。

30. 戈寶權主編：《中國抗日戰爭時期大後方文學書系·第 10 編·外國人士作品》，重慶出版社，1989 年版。

31. 郭衛東主編：《近代外國在華文化機構綜錄》，上海人民出版社，1993 年版。

32. 高爾松編譯：《中國解放區的話》，平凡書局，1949 年版。

33. 郝平：《無奈的結局：司徒雷登與中國》，北京大學出版社，2002 年版。

34. 胡道靜：《新聞史上的新時代》，世界書局，1946 年版。

35. 黑龍江省地方志編纂委員會編：《黑龍江省志·第 50 卷·報業志》，黑龍江人民出版社，1993 年版。

36. 漢斯·希伯研究會編：《戰鬥在中華大地　漢斯·希伯在中國》，山東人

民出版社，1990 年版。

37. 黃河編：《北京報刊史話》，文化藝術出版社，1992 年版。

38. 胡道靜：《上海的定期刊物》，上海市通志館，1935 年版。

39. 胡道靜：《新聞史上的新時代》，世界書局，1946 年版。

40. 哈爾濱市政協文史和學習委員會編寫：《哈爾濱文史資料・第 24 輯　外國人在哈爾濱》，2002 年版（非公開出版）。

41. 黃瑚：《中國新聞事業發展史・第 2 版》，復旦大學出版社，2009 年版。

42. 黃瑚：《新聞法規與新聞職業道德》，四川人民出版社，2006 年版。

43. 〔法〕居伊・布羅索萊著；牟振宇譯：《上海的法國人 1849～1949》，上海辭書出版社，2014 年版。

44. 賈樹枚主編：《上海新聞志》，上海社會科學院出版社，2000 年版。

45. 記工編著：《歷史年鑒 1929》，吉林文史出版社，2006 年版。

46. 金仲華：《國際新聞讀法》，上海生活書店，1934 年版。

47. 賈世秋編著：《廣播學論》，成都科技大學出版社，1996 年版。

48. 姜椿芳：《姜椿芳文集・第 9 卷》，中央編譯出版社，2014 年版。

49. 劉家林：《中國新聞通史（修訂版）》，武漢大學出版社，2005 年版。

50. 劉望齡：《黑血・金鼓　辛亥前後湖北報刊史事長編 1866～1911》，湖北教育出版社，1991 年版。

51. 劉志強、張利民主編：《天津史研究論文選輯（下）》，天津古籍出版社，2009 年版。

52. 〔澳〕駱惠敏編；劉桂梁譯：《清末民初政情內幕——〈泰晤士報〉駐北京記者、袁世凱政治顧問喬・尼・莫理循書信集（上）1895～1912》，知識出版社，1986 年版。

53. 李金銓主編：《文人論政：知識分子與報刊》，廣西師範大學出版社，2008 年版。

54. 〔英〕雷穆森著；許逸凡等譯：《天津租界史・插圖本》，天津人民出版社，2009 年版。

55. 婁承浩、薛順生編著：《老上海經典建築》，同濟大學出版社，2002 年版。

56. 李瞻：《世界新聞史》，商務印書館，1966 年版。

57. 劉哲民編：《近現代出版新聞法規彙編》，學林出版社，1992 年版。

58. 劉志強、張利民主編：《天津史研究論文選輯》，天津古籍出版社，2009 年版。

59. 劉小莉：《史沫特萊與中國左翼文化》，浙江大學出版社，2012 年版。

60. 劉豁軒：《報學論叢》，益世報社，1946 年版。

61. 李瞻:《比較新聞》,三民書局,1972 年版。

62. 榮潔等著:《俄僑與黑龍江文化 俄羅斯僑民對哈爾濱的影響》,黑龍江大學出版社,2011 年版。

63. 梁利人主編:《瀋陽新聞史綱》,瀋陽出版社,2014 年版。

64. 林克勤:《抗戰時期重慶對外文化宣傳陣地研究》,四川大學出版社,2013 年版。

65. 馬光仁主編:《上海新聞史 1850～1949》,復旦大學出版社,2014 年版。

66. 馬光仁:《馬光仁文集》,上海社會科學院出版社,2013 年版。

67. 馬振犢、林宇梅:《南京大屠殺史料集(64)民國出版物中記載的日軍暴行》,江蘇人民出版社,2010 年版。

68. 〔美〕麥金農著;汪杉等譯:《史沫特萊 一個美國激進分子的生平和時代》,中華書局,1991 年版。

69. 馬藝:《天津新聞史》,天津人民出版社,2015 年版。

70. 馬學強、王海良主編:《〈密勒氏評論報〉總目與研究》,上海書店出版社,2015 年版。

71. 毛澤東:《毛澤東選集》,人民出版社,1964 年版。

72. 倪延年:《中國古代報刊發展史》,東南大學出版社,2001 年版。

73. 寧樹藩:《寧樹藩文集》,汕頭大學出版社,2003 年版。

74. 牛海坤:《〈德文新報〉研究 1886～1917》,上海交通大學出版社,2012 年版。

75. 倪波、穆緯銘主編:《江蘇報刊編輯史》,江蘇人民出版社,1993 年版。

76. 〔英〕帕特楠・威爾著;秦傳安譯:《帝國夢魘——亂世袁世凱》,中央編譯出版社,2006 年版。

77. 彭亞新主編:《中共中央南方局的文化工作》,中共黨史出版社,2009 年版。

78. 邱沛篁等主編:《新聞傳播百科全書》,四川人民出版社,1998 年版。

79. 齊衛平等著:《抗戰時期的上海文化》,上海人民出版社,2001 年版。

80. 沈國成編:《六合叢談:附解題・索引》,上海辭書出版社,2006 年版。

81. 〔美〕司徒雷登:《西方視野裏的中國 在華五十年》,譯林出版社,2015 年版。

82. 上海市檔案館等編:《舊中國的上海廣播事業》,檔案出版社;中國廣播電視出版社,1985 年版。

83. 上海社會科學院歷史研究所編:《五四運動在上海史料選輯》,上海人民出版社,1960 年版。

84. 上海社會科學院歷史研究所編：《五卅運動史料（第 3 卷）》，上海人民出版社，2005 年版。

85. 四川省地方志編纂委員會編：《四川省志　大事紀述》，四川科學技術出版社，1999 年版。

86. 許正林：《中國新聞史》，上海交通大學出版社，2008 年版。

87. 〔美〕斯特朗：《斯特朗文集》，新華出版社，1988 年版。

88. 〔美〕斯特朗、海倫・凱瑟著；王松濤譯：《心向中國：斯特朗六次訪華》，解放軍出版社，1986 年版。

89. 〔美〕斯諾：《我在舊中國十三年》，生活・讀書・新知三聯書店，1973 年版。

90. 孫華、王芳：《埃德加・斯諾研究》，湖南師範大學出版社，2012 年版。

91. 沈殿忠主編：《日本僑民在中國（下）》，遼寧人民出版社，1993 年版。

92. 孫繼強：《侵華戰爭時期的日本報界研究 1931～1945》，中央編譯出版社，2014 年版。

93. 上海通志編纂委員會編：《上海通志・第 9 冊》，上海社會科學院出版社；上海人民出版社，2005 年版。

94. 蘇智良：《左爾格在中國的秘密使命》，上海社會科學院出版社，2014 年版。

95. 上海聖約翰大學校史編輯委員會組編；徐以驊主編：《上海聖約翰大學1879～1952》，上海人民出版社，2009 年版。

96. 史梅定主編：《上海租界志》，上海社會科學院出版社，2001 年版。

97. 徐鑄成：《報海舊聞》，上海人民出版社，1981 年版。

98. 天津市檔案館等編：《老天津金融街》，天津人民出版社，2010 年版。

99. 〔日〕田中正明：《「南京大屠殺」之虛構》，世界知識出版社，1985 年版。

100. 王天濱：《臺灣新聞傳播史》，亞太圖書出版社，2002 年版。

101. 〔英〕伍海德：《我在中國的記者生涯 1902～1933》，線裝書局，2013 年版。

102. 王文彬編：《中國現代報史資料匯輯》，重慶出版社，1996 年版。

103. 王繼先：《中國新聞法制通史・第 2 卷》，近代卷，南京師範大學，2015 年版。

104. 王繼平主編：《中國史論集（下）》，湘潭大學出版社，2013 年版。

105. 汪之成：《上海俄僑史》，三聯書店上海分店，1993 年版。

106. 〔美〕魏斐德著；芮傳明譯：《上海歹土　戰時恐怖活動與城市犯罪 1937～1941》，上海古籍出版社，2003 年版。

107. 王占陽等主編：《中外記者筆下的第一代中共領袖》，時代文藝出版社，1992 年版。

108. 徐鑄成：《民國記事　徐鑄成回憶錄》，廣西人民出版社，2015 年版。

109. 《辛亥革命史叢刊》組編：《辛亥革命史叢刊》，第 3、8 輯，中華書局，1981、1991 年版。

110. 熊月之、周武主編：《聖約翰大學史》，上海人民出版社，2007 年版。

111. 夏林根主編：《近代中國名記者》，福建人民出版社，1990 年版。

112. 許力以主編：《中國出版百科全書》，書海出版社，1997 年版。

113. 學林出版社編：《編輯記者一百人》，學林出版社，1985 年版。

114. 雨君：《國際問題研究法》，永祥印書館，1947 年版。

115. 楊孔嫻編：《上海工人詩選》，勞動出版社，1950 年版。

116. 燕大文史資料編委會編：《燕大文史資料》，第 3、7 輯，北京大學出版社，1990、1993 年版。

117. 周佳榮：《近代日人在華報業活動》，嶽麓書社，2012 年版。

118. 張功臣：《外國記者與近代中國 1840～1949》，新華出版社，1999 年版。

119. 中國社會科學院近代史研究所中華民國史研究室等編：《孫中山全集第 1 卷》，中華書局，1981 年版。

120. 〔美〕澤勒著；徐慰曾等譯：《端納傳》，新華出版社，1993 年版。

121. 張功臣：《東方夢尋　舊中國的洋記者》，福建人民出版社，1999 年版。

122. 趙敏恒：《外人在華新聞事業》，暨南大學出版社，2011 年版。

123. 趙敏恒：《採訪十五年·第 2 版》，重慶天地出版社，1945 年版。

124. 張瑋瑛等主編；燕京大學校友校史編寫委員會編：《燕京大學史稿 1919～1952》，人民中國出版社，1999 年版。

125. 章伯鋒、李宗一編：《北洋軍閥：1912～1928（第四卷）》，上海人民出版社，1990 年版。

126. 趙永華：《在華俄文新聞傳播活動史 1898～1956》，中國人民大學出版社，2006 年版。

127. 曾虛白：《中國新聞史》，三民書局，1966 年版。

128. 周武主編：《上海學·第 2 輯》，上海人民出版社，2015 年版。

129. 張注洪主編：《中美文化關係的歷史軌跡》，南開大學出版社，2001 年版。

130. 張功臣選編：《歷史現場　西方記者眼中的現代中國》，新世界出版社，2005 年版。

131. 中共中央文獻研究室編：《朱德年譜》，人民出版社，1986 年版。

132. 張偉民、陳春江主編：《黑龍江省志·第 77 卷·出版圖書期刊總目（下）》，

黑龍江人民出版社，1998 年版。

133. 趙玉明主編：《中國廣播電視通史》，中國廣播電視出版社，2014 年版。

134. 中國人民政治協商會議常寧縣委員會文史資料研究委員會：《常寧文史資料·第 4 輯·蕭同茲和中央通訊社》，政協常寧縣委員會，1988 年版。

135. 鄭祖安：《百年上海城》，學林出版社，1999 年版。

136. 中共中央黨史研究室第一研究部編：《抗日戰爭新論》，中共黨史出版社，2016 年版。

137. 中國人民抗日戰爭紀念館著：《港澳同胞與祖國抗日戰爭》，團結出版社，2015 年版。

138. 張憲文等主編：《中華民國史大辭典》，江蘇古籍出版社，2001 年版。

139. 《中國少數民族文化大辭典》編纂委員會：《中國少數民族文化大辭典》，民族出版社，1997 年版。

140. 中共哈爾濱市委黨史研究室編著：《中國共產黨哈爾濱歷史·第 1 卷》，黑龍江人民出版社，2001 年版。

141. 中共中央文獻研究室、中央檔案館編：《建國以來周恩來文稿·第 1 冊》，中央文獻出版社，2008 年版。

142. 張文琳、楊尚鴻、張珂：《國際友人與中國文化教育編年史略 1919.5.4～1949.10.1》，中國文史出版社，2016 年版。

143. 中國人民政治協商會議四川省重慶市委員會文史資料研究委員會編：《重慶文史資料·第 30 輯》，西南師範大學出版社，1989 年版。

144. 中國人民政治協商會議瀋陽市委員會文史資料研究委員會編：《瀋陽文史資料·第 13 輯》，1987 年版。

145. David Shavit. The Unite State in Asia: A Historical Dictionary, New York: Greenwood Press, 1990.

146. Paul French. Carl Crow-A Tough Old China Hand, Hongkong: Hongkong University Press, 2006.

147. Sara Lockwoord Wiiliams. Twenty Years of Education for Journalism: A History of the School of Journalism of the University of Missouri Columbia, Missouri. USA. Columbia. Missouri. 1929.

148. Report of the Dean of the Graduate School of Journalism on the Chinese Post-Graduate School of Journalism, March, 1943-August, 1945. Columbia University in the city of New York.

## 二、論　文

1. 陳九如：《蘇聯援華抗日政策評析》，《民國檔案》，2001 年第 4 期。

2. 陳其欽：《回憶密勒氏評論報》，《社會科學報》，2006-03-09（8）。

3. 陳興來、李花：《「執拗」的資深報人——《大美晚報》編輯高爾德研究》，《今傳媒》，2012 年第 7 期。

4. 程麗紅、葉彤：《日本侵華新聞事業的先鋒分子——〈盛京時報〉主筆菊池貞二初探》，《學問》，2011 年第 3 期。

5. 崔維徵：《後期〈密勒氏評論報〉述評（1945～1953）》，中國人民大學新聞系《新聞學論集》編輯組編：《新聞學論集·第 5 輯》，中國人民大學出版社，1983 年。

6. 褚曉琦：《民國時期塔斯社上海分社在華宣傳活動》，《史林》，2015 年第 3 期。

7. 鄧紹根：《艱難的起步：民國時期新聞研究生教育的探索實踐》，《國際新聞界》，2013 年第 2 期。

8. 鄧紹根：《論民國時期美國東方報人領袖托馬斯·密勒的在華新聞業績》，載於倪延年主編：《民國新聞史研究 2014》，南京師範大學出版社，2014 年版。

9. 鄧紹根：《密蘇里新聞學院首任院長威廉訪問北大史實考》，《國際新聞界》，2008 年第 10 期。

10. 鄧紹根：《中美新聞教育交流的歷史友誼——密蘇里新聞學院支持燕大新聞學系建設的過程和措施探析》，《國際新聞界》，2012 年第 6 期。

11. 董謙：《抗戰時期駐重慶外國新聞機構的發展及歷史作用》，《重慶社會科學》，2008 年第 6 期。

12. 段光達、李成彬：《「九一八」事變前俄國人在哈爾濱文化活動的回顧與思考》，韓瑞常等主編：《東北亞史與阿爾泰學論文集》，黑龍江教育出版社，1996 年版。

13. 馮慶豪：《重慶大轟炸對外國使、領館及其他駐華機構的傷害情況初探》，《長江文明》，2008 年第 2 期。

14. 馮悅：《〈華北正報〉服務日本外交的分析》，《當代傳播》，2007 年第 6 期。

15. 馮烈俊：《聖約翰大學新聞教育初探》，《中國外資》，2009 年第 14 期。

16. 郭循春：《日本陸軍對華新聞輿論操縱工作研究（1919～1928）》，《民國檔案》，2017 年第 4 期。

17. 桂碧清：《我在蘇聯電臺當播音員》，方俊主編：《百年上海灘精華本》，上海灘雜誌社，2005 年版。

18. 何蘭：《日本對偽滿洲國新聞業的壟斷》，《現代傳播》，2005 年第 3 期。

19. 黃愛萍：《論〈密勒氏評論報〉在中國的終結（1949～1953）》，清華大學碩士論文，2003 年。

20. 黃憲昭：《在華之日本報紙與其活動》，《磐石雜誌》，1933 年第 2、3 期。

21. 胡寶芳：《簡析辛亥革命中的〈大陸報〉——1911 年 10 月 12～31 日》，《史林》，2002 年第 1 期。

22. 黃炳鈞：《和眞理報記者科仁同志在一起》，《新聞戰線》，1958 年第 8 期。

23. 霍學雷：《近現代東北報刊的創立與變遷》，《學問》，2014 年第 5 期。

24. 孔祥雯：《20 世紀初中俄僑民報刊新聞視野比較——以〈中興日報〉與〈霞光報〉爲例》，《浙江傳媒學院學報》，2016 年第 5 期。

25. 李丹陽、劉建一：《〈上海俄文生活報〉與布爾什維克早期在華活動》，《近代史研究》，2003 年第 2 期。

26. 李丹陽、劉建一：《霍·多洛夫與蘇俄在華最早設立的電訊社》，《民國檔案》，2001 年第 3 期。

27. 李君益：《黃德樂時期的〈法文上海日報〉（1927～1929）》，上海師範大學碩士論文，2014 年。

28. 李欣人：《燕京大學新聞教育研究》，中國人民大學碩士論文，2001 年。

29. 李建新：《民國時期上海新聞教育的史論理析》，《新聞與傳播研究》，2016 年第 3 期。

30. 林牧茵：《移植與流變——密蘇里大學新聞教育模式在中國 （1921～1952）》，復旦大學博士論文，2012 年。

31. 劉愛君：《日本侵華新聞史中的一個特異人物——佐藤善雄在華活動考察》，《國際新聞界》，2008 年第 7 期。

32. 劉會軍、張瑞：《〈大北新報〉的創辦與日本對中國東北的新聞侵略》，《東北師大學報（哲學社會科學版）》，2013 年第 5 期。

33. 劉金福：《〈遠東報〉研究（1910～1921）》，吉林大學碩士論文，2014 年。

34. 劉明鑫：《青島早期報業研究（1897～1922）》，山東大學碩士論文，2012 年。

35. 劉豔萍：《20 世紀上半葉哈爾濱俄羅斯僑民文學與報刊》，《延邊大學學報（社會科學版）》，2014 年第 2 期。

36. 羅文輝：《密蘇里大學新聞學院對中華民國新聞教育及新聞事業的影響》，《新聞學研究》，1989 年。

37. 馬光仁：《日僞在上海的新聞活動概述》，《抗日戰爭研究》，1993 年第 1 期。

38. 馬光仁：《上海人民反對印刷附律的鬥爭》，《新聞研究資料》，1989 年第 2 期。

39. 馬學斌：《中文鐵路報紙濫觴——〈遠東報〉》，《鐵道知識》，2014 年第 6 期。

40. 馬依弘：《「九·一八」事變前日本在我國東北殖民文化活動論述》，《日

本研究》，1992 年第 4 期。

41. 毛章清：《日本在華報紙〈閩報〉（1897～1945）考略》，《福建論壇（人文社會科學版）》，2010 年第 2 期。

42. 潘煜：《煙臺近代報業研究（1894～1919）》，山東大學碩士論文，2012年。

43. 沈薈：《歷史記錄中的想像與眞實——第一份駐華美式報紙〈大陸報〉緣起探究》，《新聞與傳播研究》，2014 年第 2 期。

44. 石瑋：《美國新聞處在華活動初探（1946～1949）》，《國際新聞界》，2010年第 11 期。

45. 孫立民：《〈庸報〉——日本侵略者的喉舌》，中國人民政治協商會議天津市委員會文史資料委員會編，《天津文史資料選輯·第 3 輯·總第 75 輯》天津租界談往，天津人民出版社，1997 年版。

46. 孫曉萌：《淺論近代日本人在天津的報業活動》，《中國新聞史學會 2009年年會暨新聞傳播專題史研究學術研討會論文集》，2009 年版。

47. 田雷：《文化抗爭：20 世紀 30 年代哈爾濱新聞出版業主題意蘊探究》，《中國出版》，2011 年第 22 期。

48. 田雷：《〈濱江時報〉輿論走向與命運反思》，《編輯之友》，2014 年第 2期。

49. 涂培元：《熊少豪與〈京津泰晤士報〉》，中國人民政治協商會議天津市委員會文史資料委員會編：《天津文史資料選輯·第 3 輯·總第 75 輯·天津租界談往》，天津人民出版社，1997 年版。

50. 陶建傑：《外國記者在華活動回顧》，《青年記者》，2009 年第 28 期。

51. 萬京華：《中國近代新聞業的歷史起源》，《現代傳播》，2018 年第 3 期。

52. 王海、羅浩明：《趙敏恒在中央社收回路透社在華發稿權活動中的作用》，《廣東外語外貿大學學報》，2016 年第 5 期。

53. 王海、覃譯歐：《國民黨中央通訊社收回路透社在華發稿權始末》，《對外傳播》，2016 年第 7 期。

54. 王向遠：《日本對華文化侵略與在華通信報刊》，《蘇州科技學院學報（社會科學版）》，2005 年第 3 期。

55. 王曉恒：《在文學與政治之間：〈盛京時報〉時期的穆儒丐》，《中國現代文學研究叢刊》，2016 年第 3 期。

56. 王欣：《一份頗具影響的外商華文晚報——〈大美晚報〉》，《新聞與傳播研究》，1991 年第 3 期。

57. 王毅：《〈大美晚報〉的停刊於中國新聞的轉型》，載於倪延年主編：《民國新聞史研究（2014）》，南京師範大學出版社，2014 年版。

58. 王迎勝：《1898～1949 年哈爾濱俄羅斯僑民新聞報刊事業史研究》，《黑龍江史志》，2006 年第 8 期。

59. 吳冰：《東省文物研究會與哈爾濱白俄的俄文老檔》，《黑龍江史志》，2014 年第 10 期。

60. 吳星晨：《淺析抗戰時期「蘇聯呼聲」電臺的傳播策略》，《新聞研究導刊》，2016 年第 4 期。

61. 徐青：《日本佔領時期對上海租界的「改造」》，《外國問題研究》，2015 年第 2 期。

62. 許金生：《近代日本在華宣傳與諜報機構東方通信社研究》，《史林》，2014 年第 5 期。

63. 閻正禮：《〈盛京時報〉的輿論宣傳與辛亥革命》，吉林大學碩士論文，2007 年。

64. 陽美燕：《英商在漢口創辦的〈字林漢報〉（1893）——外人在華內地發行的第一份中文日報》，《新聞與傳播研究》，2008 年第 1 期。

65. 楊幼生：《上海「孤島」時期的洋商華文報》，《新聞記者》，1985 年第 8 期。

66. 姚福申、葉翠娣、辛曙民：《汪僞新聞界大事記（上）》，《新聞研究資料》，1989 年第 4 期。

67. 易文：《中文外報：一個獨特的研究視野》，《廣西大學學報（哲學社會科學版）》，2008 年第 6 期。

68. 于樹香：《外國人在天津租界所辦報刊考略》，《天津師範大學學報（社會科學版）》，2002 年第 3 期。

69. 翟韜：《戰後初期美國新聞處在華宣傳活動研究》，《史學集刊》，2013 年第 2 期。

70. 張功臣：《「九‧一八」事變前後外國在華記者的報導活動》，《新聞與傳播研究》，1996 年第 3 期。

71. 張劍：《〈中西聞見錄〉述略——兼評其對西方科技的傳播》，《復旦學報（社會科學版）》，1995 年第 4 期。

72. 張昆：《十五年戰爭與日本報紙》，《日本研究》，1991 年第 2 期。

73. 張瑞：《〈大北新報〉與僞滿時期日本對中國傳統宗教的利用與宣傳》，《蘭州教育學院學報》，2015 年第 12 期。

74. 張瑞：《〈大北新報〉與僞滿洲國殖民統治》，吉林大學博士論文，2014 年。

75. 張士偉、辛琳琳：《談德國〈協和報〉在華宣傳策略》，《臨沂大學學報》，2012 年第 4 期。

76. 張士偉：《談德國在華〈協和報〉與第一次世界大戰》，《臨沂大學學報》，2016 年第 1 期。

77. 張威：《抗戰時期的國民黨對外宣傳及美國記者群》，《杭州師範大學學報（社會科學版）》，2008 年第 5 期。

78. 張曉剛、張琦偉：《金子雪齋與傅立魚合作時期的〈泰東日報〉》，《日本研究》，2012 年第 4 期。

79. 張姚俊：《1920 世紀 20 年代上海的外商電臺及其影響》，載於孫遜主編：《城市史與城市社會學》，三聯書店，2013 年版。

80. 趙海峰：《〈順天時報〉視野中的民初政局（1911～1916）》，華中師範大學碩士論文，2016 年。

81. 趙建國：《民初北京報界同志會略論》，《漢江師範學院學報》，2006 年第 2 期。

82. 趙永華：《19 世紀末 20 世紀初沙俄官方和民間在華出版報刊的歷史考察與簡要評析》，《俄羅斯研究》，2010 年第 6 期。

83. 趙永華：《對「九一八」事變後日本在華出版俄文報紙及控制俄僑辦報活動的歷史考察》，《國際新聞界》，2011 年第 6 期。

84. 趙永華：《俄蘇在華辦報追溯》，《國際新聞界》，2001 年第 1 期。

85. 趙永華：《試析中國近代史上的俄文新聞傳播活動》，《中州學刊》，2006 年第 6 期。

86. 趙永華：《一家在舊中國的俄僑報業托拉斯》，《中華新聞報》，2001-04-30（5）。

87. 趙永華：《沙俄在華辦報史研究》，中國人民大學新聞系《新聞學論集》編輯組編：《新聞學論集·第 25 輯》，中國人民大學出版社，2010 年版。

88. 鄭保國：《〈密勒氏評論報〉：美國來華專業報人的進與退》，《國際新聞界》，2015 年第 8 期。

89. 鄭保國：《戰地記者·職業報人·政府顧問：「美國在華新聞業之父」密勒研究》，《現代傳播》，2013 年第 11 期。

90. 鄭成：《國共內戰時期東北地方層面上的中蘇關係——以旅大地區蘇軍〈實話報〉爲例》，李丹慧主編：《冷戰國際史研究（7）》，世界知識出版社，2008 年版。

91. 周佳榮：《近代日本人在上海的辦報活動（1882～1945）》，《社會科學》，2008 年第 6 期。

92. 諸葛蔚東：《朝日新聞社史上鮮爲人知的往事》，《國際新聞界》，2011 年第 5 期。

93. 周婷婷：《聖約翰大學新聞教育的歷程》，《新聞大學》，2017 年第 4 期。

94. $5000 More Given YenchingSchool. Columbia Missourian.April, 1929.
95. John B. Powell.Missouri Authors and Journalists in the Orient, Missouri Historial Review, 1946, Vol.41.
96. John Maxwell Hamilton. The Missouri News Monopoly and American Altruism in China:Thomas F.F. Millard, J. B. Powell, and Edgar Snow, Pacific Historical Review. 1986.
97. Millard.Punishment and Revenge in China, Scribner's 29, 1901.
98. Missourians to Support Yenching School,The Missouri Alumni. May. 1928, p263.
99. Nash is Aided in Yenching Drive. Columbia Missourian.Jan, 1929.
100. Walter William.A New Journalism in a New Far East,The University of Missouri Bulletin Journalism Series, 1928.
101. Walter Williams.The World's journalism, The University of Missouri Bulletin, Journalism Series 9, 1915.

## 三、報刊、檔案資料

1. 大公報（香港版）
2. 大公報（重慶版）
3. 中央黨務月刊
4. 上海記者
5. 民族雜誌
6. 上海公共租界工部局年報
7. 燕京大學檔案（北京大學檔案館藏）
8. 天津市政府公告
9. 新華日報
10. 燕大報務之聲
11. 約翰年刊
12. 中央日報
13. 報學季刊
14. 報學雜誌
15. 晨報
16. 東方雜誌
17. 民國日報
18. 申報
19. 新聞報

20. 燕京大學校刊
21. 燕京新聞
22. Columbia Missourian
22. Pacific Historical Review
24. The Missouri Alumni
25. The University of Missouri Bulletin
26. Yenta Journalism News

期外國在華新聞業」的申報工作。在我們「中華民國新聞史」參加競標並中標國家社會科學重大項目後，主持《民國時期外國在華新聞業》專著的撰寫，成果納入該課題有關係列專著統一出版。4、根據本課題組的工作計劃，將於 2013 年國慶長假期間在南京舉行課題組第一次全體成員會議，討論決定本課題研究的重大問題，真誠地邀請您屆時蒞臨會議，共謀大業，共襄盛舉。在倪延年教授帶領的課題項目全體人員努力下，「中華民國新聞史研究」成功立項為全國社會科學基金（第二批）重大項目，成為中國新聞傳播史第一個重大社科項目，讓全國新聞傳播史研究者士氣為之一振，鼓掌歡呼。本人忝列「中華民國新聞史研究」重大社科項目課題組成員，並能主持和負責「民國時期外國在華新聞業」研究，是何等有幸！自己自 2005 年 9 月進入中國人民大學新聞學院，師從方漢奇先生攻讀新聞傳播史方向博士，且越來越聚焦美國在華新聞傳播史研究，時間不長，根基尚淺，成果尚少，而倪延年教授的邀請，讓我倍感厚愛；但是自己僅熟悉美國在華新聞傳播史部分，且研究尚在進行中，還要開展英法德意日俄等國在華新聞傳播史研究，倍感責任重大；不過，自己也覺得「民國時期外國在華新聞業」研究是「中華民國新聞史研究」不可或缺的部分，研究還有許多值得深入開掘的空間，系統化成果比較少，自己頓覺使命光榮，責無旁貸地承擔了研究任務。在研究過程中，由於自己能力不逮，時間有限、語言能力不良，「民國時期外國在華新聞業」研究一度停頓不前，沒有進展；在倪延年老師不斷地熱情鼓勵、細緻指導和大力幫助下，我逐漸堅定了信心，調整思路，重新出發，才能完成課題任務。

其次，我非常感謝「中華民國新聞史研究」課題組所有成員，沒有他們的指引和交流，理解與建議，我也不可能有信心完成這個艱巨的研究任務。他們分別華中科技大學吳廷俊教授、中央民族大學白潤生教授、南京師範大學方曉紅教授、解放軍南京政治學院劉亞教授、湖南師範大學徐新平教授、新華通訊社萬京華研究員、上海大學李建新教授、中國人民大學王潤澤教授、中國傳媒大學艾紅紅教授、天津師範大學李秀雲教授、黃山學院文化與傳播學院何村教授、南京大學韓叢耀教授、南京師範大學張曉鋒教授、南京師範大學劉繼忠副教授、華南師範大學張立勤副教授等。每次課題組開會討論，大家都開誠布公，坦誠相待，探討學理，交流學術，既指出各自問題，又毫無保留貢獻智慧，他們的真知灼見成為我完善課題內容的指導思想，他們對學術的激情和堅持以及精益求精的學術態度，成為鼓勵完成研究任務的

勇氣和動力。

　　再次也應該向那些爲「民國時期外國在華新聞業」研究打下良好研究基礎的前輩和同仁致敬。前人種樹，後人乘涼。沒有他們前任的堅實研究基礎，我們無法站在巨人的肩膀上砥礪前行。我們特別致敬趙敏恒，他的著作《外國人在華新聞事業》，讓我們有了基本的知識圖譜；我們也要向方漢奇、馬光仁等先生致敬，他們編撰的《中國新聞事業通史》和《上海新聞史》成爲我們研究的學術基礎；而趙永華著作《在華俄文新聞傳播活動史（1898～1956）》、張功臣著作《外國記者與近代中國（1840～1949）》和周佳榮著作《近代日人在華報業活動》等，爲我們研究提供了重要的資料線索和參考借鑒。我們也要向許多「民國時期外國在華新聞業」研究論文作者致敬，正是你們的研究讓我們將你們的智慧彙集成學術之流。

　　最後，我要感謝本書完成的兩位合作者，他們分別是李興博和張文婷。他們在繁重的博士學業之餘，在我的指導下，不計得失，潛心投入到課題的研究之中，慢慢推進研究進度，撰寫相關章節。沒有他們的大力幫助，我不可能完成課題組任務。正如《論語‧述而》所言：「三人行，必有我師焉；擇其善者而從之，其不善者而改之。」在完成課題的過程中，我們三人相互交流學習，相互補充提高，我們一起享受了一場亦師亦友的學術進步過程。相信，此次學術的歷練，會讓他們逐漸邁向學術成熟。

鄧紹根

人大靜園薪文軒

2018 年 12 月